KB267084

늪 / 기러기

1992

차   례

늪

늪/차 례

늪

　태섭은 어떤 전문학교 강사로 있는 친구의 부인의 소개로 소녀의
가정교사 일을 맡게 되었다. 친구 부인이 돌아가자 소녀의 어머니
는 태섭더러 어떻게 그 부인을 잘 알며 언제부터 아느냐는 말을 꺼
내었다. 태섭이가 친구의 부인이라고 하였더니 소녀의 어머니는 애
셋이나 둔 여자가 머리를 잘라 지지고 옥색 저고리를 입고 다니는
것을 어떻게 생각하느냐고 물었다. 늘 느껴오는 대로 태섭은 부인
의 머리를 자른 것은 얼굴에 어울리지만 옥색 저고리는 검푸른 얼
굴빛과는 어울리지 않는다는 말을 하고, 아까부터 소녀의 어머니의
흐린 시선을 느끼면서 새로이 마주 쳐다보았다. 소녀의 어머니는
곧 시선을 거두고 말았다. 움직임 없는 표정을 한 얼굴은 약간 부
은 듯도 하였다. 그리고 심장이라도 약한 것이 분명하여 숨차하
였다.
　소녀의 어머니는 숨찬 음성으로, 부인과는 한 고향이어서 서로의
집안 사정을 잘 안다는 말로 부인의 집에서는 지금 남편과 결혼하
는 것을 반대하여 오랫동안 말썽이 많다가 종내 부인이 자기의 마
음대로 붙고 말았다는 말을 하였다. 붙었다는 자기 말에 소녀의 어
머니는 스스로 귀밑을 붉히고 이어서, 부인은 여태까지 본가에는 가
지 못한다는 말을 하고, 그런 일을 저지른 것은 어려서 어머니를 잃
고 후모 밑에서 자라난 탓이라고 하였다.
　태섭은 소녀의 어머니의 숨차하는 말을 듣기가 거북스러워 소녀
를 가르치는 것은 내일부터 시작하겠다고 하고 일어서려는데 소녀

의 어머니는 하루가 새롭다고 하면서 오늘부터 시작하여달라는 것
이었다. 그리고는 소녀가 이렇게 학교에서 늦어지기는 처음이라고
혼자 웅얼거리고 나서, 초조하게 손을 치마 속에 넣어 궐련 한 개를
꺼내어 붙여 물고 두어 모금 빨았는가 하면 이번에는 놀란 듯이 담
뱃불을 죽이고 밖으로 귀를 기울였다.

휘파람 소리가 들려왔다. 발소리와 함께 휘파람 소리가 미닫이 밖
을 지나 건넌방으로 가려 할 즈음 소녀의 어머니는 별안간 크게, 애,
소리를 질렀다. 그리고 소녀의 어머니는 엄숙하게 이리 들어오라고
말하며 태섭에게서 멀리 떨어져 앉았던 자리를 더 먼 거리로 움직
여 앉았다. 소녀가 들어왔다. 한 손에 스파이크를 들고 있었다. 좀
전까지 운동을 하고 온 것이 분명하여 얼굴이 불그레 상기되어 있
었다. 둥근 얼굴에 검고 긴 눈썹 속의 눈이 좀 작은 편이나 생기있
게 빛나고 있었다.

태섭은 교과서를 뒤적이며 소녀에게 학교서 배운 데까지 알아나
갔다. 그러면서 태섭은 소녀가 손가락으로 짚어 가리키느라고 어깨
를 내밀 적마다 강한 자극을 가지고 엄습하는 향기롭지 못한 땀내
를 막아내기 위하여 담배를 피워 물었다. 소녀의 어머니는 흘깃흘
깃 태섭과 소녀를 번갈아 보면서, 정신 차려 잘 배우라는 말을 몇번
이고 되풀이하였다.

소녀의 어머니의 흘깃거리는 시선을 받아가며 다음날부터 소녀의
예습과 복습이 시작되었다. 소녀는 어학에 관한 암송은 상당히 속
하였다. 그런 한편 수학에 있어서는 애당초 풀지 못할 것으로 여기
고 마는 듯한 페단이 있었다. 태섭이가 소녀에게 수학은 처음부터
싫어했느냐고 물으니까, 소녀는 그렇다고 머리를 크게 끄덕이었다.
그러나 소녀는 풀어놓은 예제같은 것은 혼자 이해하고 설명도 해나
가기도 하였다. 그리고 태섭이가 풀어주는 문제같은 것도 마음만 내
키면 모조리 이해하기도 하였다. 태섭은 소녀에게 수학을 푸는 데
있어 착안점을 바로 가지도록 가르치기에 노력해야 할 것을 느끼면
서 소녀에게로 고개를 돌렸다. 소녀는 붉은 혀끝에 연필 끝을 묻혀
내고 있었다.

태섭은 곧 숙제 중에서 제일 쉬운 문제를 골라서 소녀에게 풀라
고 내놓았다. 소녀는 문제에 눈을 멈추고 그냥 연필을 혀끝에 묻혀
내고 있었다. 태섭이가 착안점을 암시해주었다. 소녀는 그냥 연필
을 혀로 가져가기만 하였다. 태섭은 문득 수학 문제보다도 앞에 앉
은 건강한 소녀의 혀와 입술에 더 정신이 가있는 자기 자신을 깨달
으면서 저도모르게 소녀에게서 연필을 빼앗았다. 그러나 태섭도 무
엇을 쓰기 전에 연필을 혀끝으로 가져가고 있었다. 그리고 태섭은
이러한 자기 동작에 놀랐다. 문제를 잘못 풀었다. 아랫목 소녀의 어
머니가 소녀에게 공부하면서 실없이 웃어서는 못쓴다고 꾸짖었다.
소녀의 장난에 찬 웃음을 이마에 느낄수록 태섭은 다시 헛풀었다.
또 소녀의 어머니가 소녀에게 웃지 말라고 꾸짖었다. 소녀는 이번
에는 소리를 내어 웃으면서, 어머니가 자기보다 더 열심히 이쪽을
살피고 듣고 하면서 공부하는 것이 우스워 그런다고 하며, 한층 더
소리 높여 웃었다.

그 다음날도 휘파람을 불며 돌아온 소녀를 소녀의 어머니가 들어
오라고 일렀다. 그리고 소녀의 어머니는 또 되도록 태섭에게서 먼
거리를 잡느라고 움직거렸으나 소녀는 들어오지 않았다. 소녀의 어
머니가 나갔다. 좀만에 돌아온 소녀의 어머니는 고만한 몸 움직임
에도 숨차하며 태섭에게 건넌방으로 가 가르치도록 말하였다.

건넌방에 소녀가 한복으로 갈아 입고 꽤 얌전하게 앉아있었다.
소녀가 등진 벽에는 이제 바로 스타트하려는 단거리 선수의 사진이
한 장 걸려있었다. 앞으로 쏠리는 몸과 땅을 차려는 발끝과의 아
슬아슬한 균형, 그리고 한 초점을 강렬히 노리고 있는 눈, 이러한
런닝선수의 폼을 바라보면서 태섭은 소녀의 두꺼운 가슴이 테이프
를 걸치고 골인하며 테이프 끝을 푸르르 날리는 장면을 머리에 그
리고 저도모르게 여윈 몸을 한번 부르르 떨었다. 그리고 태섭은 이
번에는 다리를 한옆으로 모아 눕히고 앉았는 소녀의 풍만한 무릎으
로 시선을 옮기다가 급히 거두면서 가까이 있는 교과서 하나를 막
집어들고 뒤적이기 시작하였다.

소녀가 다리를 반대쪽으로 옮겨 눕히는 듯하더니 문득, 다른 사
람의 눈에는 어딘가 자기 집에 빈 구석이 느껴지는 게 있으리라는

말을 하였다. 태섭이 그게 무슨 말이냐고 교과서에서 고개를 드는
데 소녀가 다시, 아버지가 없는 것을 이상히 생각지 않느냐고 하였
다. 태섭이 이집에 아버지 없는 것만은 소개한 친구의 부인한테 들
어서 미리 알고 있었다고 하였다. 그러니까 소녀는 곧, 어머니는 누
구에게나 아버지가 죽었다고 하지만 사실은 살아있다는 것이었다.
이어서 소녀는 자기가 철들어서 아버지가 첩을 얻고 딴살림을 하게
된 뒤부터 아버지와 어머니는 재산을 절반씩 똑같이 나누어 서로 갈
라서고 말았다는 이야기로, 지금 얼마 멀지 않은 동네에 아버지가 살
고 있다는 사실과, 그새 아버지는 재산도 다 없애고 얼마 전부터 류
머티즘으로 자리에 누워있다는 것과, 또 어머니도 그동안 울화병으
로 심장병까지 생겼다는 말까지 하였다. 태섭은 위로의 말 대신에
대수책을 소녀 앞에 펴놓으며, 얼마나 어머니가 지금 소녀 공부 잘
하는 것 한 가지만을 바라고 있는지 모르니 어서 열심히 공부하여
어머니를 기쁘게 해드려야 한다고 하였다. 그랬더니 별안간 소녀는
비웃는 듯한 이상한 웃음을 띠우며, 그런 말은 어머니한테서 귀에 못
이 박히도록 들었다고 하였다. 그리고 소녀는 생각난 듯이, 그리고
누가 밖에서 엿듣기나 하는 것처럼 갑자기 앞 미닫이를 열었다. 뜰
에서 소녀의 어머니가 김칫거리를 다듬다가 놀란 듯이 이쪽으로 고
개를 돌렸다.

　소녀가 학교에서 돌아오기 전에 태섭이 소녀의 집에 가닿게 되는
날이면 소녀의 어머니는 조심스레 미닫이를 열고 들어와 앉아서는
소녀가 학교에서 배운 것을 좀 알기는 하더냐고 묻는 것이었다. 태
섭은 그저 기억력은 썩 좋다고 대답할 밖에 없었다. 소녀의 어머니
는 잠잠히 한참이나 앉았다가 이번에는 나직이, 공부도 공부지만
먼저 남자를 멀리하도록 잘 가르쳐달라고 하면서, 사실 요새 여자
안 속이는 남자 어디 있더냐고 하며 태섭을 쳐다보았다. 태섭은 소
녀의 어머니의 흐린 시선을 피하면서 저도모르게 그렇다고 고개를
끄덕이고 말았다.
　소녀의 어머니는 갑자기 소녀가 올 시간을 생각한 듯이 숨차하며
밖으로 나갔다. 소녀는 집에 돌아오자 태섭에게 내일은 일요일이나

교외로 피크닉 가자는 말을 하였다. 그리고 소녀는 태섭의 대답도 기다리지 않고 혼자 결정을 하고는 앞 미닫이를 열고 부엌 쪽을 향해 내일은 선생님과 함께 소풍 가기로 하였다고 하면서 그렇지 않느냐고 태섭을 돌아다보았다. 태섭은 교외에서 스파이크를 신고 달리는 소녀를 눈앞에 그리고 있다가 그만 고개를 끄덕이고 말았다.
　다음날은 흐렸다. 그리고 바람까지 있었다. 그러나 태섭은 교외로 갈라져나가는 길 옆에서 소녀를 기다렸다. 한참만에야 소녀가 왔다. 태섭은 소녀를 보고 우선 놀랐다. 소녀는 제복이 아닌 한복차림을 하고 있었다. 흰 저고리에, 푸른 바탕에 원앙새 무늬가 있는 긴 치마가 바람에 물결지우며 펄럭이었다. 소녀는 치맛자락을 익숙하게 감싸쥐며 미소와 함께 옷맵시가 어떠냐고 묻고 태섭을 똑바로 쳐다보았다. 태섭은 교외로 난 길로 들어서면서 혼잣말처럼, 제복을 안 입고 외출하면 안되는 규칙이 아니냐고 하였다. 그리고 옆으로 와 나란히 서는 소녀에게서 제복을 입고 륙색을 메고 스파이크를 들고 한, 소녀와는 다른 완전한 한 여인을 발견하고 당황스레 흐린 하늘로 눈을 돌릴 밖에 없었다.
　소녀는 태섭처럼 하늘을 쳐다보는 법도 없이 무슨 날씨가 밤새 그렇게 나빠졌는지 모르겠다고 하고는, 잘못하다가는 비 맞기 쉬우니 교외로 나가는 것은 그만두자는 것이었다. 태섭이 아무렇게 하여도 좋다고 하니까, 소녀는 누가 뒤를 밟아 따르기나 하는 듯이 날렵하게 뒤를 돌아보고 나서 영화 구경을 가자고 하였다. 이번에도 소녀는 자기 혼자서 벌써 그렇게 결정을 짓고는 앞서 걸으며 태섭에게, 뒤 왼쪽 과일가게 옆 골목에 어머니가 따라와 서있다는 것을 알리고 얼마큼은 교외로 가는 길을 가다가 보자고 하였다.
　태섭은 담배를 꺼내어 물고 바람을 피하여 불을 붙이려는 몸짓을 하며 돌아섰다. 사실 소녀의 어머니가 과일가게 옆에 서서 이쪽을 지켜보고 있었다. 담배에 불을 붙이고 돌아서면서 좀전에 소녀가 누가 뒤를 밟기나 하는 것처럼 뒤를 돌아보던 일과 집에서 공부하다가도 누가 밖에서 엿듣기라도 하는 것처럼 갑자기 앞 미닫이를 열곤 하던 일이 머리에 떠오르자 절로 등골에 소름이 끼침을 느꼈다. 태섭은 빠른 걸음으로 앞선 소녀를 따르고 나서 자기는 여기서 헤어지는 편이 좋겠다는 말을 하였다. 곧 소녀는 흰 이를 드러내고 웃으며, 어머니는 혹 딴 남자와 같이 가지나 않나 하여 따라나온 것이니 태섭이와 만나는 것을 보고는 안심하고 돌아갈 것이라고 하면서 뒤를 다시 한번 돌아다보았다. 그리고 소녀는 왼쪽 길로 꺾이어 지금까지 온 길과 평행된 좁은 골목을 접어들었다. 태섭도 그냥 소녀를 따랐다.

둘이 나란히 서서 걸을 수도 없을 만큼 좁은 길을 소녀는 앞서 걸으면서, 어머니가 어디까지든지 남자를 경계시킨다는 이야기로, 사실 그러는 것도 어머니가 아버지한테 받은 타격으로 보면 마땅한 일일 것이라는 말과, 전에 아버지가 밖에 나가서 딴 여자들과 만나다 못해 나중에는 그런 여자들을 집안에 끌어들이기까지 하던 일을 어려서 보아 잘 안다는 말이며, 그럴 적마다 어머니는 이를 갈며 밤잠을 못 자고 울곤 하여 자기는 아버지와 아버지가 데리고 들어온 여자가 아침에 일어나면 함께 죽어있어 주기를 얼마나 바랐는지 모른다고 하였다. 교외로 나가는 길과 평행된 골목을 다 지나 거리로 나섰다. 바람이 소녀의 원앙새 무늬가 있는 치마를 휘날렸다.

소녀는 이번에는 치마를 감싸쥐는 법 없이 새로 골목을 잡아들었다. 그리고 소녀는 걸음을 멈춰 뒤에 따르는 태섭과 나란히 되며, 요즈음도 어머니는 그때에 받은 원통함을 도리어 그때 이상으로 살려가면서 아버지를 원망하고 여인들을 욕질하면서 으레 자기더러 남자같은 것은 생각도 하지 말라고 타이르고는 자기 하나만 의지하고 여태까지 살아오느라고 별의별 고생을 다 참아왔다는 이야기와, 어머니 없이 자라난, 태섭을 소개한 친구의 부인이 지금 남편과 제멋대로 결혼했기 때문에 본가에도 못 다니게 된 사실을 늘 되풀이하며 가엾이 여긴다는 이야기와 나중에는 반드시 죽기까지 모녀 단둘이 살다가 죽자고 다짐을 한다는 이야기를 하였다. 그리고 소녀는 잠시 말없이 걷다가, 자기도 얼마 전까지는 어머니와 한 심정이 되어 아버지를 원망하고 여인들을 미워하면서 진정으로 일생을 불쌍한 어머니와 같이 지내리라는 결심을 해왔으나 자기도 모르는 사이에 어머니에게 반감같은 것을 가지게 되었다는 말과, 요새는 지난날의 가슴 아픈 사실을 되풀이하며 자식에게 그러한 비극이 일어나지 않게만 애쓰는 어머니가 가엾게는 생각되지만 그대로 좇아갈 마음은 전혀 일어나지 않는다는 말을 하였다.
　태섭은 다 탄 담뱃불에 새 담배를 붙여 물었다. 그러자 소녀는 생각난 듯이 말을 이어, 어머니가 담배를 피운다는 것, 그것을 자기는 어머니가 마음 상할 때 피우곤 한 것이 인이 박힌 것으로 이해하고 있다는 것, 그런데 어머니는 오늘까지도 자기의 눈을 속여오고 있는 게 자식으로서 불만이라고 하였다. 그리고 며칠 전에 있은 일이라고 하면서, 첩이 찾아와 아버지의 류머티즘이 대단하다고 하며 어머니에게 약값을 좀 달라고 하였는데 이 말을 듣자 어머니는 펄쩍뛰면서 숨 넘어가는 소리로, 네년이 그만큼 돈을 빨아먹었으면 됐지 나중에는 우리 것마저 뺏아먹으려 덤비느냐고 소리를 질렀다는 것, 그리고 첩되는 여인은 아버지와 어머니가 재산을 나누고 갈라설 때 아버지와 만난 여자로 그때 벌써 두 애의 어머니인 과부였다는 말과, 그 뒤에도 아버지는 여자관계를 끊지 않아 여러가지로 고생을 하면서도 이 여인은 참고 끝내 아버지와 헤어지지 않았다는 말이며, 그날도 어머니는 그 여인에게 애 둘씩이나 있는 것이 남의 첩 노릇하는 개만도 못한 년이라고 욕을 몇번이고 하였으나 소녀 자기는 전처럼 그 여인이 밉게 보이지는 않더라는 말과, 마침내 그 여인이 앓는 아버지를 위하여 이리 와 있게 하는 것이 좋겠다는 말을 하자 어머니는 가슴을 쥐어뜯고 이를 갈면서, 저 좋아 잡년하고 붙어살다가 이제 돈 다 없어지니까 쫓겨나는 사람을 자기는 맡을 수 없다고 고함을 지르고는 그만 졸도해 넘어졌나는 이야기를 하는 것이었다. 소녀는 이야기 도중에 잡년하고 붙었다는 상스러운 말을 입에 담으면서도 얼굴하나 붉히지 않았다. 그리고 어머니가 졸도해 넘어졌다는 말을 하면서도 소녀는 대수 문제를 풀 때보다도 긴장된 빛을 띠지 않았다. 끝으로 소녀는 어머니가 졸도해 넘어진 것을 보고 의사를 부르러 달려가면서도 오히려 그러한 어머니보다도 류머티즘으로 고생하는 아버지와 그 여인에게 더 동정과 호의가 감을 어쩌지 못했다는 말을 덧붙였다.
　태섭은 할말을 몰라 그저, 어머니의 심장병도 대단한 것같더라고 한마디 하였다. 그리고 태섭은 여기서 문득 **소녀의** 어머니는 친구의 부인과 자기 사이에 무슨 추잡한 관계나 있는 것으로 억측하고 있지 않을까 하는 생각과 함께, 처음부터 소녀와 자기 사이까지 감시하고 있음에 틀림없다는 생각이 들자 저도모르게 온몸을 한번 떨었다.

소녀는 태섭을 처다보며, 바람은 좀 있으나 그렇게 떨릴 정도로 추우냐고 하고는, 어느새 티없는 미소를 얼굴 전체에 퍼뜨리면서 저쪽 영화관이 있는 골목으로 고개를 돌렸다. 그러는 소녀의 미소는 골목 옆 다방 앞에 섰는 한 소년을 발견하자 더 똑똑히 새겨졌다. 그리고 소녀는 태섭과 함께인 것도 잊은 듯이 빠른 걸음으로 소년에게로 걸어갔다. 태섭은 그자리에 서고 말았다. 눈썹이 검은 소년. 소녀와 무슨 말을 하는 동안 소년의 검은 눈썹 때문에 더 흰 얼굴이 조금 붉어지는 듯하다가 소녀가 다시 태섭에게로 걸어올 때는 또 창백해지는 듯하였다. 태섭에게로 오더니 소녀는 먼저, 소년은 동무의 오빠라는 말을 하고 그 동무가 지금 앓아누워서 자기를 만나자고 한다는 말을 하였다. 태섭은 속으로 거짓말 말라고 하면서도 그럼 가보라고 하였다. 소녀가, 온 김에 영화 구경이나 하라는 것을 태섭은 일부러 온몸을 떨어 보이며 갑자기 따끈한 커피가 마시고 싶어졌다고 하면서 피하듯이 다방 안으로 들어가고 말았다.

하루는 소녀가 학교에서 오기 전에 소녀의 어머니가 조심히 미닫이를 열고 들어와 잠잠히 앉았다가, 요즘 소녀가 어떤 남자와 만나는 눈친데 그런 것같지 않더냐고 하며 얼굴을 붉혔다. 태섭은 자기도 모르게 곧 머리를 저으며 그렇지 않다고 해버렸다. 소녀의 어머니는 또 잠잠하다가 이번에는 혼잣말처럼, 딸이 무슨 생각을 하고 있건 자기는 그애를 놓아주지 못한다고 하고는, 소녀가 올 시간이 생각난 듯이 급히 밖으로 나갔다.

소녀가 돌아왔다. 그리고 소녀는 대수책을 펴놓자 소년에 대한 말을 꺼내며 소년이 서울서 철학 공부를 하다가 신경쇠약에 걸려 집에 와있다는 말까지 하고는 어딘가모르게 태섭과 같은 데가 있다고 하였다. 태섭은 공연히 귀밑이 달아오름을 느끼며, 결국 소녀가 요새 어머니에게 반항심이 생긴 것은 소년을 안 뒤부터이리라는 것을 깨닫고, 소년의 신경질스러운 얼굴이 남을 속일 것같지는 않지만 요

즘 남자들의 속을 누가 알 수 있느냐는 말에 이어 사실은 지금 자
기는 자기 자신의 속도 종잡을 수 없어서 애쓴다는 말을 하였다.
그랬더니 소녀는 눈을 빛내며, 신통히도 어머니의 말을 옮긴다고
하였다.
　태섭은 펴놓은 대수책에서 인수분해 문제 하나를 손가락으로 짚
었다. 소녀는 노트를 끌어다가 무딘 연필을 혀끝에 찍더니 쓰기 시
작하였다. 그러나 곧 노트가 태섭의 앞에 와 놓였다. 노트에는 답
대신에 〈겁쟁이 선생〉이라는 말이 씌어져있었다. 태섭은 소녀에게
서 얼핏 연필을 빼앗아가지고 낙서한 곳을 두 줄 길게 그어버리고
는 이렇게 쉬운 문제를 못 풀면 어떡하느냐고 하면서 고개를 들다
가 윗구석에 세워둔 창이 눈에 들어오자 운동하는 시간을 줄이는 것
이 좋겠다고 타일렀다.
　소녀가 일어나더니 창을 잡고, 요즘 창던지기를 시작하였는데 자
세가 바로잡히지 않는다고 하면서 왼팔을 앞으로 뻗치었다. 태섭은
또 여기서 소녀가 창을 어깨에 메듯 하고 달릴 때 날릴 머리카락과
던진 창이 그리는 선명한 호선을 눈앞에 떠올리고 있는데, 소녀가
창을 내려놓고 역시 방구석에 놓여있는 원반을 들었다. 소녀는 원
반 든 팔을 던질 듯이 저으며, 원반이나 창을 경계선 바로 전에서
던지고 나서 앞으로 쏠리는 몸을 경계선 밖으로 나가지 않게 멈추
는 데 여간 쾌미가 있지 않다고 하면서, 사실 그때만은 집안 일이
나 수학 숙제같은 것도 모두 잊어버릴 수 있다고 하였다. 그리고
소녀는 계속 원반 든 팔을 저으며 빙그르르 돌았다. 태섭은 소녀의
오른 손목에 감긴 붕대를 지켜보다가 다시 빙그르르 돌려고 하는
소녀의 팽팽한 가슴에서 호크가 벗겨지면 어쩌나 하고, 원반을 피
하듯이 물러나 앉았다. 그러자 물러나 앉는 태섭의 무릎에 소녀의
몸뚱이가 와락 와 쓰러졌다. 태섭이 미처 팔로 소녀의 몸뚱이를 받
을 새도 없이 태섭의 약한 몸은 소녀의 풍만한 육체를 감당치 못하
고 뒹굴고 말았다.
　태섭이 몸을 일으키면서 앞 미닫이부터 열었다. 소녀의 어머니가
수돗가에서 나물을 씻고 있다가 이쪽으로 고개를 돌렸다. 소녀가,
문을 열어놓으면 정신이 산만해져 공부가 안 된다고 하면서 미닫이

를 닫았다. 태섭이 소녀의 서툴게 그린 원과 꽤 곧게 그은 직선들이 난잡하게 널려있는 기하 노트를 집어들었다. 그러나 소녀는 기하책은 펼 생각도 않고, 지금 자기가 쓰러진 것은 요즘 몸이 약해진 탓이라고 하고는, 무슨 생각을 했는지 이번에는 제 손으로 앞 미닫이를 열었다. 그리고 수돗가에서 아직 나물을 씻다가 이쪽으로 고개를 돌리는 어머니에게, 오늘밤은 학교에서 수양 강연회가 있어 학교에 가야 한다고 하였다. 그리고 나서 소녀는 어머니의 대답도 기다리지 않고 미닫이를 닫고는 태섭에게 나직이, 오늘밤에 꼭 할말이 있으니 아홉시에 교외로 나가는 길 오른편 늪으로 와달라고 하였다.

태섭은 이날 밤 소녀를 기다리며 타원형으로 된 늪 둘레를 돌았다. 먼 시계탑은 소녀가 만나자던 아홉시가 지나있었다. 태섭은 저만큼에서 끊어진 가로수 쪽을 지켜보며 소녀가 나타나면 나무와 소녀 어느 쪽이 더 달 그림자가 짙을까 하는 생각을 하며 문득 자기의 그림자를 찾았으나 자신의 그림자는 검은 늪에 떨어져 분간할 수가 없었다.

태섭은 다시 늪가를 돌기 시작하였다. 검은 늪을 내려다보면서 태섭의 공상은 자기가 이번에 늪을 한 바퀴 다 돌기 전에 소녀가 몰래 숨어와서 자기의 눈을 가리우는 장난을 하고, 그러면 자기는 처음으로 소녀의 손을 잡고, 그러면 소녀는 할말은 다른 것이 아니고 원반이나 창을 던지고 난 순간처럼 모든 것을 잊어버리게 같이 늪으로 뛰어들어보자고 할 것이고, 자기는 또 그러기를 허락하여 둘이는 그 원앙새가 쌍쌍이 뜬 무늬가 있는 치마로 허리를 묶고 늪에 뛰어들 것이고, 그렇게 하여 둘이는 늪 밑으로 가라앉느라면 늪 밑 어느 한구석에서 솟아나오는 차가운 샘물이 둘이의 등을 스치고 지나갈 것이고, 그러면 둘이는 퍼뜩 정신이 들어 늪 속을 헤어나오려고 허우적거리게 될 것이고, 그때 갑자기 소녀는 짐되는 자기를 허리에서 풀어내려고 애쓰고 자기는 또 떨어지지 않으려고 소녀의 머리칼을 꽉 감아쥘 것이고, 그러면 나중에 소녀는 자기를 허리에 단채 헤엄쳐 늪 밖으로 나올 것이고, 거기서 자기는 소녀가 허리를 풀어놓는 대로 추워서 덜덜 떨 밖에 없고——사실 태섭은 떨고 있었다.

늪가를 다 돌고 다시 가로수 쪽을 살폈을 때에는 찬 밤기운에 몇 번이고 온몸을 떨었다. 태섭은 먼 시계탑을 더듬었으나 그새 고장이 났는지 시계탑의 전등이 꺼져있었다. 태섭이 다시금 가로수 쪽으로 시선을 옮기다가 자기의 여윈 달 그림자를 발견하고 자기의 것 아닌 것으로 착각하며 놀랐다. 그리고 지금 어디쯤에서 소녀의 어머니가 자기를 지켜보고 있는 환각을 일으키고 나서, 소녀의 어머니는 자기를 소녀 앞에 내놓고 무슨 일이 생기나 실험을 하고 있지나 않나 하는 생각이 들자 새로 온몸이 떨렸다. 그만 거리로 발길을 돌리면서 태섭은 기울어진 달을 쳐다보며 지금쯤 소녀와 소년이 늪 아닌 어느 어두운 골목에서 서로 만나고 있는 환영을 그리고는 자기의 달 그림자를 소녀의 어머니와 소녀와 소년의 것으로 몇번이고 착각하면서 그때마다 온몸을 떨었다.

아파트로 돌아온 태섭은 자리에 누워 며칠 동안 열로 떨면서 앓았다. 열과 오한이 없어진 어느날 아침 태섭은 머리에 동였던 타월을 풀고 일어나 오래간만에 물뿌리개로 화분에 물을 주고 있었다. 그러다가 태섭은 무심코 앞 유리창에 나비의 날개같은 것이 움직임을 느꼈다. 처음에는 그저 자기의 야윈 얼굴이 비친 것으로 알고 무심히 여겼으나 나비의 날개같은 그림자는 또 움직이는 것이었다. 태섭이 고개를 들고 자세히 보니 원앙새가 있는 무늬였다. 놀라 돌아섰다. 뒤에 어느새 소녀가 들어와 서있었다. 그러나 소녀의 치마는 원앙새 무늬가 있는 것이 아니고 풍랑이 일어난 바다 무늬가 있는 치마였다. 태섭은 이상한 현기증이 나서 베드에 주저앉았다.
소녀는 베드 옆의 가스스토브를 만지며 늪에 못 간 변명으로, 사실은 그날 밤에 소년과 거리에서 만나 함께 늪으로 가서 태섭에게 자기들의 앞일을 의논하려던 것이 그날따라 집에 혼자 남을 어머니가 불쌍하게 보여 그만 머리가 아프다는 핑계를 하고 자리에 눕고 말았다는 말을 하였다. 소녀는 이어서 그날 밤 소년은 자기를 기다리다 못해 자기가 소년을 배반한 줄로 알고 머리칼을 잘라 자기에게 보냈더라는 말까지 하였다. 태섭은 또 열이라도 생긴 듯이 한번 떨고 저도모르게 크게 소리를 내어 웃고 말았다. 소녀가 놀라 눈을 크게 떴다. 태섭이 짐짓 엄한 어조로, 그런 광대놀음을 하는 소년 가운데 더 불량한 애가 많다고 하였다. 소녀는 태섭이 자기의 어머니와 똑같은 말을 할 줄은 몰랐다고 하며 눈을 빛내었다.

태섭이 이번에는 소녀에게 나타나는 어떤 새 힘을 깨달으면서 불쌍한 어머니를 어떻게 하려느냐는 말과 소녀가 없어지면 어머니는 졸도하여 깨나지 못할는지도 모른다는 말을 하였다. 소녀는 입가에 비웃음을 띠우며 당돌한 말씨로, 병든 아버지를 집에 들이지 않는 어머니의 졸도가 자기와 무슨 상관이 있느냐고 하면서, 사실은 지금 소년과 자기는 어디로 떠나는 길이라고 하였다. 태섭이 일부러 냉랭한 어조로, 소년과 함께 떠난대도 멀지 않아 불행해질 것이라고 하니까, 소녀의 손이 날아와 태섭의 뺨을 갈겼다. 그리고 소녀는, 악마, 악마, 하고 두어 번 부르짖고 나서, 무슨 일이 있더라도 자기네는 행복해 보이겠다고 소리치고는 빛나는 눈에 눈물을 내돋히며 풍랑이 인 바다 무늬가 있는 치마를 물결지우면서 도어를 밀고 나가버렸다. 아파트의 유난히 잔 층계를 소녀가 몇개씩 한꺼번에 뛰어내려가는 소리를 들으며 태섭은 무언가 안정된 심정으로 다시 물뿌리개를 들어 화분에 물을 주기 시작하였다.

허수아비

나무 그늘을 지나 준근은 비탈길을 내리기 시작하였다. 퍼그나 떨어진 마을에서 닭이 무척 가까이 울었다. 준근은 마을이 가리워 지는 소나무 사이에서 갑자기 가슴속 깊이 흐르는 비릿한 나뭇진 냄새를 느끼면서 빈기침이 치밀어올랐다. 잇달은 기침에 준근은 단 장을 놓고 주저앉아 흙을 긁어쥐며 커다란 가랫덩이 하나를 뱉아내 었다. 준근이 긁어쥔 흙이 불개미집이었다. 옆에서 빨간 개미가 오 그르르 송충이에게 달라붙어있었다.

준근은 가랫덩이를 피해 앉아 거의 동그라미를 그리다시피 꼬부 리곤 하는 송충이를 들여다보았다. 송충이가 꼬불거리며 뒤칠 적 마다 개미떼가 떨어져나가 굴다가는 다시 조그만 촉각을 가물거리 며 송충이에게로 기어들었다. 송충이의 꼬부라뜨리곤 하는 사이가 점점 길어지면서 동그라미도 차차 틈이 벌어져샀다. 준근은 붉개미 속에 지렁이를 가져다놓을 생각을 해내고 일어나 어렸을 때 지렁이 잡으러 오곤 한, 이끼낀 흙이 덮인 작은 비탈로 갔다.

준근이 꼬챙이에 눅진한 지렁이 한 마리를 걸쳐들고 돌아왔을 때 에는 송충이가 겨우 몸을 비틀 뿐이었다. 그러다가 그저 개미떼가 들끓어 움직이는 것이 송충이가 몸을 비트는 것처럼 되곤 하였다.

준근은 꼬챙이의 지렁이를 개미집에 떨구었다. 지렁이가 꾸불럭 거리고 개미떼가 막 흩어졌다. 준근은 쥔 꼬챙이로 지렁이의 허리 를 눌렀다.

누른 꼬챙이를 준근은 땅에 비비기 시작하였다. 꼬챙이 끝에서 지렁이가 곧 두 토막으로 났다. 두 토막이 난 지렁이는 제각기 한 마리의 지렁이가 되어 기어가는 것이었다. 대가리와 꼬리가 각기 한 마리씩 되어 각기 다른 데로 기어가는 지렁이를 지켜보다가, 준근은 다시 한 토막의 지렁이를 두 토막으로씩 끊어서 개미떼에게로 굴리고는 일어서고 말았다.

마을 어귀에 서있는 백양나무 이파리가 아침 햇살에 빛나고 있었다. 마을에서 개가 분주히 짖고 있었다. 준근이 이렇게 가까이서 듣는 개 짖음을 이번에는 멀리서처럼 흐리게 들으며 마을로 들어섰다.

명주가 애를 업고 길 옆에 어정거리며 서있었다. 명주의 등에서 애가 급작스레 울며 개 짖음을 지워버렸다. 명주는,

"넌 왜 울기만 하니,"

하고는 애 궁둥이를 힘껏 두들겼다.

준근은 명주 앞을 그냥 지나치려다 말고 돌아서며,

"전에 네 달래 캔 거 빼앗군 하던 나 알지?"

하였다.

명주는 등을 돌리면서도 고개를 끄덕이었다. 준근은 명주의 검디검은 머리칼로 눈을 주면서 현기증 비슷한 것을 느꼈다.

낮이면 준근은 마을 뒤에 있는 선산에 올라가 누워있곤 하였다. 느리게 비탈진 바로 아래 초막에서 재동영감이 비로 이영 끝에 친 거미줄을 걷는 것이 보였다.

"쌍넘의 거미새끼!"

거미줄이 비를 저을 적마다 실실이 찬란스럽게 빛나곤 하였다.

거미줄을 다 걷고 나서 비를 뜰 한구석에 세워놓고는 재동영감은 벌통으로 가 앉으면서도 다시,

"쌍넘의 거미새끼 다 죽에 없애야디,"

하고 중얼거렸다.

재동영감은 이번에는 날아드는 벌을 지키다가 이따금 한 마리씩 손가락으로 눌러 비비곤 하였다. 검고 작은 것이 재동영감의 손가락 끝에서 굴러 떨어져나갔다.

명주가 자작나무께로 애를 업고 나타났다.
"건 왜 죽이우?"
"이제부턴 수펄이란 넘은 꿀만 처먹으니낀."
준근은 죽어 떨어지는 수펄을 세고 있었다.
"정, 꿀 좀 주구레."
"꿀을 벌써 치나. 요새두 걔 보채니?"
"그럼요."
명주는 자작나무 껍질을 뜯으며,
"오마니 젖이 나야 멀하디. 젠년 치라두 좀 주구레."
"그게 여태 남았나 원."
명주는 자작나무 껍질만 뜯어내었다.
재동영감이 명주의 등뒤로 가 애의 발을 끌어다 혓바닥으로 핥았다. 애가 울기 시작하였다. 재동영감은 이빨 없는 검은 잇몸을 드러내고 으흐이며 웃었다. 명주는 재동영감의 얼굴을 향해 자작나무 껍질을 던졌다. 재동영감은 그냥 으흐이며,
"애 발 곱다,"
하고 애의 발을 쥐어다 다시 핥았다.
"에이 더러."
재동영감의 검은 잇몸이 다시 웃기만 하였다.
"그러니낀 노친네가 도망가디."
재동영감의 웃던 얼굴이 삽시간에 굳어지며,
"요넘의 엠나이가,"
하고는 혼잣말처럼,
"도망가긴 어델 도망가, 내가 내쫓아버렜디, 무에나 애끼디 않는 년을 내쫓디 않구 멀 할꼬,"
하였다.
명주가 이번에는 칭얼거리는 애를 엉덩이를 들썩거려 달래며,
"그름 노친네 또 얻어 오소고레,"
하고 속으로 웃었다.
재동영감은 그저 굽은 등으로 구석에 가 삽을 잡았다.
"멀 할래는 거요?"

“또 최문이 할랴구. 내년엔 고구말 기껏 많이 심을란다. ”
　준근은 며칠 전 일이 생각켰다. 가래의 끈을 갈아매던 아버지가,
“재동녕감네 최문이 한 걸 우리가 했어야 할껄 원, ”
하자 어머니가,
“그런 것 하게 어데 손이 자라가야디요, ”
하니까 아버지는,
“그리게 말이디, 해만 노믄 모밀이랑 조같은 것두 여간 잘 될 게
아닌데, ”
하였고,
“고구마알두 여간 크게 달리디 않두만, 참 재동녕감 혼자서 수태
두 닐궜더라, ”
하고 어머니가 혼잣말처럼 하는 것을 아버지는,
“머 나무 뿌리같은 걸 들춰낼 게 있나 멀 하나, 이제부터라두 우
리가 최문이 할디 원, ”
하며 일어서는데 준근이 자기가,
“아니 그게 우리 선산 아니우, 너무 무덤 가까이꺼지 땅을 일궈두
괜찮은지요, ”
했던 것이다.
　재동영감이 삽날로 자작나무에 친 거미줄을 걷어내고 삽을 어깨
에 메었다.
“고구마 멫 알만 주소고레. ”
“아직 알이 안 들었어. ”
“한 알만 캐보소고레. ”
“요게, ”
하고 재동영감은 손가락으로 명주의 볼을 찌르려다 말고 나직이,
“이따 해 딘 댐에 오간? ”
하였다.
“망측해라. 밤에 머이 뵈나. ”
“그럼 뵈디 않구, 달두 있갔다. 낮에 캐믄 소문나서 안돼. 벌써
캐 먹게 됐다구. 골라 캐믄야 먹을 만한 게 있갔디. ”
　명주가 재동영감을 흘기는 시늉을 하며,

“다 캐게 됐을 텐데 머,”
하였다.
　재동영감은 그저 으흐흐 웃기만 하였다.
　큰 구름덩이에서 떨어져 날아오던 작은 구름장의 짙었다 엷었다
하는 푸른 그늘이 준근을 덮었다. 준근은 명주의 검붉은 옆얼굴과
두꺼운 가슴에서 눈을 거두고 일어났다.
　양지 바른 산기슭에 널린 조상의 무덤 사이를 준근은 아무 느낌
없이 다만 재동영감과 명주의 눈에 안 띄도록만 빠른 걸음으로 지
나갔다. 무덤과는 떨어진 왼쪽에 새로 일군 붉은 흙이 드러난 아래
로 고구마 잎이 엉키어 덮여있었다.
　준근은 다시 아침에 갔던 마을 북쪽 산으로 가기로 하였다.

　솔잎 위에 그냥 들이 퍼져나갔다. 들 끝을 둘러싼 잿빛 산들이 푸
른 하늘에 녹아들면서도 선명한 선을 나타내고 있었다.
　준근은 소나무 그늘에 앉아서 솔가지에 가려지면서 고기비늘처럼
빛나는 냇물을 바라다보고 있었다. 앞 도토리나무 뒤에서 청년이 터
덕거리고 올라오며,
“오늘은 이쪽으루 왔군요,”
하고 준근에게 말을 건넸다.
“생각나는 대루 막 다니니까요.”
　청년은 준근이 다시 들 냇물 쪽으로 준 시선을 더듬어 따르다가,
“침 지기 지 산에나 올랐으넌,”
하였다.
　준근은 자기가 산을 바라보고 있는 것으로 청년이 잘못 짐작한
것을 알고,
“저 냇물이 어느 산을 끼구 돌았을 것같수?”
하며 그냥 굽이를 돌면서 끊어진 냇물을 눈으로 좇고 있었다.
“어디 냇줄기가 뵈야 알지. 저기 저 제일 높은 산 아니우?”
“아니, 저기 그 다음 나무가 무성한 산이라우.”
“하긴 산은 나무가 많어야죠, 이 산처럼.”
“올해는 가을이 빠를 게요. 벌써 저렇게 하늘이 높구 냇물이 막 차

뵈는 게.”

　준근은 일어서며 단장으로 자기에게 그늘을 던진 소나무를 때렸다. 출렁이며 산울림이 울렸다.

　소나무며 도토리나무를 막 때리며 준근은 걸었다. 준근은 먼젓것의 산울림이 울리기 전에 새로 나무를 때리려 하였다. 마지막으로 준근은 소나무를 힘껏 때리고 빨리 걸었다. 그러나 몇 그루 나무를 지나치지 않아 산울림은 어느새 수많은 나무 사이를 헤집고 울려 왔다.

　산 한옆 바위도 없는 작은 낭떠러지에 나섰다. 낭떠러지를 끼고 도는 도랑을 물총새가 물을 거슬러 날고 있었다.

　따라오던 청년이,

“이 산두 좀더 높기만 했으면 괜찮을 텐데,”

하며 마침 한 팔에 앉는 메뚜기를 잡아 뒷다리를 쥐었다.

“이 산두 옛날엔 괜찮게 높던 산이었을 게요. 나무가 별루 없었을 때는…… 그게 사태에 아래루 밀리구 밀리구 해서 지금처럼 됐지. 내가 어려서 나무하러 다니게 돼서두 어느 핸가 사태가 난 적이 있지요. 우리가 지금 밟구 있는 땅이 맨 첨 이 산의 꼭대기 흙인지두 모르죠.”

“이런 데서 봐서 그런지 얼굴빛이 좋군요.”

“밀요, 서울서처럼 펄 토하진 않았지만.”

“나같애선 이런 데 와서두 그늘에만 앉았지 말구 막 돌아다니는 게 좋을 것같은데요. 참 아까 지팽이루 나무를 때릴 때는 건강한 사람이나 다름없습디다.”

“그래요?”

“물론 집에서야 여간 걱정치 않을 테죠.”

“집에서는 아들이 폐병쟁이란 걸 모른다우.”

“모르다니요?”

“이곳서 내 병을 말한 건 노형에게뿐이오.”

“고맙쉐다. 나한테만 내놓구 말하셨다니. 그러게 사실 나두 늘 털어놓구 말하지요.”

“사실은 난 이런 산에 와서 누구와 만나지 않구 혼자 있구 싶었지요. 그래 날 멀리하라구 내 병을 알렸죠."
"그래두 난 안 무서워하니까요,"
하고 청년은 큰 입으로 어허허 웃었다.
"언제 사태처럼 밀리어나갈지 모르는 생명이 무서울 턱이 없지요."
  청년은 뭔가 생각난 듯이,
"아니오, 생명이란 이상한 겁디다,"
하였다.
  준근은 청년이 오늘은 무엇을 또 털어놓고 이야기하려는고 생각
하면서 마침 청년의 손에 발 하나를 남기고 날아가는 메뚜기를 바
라보고 있었다.
"애 밴 아내의 배를 찬 적이 있어요."
"참 어찌 됐수?"
"막 공중거리루 넘어지는데 결김에 차놓구두 겁이 나둔요."
"아니, 부인과 헤진다든 거 말요?"
"거야 가을 전으룬 꼭 결판을 낼 생각이죠,"
하고 다물면 길어지는 입을 한 번 꼭 다물고 난 청년은,
"그러구 쓰러져 배를 안구 끙끙거리며 돌아가는 게 또 어떻게나 미
운지 그걸 또 내리쫓었지요, 그랬더니 그년의 소리가 뱃속의 애야
무슨 죄가 있느냐는 거예요, 그리구 쓰러진 채 쳐다보는 눈이 어떻
게나 빛나든지, 여태 면바루 얼굴을 쳐들지두 못하든 게,"
하고 이번에는 두꺼운 눈꺼풀 속에서 눈을 빛내었다.
"그게 어머니라는 걸께요."
"글쎄요. 그래 낙태나 해버렸으면 했는데, 사실은 속으루 낙태하
면서 에미꺼지 즉사했으면 하구 여간 바란 게 아니죠. 그런데 그렇
게 단단히 채였는데두 그냥 뱃속에 붙어있드군요. 생명이란 참 이
상합디다. 그러든 게 막상 애를 낳니까 아내 그건 더 미워져가두
애 고놈은 밉지 않거든요."
  준근이 청년과 그의 아내 사이가 애로 인해서 일없이 이어지기
쉽다고 생각하고 있는데 마을 쪽에서 낮닭이 울었다. 문득 준근은 밤
에 명주가 고구마밭에 갈지도 모른다는 생각을 하며 봉오리만 단 들
국화 가지를 마구 꺾었다.

초저녁에 마을에서는 밀짚 모닥불을 피우고 애들이 헌 짚세기를 하늘로 던지면 박쥐들이 짚세기를 따라 내려왔다.

검은 창호지에 난 조그만 구멍으로 별들이 새어들 뿐이었다. 어둠 속에서 준근은 미열이 나기 시작하였다. 준근은 어둠 속을 더듬어 남포알을 빼 볼에 가져다 대었다.

남포알이 준근의 열을 옮겨갔다. 한 자리에 사늘한 기운이 없어지면 준근은 남포알의 다른 면으로 돌리곤 하였다.

거리에서는 준근은 저녁이면 생기는 열을 찬 남숙의 뺨으로 옮기곤 하였었다. 곧 남숙의 두 뺨이 준근의 열 오른 볼처럼 되면서 더 붉어지는 것이었다. 그리고 떼려는 준근의 볼에 다시 뺨을 가져다 비비는 남숙의 눈물이 준근의 볼과 입술을 적시는 것이었다.

준근의 눈물이 한 줄기 남포알에 흘러내렸다.

준근은 저도모르게 행복자라는 말을 속으로 외며 남포알을 도로 끼웠다. 그리고 성냥을 그어 남포에 불을 켰다. 심지에서 냇내가 피어나왔다.

까맣게 그을은 천장을 쳐다보며 준근은 어버이의 살림이라는 것을 느낀 듯하였다. 그러나 깊이 들이마셔보는 냇내는 곧 속을 흐릿하게 할 뿐이었다. 그러다가 준근은 천장까지 거의 올라 닿은 자기의 그림자가 남폿불 흔들거리는 것과 어긋나 별나게 쭈그러지는 것을 발견하자 일어나 창문을 열어젖혔다. 뜰안에 슬슬 연기를 올리던 쑥불이 불길을 일으켰다. 장독대 옆의 해바라기와 장독이 달빛 속에서 더 분명히 제대로 나타났다. 외양간 회에 오른 닭들이 날갯죽지 속에 꼬아넣었던 대가리를 뽑아내어 허공에 몇번 흔들어댔다.

준근이 나가 쑥불을 짓밟고는 그냥 솟는 연기 속을 지나 밖으로 나섰다.

어느새 준근은 이슬에 아랫도리를 적시며 선산허리를 질러 건너고 있었다. 이슬 맺힌 풀 속에서 벌레가 끊임없이 울었다. 준근이 가까이 가는 데서만 벌레 소리가 끊기었다가 곧 다시 한층 높이 울곤 하였다.

무덤가에 이르렀다. 비스듬한 고구마밭이 검푸른 잎을 번뜩이고
있었다. 무덤 윗가를 다 지나고 난 준근은 고구마밭 속으로 앉은걸
음을 치는 명주를 달빛 속에 찾아내자 옆 큰 소나무 뒤로 몸을 숨
겼다.

명주는 고구마 포기를 고르지도 않고 손가락으로 덩굴 밑을 파내
었다. 잠깐 새 굵고 잔 고구마알들이 패어 굴리워났다.

명주가 고구마알을 급하게 치마폭에 담는데, 밭 한끝에서 재동영
감의 그림자가 일어섰다. 재동영감은 명주의 뒤로 가만가만 다가
갔다.

치마폭에 고구마를 다 담은 명주가 일어섰다. 재동영감이 명주의
앞을 콱 막아섰다. 그리고 재동영감은 치마폭의 고구마알을 떨구면
서 뒷걸음치는 명주의 팔을 잡았다.

"요년!"

재동영감의 입술이 달빛에 검게 움직였다.

명주가 팔을 빼려 했다. 그러자 재동영감의 검게 빛나는 혀가 어
느새 길게 나와 명주의 뺨을 핥았다. 명주는 팔을 잡힌 채 한 걸음
물러났다.

"캐 논 거 다 주께,"

하며 재동영감의 검고 긴 혀가 와 또 명주의 뺨을 핥고는 잡은 팔
을 놓아주었다.

명주는 급히 고구마를 치마폭에 주워가지고 그곳을 뛰어나왔다.

명주의 발 밑에서 벌레 소리만큼 무성한 이슬이 달빛을 머금고 사
라졌다.

명주가 초막 앞 자작나무 옆을 지나는데 검은 그림자 하나가 나
서며 앞을 막았다. 어둠 속에서도 극서가 분명했다.

명주는 놀라듯이 흠칫하였으나 곧,

"왜 이래!"

하며 극서의 옆을 빠져나갔다.

그러나 극서를 다 지나쳤다가 명주는 다시 돌아와 치마 속에서 고
구마 몇개를 꺼내어 극서에게 쥐어주고는 뛰기 시작하였다.

그제야 준근은 소나무 뒤에서 나오며 열과는 달리 만족한 웃음을 떠올렸다.

준근은 낮에 오조 도리깨질하는 옆에서 긴 막대를 들고 오지도 않은 닭쫓기를 하며 해바라기를 하고 있었다. 튀어나는 조알이며 향긋한 먼지 속으로 준근의 마음은 젖어들어가고 있었다. 그러나 도리깨가 내릴 적마다 주름 많은 얼굴이 흔들리면서 땀이 뿌려지는 아버지와 빈 막대를 들고 앉았는 자기와는 인연이 없는 것같이만 느껴지면서 막대를 던지고 준근은 안뜰로 들어섰다.

작두가 외양간 기슭에 날을 젖힌 채로 있었다. 준근은 가 작두 끈을 쥐고 빈 작두를 찍어보았다. 한 다리로 서기가 중심이 잘 잡히지 않아 준근은 비틀거렸다. 준근이 썰 것이 없을까 하고 돌리는 눈에 단장이 띄었다.

단장을 작둣날에 가져다 대고 무심코 외양간으로 고개를 돌리자 새김질하는 소와 눈이 마주쳤다. 준근은 곧 단장을 도로 빼내고 말았다.

준근은 이번에는 얼마나 바른 원을 그릴 수 있을까 하며 눈을 감고 단장 끝으로 땅을 그으면서 한 바퀴 돌았다. 어지러운 눈을 뜨니까 마지막이 처음 시작한 선 안으로 들어와 맞닿지 않은 원에는 어느새 두꺼비 한 마리가 뛰어들어와 있었다.

준근은 단장으로 두꺼비가 웅크린 앞 땅을 두들겼다. 그러나 두꺼비는 며가지를 히물거리기만 할 뿐 선 밖으로 뛰지는 않았다. 준근은 두꺼비의 잔등을 두들기기 시작하였다. 두들겨도 두꺼비는 뛸 염은 않고 부풀어 커지기만 하였다. 준근은 파리를 한번 잡아다줄 생각을 하였다.

외양간에서 쇠파리를 잡아가지고 오니까, 어느틈에 두꺼비는 선을 나와 장독대 옆의 맨드라미 밑으로 가 웅크리고 있었다. 준근은 두꺼비 앞에 죽은 쇠파리를 떨구어주었다. 그러나 두꺼비는 그저 희멀건 며가지를 히물거리기만 하였다.

준근은 보지 않으면 먹을지 모른다는 생각에 물러나 돌아섰다.

어머니가 멍석을 끌어다 놓고 막대기로 털기 시작하였다. 준근도가 단장으로 두들기기 시작하는데 어머니가,

“얘 그만둬라,”
하고는 준근의 얼굴을 들여다보며,
“너 어디 아픈 덴 없니?”
하였다.
“아뇨. 왜요?”
“머 먹구픈 건 없니?”
“아아뇨.”
　아버지가 들어와 멍석을 말기 시작하였다.
　어머니가 준근과 아버지를 한꺼번에 쳐다보면서,
“너 인젠 다시 어데루 가디 않디?”
하였다.
　아버지가 멍석을 안고 나가며,
“조상 산수 걱정은 말구 네 에미 애비나 딴 사람 손에 눈 갬기우
디 말아라,”
하였다.
　준근이 돌아보아도 두꺼비는 파리를 안 먹었다. 어머니가 혼잣말
처럼,
“명주두 이젠 다 컸든, 걔가 참한 색싯감야, 또 어떠 바즈런한디,”
하고는 다시 준근에게,
“너두 인젠 아들딸 낳야디 않니, 우린 또 늘 사나, 아바지두 명주
칭찬한단다, 넌 어떻든? 이젠 우리두 밭뙈기나 있든 거 다 팔구 며
누리나 잘 만나야디, 명주가 바즈런하구 참한 색싯감야, 여러 데서
말 있는가부더라, 극서네두 벌써 언제부텀 조르게,”
하며 흐린 눈으로 준근의 낯을 살폈다.
　준근이 저도 깨닫지 못하고 갑자기,
“극선 암만해두 명주완 짝이 기울러요,”
하고는 자기가 한 말에 놀랐다.
　마당에서 아버지가 도리깨질하는 소리가 다시 들렸다.
　준근은 또 두꺼비에게로 고개를 돌렸다. 두꺼비는 아직 쇠파리를
먹지 않고 있었다. 그러나 마침 장독에서 날아온 파리 한 마리가
두꺼비에게 가까이 왔는가 하는 순간 두꺼비는 잽싸게 파리를 입

안으로 말아들였다.

준근은 불현듯 개구리가 뛰는 들로 나가고 싶어졌다.

아직 끓는 햇볕을 등으로 받으며 준근은 수수밭 귀를 돌았다. 애들이 수수밭에서 깜부기 먹은 검은 입으로 나왔다.

준근이 수수밭 귀를 도니 밭둑에서 명주가 개구리를 잡아 메치고 있었다. 준근이 가까이 갔다. 준근을 보자 명주는 메친 개구리의 뒷다리를 찢지 않고 거의 찬 질경이 꿰미를 감추듯이 하며 비스듬히 돌아섰다.

"메자구(개구리) 많아?"

명주의 발 옆에서 메친 개구리가 희끄무레한 배때기를 드러낸 대로 있다가 버둥거리기 시작하였다.

"애가 벌써 그런 걸 먹어?"

"예."

개구리가 종내 버둥거려 일어서 수풀 속으로 뛰어들었다.

준근은 명주의 검붉은 얼굴이며 두꺼운 가슴을 가까이 바라보았다. 그리고 그는 현기증이 날 것같이 느껴지면서 그곳을 떠났다. 준근이 채 수수밭을 돌기 전에 뒤에서 명주가 새로 잡은 개구리를 메치는 소리가 들렸다.

또 수수밭에서 입술이 깜부기로 검게 된 애가 뛰어나와 준근의 옆을 지나 앞 밭둑길 한가운데 두 애가 웅크리고 앉은 데로 가 끼어 앉았다. 가까이 갔다. 애들은 말똥구리 구멍을 둘러싸고 말똥구리가 기어나오기를 기다리고 있는 참이었다. 냇둑을 올라온 한 애가 물을 물고 와 구멍에 부었다. 그러나 말똥구리는 좀처럼 나오지 않았다.

물을 물어온 애가 먼저 준근을 쳐다보고 저리로 달아났다. 애들이 다 먼젓애의 뒤를 따라 달아났다. 그러나 애들은 또 말똥구리 구멍이라도 찾아내었는지 한곳에 둘러앉았다가 곧 냇가로 내려들 갔다.

그제야 구멍에서 말똥구리가 뿔과 발에 진흙을 묻혀가지고 기어나왔다. 준근이 얼른 말똥구리를 잡아쥐었다.

냇가로 내려갔던 애들이 입에 물을 가득가득 물고 올라와 둘러앉

왔다.

　준근은 속으로 침입자라는 말을 외며 애들의 옆을 지나면서 둘러 앉은 가운데로 말똥구리를 떨구었다. 그리고 뒤도 안 돌아보고 빨리 냇둑을 내렸다.

　냇둑 밑에는 극서가 소를 먹이고 있었다.

　준근은 소 앞으로 가며,

"풀 무던히 바투 깎았군,"

하였다.

　극서가 쑥가지로 소 등의 파리를 날리며 긴 얼굴로,

"손이 바르다구 예서만 깎아 가니낀요,"

하였다.

"참 전에 나부터 예서 꼴 베댔지. 이젠 극서두 어른 다 됐군. 소처럼 튼튼해지구. 전에 나혼자하구 극서랑 여럿하구 이 냇물에서 물쌈해서 내가 이기군 했지? 이젠 반대루 극서 혼자한테 나같은 거 수십명 들어붙어두 어림없겠는데."

　극서가 소 등에 앉은 등에를 쑥가지로 헛때렸다.

"그리구 참, 명주두 어른 다 되구, 더할나위없이 좋은 색싯감이든데……"

하다가 준근은 자기의 부모가 명주와의 혼인말을 벌써 내어 그것을 극서가 알고 있지나 않을까 하는 생각이 들자 소 등의 등에를 저도 모르게 손바닥으로 쳐 떨구고는 피묻은 손을 들고 냇물로 가 담갔나.

　준근은 등에의 피가 다 씻긴 손을 그냥 물에 담근 채 이 굽이가 산에서 내려다보인 굽이 가운데 어느 굽이일까 하며 고개를 산 쪽으로 돌렸다. 산에는 검푸른 나무들이 빽빽이 들어서있어 준근이 가곤 하는 자리조차 쉬 어림잡을 수 없었다.

　준근은 큰 참개구리로만 거의 찬 버드나무 꿰미를 들고 청년의 뒤를 따르고 있었다. 뒷다리를 찢기어 내장이 나온 개구리를 피해 걷기에 준근은 애썼다.

　새로 개구리 뒷다리를 찢어낸 청년은,

“개구리 뒷다린 이렇게 단번에 찢어내야지 못써요, 살에 피가 뭉
치니깐, ”
하고 아직 히물히물 경련을 일으키는 개구리 뒷다리를 준근에게 내
주었다.
“이젠 그만하지요. ”
“좀더 잡어야지 고까짓거 먹을 나위 있수? ”
하며 청년은 다시 발로 풀숲을 헤치기 시작하였다.
　참개구리를 골라잡아 메친 후 대가리를 짓밟은 청년의 훌렁 걷어
올린 다리로 준근의 시선이 또 갔다. 이상한 다리였다. 무릎 위가
긴 데 비해 아래가 무척 짧은 청년의 다리는 종아리와 발목의 구별
이 없이 그저 굵게 밋밋하였다. 청년은 지금도 그런 다리로 상체만
남아 아가리를 벌리곤 하는 개구리를 풀 속에 차넣는 것이었다. 준
근이,
“한번 궈 먹구 또 합시다, ”
하니까 그제야 청년은,
“그럴까요, ”
하며 새로 찢은 개구리 뒷다리를 쥔 손등으로 이마의 땀을 씻어내
었다. 뒷다리의 한끝이 청년의 이마에 닿으면서 피를 묻혀놓았다.
그러나 청년은 깨닫지 못한 듯이 이번에는 마른 김풀을 줍기 시작
하였다.
　준근도 내장 나온 개구리를 밟지 않도록 하며 김풀을 주웠다. 마
른 김풀에서는 풀냄새보다도 흙냄새에 섞여 도리깨에 맞아 떨어지
던 조알의 냄새가 풍겼다.
　새로 김풀을 쥐려던 준근이 놀라 뒤로 물러나고 말았다. 내장을
뒤에 달고 있는 개구리가 김풀 속에서 기어나오고 있었다. 다음 순
간 준근은 생에 대한 어떤 더러운 미련을 암시나 받은 듯이 느껴지
면서 기어나오는 개구리를 힘껏 풀 속에 차넣었다. 준근은 다음부
터 김풀은 안 줍고 그런 내장을 뒤에 단 개구리만 풀 속으로 차넣기
시작하였다.
　청년이 벌써 길 옆에 꼬챙이로 얼거리를 해놓고 김풀에 성냥을
그어대고 있었다.

　준근이 누런 김풀 연기 속에 꿰미를 올려놓았다.
　좀 있다 청년이 꿰미를 뒤집어놓으며,
"참 맛있는 냄새 나눈,"
하였다.
　준근은 진을 내면서 검붉게 변하는 개구리 뒷다리를 지켜보다가 치미는 구역질을 참으며 고개를 돌렸다.
"사실 맛두 좋지요. 자 이젠 익은 걸루 골라 드시우."
"어디 먹힐 것같지 않군요."
"아아니 왜 그러우. 먼저 궈 먹자구 끌구 오더니."
"어려선 참 잘 먹었는데."
　청년은 하나 꺼내어 재도 안 불고 살을 뜯으며,
"먹어만 봐요, 맛이 어떤가, 참 소화가 안 될까봐 그러우?"
하였다.
"소화두 잘 안 되지요."
"미리 겁내면 안돼요. 막 먹어야지, 난 돌이라두 먹으면 색이겠습디다."
　준근이 그중 많이 탄 것을 하나 골라 불 속에 더 깊이 파묻었다.
"아니 그렇게 타면 맛있나요 원, 참 이리루 이사오기 전 동리앤 무척 개구리가 많어서요, 애들이 고기잽이는 않구 개구리만 잡아 구워들 먹지요, 지금 동리두 아주 이런 데서 보면 무던해요, 포플라 나무가 우거진 게,"
하고 마을 쪽으로 눈을 준 채로 청년은 갑자기 생각난 듯이,
"아 참, 오늘 장인이 오마 한 날이군,"
하고 걷었던 바짓가랑이를 내리며,
"글쎄 장몬가 먼가는 내 다리가 언제부터 이렇게 밋밋하냐구 아주 병신처럼 여기지 않겠수 글쎄, 이렇다구 남처럼 뛰질 못하나 멀하나, 자기네 딸 병신인 줄은 모르구, 글쎄 배꼽 오른켠 위에 적지않게 달걀만한 혹이 있어요, 그게 글쎄 좀만 세게 다쳐두 막 아파 못 견디겠다는군요, 애 낳기 전에 그거의 배를 찼을 때두 사실은 그걸 겨누구 찼지요, 그땐 저두 죽어왔을 게요, 그게 병신 아니구 머요, 또 장인이란 게 맥힌 영감이 돼놔서 덮어놓구 살아 달라누만요, 자

그럼 용서하슈,”
하고는 뛰는걸음으로 곧 수수밭 새로 사라졌다.
　수수밭에 달린 조밭 한끝에서 명주의 머리와 소의 등이 움직이고
있었다.
　갑자기 쇠뿔이 놀란 듯 조밭 위를 찌르더니 반뜀질을 시작하였다.
　조밭을 돈 곳에서 준근이 소를 쫓아가기 시작하였다.
　뒤 수수밭 귀에서 극서가 뛰어나왔다.
　극서가 준근을 따라 지났다. 준근이 다시 극서를 따라 지났는가
하자 그만 쓰러지고 말았다. 뒤이어 극서와 명주가 준근을 지나쳤
다. 준근은 구역질과 함께 피 섞인 가래를 돋구어 뱉아내었다. 준근
이 쓰러진 앞에 벋어나온 뱀딸기 줄기의 열매가 피보다도 더 붉게
달려있었다.

　마을에서는 풋병아리 울음이 여물어갔다.
　맨드라미 옆의 봉숭아는 꽃이라고는 다 지고 앉은 씨만이 햇볕에
여물어 혼자 튀어나고 있었다.
　아직 개가 응달을 찾아 엎디어있었다. 닭들도 그늘을 찾아 걷다
가 개가 조용히 꼬리만 저어도 목을 오쫄거리며 달아났다.
　준근은 문턱에 앉아서 남포알을 닦고 있었다.
　뜰 한구석 응달에서 아버지가 재동영감에게,
“자우간 내년부턴 우리가 최문이해 심으야 하갔쉐다,”
하였다.
“글쎄 내년부턴 조를 심던 고구말 심던 반작이면 반작, 지덩(도지)
이면 지덩으루 하디요.”
“반작이야 올부터 하야디요.”
“올해는 고구마 종자가 늦었는디 잘 되디 않았이요.”
“난 오죽하면 내 손으루 선산 닐궈 먹갔다구 하갔소.”
“난 또 고구마루밖에 겨울 날 게 없는데요.”
“자우간 그렇게 알소,”
하고 아버지가 땅에 담뱃대를 털었다.
　재동영감이,

“걸루두 겨울 날디말디 한데요,”
하고는 밖으로 나가며 혼잣말로,
“안돼！”
하며 머리를 옆으로 세게 저었다.
　튀어나는 봉숭아씨에 맞아 다른 씨가 또 튀어났다.
　준근은 남포알을 끼우고 단장을 끌고 재동영감을 쫓아나섰다.
　재동영감의 굽은 등이 미류나무 밑을 돌아가는 참이었다. 미류나무 속에서는 청개구리가 울었다. 바람에 미류나무 잎사귀들이 완연히 빗소리를 내고 있었다.
　미류나무 밑을 돌아 준근은 산밑 가까이 간 재동영감을 빨리 따르고 나서,
“벌써 고구마 캐 먹게 됐드군요,”
하였다.
　재동영감은 준근에게 고개를 돌린 채 턱을 떨기만 하였다.
“내일이라두 다 캐서 노누구 맙세다,”
하고 막 소리를 내어 웃으려던 준근의 입은 경련을 일으켜 일그러지고 말았다.
　재동영감은 초막 가까이로 가며 겨우 들리게,
“올 고구만 안돼,”
하고는 머리를 옆으로 젓는 것처럼 하였으나 턱을 떠는 것과 분간할 수 없었다.
　준근이 있는 위의 하늘은 밑바람과는 반내로 구름이 날년서 차라리 날씨가 흐려간다느니보다는 개는 것처럼 보였다.

　준근은 또 미열이 나기 시작하였다.
　준근은 어둠 속에서 손을 촉각처럼 더듬어 성냥을 주워 그었다. 남포알에 성냥불이 먼저 가 비치었다. 남포 아래서 귀뚜라미 한 마리가 튀어났다. 준근은 귀뚜라미의 뵈지 않는 촉각에서 가을을 느낀 듯하였다.
　밖에서 썰렁한 바람이 불며 지나갔다.
　준근은 거리에서 남숙이가 밖에 내리는 봄비 소리를 듣다가,

"참말 시굴루 가세요? 가신대두 가을이 잡히기 전에 올라오세요,"
한 말에 자기는 그냥 빗소리만 듣고 있었고 다시 남숙이,
"시굴 공기는 맑구 좋겠지만 역시 준근씬 제 옆에 계셔야 해요,"
하였을 때 비바람이 세차게 들이쳤다. 남숙이 다가앉으며,
"왜 잠자쿠만 계세요?"
한 말에 자기는 그저,
"시굴 가선 아무래두 부모에게 내가 폐병쟁이란 걸 알리지 않는 편
이 좋을 것같군,"
하였을 뿐이고, 비에 섞인 바람소리가 멀리로 불려가자 남숙은 나
직이,
"그새 제가 어디 갔었느냐구 왜 안 묻는 거예요?"
하는 것을 자기가,
"건강한 사람의 행동을 낱낱이 참견해 뭣하게,"
하니까 남숙이,
"병원에 갔었어요, 언젠가 준근씨가 우리는 우리 대에서 마지막이
되는 게 옳다구 그랬죠? 피임 조절을 했어요,"
하는 것을 자기는 또,
"남숙이까지 그렇게 자기학대를 할 필요가 어디 있어?"
하였고 남숙이 나중에,
"가을에는 꼭 오셔야 해요. 이젠 더 준근씨의 고향을 물어 알려구
두 않을 테에요."
　손가락 끝에서 성냥개비가 타들다가 꺼진 것도 깨닫지 못하고 있
었다.
　다시 준근이 성냥을 긋고 벽에 꺾이어 움직이는 그림자를 발견하
자 성냥개비를 내던지며 일어서 밖으로 나섰다.

　준근은 무덤 사이를 질러 건너기 시작하였다. 그러다가 그는 서
편에 기운 어슴푸레한 달빛 속에 산허리를 내려오는 극서를 발견하
고 서고 말았다. 그리고 극서가 향한 고구마밭머리 그늘진 속에 섰
는 명주를 겨우 알아볼 수 있었다.
　벌레만이 한층 높게 울었다.

극서가 명주의 어깨를 가 끌어 돌렸다. 명주의 손에서 빈 바구니가 떨어져 비스듬한 비탈의 희미한 어둠 속으로 굴러내리다 멎었다.
명주가 오른손으로 앞 수수밭머리를 가리켰다. 수수밭머리 어둑한 달 그늘 속에 재동영감의 굽은 등이 짐을 잔뜩 지고 막 돌고 있었다.
준근은 무덤 사이에 선 채 그제야 알 수 있을 만하게 헝클어진 고구마밭과 거기 나란히 섰는 명주와 극서에게로 눈을 돌리며 아름다운 풍경이나 대한 듯이 비 머금은 바람을 맞으면서 얼굴 전체에 만족한 웃음을 떠올렸다.

대낮에 성긴 소나기가 극서네 놓여난 소보다 앞서 먼저 마을로 들어갔다.

비 온 뒤라 골짜기물이 풀포기 밑과 돌자갈 사이를 지나 웅덩이에 괴기도 하였다. 돌자갈에 돋은 이끼가 물 속에서 무슨 물벌레처럼 움직이고 있었다.
준근이 일어서니 준근의 얼굴이 비치었던 웅덩이 가득히 흰 구름이 와 담겼다.
청년이 웅덩이를 건너뛰고 나서,
“예서가 마을두 그중 아름답게 뵈드군요, 저기 들이랑 냇물이 내려다뵈는 곳보다는,”
하였다.
“계절의 탓두 있지요. 아직 나무들이 낙엽지지 않은 탓두 있지요.”
“참, 포플라나무랑 다 낙엽지면 황량스럽기 쉽겠군.”
산기슭 잔 솔포기 아래서 꿩 한 마리가 기어나 퍼그나 떨어진 다른 솔포기 밑으로 가 박혔다. 청년이 돌을 집어들고 허리를 굽히고는 조심히 가까이 갔다. 꿩이 솔포기에서 나와 산 속으로 기어올라갔다. 청년의 무릎 아래 마디 짧은 다리가 꿩을 쫓아 사라졌다.
돌이 나무에 부딪는 소리와 산울림이 울려왔다.
돌아온 청년이 손등으로 이마의 땀을 훔치며,
“꼭 솔포기에 박혔는데 없거든, 거 참 분하다,”

하였다.

"왜 날진 않죠?"

"아마 멋에 맞거나 물린 놈이에요. 거 참 분한데."

"하여간 꿩과 함께 뜰 수 있다는 것만두 좋잖수? 난 또 혈담을 토했지요."

"아니, 과하진 않았수?"

"뭣보담두 잠을 못 자서요."

"나는 그저 눕기만 하면 자지요."

"이제부터 길어질 밤이 무섭기만 해요,"

하며 준근이 들국화에로 손을 내밀었다. 그러나 들국화는 꺾이기 전에 꽃잎을 거의 다 떨구고 말았다.

청년이 소나무 밑에 놓인 돌을 걸어차며 혼잣말로,

"멋 할려구 나무 밑둥이마다 이렇게 돌멩이를 모아 놓았을까,"

하였다.

"늦가을에 송충이가 내려와 백이라구 놓은 겁니다. 나두 어렸을 땐 이런 돌을 주워다놓기두 해봤지요. 또 겨울에 나무하러 왔다가 추워 불을 놓게 되면 으레 이런 돌을 치우구 송충이 위에 놓군 했지요. 그러다가 불이 퍼지면 솔가질 꺾어다 쳐서 끄다못해 나중에는 불 위에 뒹굴어 끄군 했지요. 머리칼이랑 눈썹이 막 누린내가 나게 타지는 것두 모르구. 그때 내가 송충이 위에 불 놓아준 나무가 지금은 막 이렇게 컸어요. 그새 적히운 나무두 많을 게요만. 난 이런 돌을 소나무 밑에 놓군 했을 때가 제일 건강했었지요."

청년이,

"이런 나무는 기둥감 넉넉할 것같군,"

하고 나무줄기를 어루만지었다.

"그래 난 올겨울은 황량한 마을에서 이곳 푸른 소나무를 바라보면서 지낼 생각이지요."

나무 그늘 속에서 명주가 난데없이 옆 소나무 뒤로 숨었다. 나무 밖에 나온 짧은 댕기를 명주의 손만이 나와 당겨갔다.

청년이 돌을 하나 집었다.

준근은 청년이 돌로 명주가 숨은 나무를 때릴 것을 알며 무심코 옆의 나무를 단장으로 때리기 시작하였다.

  그러나 준근이 단장으로 나무 때리는 소리보다 더 큰 소리와 함께 거기 튀어나는 돌부스러기에 준근은 놀라고 말았다.

  청년이 혼자,

"정통으루 맞는,"

하며 준근의 옆으로 다가서며,

"그애 꽤 쓰겠군요,"

하고는 긴 입에 웃음을 퍼뜨리었다.

"애 먹일 메뚜기라두 잡으러 왔을 게요."

"난 무에나 숨김없이 털어놓구 말합니다만, 이런 좋은 일이 있어서 혼자만 있구 싶어 했군요,"

하고 청년은 산울림이 울게 어허허 웃었다.

"오해하지 마슈. 저 애에게는 벌써 극서라는 동네 소년이 정해져 있다우."

"사실 난 있는 대루 털어놓는 성밉니다만 요새두 이혼문제루 처가에 갔다가 게서 묵게 되는 날은 아내와 부부관곌 합니다. 아마 이혼은 수삼일내루 결말이 날 게요만."

  준근은 서울서 법학 공부를 한다는 이 청년을 새로이 쳐다보면서 두 토막으로 잘려도 하나하나 따로 살아나는 지렁이의 어느 토막인 듯도 하다는 생각을 하며 솔밭 속에서 잔디밭으로 나섰다.

  청년은,

"내일부터 난 오잖어야겠군,"

하고 크게 허허댔다.

  준근은 개구리 구워 먹던 날 명주네 소가 놓여난 것을 극서와 함께 잡으러 쫓아가다가 결국 극서한테 지고 쓰러져 혈담을 토하고 말았다는 말을 할까 하다가 되는대로,

"그렇게 내놓구 말해주니 고맙수, 사실 나두 숨김없이 말한다면 자꾸 저 애에게 연정이 느껴져 못 견디겠수, 검붉은 볼이랑 두꺼운 가슴이랑 그걸 어떻게든 내 걸루 만들구 싶수, 내 건강한 애를 낳아줄 여자두 저 애뿐이지요, 요새는 막 밤만 되면 저 앨 억지루라두 멀리, 서울은 말구 어디 멀리 데리구 달아날까 하는 생각뿐이우,"

하였다.

　청년은 혼자 흥분하여 눈을 빛내었다.

　준근은 참으로 오래간만에 소리를 내어 웃을 수가 있었다.

　마을의 개 짖는 가까운 소리를 도리어 흐리게 들으며 등뒤로 햇볕을 받고 준근은 들로 나갔다.

　들은 거의 수수가 익어있었다. 메뚜기가 수수밭에거나 밭둑에거나 마구 날아다녔다.

　시냇물은 더 맑게 더 차갑게 흐르고 있었다. 장포잎 아래 감탕흙에 게 허물이 잠잠히 엎드려있었다. 붕어가 민첩하게 와 게 허물을 쪼았다. 그러나 게 허물은 가볍게 움직이고 나서는 그대로 감탕흙에 잠잠히 엎드리었다.

　준근이 도로 밭 새로 돌아서는데 청년이 밭둑길을 분주히 걸어오며,

　"산에 안 뵈시기에 어디 있나 했더니, 참 이젠 들이 좋을 겁니다, 날거리 잘하는,"

하였다.

　"벌써 산은 추울 것같애서요."

　참새떼 한 무리가 밀리어 와 가을걷이한 조밭에 앉았다.

　청년이 생각난 듯이,

　"참 또 혼자 있구 싶어서 이리루 나온 게 아니우?"

하고 언제나같이 크게 어허허댔다.

　준근이 산에서 혼자 있고 싶었다고 한 말을 명주와 몰래 만나려는 계획이나 있었던 줄로 알고 있는 청년이 이번에도 들에서 명주와 남몰래 만나려는 것으로 알고 있음에 틀림없다고 생각하며 함께 따라 크게 웃으려던 것이 얼굴에 경련만 일으키고 말았다.

　청년은 눈을 빛내며,

　"그렇지 않어두 이제 혼자 있게 될 게요,"

하였다.

　오늘은 또 무슨 털어놓 이야기를 하려는고 하며 준근이,

　"뭐 결말이라두 났수?"

하였다.

"오늘 안으루 다 끝장을 낼려구 합니다, 한데 글쎄 이혼은 하게 됐
는데 우스꽝스럽게스리 그게 애와 떨어지지 못하겠다구 하면서 애
유모라두 되겠다는 거예요, 어림두 없지, 글쎄 여태껏 앨 그런 것
한테 맡겨둔 것두 멋한데 유모가 되겠다니 원, 어림두 없지,"
하며 입을 길게 다물었다.

준근은 애로 인해서 청년과 청년의 아내와의 사이가 무사해지기
쉽다던 추측이 여지없이 깨어짐을 도리어 유쾌하게 여기며,

"시원하겠수,"
하였다.

청년은,

"참 오늘은 바빠서요, 용서합쇼, 아 참 이젠 그렇게 햇볕을 등으
루만 쬐지 말구 앞으루 쬐시우,"
하고 급하게 돌아섰다.

"고맙습니다."

곧 청년은 조밭에 그냥 남은 허수아비에 가리워지곤 하면서 수수
밭을 돌았다.

허수아비 어깨에 산에서 날아오기도 하고 마을로 날아가기도 하
는 참새와 메뚜기의 그림자가 무성하게 떨어지곤 하였다.

준근이 햇볕을 안고 눈을 감으면 참새며 메뚜기의 그림자가 자기
를 겹겹이 둘러쌈을 느꼈다. 준근이 머리를 흔들었다. 그러니까 참
새와 메뚜기의 그림자는 흰 눈이 되어 바람에 날리는 것이었다. 눈
보라였다. 눈으로 어깨가 무거워 준근이 눈을 떴다.

높은 하늘과 햇볕이 준근의 어깨를 누르고 있었다. 준근은 그곳
에 주저앉고 말았다.

옆 도랑에 괸 썩은 물에 날개가 째진 잠자리 한 마리가 꼬리를 담
그면서 날았다.

준근은 조용히 잠자리의 꼬리가 지어놓은 썩은 물의 약한, 그리
고 둔한 파문을 지켜보면서 거리의 남숙에게 다시 온전한 여인이
되라고 하리라는 결정을 지었다.

먼 조밭 속에도 허수아비가 서있었다.

거리의 부사

〈낫도 낫도오〉 소리와 두부장수의 나발소리가 바로 집 앞에서 들렸는가 하면, 어느새 먼 데로 돌아 사라진다. 어느 집 애인지도 모를 아이가 혼자 울고 섰기도 하고 혼자 땅에 금을 그으며 놀기도 하는 집을 낀 좁은 길은 집 뒤를 돌아 급각도로 꺾인가보다.

승구는 세수하러 부엌으로 내려가야 한다. 부엌에 가려면 여주인이 앉았는 방 앞을 지나야 한다. 거울을 향한 눈이 곧잘 승구를 본다. 여주인은 버림을 받기 전에 미리 친해 두려는 것처럼 경대와 늘 마주앉아 있다. 목덜미까지, 먹지 않는 분을 바른 짧은 목에 얹힌 얼굴은 또 길다.

승구는 여기서 여주인이 자기의 고향이 어딘지 눈치채지 않도록 주의한다. 세수를 하고 나오면서도 같은 걱정이다.

여주인이 앉았는 옆방은 살림도구가 있는 듯싶어 꼭 닫혀있다. 남주인이 그곳에 있는지도 모른다. 실눈을 한 남주인을 승구는 이사오는 날 현관에서 한 번 보았을 뿐이다.

창문을 연다. 기왓장에 하얗게 내린 서리가 빛나며 녹는다. 지붕과 지붕 사이로 먼 하수도 구멍이 보인다. 하수도 구멍이 빛을 받고는 제법 생선처럼 번득이기도 한다.

승구는 눕는다. 다다미가 끈끈하게 차 올라온다. 승구는 언제나 꼭 닫혀있는 방에서 남주인이 올라와 자기에게 고향이 어디냐고 묻는 장면을 상상한다. 그러면 자기는 서슴지 않고 큐슈에서 왔다고 대답하고는 이어 자기의 말은 큐슈 사투리가 되어 다르다고 애써 변명할 것이다. 그 장면을 그리며 다다미 위에 몸을 비틀고 뒹군다.

공원 한 벤치에 어제 앉았던 거지가 똑같이 떨고 앉아있다. 거지와 한 벤치에 앉는다.
왼쪽 앞 벤치에는 부부인 듯한 젊은 남녀가 앉아있다. 언뜻 사내가 스틱으로 키에 미치지 않는 나뭇가지를 헛때린다. 두꺼운 나뭇잎이 먼지에 덮여있으면서도 푸르다.
공원 앞은 하수구다. 하수구 건너편 염색소에서 각가지 천이 바람에 따라 헤엄쳐 다닌다.
앞 벤치의 사내가 일어나 나뭇가지를 때리고 여인과 함께 간다. 잎이 몇 떨며 떨어진다.
거지가 일어선다. 승구는 거지의 뒤를 따라 거리로 들어간다.
라디오가 승구의 걸음을 무시한다. 멀어지는가 하면 다시 같은 〈나니와부시〉가 그대로다. 사람 물결이 물거품처럼 승구를 휩쓴다. 승구는 거지를 잃고 만다. 어깨와 머리가 닳아 없어진 동체만이 걷는다. 팔다리가 없는 거지가 땅에 머리를 비비고 있다. 높은 집의 지붕 선들이 하늘을 점령한다. 빌딩이 좀더 높이 구름을 받들지 않으면 비가 오겠다.

보슬비가 밤새 오고 멎은 아침이다. 승구는 또 다다미 위에 누워 있다. 그러다가 승구는 별안간 다다미의 차가움과는 달리 등이 흔들림을 느낀다. 바람에 가벼운 목조집의 흔들림이 아니다. 누웠는 위층, 위층 아래 아래층, 아래층 아래 분명히 땅속에서 오는 흔들림이다. 지진이다. 그러나 밀리어 와서는 등을 흔들고 사라지는 첫 지진을 승구는 무서움보다도 상쾌하게 느낀다.
새로 밀려온 지진이 승구의 등을 또 흔든다. 덜렁거리던 장지문이 열린다. 여주인이다.
여주인은 지진하는 것을 아느냐고 묻는다. 승구가 안다고 한다. 여주인이 눈을 크게 뜨면서 이런 지진은 드물게 있는 지진인데 그렇게 아무렇지도 않게 있느냐고 한다. 승구가 그만 조선에는 지진이 없어서 무서운 줄을 모른다고 한다. 여주인은 갑자기 짧은 목을 애교로 비틀어 꼬며 조선에는 지진이 없어서 참 좋겠다고 하며, 사실은 승구가 지진을 안 무서워하는 것을 올라와 보고야 알았지 여태 조선인인 줄 몰랐다고 한다. 승구가 큐슈에서 왔다고 하면 속겠느냐고 물으니까, 여주인은 그렇지 않아도 꼭 큐슈 사투리같다고 한다. 그리고 이어서 여주인은 한가지 힘든 부탁이 있다고 하면서 자못 힘든 듯이 얼굴을 떨구고서, 이번에 갑자기 시골 사는 남동생이 올라오게 되어 부득이 승구가 있는 방을 내야 되겠다고 한다. 승구는 또 그럴 거라고 하고는 곧 다른 데로 옮기겠다고 한다.

여주인은 아래층으로 내려갔다 다시 올라와 얼마나 미안스러운지 모르겠다고 하면서, 여태까지 있은 방세는 받지만 앞으로 다른 집을 얻기까지 한 열흘 동안은 그저 있으라고 하고, 한달 세에서 남은 돈을 승구에게 내놓는다. 승구가 이 집에 있는 동안 것은 다 받으라고 한다. 여주인은 그렇지 않다고 긴 얼굴을 옆으로 젓고 나서, 그것만은 받지 않아야 자기의 기분이 깨끗하겠다고 한다. 승구도 또 다 내야 자기의 기분이 편하겠다고 한다.

여주인은 돈을 다다미에 놓은 채 총총히 층층다리를 내려간다. 승구는 여주인이 언제고 올라와 가져가라고 돈을 층층다리 맨 윗층계 한옆에 놓고 거리로 나선다.

거리에서 골목을 접어들면 웅이 있는 아파트가 마주선다. 아파트 좌우에 선 향나무가 일층보다 높다.

웅은 일층 구호실에 있다. 도어를 밖으로 당겨 열고 들어서면 왼쪽 벽에 서양 여배우가 한자리에 멋은 웃음을 웃고 있다. 오른쪽 벽에 붙어 나무베드가 누워있다. 창은 베드와 평행한 곳에 있다.

콘크리트 이층뿐인 아파트가 원래 지대가 높아 창으로 내다보아도 비스듬히 단조로운 지붕들이 가득 물결친다.

웅이 더 떨어질 재가 없는 담배를 또닥거리고 나서 생각난 듯이, 얼마 전에 학교에서 나와서 구두를 닦으려고 발을 내밀며 보니까 지운이더라고 하면서, 그렇게까지 하여 공부하는 지운이 용하더라고 한다.

승구는 고개를 끄덕이며 창문턱에 쌓인 바와 홀의 성냥갑에로 눈을 준다. 갖가지 빛깔이 다채롭다.

웅이 바른골 타 붙인 뻔지르르한 머리를 뒤로 젖히면서 곤한 듯한 기지개와 하품을 함께 한다.
웅의 바와 홀의 성냥갑을 모으는 습관은 밤과 낮을 바꾸었는지 모른다. 지금이 웅에게는 새벽일는지도 모른다. 그러면 창에서 햇볕이 완전히 사라져야 낮이리라. 유리알 저쪽 낮은 집들 속에서 전등불이 켜질 것만 같다. 승구는 웅의 방을 나선다.
아파트의 현관문은 밀어도 당겨도 같이 열린다.

승구가 있는 집 현관문은 소리를 낸다. 이상하게 가슴이 두근거려진다. 승구는 조심스레 층층다리를 올라간다. 그러나 낡은 층층다리는 조심히 밟을수록 더 삐꺽거리기만 하는 것같다. 내일부터는 세수며 대소변을 공원에 가 하리라. 층층다리 계단 수가 줄어들어야 가슴의 두근거림이 작아진다.
층층다리 맨 윗계단 한옆에 돈이 그냥 놓여있다. 장지문을 여니, 방안에 웬 사내 하나가 앉았다가 고개를 이리 돌린다. 누구일까 하고 생각이 나지 않아 내려다보기만 한다.
사내가 먼저 자기가 훈세라고 한다. 중학 삼년까지 한반이었던, 공연히 시간에 질문 잘하던 한 얼굴이 떠오른다. 승구는 그 얼굴을 그대로 앉은 사내의 얼굴로 가져다 맞춘다. 사내의 광대뼈가 무척 나온 것을 느끼며 멋없이, 서울 있지 않았느냐고 묻는다.
훈세는 그 말에는 대답 없이 방안을 둘러보며 혼잣말로, 다다미 넉 장 반치고는 넓은 방이라고 한다.

같은 벤치에 거지가 떨고 앉아있다. 승구는 거지의 뒤를 지나 분수수도로 간다.
먼저 물 한 모금을 문다. 목을 뒤로 젖히고 입을 부신다. 하늘이 더 흐려만 간다. 입 부신 물을 거리로 향해 뱉는다. 공원 앞 하수구의 검은 물이 더 검다.
승구는 이번에는 분수수도로 손을 가져간다. 손이 막 시리다.
거지가 그냥 떤다.
젖은 얼굴로 승구는 거지 옆에 가 앉는다. 이제는 얼굴만한 햇볕도 새지 않는다. 승구도 거지처럼 떨기 시작한다.

그냥 떨면서 장지문을 연다.

훈세가 금방 세수하러 아래 내려갔었다고 하며 갑자기 퀴퀴퀵 웃는다. 훈세와 여주인과 사이에 무슨 일이 있었음에 틀림없다.

훈세가 세수하고 얼굴의 물을 손으로 쥐어 뿌리고 나오는데 거울 속 여주인이 일어서며 되도록 변소를 정히 써달라고 하더라고 하면서, 아마 세수하면서 코를 세게 풀었더니 그런 모양이라고 하며 또 퀴퀵 웃는다.

승구는 훈세의 푸르기만한 입을 바라보다가 장지문 밖 충충다리 위에 놓인 돈 쪽을 가리키며, 집세를 도로 내주면서 다른 집 얻을 동안만 거저 있으라고 하였으니까 떳떳이 굴 형편이 못된다고 이른다.

훈세는 눈을 한번 크게 뜨며, 이런 친절한 주인 처음이라고 하면서, 결코 이 집을 떠날 필요가 없다고 한다. 그리고 훈세는 이어서, 얼마 전 한 집에서 고향이 큐슈라고 하고 들어가 넉 달이나 세 안 내고 있다가 나중에 다른 집 얻을 계약금까지 받아가지고 나온 일이 있다고 하면서, 이제부터는 고향이 만주라고 하여야 속는다고 하고는, 이왕 도로 내주는 것을 마다할 게 무어 있느냐고 하며 충충다리께로 나가 돈을 집어 아무렇게나 자기 포켓 속에 쑤셔넣는다.

파리가 약하게 타원형을 그리며 날아 벽에 앉으려다가 굴러 떨어진다.

승구는 추위와는 달리 새로 온몸을 떨고 만다.

오후에는 종내 비가 온다. 빗줄기가 누워 내린다. 유리창 너머로 우산이 빗줄처럼 누워 떠다닌다. 비안개가 지붕보다 높다.

컵에 비안개같은 김이 서린다. 승구는 두 손으로 컵을 싸쥔다. 그러나 온몸이 훗훗해질 리가 없다. 승구는 비에 젖은 무거운 어깨를 떨기만 한다.

훈세는 다다미에서 겨울을 날 사람이 요것이 추워서야 어떻게 하느냐고 하며 담배를 아무렇게나 비벼 끈다.

승구는 벽에 붙은 메뉴를 외기 시작한다. 〈오야꼬돔부리〉〈가쯔동〉〈우나기돔부리〉〈다마고돔부리〉〈카레라이스〉……

훈세는 승구의 의향을 묻는 법 없이 〈가쯔동〉 둘을 시킨다. 그리고 그는 갑자기 얼굴을 승구의 앞에 들이대고 고향에서는 정답던 친구가 여기에 오기만 하면 서로 마음을 주지 않고 경계를 한다고 한다.

승구가 다시 또 메뉴를 외기 시작한다. 〈에비후라이〉〈슈우마이〉…… 훈세가 이번에는 혼잣말처럼, 지운이 똑똑해 뵈지만 민하다고 하면서, 그렇게 구두닦이를 해서 대학 졸업장을 타면 뭣하느냐고 하고는 승구에게, 웅의 있는 곳을 아느냐고 묻는다. 승구는 머뭇거리지 않고 모른다고 한다. 그리고 승구는 또 바깥 추위와는 다른 추위로 어깨를 편다.

가을비니까 유리알이 차게 갈갈이 쪄어진다. 바람까지 나오면 정말 날씨가 차지리라. 그러는데 갑자기 햇볕이 눈부시게 유리창을 비추면서 빗줄기가 사라진다.

어서 밥을 가져다줬으면 좋겠다.

어느새 구름까지 벗겨지고 있다.

훈세가 볼일이 있다고 하여 서로 갈린다. 집 그늘이 훈세의 걷는 동체를 여러 모양으로 물들인다.

겨울이 되려는 비거니 했더니 등이 따스하다. 공원에 가 해바라기하기에 알맞을 날씨다.

거지가 거리로 벌이 나갔는지 없다. 승구도 거리로 나서 지운을 찾아간다.

밖에서 지운을 불러도 대답이 없다. 문들은 결국 벙어리다. 일 나갔을 게다.

〈간다〉거리를 걸으며 걸음마다 승구는 헌책점 책꽂이에 꽉 찬 책이 겁난다.

거리는 빈 터에 구두닦이를 드문히 앉히어놓고 있다. 한곳에 쪼그리고 앉아 무릎의 책을 들여다보는 게 지운이다. 가까이 간다. 지운은 파리한 웃음을 쳐든다.

승구는 먼저 훈세가 여기 안 왔더냐고 묻는다. 지운이 놀라 무릎의 책을 떨구면서 승구한테도 갔더냐고 하면서, 미리 알릴 것을 잘못했다고 한다. 이어서 지운은 사실은 며칠 전에 훈세가 왔기에 심상히 여겼더니 책 몇권을 몰래 들고 나간 후 안 들어온다고 한다. 그리고 떨어진 책을 집어 털며 다시 한번, 훈세가 승구 있는 곳을 묻기에 알려준 게 잘못이었다고 한다.

승구는 잠잠히 서있는다.

지운이 조급하게 어서 집에 가 떠나지 말고 지키고 있으라고 한다.

구두닦이 앞에서 그냥 더러운 구두로 떠난다.

이발소 거울이 그 앞에 앉은 동체의 수보다는 많이 비춰놓고 있다. 앞선 여인이 쇼윈도에 얼굴을 비추어 본다.

쇼윈도에 낮이 가고 밤이 왔다.

현관문이 또 소리를 낸다. 가슴이 두근거린다. 층층다리가 또 삐꺽거린다. 그러나 이번에는 층층다리 수가 줄어질수록 가슴이 더 뛴다.

장지문을 연다. 훈세가 없다.

전등을 켠다. 벽에 걸려있어야 할 망또가 없다. 그리고 구석에 쌓여있어야 할 사전 두 권도 없다. 그러나 승구는 멀지 않아 올 추위를 오직 막을 망또와 사전이 없어졌나는 아쉬움보다는 훈세가 자기에게서 떠났다는 사실이 기껍다.

승구는 전등을 다시 끄고는 밖으로 나선다. 거리는 가로등을 세워놓기도 한다. 승구의 그림자가 승구의 앞에 선다. 새 가로등이 가까워진다. 승구가 그림자를 안는다.

배역들

오늘도 날은 맑다. 번잡한 거리 한가운데 조그맣게 자리잡은 이 공원도 이런 아침이면 꽤 위생적이다. 너저분한 휴지조각같은 것이 통 널려있지 않아서 좋다.

그는 문득 하품을 한다. 하품으로 눈에 공연한 눈물이 괴어 무릎에 놓은 신문지의 활자가 어롱거린다.

그는 아까 본 사람찾음 광고를 다시 찾는다. 분명히 왼쪽 귓바퀴와 왼쪽 윗입술에 작은 사마귀가 있단다. 열아홉살. 키는 중키. 양장. 함북 사투리. 웃을 때에는 오른쪽 볼에만 보조개가 파인단다. 그는 신문지를 꾸겨 던져 첫번으로 공원을 더럽히고 그곳을 나선다.

지나가는 여자의 낯을 살핀다. 왼쪽 윗입술의 사마귀? 없다. 사마귀 대신에 오른편 콧잔등에 붉은 점이 있는 중년 부인. 남편 몇은 갔으리라.

숙은 자기까지 치면 몇번을 간 셈이 되나. 자기 전에 스케이팅 선수권을 가진 말상을 한 청년. 말상 전에는 미소년. 참말 숙보다도 예뻤지. 미소년 전에는 키다리 피아니스트. 그러나 이 피아니스트 전에 누가 있었는지 자기는 알지 못하니 네 번이다. 그리고 자기 이후는 지금 숙이 어디 갔는지 모르니 몇번이나 되는지 알 턱이 없다.

어느새 발은 첫 일과인 용재의 아틀리에로.

모델대 위에 길게 누운 **나체**.

용재는 마침 붓을 쉬며,
"오늘은 좀 늦군 그래,"
한다.
"날이 하두 좋길래 공원에서 해바라기하느라구."
길게 누웠던 모델은 그냥 누운 채 긴 손을 내밀어 담뱃갑을 끌어
다 피워문다.
"또 갈았군?"
"음."
"이건 날마다군."
용재는 모델대로 고개를 돌린 채,
"이번엔 끝까지 그릴 것같애,"
한다.
"저게 소라껍데기지? 어제까진 달팽이. 또 그 전엔 겨울 들판.
이놈의 조활 알 수 있나."
"그야 그렇지. 내가 그리구 싶은 그림이 변하니까. 따라서 모델두
변할 밖에. 그래두 먼저 그렸던 그림은 다음 그림의 뻐젓한 배경의
구실을 하니까 공연한 짓은 아니지."
크롬 옐로로만 된 황량한 겨울 들판을 배경하고 몸집보다 더 굵
고 큰 붉은 촉각을 가진 달팽이가 기어가고, 달팽이의 촉각을 배경
으로 하고 이번에는 소라껍데기가 그려지기 시작하였다. 그가 이 푸
른 빛깔을 한 소라껍데기의 한 부분과 모델대 위의 여자와를 번갈
아 보고 있느라니까, 그제야 여인이 겨우 가운을 몸에 감고 일어
선다.
용재가 그에게만 알아듣도록 나직이,
"어떤가, 여자란 맨나체보담 되레 몸을 조금 감췄을 때나 마지막
옷을 마저 벗을 때가 그중 매력있는 법야,"
한다.
모델은 화폭에는 한번도 눈을 주지 않고 거기 있는 커피포트를 들
고 부엌으로 나간다.
"어때? 어떤 친구가 준 거야. 이번엔 꼭 완성할 작정야. 하긴 언
제 또 모델이 내 그림한테 질는지 모르지만."

"언제 또 자네의 그 육체적 정복욕이 발동할는지 모르겠단 말이지? 인제 욕심은 그만큼 채웠으면 됐구, 나겉은 사람에게나 기부하게."
"참 여태 부인의 간 곳을 못 알아냈나?"
"그대신 오늘부터 난 현상 걸린 여잘 하나 찾을 작정야. 왼편 윗입술과 왼편 귓바퀴에 사마귀가 있는 여자. 참 벌거벗기면 왼편 젖꼭지에두 사마귀가 있을지 모르지. 어때? 제작욕이 안 생기나? 웃으면 이건 또 오른볼에만 볼우물이 패이는 여자. 찾으면 내 주인한테 데리구 가지 말구 이리루 끌구 올까? 아니 상상만 해두 이런 비위생적인 곳엔 마땅치 않을 여자같군."
"자네답지 않게스리 뭘."
모델이 돌아왔다. 비위생적이게 진하고 따끈한 커피.
용재가 혼잣말처럼,
"그래 자넨 그렇구, 또 대웅인 여편네와 갈리자 낙상해 탈골하구, 조훈이가 그중 행복아군 그래,"
하며 입술로 커피를 몇번 빨아들인다.
모델이 다시 가운을 벗기 전에 행복아 조훈의 집으로.

조훈은 혼자 피운 담배의 자욱한 연기 속에서 마냥 담배만 피워 물고 앉아서 종잇조각으로 수공장난을 하고 있다.
그는 종이 한 장을 집어 조훈이 하는 대로 따라 접으며,
"이런 건 또 언제 생각해냈느, 이렸을 때 장난을 용이 잊지두 않구,"
하니까 조훈은 종이를 그냥 접으면서,
"글쎄 어떻게 생각해냈는지 나두 이상해. 그저 명애가 홀에 나가 있는 동안 시작한 장난인 것만은 틀림없지만,"
한다.
"참 오늘은 이르잖어?"
"요새는 늘 이른걸."
"경가가 좋으니 됐구먼. 꼭 붙잡구 놔주지 말어. 용재까지도 우리 중에선 자네가 가장 행복아라구 하데."

“행복아?”
　조훈은 피우던 담배가 다 타지도 않았는데 그 불에 새로 담배를 붙이고 나서 자조스러운 웃음과 함께,
“행복아라!”
하고는 다 접은 학을 위로 퉁기어 그것이 고꾸라져 떨어지는 것을 눈으로 좇는다.
“〈카이다〉만 먹는 팔자에 행복아 아니구,”
하고 그가 담뱃갑을 끌어오는데 조훈은,
“속이나 잘 보구 피게,”
한다.
　카이다갑 속에 카이다는 없고 〈홍아〉와 〈미도리〉만 섞여 들어있다. 미도리 한 가치를 집어낸다.
“명애가 홀에서 가져온 거야. 기특허지?”
　그가 조훈이 만든 종이배를 집어다 미끄러뜨리는데 조훈이,
“그 종이배 뭣에 쓰는지 아나?”
한다.
“이걸 뭣에 쓰다니?”
　조훈은 한구석 화병에 시들어가는 꽃을 날카로운 턱으로 가리키며,
“그리구 저건 뭣에 쓰는지 아나?”
한다.
“뭐 심심하면 물감이나 짜내나?”
“아냐. 나중에 강물에 띄운다네.”
“아니 자네가 말이지?”
“명앤 전부터 꽃을 강물에 띄우는 버릇이 있어. 더구나 비내리는 밤엔. 그래 난 이 종이배를 띄우는 버릇을 배운 셈이지.”
　조훈은 담배연기 속에서 다시 배를 접기 시작한다.
　일어서 그는 꽃병으로 가 얼굴을 묻었다가 떼며 조훈에게 농조로,
“그 행복된 순간에 내가 만든 학두 함께 띄워주게,”
하고 그곳을 나선다.
　조훈의 집에서 곧장 거리로 나서려면 좁고 언제 비가 왔는지 모

르는데도 그냥 검은 진흙탕이 범벅이 돼있는 길을 지나야 한다. 이 진흙 길을 낀 역시 진흙탕인 공지에서 꽹과리소리와 북소리가 울려온다. 가까이 간다.

만주사람의 한 가족인 듯싶은 늙은 부처와 큰아들 딸 그리고 열이 못 되었을 작은아들. 큰아들이 몇 안 모인 구경꾼 속에서 돌아가며 헌 주머니 속에서 푸른 공을 몇개고 꺼내는 요술을 하고 있다. 영감은 꽹과리를 치고 노파는 북을 울리고 딸은 작은북을 울리고 작은아들은 해금을 켠다. 그러다가 큰아들이 푸른 공을 헌 주머니 속에서 꺼낼 적마다 제각기 한마디씩 비명같은 알지 못할 고함을 지르곤 한다. 고함지를 때를 짐작하면서도 비명같은 소리에 그는 어처구니없이 번번이 놀란다. 아마 속이 빈 탓인지도 모른다. 위생적인 데파트의 식당으로.

오르는 엘리베이터. 지하실로 내려가는 1층과 1층으로 내려가는 2층과. 3층이 선다. 한 여인이 엘리베이터 안으로 빨리어든다. 낯이 익다. 여인이 먼저 웃는다. 덧니가 드러난다.
"아, 난 또 누구시라구."
대웅의 전 아내 점란이다. 턱 한옆에 그리고 다니던 까만 점을 좌우 볼로 한 알씩 가져간 탓으로 얼핏 못 알아보았다.
5층 식당에 마주앉자 점란은 핸드백에서 넓죽한 초콜릿을 꺼내어 놓는다.
그는 초콜릿을 한 조각 꺾으면시 점란의 핸드백에 들었을 물서을 점쳐본다. 콤팩트, 루즈, 눈썹그리개, 점그리개, 한쪽 눈밖에는 더 안 비치는 조그만 거울.
점란은 사실 핸드백에서 동글고 작은 거울을 꺼내어 입술을 고치다가 한 눈은 그냥 거울 속에 둔 채 그를 바라보며,
"참 대웅씨 탈골루 입원하셨다죠? 고생하시겠군요. 한번 찾아가본다면서 하는것없이 분주해서요."
핸드백 속에는 지금 촬영하고 있는 영화의 대본도 들었으리라.
"그래 촬영은 거의 끝났수?"
"로케는 벌써 끝난 지 오래죠. 세트촬영이 더뎌서 원. 다시 무대

루 나설까봐요."

　가져온 음식에 포크와 나이프를 익숙하게 놀리던 점란이 사과가 담겨오자 반을 쪼개어 그것을 다시 반으로 갈라 껍질을 벗겨 얌전히 먹고는 남은 반은 껍질째 그냥 먹는다. 다음에 커피가 나오니까 스푼에 담긴 각설탕을 그냥 먼저 아무렇게나 깨물어 먹고 커피만을 다시 마신다.

　음식 먹는 법처럼 지금 점란의 볼에 하나씩 있는 점이 다음에는 또 어디로 옮겨질까. 점란의 오른볼 점과 함께 내려가는 엘리베이터로.

　옥상으로 오르는 5층과 5층으로 오르는 4층과 4층으로 오르는 3층과 3층으로 오르는 2층. 1층이 멎는다.

　갈림길에서 점란이,

"오늘 병원에 가세요?"

"네. 그게 내 일과의 하나니까요."

　점란이 곧게 길 옆 꽃가게로 들어가 꽃다발을 한 손에 들고 나온다.

"그럼 미안하지만 이걸 대웅씨한테 전해주세요. 바빠서 가보진 못한다구요."

　병원으로.

　병원까지의 구불구불한 소잡한 거리도 싫지마는 그는 병원의 어둡고 긴 복도가 더욱 싫었다.

　복도 한끝 대웅의 입원실에 그가 들어서자 대웅은 언제나처럼,

"그래 이눔을 이렇게 혼자 내버려두긴가, 어서 앉게,"

하면서 탈골된 다리를 뻗친 채 얼굴을 찡그리며 일어나 앉는다.

"아프다면서 그렇게 몸을 놀려 되나."

"어디 갑갑해서 그대루 누웠을 수가 있어야지. 뭐 요까짓 아픔은 아무것도 아니네. 그 굴신 연습인가 뭔가 할 땐 정말 죽었다 피네. 오늘두 기절했었어."

　그가,

"자네 기절해 넘어지는 꼴을 봐야 할 텐데,"

하는데 어제까지 성대를 좋게 하기 위해서 편도선 수술을 한 청년
이 있던 침대에 얼굴 검은 소년이 온몸을 떨면서,
“아반,”
한다.
　침대 밑에서 한 노인이 기어나오면서,
“와 그러니?”
한다.
“어데 가지 말라우 잉.”
“어데 안 간다. 어데 갈 데가 있나.”
　소년이 회색 천장을 향한 채,
“집에 가자우,”
한다.
“얘가 원,”
하고 노인은 지팡이를 짚고 일어서며,
“가만 있거라, 가만 있어,”
한다.
　그가,
“꽤 떠눈,”
하니까 대웅이 낮은 소리로 그만 듣게,
“반신불수야,”
한다.
　대웅의 말을 눈치챈 듯 노인이 눈꼬리에 주름 엉킨 눈을 그의 쪽
으로 돌리면서,
“어제부단 더 떱네다레,”
한다.
“어디 붓진 않었수?”
“아니오. 맨 처음부텀 도재 붓딘 않았디요. 그게 그러니낀 벌써 한
해가 훨씬 넘었웨다. 얘가 젠넨너름 꼴 베레 갔다 첨 알았으니낀.
너느 날은 아무르티두 않던 게 그날따라 꼴줌이 잘 줴디디 않드래
요. 손꾸락이 뿌듬해서 힘이 주어디디 않아. ······ 그런걸 메칠 지내
누래니낀 아무르티두 않게스리 낫구 맙데다레. 그르드니 겨울이 잽

히믄서 또 크켄 손이 맥없이 되기 시작하디 않갔이오. 새끼를 꼴래
두 왼손바닥이 힘이 풀레서 못 꼬구요. 그러누래믄 낫갔디 하구 있
누래니긴 손꾸락 끝에서부텀 점점 더 힘이 없어데가드니 팔목꺼지
맥이 나가구 맙데다레. 또 그렁저렁 얼마 지내누래니긴 이번엔 그
켄 발목이 맥이 풀레 걷디두 못하게 되구 말구요.”
  노인은 여기서 지팡이를 소년에게 내밀며,
 “얘, 그 손으루 이거 한번 힘껏 줴봐라,”
한다.
  소년은 떨리는 팔굽을 구부리며 움직이었으나 떠는 손가락을 한
층 더 떨 뿐, 소년의 손이 지팡이에 채 가기 전에 팔을 늘어뜨리고
만다.
 “이렇쉐다레. 애가 든든해서 우리집에선 소 한몫을 잘 하댔디요.
그게 글쎄 이꼴이 됐쉐다레. 그걸 모르구 첨엔 초독이나 사독이 아
닌가 하구 곤테봤디만 어데 함이 나야디요. 여게 오기 전에 침두
놔보구 뜸두 떠봤디요. 글쎄 오늘은 어제부단 더 떱네다레.”
  노인은 지팡이 안 든 손등으로 코를 비비고 눈을 닦고 한다.
  그가 위롯말을 몰라 그저,
 “앓는 사람 듣는데 너무 걱정만 마시우, 되레 나쁩니다,”
한다.
  대웅이 곧 또 그만 듣게 낮은 소리로,
 “벌써 세 번째야, 어제 자네가 다녀간 뒤에 입원해가지구 나한테
한 번, 오늘 아침 저기 인후관씨한테 한 번,”
한다.
  정사하려다가 목줄띠에 인후관을 달고 만 청년. 왜잿물을 먹고
나중에 정신이 들었을 때에는 이미 목에 흥한 인후관이 달려있었고,
함께 정사하려던 여자는 종시 죽고 말았다는 사실을 알고도 그때부
터 시간 따라 꼭꼭 인후관에 음식을 넣는다는 청년. 지금 막 인후
관에 우유를 병째 들고 쏟아넣는다.
 “하긴 저런 인후관을 단 족속은 저런 걸루 키슬하면 위생적이겠
군,”
하고 그가 일어서려니까 대웅이 언제나처럼 엄살조로,

"아니 벌써 가?"
한다.
"참 자네한테 전할 게 있네,"
하고 그가 꽃다발 싼 종이를 푸는데 대웅이,
"아니 자네가 그런 걸 다 사가지구 다니구, 이게 웬일야,"
한다.
"덤비지 말게. 이건 저 점란씨한테서 오는 걸세."
"점란일 만났었나?"
하고 대웅은 큰 손을 내밀어 꽃다발을 받으면서,
"요샌 더 이뻐졌으렷다. 그래 분주해서 오진 못하나마 꽃이라두
보낸다는 거겠지? 신사숙녀의 예의라는 게 이렇거든. 그러게 난 또
얼마 전에 지금 남편이 주연한 영화 첫 개봉 때 화환 한 개를 보냈
다네."
　그리고는 탈곧 전같은 병실이 울리는 웃음소리로 그가 긴 복도를
얼마큼 걸어나올 때까지 그냥 웃어댄다.
　다음 일과는 영화관으로.

　뉴스 영화관에 들어서니까 대마도의 씨름이 한창이다. 살덩이와
살덩이가 부딪친다. 밀고 밀리면서 두 편의 힘이 비등하여 조금도
조급스럽지가 않고 얼마든지 여유가 있어 보인다.
　그는 한순간 두 편의 살덩이가 하나처럼 한곳에 머물렀을 때 대
마도들의 설박감과는 다른 흥분으로 이 큰 살덩이의 주위를 재빨리
돌아가는 심판을 발견하자 씨름의 승패의 흥미와는 또다른 흥미로
그를 지켜보기 시작한다. 그러는데 돌연 한 편 살덩이가 쓰러지면
서 화면이 바뀐다.
　새 화면 전체에는 개미같은 벌레가 가득 차 움직인다. 아니 벌레
가 아니고 어떤 섬가에 내려앉은 날짐승의 무리가 아닐까. 그러는
사이에 화면은 점점 클로즈업되면서 날짐승같던 것이 사람이라는 것
만은 분간할 만큼 된다. 이재민의 떼인가. 북지의 피난민이다. 저
마다 그릇붙이와 자루같은 것을 들고 먹을것을 나눠주는 곳으로 몰
린다. 밀친다. 넘어진다. 뒹군다. 막 싸움판이다.

클로즈업된 화면에 지나가는 흡사 어떤 번잡한 지도와 같은 주름
많은 늙은이들의 얼굴과 찡그린 어린이들의 얼굴. 그는 문득 아까
진흙탕 속에서 꽹과리를 울리고 북을 치고 하던 만주사람 일가의
얼굴과 같은 얼굴을 얼마든지 발견한다. 그리고 또 병원노인과 반
신불수 소년을 찾아내고, 그러다가 언뜻 자기 자신의 얼굴을 거기
찾아내자 영화관을 뛰쳐나오고 만다.
목이 마르다. 찻집으로.

먼저 냉수를 마신다. 그리고 남은 물을 종려나무 밑동에 쏟고 있
는데 저편에서 레코드를 고르던 조훈이가,
"혼잔가?"
하며 온다.
"그래 언제 왔나."
조훈이 선 채로,
"오래간만에 나왔더니 더 갑갑하군 그래, 우리 다른 데루 자리 옮
기세,"
한다.
밖으로 나와 걷느라니 아직 저녁에는 으스스하다. 둘이는 골목을
몇개나 돌고 나서 다시 침침하고 긴 골목 안에 있는 한 작은 스탠
드바로 들어간다.
조훈은 자리를 잡자 등을 한번 으스스 떨고는 곧 여급에게,
"보드카!"
한다.
보드카로 속을 데운다.
조훈은 잇달아 석 잔이나 들이켜고도 얼굴이 창백해지기만 한다.
"무리하지 말게."
"아니 실컷 마시세. 명애는 이런 데서 벌구, 난 또 이런 데서 쓰
구. 좋은 생각 아냐? 자, 하나꼬. 하나꼬지? 서비스 잘해. 술은
얼마든지 먹을게."
콧날 선 하나꼬는 코허리에 잔주름을 잡고 웃으면서,
"어떻게 서비스하면 돼요?"

한다.

“거야 나보담 하나꼬가 더 잘 알게 아냐? 키스를 한다든가 또
……”

“자아,”

하고 하나꼬가 내미는 손을 조훈이 어느새 떨기 시작한 손으로 잡
아끌어당기는데, 하나꼬의 부푼 가슴이 탁자에 부딪자 잡힌 손을 빼
며 코허리에 주름잡는 웃음과 함께 조훈을 흘기면서,

“사람 보는데 좀 이따,”

한다.

그가,

“내 눈 감을께,”

하니까 하나꼬는 기계적으로 윙크를 하면서 스탠드 한끝에서 위스
키잔을 핥고 있는 일본옷 입은 사내에게로 간다.

조훈이 충혈된 눈을 그에게로 돌리면서,

“잘 봐두게, 언제구 용재의 모델대 위에 눕게 될 계집이니,”

하고 잔에 남은 술을 마저 들이켜고 나서,

“그래 지금 명애가 다른 놈팽이와 꼭 저러구 있음에 틀림없겠지.
내가 명앨 알기두 그런 과정을 거쳤구, 머지않어 명애가 다른 놈팽
이와 그렇게 붙어버릴 것같은 예감이 들어. 뭇 놈팽이들의 담배를
모아 오는 동안만은 일없지만 말야. 한 놈팽이의 담배만을 받구 그
리구 그걸 나한테 가져오길 꺼릴 때가 꼭 오구야 말걸세. 그리구 나
와 명애가 한 것처럼 이번에는 그 놈팽이와 명얘가 꽃을 띠우리 강
에 나갈걸세. 어김없이 그렇게 되지. 그래 그런 데서 나와 명앨 건
져낼 궁리를 안 한 것두 아냐. 그저 덮어놓구 명앨 홀에 나가지 않
두룩 하면 될 것두 알지. 그래 명애가 홀을 그만둔다면 우리 생활
은 어떻게 되겠나. 마지막이지. 결국 나만이라두 건져내려면 명애
가 날 버리구 딴 놈팽이한테 가기 전에 내가 먼저 명앨 버리는 수
밖에 없어. 명애가 날 버리구 간다는 상처를 난 온전해서는 견딜 것
같지 않어. 자네나 대웅이가 얼마나 부러운지 몰라. 여편네가 달아
난 뒤에두 태연할 수 있는 자네들이 난 원망스러울 만큼 부럽네.
그래 난 오후에 명애가 홀에 나가기만 하면 곧 명앨 먼저 버리리라

구 결심하지. 그런데 말야, 그건 명애가 홀에 나가있을 때뿐야. 명
애가 밤에 돌아만 오면 내 그런 결심은 사라져버리구 명애가 내 곁
에 있다는 것만으루 만족해져. 그게 또 다음날 오후만 되면 다시 같
은 결심을 하게 되지. 그러면서 난 수공장난을 시작하게 됐어. 그
리구 오늘밤에 들어오면 헤어지자는 말을 하리라는 결심을 되풀이
하면서 명애가 가져다준 담밸 피우지. 그 시간이 얼마나 긴지. 그
러다가 난 이 담배 중에 어느 담배의 주인이 나 대신 명애의 남편
으루 들어서나 하는 생각을 해보군 하지. 그러면서 방구석에 틀어
박아 둔 비단 양말을 집어다 주름 잡힌 데를 펴놓구는 거기서 홀에
나간 명애의 육첼 그리는 거야. 명애가 흘러내린 양말을 딴 사내 앞
에서 필요 이상으루 무릎 위까지 잡아당기는 모양이 떠오르기두 해.
오늘은 참다못해 거리루 뛰쳐나왔지. 마음속으룬 명애가 딴 사내
앞에서 양말을 무릎 위까지 치켜올리는 걸 아무래두 내 눈으루 봐
야 한다면서 말야. 그러나 어느새 난 홀과는 딴 교외루 나가구 있
었어. 그러다가 퍼뜩 다리가 떨리는 걸 깨닫구 살펴보니 벼랑 위에
서있는 거야. 그러자 그러한 나 자신이 큰 바위에 놓여있는 한 개
의 작은 돌멩이에 지나지않는다는 착각을 일으켰어. 그럼 어서 이
벼랑에서 돌처럼 굴러 떨어지자 하구 맘먹는데 먼저 발부리에서 돌
한 개가 떨어지지를 않겠어. 난 돌이 밑바닥까지 다 떨어진 담에 굴
기루 했지. 돌은 굴러내리면서 바위에 부딪혀 튀다가 중턱 한 바위
에 걸리구 말었어. 그래 이번엔 일부러 다른 돌을 하나 굴렸지. 그
돌은 굴러내리면서 밑에꺼지 가기두 전에 바위에 부스러져 없어지
구 마는 거야. 그러자 나는 갑자기 내가 밑에꺼지 떨어지기 전에
바위에 부서져 없어질 것이 무서워 그곳을 떠나 다시 거리루 들어
오구 말었어. 그래 거리루 들어오면서 좋은 생각을 하나 해냈지.
그건 명애가 이런 데서 벌어들이는 대루 난 또 이런 데서 쓰자는 거
야. 이런 훌륭한 생각을 왜 여태 못 해냈는지 답답해.”
　조훈은 몽롱한 눈을 무섭게 빛내며 새로 부은 잔을 단숨에 들이
켠다.
　그는 위로도 못 하고 그렇다고 나무라기도 싫었다.
“이게 용재가 인정한 행복아 조훈의 새로운 일과야.”

"가만있자, 새로운 일과라면 나두 새로운 일과가 있것다? 저 현상걸린 사람 찾긴데 광고만 봐두 예쁜 여자야. 웃을 때 덧니가 드러나구, 그리구 왼쪽 윗입술에 사마귀가 있구, 그리구 쌍꺼풀진 속눈썹이 길구 또……"

"그건 자네 부인 아냐?"

"오오라, 이거 쳤군. 옳지, 저 색시처럼 콧날이 서구……"

하나꼬가 가까이 오며,

"멋들 그렇게 재미나게 얘기만 하세요? 자, 술 드세요,"

한다.

그가,

"어데 한번 웃어 봐,"

한다.

코허리에 주름이 잡히는 아까와 변함없는 기계적인 웃음.

"아아냐, 이건 아냐. 옳지, 이제야 생각나눈. 웃으면 볼에 보조개가 생기구, 나이는 열아홉살. 그러구우…… 하나꼬, 하나꼬의 고향이 어디지?"

"하니깐두루, 거시기니, 어서 술 드세요, 저녁 잡수셨습니껴, 어디 가십니꿍. 자아 어딜 것 같애요?"

"가만있자, 아까 뉴스 영화에 보니까 중국옷을 입구두 나오더군. 쌀 한줌 타려구 피난민 틈에 끼어서 아지못할 고함을 지르구 야단이던데?"

"아이 망측해라."

"싸움엔 이겨야겠더라."

하나꼬는 돌아서다가 마침 들어오는 거대한 사내를 맞으러 문 쪽으로 가며 또 코허리에 주름을 잡고,

"아니 그새 왜 움쩍 안했수? 또 어디 좋은 사람이라두 생긴 게죠?"

한다.

"그새 하나꼬 더 이뻐졌구나. 이게 날루 이뻐만지니 어떡허면 좋담."

"또. 자, 멀 드실래요? 물론 아브산이죠?"

　사내는 그저 중절모자의 앞 테두리를 튀기어 뒤로 젖힌다. 그리고 하나꼬가 따라주는 술을 서너 번 연거푸 단번에 마신다.
　하나꼬는 사내가 잔을 낼 적마다 말없이 같은 술을 따르다가 사내가 담배를 피우는 틈을 타 이리로 오며,
　"자, 드세요,"
하고 보드카를 붓는다.
　조훈이 보드카를 단번에 들이켜고 나서 다시 떨리는 손으로 잔을 내밀며,
　"하나꼬, 하나꼬는 하나꼬의 고향보담 더 많은 사내가 있지?"
하고 탁자에 온몸을 실으면서 나직이 그러나 똑똑한 어조로,
　"지금 저 사내두 그중의 하나지?"
한다.
　"아이 이 양반이."
　사내가 빈 잔으로 이쪽까지 들리게 탁자를 또닥거리면서,
　"술!"
한다.
　하나꼬가 가볍게 스텝을 밟듯이 그리 가며,
　"오늘은 또 기분이 나시는가봐,"
하니까 사내가 곧 큰 소리로,
　"아니 하나꼬가 내 말 안 들어주는데 기분이 날 게 머야. 그래 말루만 온다면서 그렇게 딱 잘라매다니 하나꼬두 매정스러워. 어디 요담 노는 날 두구볼 테야."
　조훈은 사내를 향해 새로 코허리에 주름을 잡으며 고개를 끄덕이는 하나꼬를 지켜보다가,
　"아브산!"
하고 저기까지 들리고 남게 소리친다.
　사내가 조훈을 한번 훑어보고 나서 두꺼운 가슴을 벌리며,
　"요 담엔 어김없겠다?"
하고는 다시 고개를 끄덕이는 하나꼬를 보고서야 오원짜리 한 장을 놓고 나간다.
　"아브산!"

하나꼬가,

"그 몸으로 아브산은 너무 세지 않아요?"

한다.

"아브산!"

하나꼬가 부은 잔을 단번에 다 들이켰는가 하면 조훈은 재빨리 아래 포켓에서 구겨진 일원짜리 몇장을 집어내어 놓고는 문을 밀고 나간다.

그가 뒤를 따라 밖으로 나갔을 때에는 조훈은 뵈지 않고 골목은 더 짙게 어두워있었다. 조훈은 결국 집에 돌아가면 명애와 만날 수 있을 것이고, 그러면 모든것을 잊을 수 있으니 행복아가 아니고 뭐냐. 어둠을 밟으면서 그 골목을 다 나와 다른 골목으로 돌려다가 그는 얼핏 옆골목 안에 사람의 그림자를 발견하고 선다.

두 사내가 싸움을 한다. 작은 편이 넘어졌다가 일어서서 큰 사내에게로 달려들기도 전에 큰 사내의 손길에 맞고 다시 고꾸라진다. 큰 편은 버티고 서서 작은 사내가 다시 일어나기를 기다리는 눈치다. 그리고 작은 편이 또 일어섰다가는 맞고 고꾸라진다. 똑같은 단조로운 싸움이 되풀이되는 동안 이상하게도 작은 편이 넘어졌다 일어서는 동작이 빨라져간다. 그런 한편 버티고 서있던 큰 편은 도리어 몸을 뒤로 움츠리곤 한다. 그러면 작은 편은 이번에는 쓰러지기가 바쁘게 큰 편의 발에 매달린다. 큰 편이 이번에는 발길로 차 넘어뜨리고 물러난다. 그러나 작은 편은 큰 편이 물러나기가 바쁘게 또 발에 꽉 매달린다.

이 이상한 싸움은 결국 작은 편이 쓰러져 큰 편에게 매달리지 못하게 되는 것으로 끝막으리라. 그런데 지금 작은 편을 차고 물러서는 큰 편은 좀전의 스탠드의 거대한 사내가 아닌가. 그리고 작은 편은 조훈이고. 그가 어두운 골목 안으로 달려들어가기도 전에 또 넘어지면서 발에 매달리는 작은 편을 이번에는 큰 편이 겨우 뿌리치듯이 하고는 허둥지둥 달아나면서 그의 앞에다 중절모를 떨어뜨린다. 작은 그림자 쪽에서 조훈의 이상히 큰 짐승의 비명같은 웃음소리가 솟아올라 그칠 줄을 모른다.

소 라

　검은 바다에서 밀려오는 물결의 흰 혀끝이 모래톱을 핥는다. 꽥
꽥 갈매기가 모래톱으로 밀리는 물결을 거슬러 난다. 앉아만 있는
섬은 어둠 속에 아주 멀리 물러나 앉아있다.
　휘장같은 어둠이 하늘에 별을 펴놓으면 해안선 한쪽에서 등대가
켜졌다 꺼졌다 하기 시작한다.
　등대가 있는 반대쪽에서 여자와 청년이 걸어온다. 여자가 뒤에서
밀물에 발을 적시다시피하며 걷는 청년에게,
　"이젠 거진 다 왔어요,"
한다.
　청년은 신경질적으로 등대 쪽을 바라보며,
　"아직 등대꺼진 저어기 멀잖수?"
하고는 걸음을 멈추며 눈을 검은 바다의 지워진 수평선으로 돌린다.
　"이제 요 굽이만 돌면 고대예요."
　"이 시원한 바닷가면 그만 아니우?"
　"등대 밑에 서서 밤바다를 내다보는 게란 참 좋을 거예요. 어서 가
요. 밤에 등대 밑에 가 서보자구 약속을 했잖아요?"
　그러나 청년은 선 채 검은 바다만 바라본다.
　"그럼 제가 먼저 갈께 뒤루 천천히 오세요."
　청년은 어둠 속으로 사라지는 여자를 지켜보다가 혼잣말처럼,
　"낮에 생각든 것 봐서는 멀껄요,"
한다.

어둠 속에 난데없이 또하나의 청년이 나와 모래를 한줌 쥐며 청년에게,
"뭘 예서 멀기야 합니까, 그저 밤에는 예가 좋지요,"
한다.
청년은 어둠을 뚫고 또하나의 청년을 살핀다.
"밤이면 낮에 그렇게 따겁든 이 모래가 이렇게 싸늘해지기두 하잖습니까. 내일 낮이면 이 모래가 다시 따가워질 겝니다만."
청년은 다시 검은 바다만 바라보고 섰다.
"역시 밤이면 이렇게 검기만 한 바다가 낮에는 막 푸르게 되는 거와 마찬가지지요."
청년이 담배를 붙여문다.
또하나의 청년은,
"불 좀 주십쇼,"
하고 청년의 담뱃불로 불을 붙이고 나서,
"내가 처음 월이란 여잘 안 것두 심록색으루 물든 이 바다에서였지요. 해조가 하느작거리는 게 빤히 들여다뵈는 바다였지요. 월은 곧잘 바위에 앉아서 그 하느작거리는 해조를 언제까지나 들여다보는 것이었습니다. 그리구 나는 곧잘 멀리서 몰래 소라껍데기같은 걸 월이가 들여다보는 데루 던지군 했지요. 그러면 월이는 늘 당하는 일인데두 으레 놀라 일어서군 했지요. 일어서서두 좀만에야 놀램이 걷히구 겨우 웃음을 띠우군 했지요. 그게 꼭 월이가 지금껏 들여다보던 해조같은 웃음이었지요."
또하나의 청년은 담배를 깊이 한 모금 빨았다 뱉는다.
청년은 그냥 검은 바다만 바라다볼 뿐이다.
"좀전에두 두 분이 함께 나오신 걸 보니까 그때 생각이 간절해집디다만 그때 난 참으루 행복했지요. 바위를 찾아가 월일 놀래어주는 게란 행복 그것이었으니까요. 그런데 어떤 날이었습니다. 그날두 하늘과 바다가 한결같이 맑은 날이었어요. 나는 예전같이 멀리서 바위에루 소라껍데길 던졌습니다. 분명히 월이가 일어섰습니다. 그러나 놀래야 할 월이가 놀라지를 않습니다. 그리구 또 이쪽에서 가까이 가기 전에 먼저 그쪽에서 이리루 걸어오는 게 아닙니까. 딴

여자였습니다. 나는 당황했지요. 그 여자는 가까이 오드니 그렇게
별안간 돌같은 걸 던지면 모여들던 고기새끼들이 놀라 달아나지 않
느냐는 것이었어요. 나는 잠잠히 섰을 밖에 없었습니다. 월이보다
한층 볼이 풍부한 여자였습니다. 그리구 검은자위가 유난히 큰 눈
을 가진 여자였습니다. 그런 일이 있은 뒤 또 하루는 바위 위에 두
여자가 나란히 앉아서 물속을 들여다보는 것이었습니다. 나는 소라
껍데기 던지길 그만두었지요. 그리구 요전번 일두 있구 해서 바위
에까지 가는 것두 그만둘까 생각했지요. 그러면서두 나는 바위 쪽
으루 걸어가는 것이었습니다. 똑같이 흰 저고리에 깜장 치마를 입
은 두 여자였어요. 두 여자는 또 머리를 짤러 리봉으로 맨 것두 똑
같았습니다. 가벼운 바람에 날리는 두 여자의 귀밑털이 분명히 보
일 만큼 나는 가까이 갔지요. 그리구 마침내 두 여자가 앉은 등 뒤
에서 물속을 들여다보구야 말았지요. 물속에 비친 얼굴은 월과 요
전 그 여자였습니다. 물속에 비친 나를 보자 그 여자가 먼저 고갤
돌리드군요. 다음에 월이는 사뿐히 일어섰습니다. 월이는 또 놀라
는 얼굴에 해조같은 웃음을 띠우며, 그 여잘 자기 동무 은경이라구
소개하는 것이었습니다. 은경이는 잇새를 빛내면서 고기새끼들이 얼
마나 재미있게 뛰노는지 모르겠다구 하드군요. 그러면서 물속 해조
새로 빠져다니는 고기새끼들을 가리키는 은경의 손가락은 흡사 고
기비늘처럼 맑은 것이었습니다. 월이가 해조를 내려다보는 동안 은
경이는 고기새끼들을 들여다본 게 틀림없었지요. 다음날부터 난 또
고기새껴들두 놀래주기 시작했지요. 월이가 시가지루 들어가 늦어
진다든가 못 나오게 된다든가 하는 날이 계속되기두 했지요. 그러면
은경이는 자기만 나오게 되어 내가 섭섭하겠다는 말루 곧잘 농을
했어요. 사실 난 은경이의 고기새끼만 놀래주는 동안 해조를 들여
다보던 월이를 놀래주었으면 하는 생각이 없는 것두 아니었지요.
소라껍데길 던지면 일어나 이쪽에서 가까이 가야 얼굴에 해조같은
웃음을 띠우는 게 월일 텐데, 나날이 소라껍데길 던지면 먼저 그쪽
에서 돌아보구 은경이가 이리루 걸어오는 것이었습니다. 그건 월이
가 일부러 은경이만 바위에 나오게 하구 자긴 피하는 것이었는지두
모르지요. 사실 월이와 나 사이란 이상하게 서루 말이 없었지요.

내가 소라껍데길 던지면 월이가 일어서구 놀래구 그리구는 우린 통
말이 없었지요. 그리구 월이의 해조같은 웃음이 맑아질수록 우린 더
말이 없었지요. 하긴 우린 애써 말을 할려구두 않았어요. 말없이두
우린 한껏 행복했으니까요. 그러던 게 은경이가 나타나면서부터 이
상스럽게 서루 말없는 동안이 괴롭기 시작했습니다. 그래 월이는 이
괴로움을 알구 피하는 것인지두 몰랐지요. 나두 사실 이 괴로움이
무서워 월이와 만난 다음엔 은경이가 나타나길 바라군 했죠. 셋이
만나야 월이는 명랑해지는 것이었습니다. 하룬 바다가 내다뵈는 언
덕 솔밭에서 우리는 축음기를 틀구 있었습니다. 걸어논 첼로의 흐
느낌이 채 끝나기두 전이었습니다. 월이는 내게 왈츠를 걸라는 거
예요. 그러구는 경쾌히 은경에게 손을 내밀면서 자기가 리드할게 춤
을 추자는 것이었지요. 은경이두 시원히 일어나 월에게 안기드군요.
바다가 두 여자의 허리에 가루 걸려 돌아갔습니다. 왈츠 한 장이 다
풀리니까, 월이는 되걸라는 것이었습니다. 푸른 소나무 그늘에서 두
여자의 허리가 언제까지나 바다에 감겨 돌아가는 것이었습니다. 어
떤날은 또 우리는 바다에 배를 띄웠지요. 은경이가 노를 저었습니
다. 배가 위험선 가까이 가서 은경이가 뱃머리를 돌리려는 순간이
었어요. 별안간 월이가 은경이의 손에서 노를 빼앗었습니다. 그리
구는 그냥 바다에루 배를 젓는 것이었지요. 물결이 점점 사나워졌
어요. 출렁거리는 뱃속에서 은경이는 들이치는 물결을 보구 두 손
으루 눈을 가리며 엎드리구 말었습니다. 월이는 또 흰 얼굴에 해조
같은 웃음을 떠웠지요. 출렁거리는 물결에 꺼질 것같으면서 좀처럼
꺼지지 않는 웃음이었지요. 그러면서 바다의 계절두 다 지났습니
다. 우린 바다가 내려다뵈는 언덕에 있는 떡갈나뭇잎이 누렇게 물
들기 전에 거리루 돌아들 갔지요.”
　청년은 담배를 바다로 던진다.
　“거리루 온 뒤에두 월이는 코스모스랑 국화랑 꺾어 들구 찾어왔지
요. 월이는 언제나 은경이와 함께였습니다. 나는 둘을 위해 커필 끓
이군 했지요. 그건 또 가을이 깊은 어떤 날 저녁이었습니다. 월이
가 혼자 찾어온 건. 바바리코트를 입구 있었습니다. 밖은 어느샌가
가랑비가 내리구 있었지요. 우리는 거리루 나섰습니다. 가는 빌 맞

으면서 우린 아무말두 없이 걷기만 했지요. 어둡구 긴 뒷거리를 지나서, 그리구 길바닥에 녹아내려서까지 빛나는 네온 거릴 끝까지 걸었지요. 네온이 그치는 곳에서 우린 오른편에루 접어들었습니다. 곧 강이 됐지요. 우린 가을비 맞는 강을 보구 싶었는지두 모릅니다. 둑에는 못쓰게 된 보트가 몇개 뒤집혀 가랑비에 젖구 있었지요. 강물엔 거꾸루 비친 전등불과 돛대의 그림자가 역시 가랑비에 떨구 있었구요. 가는 비라두 오래 맞으니까 어깨가 무거워지는 것이었습니다. 우리는 돌아섰지요. 그리구 다시 네온이 있는 거리를 되돌아 걷기 시작했지요. 길바닥에 흐른 네온두 다 밟구 지났습니다. 이젠 또 어두운 뒷거리뿐이 남았을 따름이었지요. 월이가 먼저 섰어요. 나두 따라 섰습니다. 월이는 수그린 고갤 약간 더 수그리구 나선 한 손으루 바바리코트깃을 세워 쥔 채 옆길루 갈라져 몇 걸음 들어갔습니다. 그러나 월이는 돌아서구야 말았지요. 다시 내게루 왔습니다. 그리구 나더러 은경일 어떻게 생각하느냐는 것이었습니다. 나는 나두모르게 그만 사랑한다구 했지요. 어둠 속에서두 월이의 얼굴이 떨린 것같이 느껴지구, 그리구 해조같은 웃음이 떠올랐습니다. 이번엔 내가 옆으루 갈라져 걸었지요. 나는 몇번이구 속으루 왜 거짓말을 했느냐구 외치면서두 월이처럼 돌아서지는 않구 말았지요.”

청년은 발밑을 핥으려는 바닷물을 걷어찬다.

“그래 겨울이 됐지요. 작년은 겨울에 접어들자 눈이 많이 내리지 않았습니까. 함박눈이 쏟아지는 어느날 나는 은경이와 결혼을 하구 말었습니다. 그리구 또 어느 진눈깨비가 내리는 날이있지요. 밖에 나갔던 은경이가 월일 데리구 왔습니다. 월이와는 가을비 맞는 날 밤에 헤어진 후루 첨이었습니다. 그새 월이두 벌써 거리의 어느 의사와 결혼을 한 것만은 은경이에게서 들어 알구 있었지요. 월이를 위해서 커피를 넣는다면서 은경인 곧 부엌으루 나가구 말었지요. 그러니까 월이는 젖은, 회색 바탕에 붉은 선이 가루 건너간 긴 치마를 끌다시피하면서 시네라리아의 화분이 있는 창가루 걸어가는 것이었어요. 화분 있는 데 가서두 월이는 그냥 화분을 향한 채 혼잣말처럼 꽃이 닿은 유리알에 김이 어린 게 꽃에두 체온이 있는가 보다는 것이었습니다. 그리구는 월인 시네라리아에 얼굴을 조용히 문

는 것이었어요. 나는 전보다 축간 월이의 옆얼굴만 바라보구 있을
뿐이었지요. 월이의 입술이 꽃잎에 닿았는가 하는데 눈물이 한줄기
뺨을 흘러내리드군요. 마침 은경이가 쟁반에 커피잔을 세 개 놓아
가지구 들어와 월이에게 그 꽃 무척 향기롭지? 하는 것이었어요.
월이는 그제야 꽃에서 얼굴을 들드군요. 그리구 그제야 눈물이 흐른
걸 깨달은 듯이 흰 손등으루 찍어내는 것이었습니다. 은경이는 또
그렇게 눈을 가깝게 가져가니까 꽃잎에 찔리지 않느냐는 것이었어
요. 월이의 입술에 틀림없는 해조같은 웃음이 떠올랐습니다. 은경
이는 커피에 각설탕을 집어넣으면서 혼잣말처럼 저 꽃이 다 지구 난
담에두 얼마 있어야 바다에 갈 계절이 다시 된다는 것이었어요. 곧
월인 진눈깨비 속을 혼자 돌아갔습니다. 어느날은 은경이가 축음기
의 바늘을 갈다가 무심쿠 요새 월이는 남편과 별거생활을 한다는
말을 하드군요. 재즈판이 끝난 담에 은경이는 월인 암말 없어두 남
편이 다른 여자와 치정관계를 일으켜 월이가 별거생활을 요구했음
에 틀림없으리라는 것이었어요. 그리구는 아무튼 이제부터는 월이
를 외롭게 내버려둘 수는 없다구 하면서 전에없이 엄숙한 얼굴을
짓기까지 했지요. 그 뒤부터 은경이는 가끔 월이한테 가는 눈치였
어요. 어느날은 은경이가 밖에서 돌아오더니 월이의 남편이 데리구
있는 간호부와 치정관계를 맺은 거라구 하는 것이었어요. 그리구 자
기는 내가 딴 여자와 어떤 소동을 일으킨대두 질투같은 걸 조금두
안 느낄 거라는 거예요. 내가 그건 내게 애정이 없는 탓이랬더니
은경이는 그 검은자위가 큰 눈을 한 번 더 크게 떠 보이구는 처음
듣는 신경질스러운 웃음을 웃드군요. 커튼을 활짝 젖히니까 벌써
첫여름의 따겁게 내리쬐는 볕이 막 눈이 부실 지경이었지요. 그날
두 분명히 눈부신 볕이 유리창을 비치는 날이었어요. 은경이가 월
이를 또 데리구 온 건. 우리는 축음기를 틀었습니다. 레코드에서
풀리는 음향마저 이상스럽게 투명해지는 날이었습니다. 갑자기 은
경이가 월일 끌어 일으켜 안구 춤을 청했지요. 월이두 잠잠히 왼손
을 은경이의 어깨에 얹었습니다. 바다가 내려다뵈는 언덕 솔밭 속
에서 췄을 때에 비기면 은경이가 더 풍만해진 반면 월이는 무척 축
가 있었어요. 레코드가 다 풀렸습니다. 은경이가 새루 레코드를 갈

어 끼웠지요. 그게 바다가 내려다뵈는 언덕에서 걸었던 왈츠가 아
니겠어요? 은경이는 내게루 돌아서며, 커피를 넣을 테니 그새 자
기 대신으루 월이와 춤을 추라는 것이었습니다. 그리구 은경이는 가
벼운 걸음으루 부엌으로 나가버렸지요. 나는 당황하면서두 월이에
게루 가까이 가지 않으면 안 되었지요. 내가 왼손으루 월이의 오른
손을 잡으며 허리에 오른손을 주었을 순간입니다. 찬 기운이 내 몸
을 지나간 건. 그렇게 찬 기운이란 월이의 손에서 옴인지 허리에서
옴인지 채 분간되기도 전에 그 레코드는 다 풀리구 말았습니다. 은
경이가 커피를 넣어가지구 돌아왔습니다. 월이의 손은 각설탕을 집
어넣으면서 열이라두 있는 듯이 떤 것처럼 느껴졌어요. 은경이는 저
대루 커피가 좀 진해졌다구 하면서 이번에는 혼잣말루 아무래두 전
에 내가 월이와 은경일 위해 끓일 때만큼 손짓작이 익지 못하다구 하
구는 티없이 웃드군요. 월이는 옆에 놓인 크림을 잠잠히 넣었지요.
은경이는 또 저는 막 진한 커피에서 젖은 바닷가 모래가 햇볕에 마
르는 듯한 냄새가 날 때가 있다는 것이었어요. 월이는 그저 스푼으
루 커피를 젓기만 하더군요. 은경이는 커피루 입술을 적시구 나서
다시 혼잣말처럼 녹색 커튼에 햇볕이 내리쬘 적엔 바다가 생각난다
구 했지요. 월이의 얼굴에는 잠깐 핏기가 내배며 해조랑 고기새끼
랑은 어찌됐을까 하는 것이었습니다. 은경이는 또 눈을 빛내면서 그
대루 있을 거라구 하며 이젠 시네라리아가 진 지두 오래구 바다에
갈 시절이 됐다는 것이었습니다. 그래두 월이는 해조같은 웃음을 띠
우지는 않았어요. 나는 공연히 사과알을 프루츠나이프루 찌르구만
있었지요. 월이는 눈부신 볕을 가득 받으며 돌아갔습니다. 그러나
진눈깨비 속을 맞으며 돌아가던 때보다두 첫 여름 볕 속에서 월이
는 더 야위어 뵈는 것이었어요. 뜰의 함박꽃두 다 졌습니다. 나는
물밀 듯 바다가 그리워졌지요. 그래 종시 나는 이렇게 바다루 오구
야 말았지요.”
　청년은 어둠 속에서 또하나의 청년 쪽을 유심히 살피다가 새로 담
배를 붙여문다.
　또하나의 청년은,
“아 어느새 담뱃불이 다 꺼졌군, 불 좀 얻읍시다,”

하고 청년의 담배에서 불을 옮기고 나서,

"바다에 오는대루 나는 그 바위를 찾어갔지요. 월이가 해조를 들여다보구 은경이가 고기새끼를 내려다보던 그 바위 말입니다. 역시 거기엔 전같이 해조두 고기새끼두 있었지요. 그러나 월이와 은경이는 전처럼 바위 위에 앉어있지를 않었습니다. 그 다음날두 바위를 찾었지요. 그러나 나는 결코 소라껍데길 던지지 않었어요. 나는 혼자 바위에 앉어 아래에 비치는 그림잘 내려다보는 것이었습니다. 그러면서 나는 월이가 가랑비 내리는 밤에 은경일 어떻게 생각하느냐구 물었을 때 내가 은경이를 사랑한다구 한 거짓말처럼 지금 은경이두 나와의 부부생활을 거짓으루 하구 있기 쉽다는 걸 깨달었지요. 그래서 나는 우리들의 거짓을 깨 없애버리려구 월이를 이곳으루 부르리라는 결심을 하는 것이었어요."

청년은 어둠 속에서 경련적으로 또하나의 청년을 살피고 나서 고개를 발밑 밀물로 떨군다.

"그러나 낮에 그렇게 맘먹었든 게 밤이 되면 월이를 이곳으루 부르리라는 생각은 사라지구 말지요. 수평선마저 찾어볼 수 없는 이런 밤을 나는 그저 이 모래판을 거닐 뿐이지요. 그리구 차겁게 식은 모래를 쥐구는 월이의 이 모래처럼 찬 체온을 생각하지요. 그러나 또 낮이 되면 바위 위에서 다시 월이를 이곳으루 불러야겠다구 자꾸만 맘먹지요. 오늘두 나는 바위 위에서 해조와 고기새끼를 내려다보면서 있었습니다. 그러다가 언뜻 월이가 설사 이곳으루 온대두 이번엔 또 해조를 들여다보는 게 아니라 고기새낄 내려다본다는 거짓이 있기 쉽다는 생각이 들었지요. 나는 바위를 뛰어내렸습니다. 그리구는 소라껍데길 마지막으루 그곳에 던졌지요."

여기서 또하나의 청년은 다 탄 담배를 바다로 내던지며,

"아니 저 등대에서 함께 온 이의 고함소리가 나는 것 같군요,"
한다.

청년은 등대를 바라보며,

"물결 소릴 게요,"
할 뿐이다.

또하나의 청년은 두 손에 모래를 가득 움켜쥐고 나서,

"그래 다음부턴 밤이면 이 모래판만 거닐지요, 월이의 육체같은 이 모래판을 거닐지요. 그러면서 또 꽃보다두 찬 월이의 체온같은 이 모래만을 자꾸 만집니다. 찬 모래는 또 꽉 쥘수룩 얼른 새어나가지요."

청년도 모래를 움킨다. 그리고 바다로 뿌린다.

"그러다가 쥔 모래를 바다루 뿌리기두 하지요. 그러면서 난 아까 숫제 내가 바다루 들어가야 할 걸 느꼈지요. 거기에는 해조가 있을 겝니다. 바다루 들어만 가면 해조가 날 감어줄 게요. 그게 진정한 월이의 육체일 거라는 생각이 들었지요. 나는 해조에 감기어 잠들면 그만이지요. 내 몸뚱이가 다 썩은 담엔 고기새끼들이 와 뜯드래두 좋지요. 나는 그저 바다에루 뛰어들기만 하면 됩니다. 그럴려면 또 이런 밤이래야 하지요. 달 없구 별두 희미한 이런 밤이래야 하지요. 그저 등대를 등지구 바다루 들어만 가면 해조가 있을 겝니다."

청년은 다시 검은 바다를 바라본다.

"그리구 난 어느 모래언덕에 내 유언을 써놓을 것까지 생각했지요. 설사 월이가 이곳으루 온다 쳐두 난 행복되지 못하리라구, 그리구 진정한 월이는 바닷속에 있을 뿐이라구. 그게 날이 밝기 전에 바람이나 밀물에 씻기워버린대두 좋지요."

청년은 다시 모래를 움켜서 바다로 뿌린다.

검은 바닷물 소리.

청년은 아까 온 등내와 반대쪽으로 걷기 시작한다.

"아니, 가십니까. 함께 오신 분이 부르시는 것같은데요."

청년은 걸음을 멈추었으나 귀 기울이는 법 없이,

"물결 소릴 게요,"

하고는 다시 걷는다.

검은 바다의 모래판을 핥는 흰 이빨들.

등대 쪽 어둠 속에서 여자가 빠른 걸음으로 달려오며,

"아니 어쩌믄 뒤따라 안 오시는 거예요, 참 등대 밑에 서서 바라보는 바다란 상쾌했어요,"

한다.

또하나의 청년은 검은 바다만 바라본다.

"참 등대 밑에 서니까 해조 냄새보다두 고기비늘 냄새가 더 향기롭게 불어와요."

그리고 또하나의 청년에게로 다가서다가 흠칫 놀라며,

"아니 당신은 누구요, 누구예요? 예 있든 이는 어디 갔죠?"
한다.

또하나의 청년은 그저 손을 들어 청년이 간 쪽의 바다를 가리킨다.

"뭐요? 바다루요? 그럼 분명히 빠졌어요. 건져요."

"벌써 깊게 들어갔을 거요."

"어서 건져요, 네?"

"그리구 이미 해조에 감겼을 게요."

여자는 어둠 속에 풀썩 주저앉으며,

"전 할말이 있었어요, 그인 암말두 없었나요?"
한다.

"저어 모래언덕에 써놨기 쉽지요. 나는 무척 행복스러웠다구."

"네? 아녜요. 그건 거짓말이에요. 내가 밤의 등대 밑이 좋다구 한 것두 거짓이었어요. 결국 그이 혼자 먼저 행복을 찾은 셈예요."

여자는 두 손바닥으로 얼굴을 감싸고 어깨를 들먹이며 흐느끼기 시작한다.

여전히 등대가 꺼졌다 켜졌다 한다. 그런데도 수평선과 하늘과 바다는 한결같이 검기만 하다.

또하나의 청년은 어둠 속을 묵묵히 모래언덕 너머로 사라진다.

돼 지 계

닭들이 주둥아리를 벌리고 할딱이며 좁쌀 멍석에서 물러선 채 지
리스럽다. 용태네가 좁쌀에서 벌레를 골라 던진다. 닭들이 벌레 한
점으로 몰렸다 다시 흩어진다. 닭들에게 손을 젓고 나서 용태네는
좁쌀을 키에 담는다.

갑자기 닭들이 볏을 움직이며 몰리는데 돼지가 대가리를 끌고 걷
는다. 쌀을 채 담지 못한 채 용태네는 막대기를 집어들고 돼지를
몬다.

돼지가 남새밭 바자 옆으로 뗀다. 남새밭 바자 그림자가 분명하
게 돼지 등에서 뒤로 말린다.

용태네는 닭들이 좁쌀을 헤치는 걸 돌아다보고는,

"쉬어이, 왜 돼짓물은 안 줘개지구 이 성활까,"

한다.

들에서는 우점네가 우점에게,

"너 돼짓물 주구 완?"

하며 그냥 이가 빠진 함지박으로 논에 물을 푼다.

"오."

벼포기가 흙물을 맞고는 뗀다. 땅강아지 한 마리가 흙물에 젖어
볏잎을 잡으려고 바둥거린다.

우점은 논에 들어서려다 말고 어머니 몰래 흙덩이를 집어 땅강아
지에게로 던진다.

우점네가 또,
"돼지우린 잘 닫안?"
한다.
"오."
땅강아지가 잡는 대로 볏잎은 가벼우니까 가라앉는다. 우점은 또
바동거리기 시작하는 땅강아지를 지켜본다.
우점네가 다시,
"정말 돼짓물 줬디?"
하며 허리를 펴고 흙 묻은 손으로 허리를 두드린다.
그림자가 우점네에게로 걷히어 흙탕에서 흔들린다.

용태네는 좁쌀이 담긴 키를 토방에 내려놓는다. 좁쌀을 헤적이다
가 그네는 혼자,
"이제 낟알 잘되긴 글렀디,"
한다.
용태는 방안에서 삿자리 거스러미를 뜯어내다가,
"언제 비가 와야 말이죠."
서울 가 공부를 해 용태는 서울말을 쓴다.
좁쌀알이 용태네의 손등에서 튀어난다. 튀어난 좁쌀알을 용태는
눈으로 좇으며,
"달무리만 하니까……"
한다.
용태네가 손을 재게 헤적이면서,
"너이 아반 물 잡았는디 모르갔다,"
한다.

근후는 소매로 얼굴의 땀을 훔친다. 소매만한 바람도 스치지 않
는다.
근후가 저편 우점에게,
"얘 우점아, 우리 용태 안 나오던?"
하고 고함친다.

우점이 그냥 땅강아지를 내려다보면서,
"몰라요,"
한다.
　우점네가 이편을 향해,
"아니 학교 갔다 온 사람을 좀 쉬게 할 게디,"
한다.
"쉬는 게 다 멈네까."
"하긴 외아들 죽는 건 봐두 낟알 타디는 건 못 본단 말이 있디요.'
　어쩌다 바람도 없는데 엷은 솜구름이 솔솔 엉기며 부드럽게 난다.
그러나 곧 하늘에 녹아들어 다시금 맑게 푸른 하늘이 된다.
　논물이 자꾸만 잦는다. 벼포기의 누런 빛이 짙어간다.
　근후가 삽으로 또 도랑을 쳐내기 시작한다. 삽이 뜬 흙만큼 물이
는다. 햇빛이 삽 끝 흙물에서 부서져 떨어진다. 왜가리가 앉을 자리
가 없다고 들보다 낮게 난다. 도랑이 낮아진다.

　용태네는 손가락으로 벌레 집을 비비며,
"우점네 돼지 또 놰났두나,"
한다.
"그것 잡아서 기우제 한대죠?"
"그럼."
"기우제 한다구 비 오나요."
"애 그런 소리 마라. 기우제 드리구 얼마나 비가 왔기 그러니."
　용태는 다시 삿자리 거스러미를 뜯기만 한다.
"그 돼지야 수태 말랐디. 어데 돼짓물을 벤벤이 줘야디."
"우점이형 시집에 판 돈으루 사온 그 돼지죠?"
"그럼."

　돼지가 남새밭 바자 밑을 주둥아리로 한참 들추다가 이번에는 갓
맺힌 호박을 덩굴째 물고 뜯는다. 호박덩굴이 끊어지니까 그제야 돼
지는 놀라 달아난다. 그러다가 또 길 한가운데 있는 돌에 놀라 돌
아서 뛴다.

"우점이형 판 돈으루 돼지를 사느라구 그앤 닙은 거 단벌루 시집갔디 왜. 생각하믄 안됐디. 그래두 그앤 미욱해. 전처 새끼가 많아서 못 살갔다구 와서 행역하는 꼴이야. 무당한테 묻개질두 해봤다드라만 그앤 아무래두 상처자리가 제 팔자야."

용태네의 헤적이는 손등에 좁쌀벌레 한 마리가 키 밖으로 굴러나간다.

"우점이형 시집이 산골이래지요?"

"산꼴이디. 아직 거긴 조랑 수수랑 일없는디."

"이제 벤 다 말라 죽었어요."

"정신 좀 들었으믄 아반한테 나가볼란? 어젯밤 새워 겨우 논바닥 축엤든 거 햇볕에 다 말랐갔다."

대건이 호미로 근후가 막은 동을 끊는다. 근후가 급히 뗴를 떠서 동을 잇는다.

대건이 냅다 동을 터 헤치며,

"혼자만 대면 어카노,"

한다.

"우린 어카란?"

근후의 삽등이 대건의 어깨 옆에 사선을 긋는다. 허탕을 치고 삽이 튄다. 근후는 중심을 잃고 몸을 꼬며 논으로 굴러떨어진다.

논둑을 기어올라오는 근후의 눈썹 위에 묻은 흙 새로 피가 밴다. 근후는 흙탕을 긁어 동을 다시 막는다.

닭들이 키 옆으로 모여든다.

용태가 빈 손을 쳐 닭들을 쫓는다. 그러나 닭들은 그자리에서 모가지를 오쫄거릴 따름이다.

용태네가 키를 까분다. 그네의 등 땀이 더 퍼진다.

"서울두 이르케 덥나?"

"더 덥지요."

다 고른 좁쌀을 함지박에 쏟으며 용태네는,

“서울에 각가지 즘생을 잡아두구 구경시켜주는 데가 있대디? 아 더위에 어뜧게들 사노,”
하고는 함지에 쌓인 좁쌀을 허물어 고르게 한다.

용태는 삿자리 거스러미 뜯은 것을 닭에게 뿌리고 일어선다. 닭 아닌 파리들이 성하게 난다.

“곤하면 고만두렴. 아바지 저 안하리.”

용태가 밀짚모자를 쓴다.

용태네도 함지박을 들고 일어서며,

“그럼 나가볼란?”

“얘애.”

우점네가 우점에게 소리친다.

우점의 손은 시든 쑥대에 앉은 잠자리에게로 내밀던 참이다.

“얘애.”

잠자리가 대가리를 굴린다. 우점의 그림자가 먼저 잠자리에게로 가려니까 우점이 그림자를 거두며 한편으로 빗선다.

“얘, 이넘의 엠나이야!”

우점의 손가락 끝에서 잠자리가 급하게 튀어난다. 같은 자리에 앉으려다가 잠자리는 높이 뜬다.

우점이 휙 돌아서며,

“왜 그래?”
한나.

우점네는 우점에게로 몇 걸음 달려오며 주먹으로 지르는 시늉을 하면서,

“이 쌍넘의 엠나이새끼 뭘 하니? 돼지 왜났나 가보디 않구.”

“오.”

근후가 흙투성이 된 몸을 일으켜,

“우점아, 우리 용태 좀 내보내라,”
하고 소리친다.

“예,”
하며 우점은 잠자리가 날아간 데를 한번 더듬는다.

"이젠 낟알 되긴 글렀다."

용태네는 부엌으로 들어가며 중얼거린다.

구름 한점 없으니까 저녁때가 가까운 하늘인데도 멀기만 하다.

갑자기 벌 한 마리가 공중에서 떨어진다. 온통 호박꽃가루를 묻힌 채다.

돼지가 대가리를 끌고 남새밭 바자를 돈다. 바자에 꺾인 그림자가 여월 대로 여위었다.

갈 대

    지난해의 갈대 하나가 부러진 채 새로 돋은 풀 키 위에서 하느작
거렸다.

    검은 흙만이 드러난 공지에 있는 웅덩이에서는 많은 장구벌레가
떴다 가라앉았다 하였다. 구더기가 웅덩이 밖으로 기어나가다 도로
검게 진한 흙탕물 속으로 기어들었다.

    비루먹은 개가 뼈다귀를 물고 웅덩이 옆을 걸었다. 개는 썩은 큰
통나무 곁에 야위어 오그리고 앉아서는 갉히지 않는 뼈다귀를 갉기
시작하였다. 그러다가 개는 뼈다귀를 놓고 냄새를 맡으며 부근을 돌
다가 다시 뼈다귀에로 돌아왔다.

    뼈다귀를 핥는 개에게 소녀가 흙덩이를 던졌다. 개는 맞지 않았
는데도 온몸을 움츠리고 깽깽댔다.

    아무데나 주저앉으며 소녀는 종아리의 부스럼을 손가락으로 누르
다가 구름 새로 새는 햇빛이 등에 닿는데도 간지러운 듯이 두 팔꿈
치를 겨드랑이에 바싹 끼고 입끝에 조숙스러운 웃음을 띠우며 윗몸
을 꼬았다.

    날씨가 마냥 포근하였다.

    개가 공지 끝 소녀네 움집 쪽으로 걸었다.

    움집 쪽에서 공지로 나오던 소녀의 할아버지가 소녀에게 멀리,

    "얘, 네 애비한테 가봐라,"

하고 소리쳤다.

그러나 소녀는 그냥 입술에 웃음을 깨물고 앉아있었다.

소녀의 할아버지가 이번에는 발밑에 개가 떨군 뼈다귀를 보자 옆의 큰 돌을 들추어낸 후 그곳에 넣고 발로 꽉꽉 다졌다.

움집 거적문 틈으로 개는 들어갔다.

움집 속에서는 소녀의 아버지가 누푸르고 긴 팔에 아편침을 가져다 대고 떨며 꽂으려다가는 미끄러뜨리곤 했다. 소녀의 아버지의 검게 커진 콧구멍에서는 누런 콧물이 흘러 입술에 괴었다. 겨우 침을 꿰었는가 하면 소녀의 아버지는 팔에 침을 꽂은 채 잠잠해졌다.

개가 희멀건 혀로 소녀 아버지의 얼굴을 핥으며 돌아갔다.

개는 웅덩이 옆에서 더 희멀겋게 된 혀로 뼈다귀를 핥고 있었다.

소녀는 거리에서 달고 온 란도셀 멘 소년과 함께 썩은 통나무 곁을 지나다가,

"저 개가 물구 다니는 거 뭔지 아니?"

하였다.

소년은 그저 개에게서 다시 소녀에게로 고개를 돌리며 옆으로 혼들어 보였다.

"뼈다귀야! 사람의 뼈다귀."

소녀는 소년의 무서워하는 낯빛을 가까이 들여다보며 입속의 웃음을 웃고 나서,

"저 개가 이제 해골 백 개만 먹으믄 사람 된단다. 여기 조금만 파면 뼈다귀가 얼마든지 있는데 뭐. 전엔 예가 다 무덤이댔어. 저 웅뎅이두 무덤 자리구. 우린 할아버지가 묘지기였지. 요새두 우리 할아버진 밤마다 옐 돌군 한단다. 이제 얼마 있으면 여게 큰 집들이 가득 들어선다나. 귀신 막 나와 다닐 거야. 우리 어머닌 예서 귀신 들려서 도망가구, 우리 아버진 또 귀신한테 홀려서 죽어간단다."

비가 시름없이 부스러져 내리기 시작하니까 개는 빗물을 떨어 털다가도 비칠거리며 넘어지곤 하였다.

비가 그친 뒤에도 어두운 밤 속에서 개가 끙끙거리고 있었다.
소녀의 할아버지는 개가 끙끙거리는 쪽을 지켜보며 썩은 통나무
에 앉아있었다.
갑자기 소녀의 할아버지 옆에서 가르르 소리가 나기 시작하였다.
통나무 한끝에 거리의 여인이 와 앉아있었다. 희부연 여인의 얼굴
과 손이 어둠 속에 웅덩이처럼 떠있었다.
소녀의 할아버지가 일어나 움집 쪽으로 가는데 뒤에서 가르르 소
리가 멎었다. 소녀의 할아버지가 돌아섰다. 통나무 곁에서 손같은
것이 어슴푸레 손짓하였다. 소녀의 할아버지는 도로 통나무 있는 데
로 걸음을 옮겼다.
어슴푸레한 손도 여인도 없었다. 소나무에 부딪치게 되어 소녀의
할아버지는 멈칫 섰다. 서서 보니 아직 소나무는 몇 걸음 앞에 서
있었다.
개가 어둠 속에서 그냥 끙끙거리고 있었다.

개는 소녀의 아버지가 눈도 못 뜬 채 떨며 흘리는 콧물과 입술을
거무튀튀해진 혀로 돌아가며 핥았다.

개가 통나무 옆에 뼈다귀를 놓고 부근을 비칠거리며 돌고 있었다.
소녀가 부스럼난 다리를 개처럼 비칠거리며 개에게로 걸었다.
개는 소녀가 채 가기도 전에 꼬리를 뒷다리 새로 넣고 깽깽거렸
다.

개가 웅덩이 옆에 웅크리고 앉아서 떨며 뼈다귀를 물었다가는 놓
치곤 하였다.
거리에서 달고 온 다른 란도셀 멘 소년과 통나무에 앉아서 소녀
는,
"저 개가 머 먹는지 아니?"
하였다.
소년은 고개를 좌우로 흔들었다.
"사람 뼈다귀야. 이제 해골 백 개만 먹으면 사람이 된단다. 예가

전엔 왼통 무덤이댔어. 지금두 조금만 파면 해골이 가득하단다. 파
볼까?"
　소녀는 급하게 다시 고개를 좌우로 흔드는 소년의 낯을 들여다보
며 속으로 웃음을 웃고 나서,
"요새두 우리 할아버진 밤마다 옐 돌군 한단다, 우리 할아버지가
묘지기였어, 이제 여기두 큰 집들이 들어선단다, 그러면 귀신이 막
나와 다닐 거야, 벌써 우리 어머닌 귀신한테 홀려서 도망가구, 우리
아버진 또 귀신들려서 죽어간단다, 이제 아버지가 죽으믄 할아버지
가 내다묻구 그걸 또 저 개가 뼈다귈 빨아먹는단다,"
하였다.
　개는 종시 뼈다귀를 제대로 물지를 못했다.

　개었던 날씨가 찬 비를 다시 뿌린 날 개는 비를 맞으며 죽어 넘
어졌다.

　저녁에도 그냥 가늘고 찬 비가 내렸다.
　소녀의 할아버지가 움집에서 삽을 들고 나와 웅덩이 쪽으로 걸어
갔다.
　개가 죽어 넘어졌던 자리에 검은 것이 움직이고 있었다. 그리고
거기에서 가르르거리는 소리가 들려왔다.
　소녀의 할아버지가 빨리 다가가는데 거리의 여인이 희멀건 얼굴
을 이편으로 돌렸는가 하면 죽은 개를 안은 채 거리 쪽으로 달아나
사라져버렸다.

　공지에서는 풀이 지난해 부러진 갈대 끝 너머까지 자랐다. 소나
무가 악마디 가지를 늘어뜨린 채로 더 푸르렀다.
　햇살이 따갑고, 썩은 통나무에는 이끼가 살아났다. 파란 이끼는
나무껍질 틈틈이 살아나며 독스러웠다. 작고 빨간 실벌레가 통나무
이끼 속으로 기어다녔다.
　웅덩이 물에는 새로이 장구벌레가 끓었다. 그리고 썩은 흙탕물에
는 구더기가 나기 시작하였다. 구름이 있거나 없거나 하늘이 종시

웅덩이에 와 잠기는 법이 없었다.

비루먹은 개가 물고 다니던 뼈다귀가 마구 버려져있었다. 그것을 본 소녀의 할아버지가 흙을 덮고 꽉꽉 짓밟았다.

그바람에 흙 속에 묻히었던 사금파리가 햇빛에 새파랗게 빛을 발하였다.

소녀는 거리에서 달고 온 또 다른 란도셀 멘 소년에게 부스럼난 다리를 내밀며,

"애 이것 좀 짜줘, 힘껏 응,"

하였다.

어릿거리는 소년의 손이 채 와닿기도 전에 소녀는 개가 죽어 넘어졌던 자리도 상관치 않고 뒤로 누우면서 아 아 하고 우선 간지러운 소리부터 질렀다.

지 나 가 는 비

또 휘파람이 날아왔다. 넥타이를 고쳐매는 섭의 손이 그냥 태연
하였다. 휘파람이 또 날아왔다. 섭이 이번에는 같이 휘파람을 돌려
보내려고 입술을 동글게 하였으나 소리는 안 나고 지나치게 죈 넥
타이로 목이 답답할 따름이었다.

섭이 나서니까, 연희가 휘파람 부느라고 뽀족 내민 입술을 풀었
다 다시 더 뽀족 내밀며,

"어쩌믄 사람을 그렇게 기다리게 하는 거예요,"

하였다.

섭은 그제야 휘파람을 불었다.

"승겁긴."

입술을 뽀족 내민, 카나리아같은 연희. 연톡색 저고리를 입고,
연희는 꼭 그만큼 카나리아같이 동물적이었다. 연회는 긴 속눈썹을
또한 동물적으로 팔딱이고 나서 다시 한번,

"이렇게 무료스럽게 여잘 기다리게 하는 건 실례야요."

"누가 할 말을."

연희가 이번에는 장난꾸러기처럼 입을 삐죽거렸다. 술래잡기 때
못 붙드는 술래한테 하듯이.

사실 섭과 연희는 서로들 술래잡기를 하고 있음에 틀림없었다.
거의 섭이 술래였다. 언제나 술래잡기에서 섭이 연희를 붙잡기 직
전에 그네는 새로운 술래잡기 법을 갖고 피하곤 하는 것이었다. 오
늘 연희는 또 어떤 새로운 술래잡기 법을 갖고 나타난 것일까.

연희가 갑자기,

"아 날구 싶다,"

하였다.

"또 강물이 내다뵈는 게지."

"어쨌든 이 강가에만 나오면 절루 그런 느낌이 드는 걸 어떡해요. 늘 오는 곳이건만 그냥 막 좋은 걸요 뭘."

잔잔한 물이 밑을 스치는 언제나 앉는 자리에 연희가 경쾌스럽게 먼저 가 앉았다. 그러면 또 언제나처럼 그곳에 뜨는 두 그림자를 섭은 돌을 던져 깨뜨리는 장난을 시작하는 것이었다. 돌에 깨졌다 다시 이어지는 물에 뜬 연희의 입 가장자리는 화려하였다. 오늘은 물 속의 연희를 끌어당길 수 있을 것만 같았다. 사실 그것이 술래잡기의 마지막이기도 쉬웠다. 그러나 물 속의 섭의 손이 연희의 어깨에 채 가닿기 전에 그네의 얼굴은 그네가 뱉은 담배연기에 가리어지고 말았다. 섭이 물 위의 그림자 아닌 실제의 연희에게로 고개를 돌리면 연희는,

"물 속의 섭씨는 퍽 쾌활해 뵈어요,"

하며 입술연지 묻은 담배를 다시 입으로 가져가는 것이었다.

그는 이 술래잡기의 마지막이 온 뒤에 올 새로운 술래잡기가 미리 불안스러워져 다시 돌을 주워 물 위의 그림자를 깨뜨리기 시작하였다. 연희의 담배에 묻혀내는 입술연지처럼 자꾸만.

연희는 연지가 묻은 궐련을 엄지손가락으로 톡톡 쳐 재를 떨구었다.

연희는 참 수많은 담배에 입술연지를 묻히어 뭇사내에게 주었으리라. 그리고 그네는 채 연지가 지워지기도 전에 연지를 꺼내어 입술에 바르리라. 그리고는 사내의 담배를 빼앗듯이 하여 다시 연지를 묻히면 사내가 그 연지 묻은 담배를 도로 빼앗음에 틀림없으리라.

그러나 섭은 지금 옆의 연희의 연지 묻은 담배를 빼앗지 못하고 일어서 포켓에서 담뱃갑을 꺼내며 혼잣말로,

"육체적으루 헐어갈수룩 정신만은 깨끗할 수 있는 여자, 육체를 거쳐 다음에 정신적인 사랑으루 들어가는 여자,"

하고 응얼거렸다.

　연희가 알아듣고 따라 일어서며 공연스럽게 눈을 크게 뜨며,

"있을 수 있죠, 그래두 섭씨루선 당찮은 욕심 아냐요?"

하였다.

"그럴는지두 모르지."

"연앨 연애하구파서 하는 애두 있잖아요? 저, 결이처럼."

　활짝 핀 아카시아꽃 아래만 지나도 어지럼증이 난다는 결. 아카시아 잎만큼한 결의 눈은 잠깐만 웃어도 이슬 내린 것처럼 빛났다.

"참 결인 달밤이 아니면 촛불을 켜놓구 연앨 해야 어울릴 거애요,"

하며 연희가 눈을 깜짝거리고 나서,

"참 매언니가 다시 모델루 나선 거 알아요?"

하였다.

"그리구두 여전히 빠에 하루두 빠지지 않구 나온다지?"

"그럼요. 근데 이거봐요, 결이가 말이애요, 모델이란 여간 부끄러울 게 아니라구 하지 않겠어요. 그걸 매언니가 빠에서 술 붓는 거와 조금두 다르지 않다니까 결이의 얼굴이 막 빨개지데요."

"결이의 우는 모양을 봤으면 좋겠는데. 부끄럼탈 때보다두 웃을 때보다두 더 귀여울 거야."

"또 독특한 취미설이 나오신다,"

하고 연희 볼이 더 풍만해지는 웃음을 그의 얼굴 앞으로 들이다대며,

"참 여학교 교원 자리 어떻게 됐어요? 거기선 참 수많은 결이깝은 애가 울구 웃구 할 테죠,"

하였다.

"그만두기루 했어."

"아아니 왜요? 소개해준 송암선생님의 낯두 생각하셔야죠."

"아직 꼭 그만둔 건 아니지만."

"왜 그만둔다는 거애요?"

"글쎄 이유라면 소화불량 때문이랄까."

"그렇게 과하세요? 좋은 기횔 그럼 놓치게요?"

"아주 그만둔 건 아냐."

“그럼 아직 할려면 할 수 있겠군요,”
하며 연희는 생각난 듯이 핸드백에서 주사위 세 개를 꺼내면서,
“우리 이렇게 해요, 이걸 굴려서 제가 이기면 교원일을 보기루 하
구, 섭씨가 이기면 섭씨 마음대루 하기루 하구, 우리 내기해요,”
하고는 걸음을 멈춘다.
그도 따라 섰다.
연희가 약간 허리를 굽히며 땅에 알을 굴렸다. 2와 6과 4. 이번
에는 섭이가 알을 주워서 흔들어 굴렸다. 6과 같은 수로 세는 1과
5와 6.
연희가,
“애개개,”
하고 재빨리 알을 주워서 굴렸다. 6과 3과 5.
“졌지?”
“가만계세요. 이번엔 멋있게 나올 테니 두구 보세요.”
“보깔주깔.”
연희가 던진 주사위 알은 1과 5와 2.
“이제두?”
“그럼 정말 학교 그만두시게요?”
“내가 이기면 내 맘대루 하기루 했겠다?”
연희가 다시 알을 굴려 보는데 5와 3과 4가 나오니까 알을 되는
대로 주워 핸드백에 넣으면서,
“오늘은 막 안 나오는데, 어제 대현씨하구 할 적엔 잘 나오드니,”
하였다.
“대현씨완 뭣을 내기했누?”
“제가 이기면 양말 한 켤레.”
“지면?”
“어디 알아맞혀봐요.”
이게 오늘의 술래잡기렷다.
어느 바의 여급이 꼭 그랬느니라——
“어디 맞혀봐요.”
“스물여섯살.”

“아이 이양반이, ”
하고 여급은 그를 흘기는 시늉을 하였다.
“그럼 열아홉살. ”
“놀리지 마시구 꼭 맞혀봐요. ”
“어디 젖꼭질 내놔봐. 꼭 들어맞힐게. ”
　여급이 그의 어깨를 때리며,
“이양반이 막 취하셨네, ”
하였다.
“아마 애 둘은 났을라. ”
“아니 누님이라두 이런 데 있는가베. 그런 걸 다 아시게. ”
“참 오오라 우리 어머니가 이런 데 있었지. 내가 바루 이런 메서
난 사생아야. ”
　연희가 지리스러운 듯이 핸드백을 옮겨쥐며,
“생각해선 못 맞혀요, ”
하였다.
“저 연희씨의 원피스의 스냅이라두 하나썩 떼기루 했었나 ? ”
“아이 원. ”
“그럼 뭐지 ? ”
“못 맞히겠죠 ? 대현씬 이 팔에 입맞추길 원했어요. ”
“참 독특하구 훌륭한 취미시군. ”
　이런 일로 연희는 좀처럼 얼굴을 붉히지 않았다. 대현의 굵고 짧
은 눈썹과 눈썹 아래 언제나 붉어있는 눈. 그리고 검푸른 입술. 연
희의 팔에 묻었을 대현의 끈적한 타액. 그러기에 햇볕이 내리쬐는
속에서도 연희는 목이 긴 장갑을 끼고 다니는가보다.
　고스톱의 노랑불. 앞서 뛰어 건너는 연희의 미끈한 다리. 다시 켜
지는 빨강불. 섭은 건너던 길에서 뒷걸음질쳐 나왔다. 길을 다 건
너간 연희가 손을 들어 흔들고는 거기서 둔각을 이룬 길로 접어든
다. 아무리 멀리서 봐도 팽팽한 연희의 스커트, 그가 서있는 머리
위에 연희의 스커트같은 회색 구름이 덮이며 금세 비가 내릴 것같
았다.
　그날도 밤이 깊자 비가 내렸느니라——

섭은 양복깃을 세워 목을 싸기만 한 채로 걸었다. 가느다란 실비
인데도 아스팔트가 오물거렸다.

"사생아 알지?"

섭은 등불을 향해 혼자 중얼거렸다. 그리고 비에 녹아 흐르는 전
등불을 마구 밟았다.

고개를 수그리니까 비에 젖은 어깨가 무거웠다. 갑자기 어깨가 더
무거워져 섭이 비틀거리는데,

"저예요,"

하며 매가 매달렸다.

"어떻게 이 시각에?"

매는 파우더 냄새며 노린 양주 냄새를 내뿜는 턱을 그의 어깨에
올려놓으며,

"데려다주세요,"

하였다.

"지금에야 홀에서 나오는 길이우?"

"홀에서 다른 빠루, 또 다른 거리루."

섭의 어깨를 잡으려던 손을 미끄러뜨리며 매는 혼자,

"아무리 지랄해야 제가 날 유혹 못 할걸, 못 하구말구, 얼치기 화
가가 뭘,"

하고 중얼거렸다.

섭은 걸으면서도 쏠리는 매의 몸뚱이를 오른손으로 받들고 있었
다.

매가 목을 뒤로 젖히고는 입을 벌리고 빗물을 받았다. 빗물을 넘
길 적마다 매의 움직거리는 턱 밑으로 비인지 눈물인지 분간할 수
없는 액체가 어둡게 흘러내렸다.

"이런 낭만은 괜찮군요, 우리 밝두룩 걸어요,"

하고는 매는 고개를 깊숙이 떨구었다.

"어서 몸을 말려야죠."

길이 꺾임에 따라 더 어둡고, 섭은 매가 점점 더 무거웠다.

매의 하숙에 매를 내려놓은 뒤에 섭은 그냥 자기의 홀몸만도 견
딜 수 없게 무거워 거기 주저앉고 말았다.

매가 두 팔을 짚고 쓰러지다시피하고 있는 벽 위에 틀이 없는 매의 나체화가 걸려있었다. 모델로 생기있던 시절의 육체. 게으름 피우듯 누워 반남아 돌린 프로필. 지금의 매의 얼굴을 좀더 들면 그림의 자세와 같아지리라.

그러나 매는 윗몸을 비틀며 손으로 머리카락을 쓸어올리다 말고 그림보다 퍽 지나치게 고개를 들었다. 그리고 한옆에 놓인 어항을 끌어다 기울여 어항물을 마시기 시작하였다. 세 마리의 금붕어가 흔들리면서 밑으로 가라앉기만 하였다.

섭은 빗소리를 들으며 차츰 온몸을 자주 떨면서 화저를 들어 공연히 재만 남은 화로를 뒤적이었다.

매도 어항에서 입을 떼자 등을 한번 떨고 경대 옆에 쌓여있는 그림 사진 뭉치를 집어,

"불 피워요,"

하고는 섭에게 던졌다.

섭은 풍경화며 나체화며 정물화를 마구 찢어 화로에 놓았다. 그리고 성냥을 그었으나 포켓 속에서 젖은 성냥은 불티도 내지 못하고 부러져나가고 말았다.

매가 다른 성냥을 섭에게 던져주었다. 섭은 화로에 불을 붙이고 나서,

"매씨의 어머니 얘길 들려줄 수 없어요?"

하였다.

매는 흐드러진 너리칼 아래서 얼굴을 들며,

"어머니 얘길?"

하였다.

"이런 때 남의 어머니 얘길 들으면 우리 어머니 모습이 떠오를 것 같군요."

매는 다시 온몸을 한번 떨고 나서,

"그럼 섭씨는 어머닐 모르구 자랐수? 우리 어머닌 막 뚱뚱이였어요. 날 때릴 땐 머리챌 그러잡구 흔들군 했지요. 또 기쁠 땐 내 머릴 쓸어안구 내 머리카락에 눈물을 비비면서 울구 웃구 했지요. 그러면 내 머리카락은 지금처럼 이렇게 젖군 했어요. 그리구 보니까

우리 어머닌 막 야위었던 것같기두 하군요. 아니 사십고개가 내알 모레인 내가 어머니 애길 하다니 우습잖아요?"

그리고 그네는 화로에서 오르는 연기가 눈에 쓰리다는 핑계로 손으로 눈물을 훔쳐내었다.

섭도 연기 핑계로 기침을 하면서 다시 비내리는 거리로 나섰다.……

금세 비가 내릴 것 같으면서도 아직 거리에 비는 내리지 않고 구름 새로 햇빛이 새어 작은 골목으로 쇄도하고 있었다. 그러나 언제 비를 맞게 되는지 알 수 없었다.

연희는 벌써 비맞을 격정 없이 홀의 등불 아래서 입술에 연지를 고쳐 바르고 있으리라. 그리고 연희보다 대현이 먼저 와 기다리고 있었으리라. 그러니까 연희가 오늘 섭 자기를 찾아옴은 결국 대현을 일찍 만나기 위함이리라. 비 내리는 포구의 이별은 서럽다는 레코드. 대현은 연희의 입술연지가 묻은 담배를 피우고 있음에 틀림없으리라. 그리고 연희는 섭에게 갖고 나타날 새로운 술래잡기 법을 예비하고 있으리라. 연희와 대현의 손에서 굴러나는 주사위의 알과 알. 그들은 주사위 굴리기에 이긴 실행을 하리라.

골목을 돌면 그 안쪽은 다시 그늘뿐이었다.

양쪽 큰 집 새에 끼인 송암선생의 나지막한 집은 더 어두웠다.

마침 송암선생은 대청에서 먹을 갈아놓고 난을 치고 있었다.

"요즈음 다리의 습증은 좀 어떻습니까?"

송암선생은 댓가지같은 손으로 도수 높은 안경알을 닦으면서,

"그만허네. 머 더 낫길 바라겠나. 것두 다 나이값을 하느라구 그러는걸."

"요전 선생님의 서화전을 구경했습니다."

"머 부끄러울 따름이네."

섭은 항상 안정된 송암선생의 저고리 깃을 바라보면서 자기의 넥타이가 답답하였다.

"참 자네의 소화불량증은 좀 어떤가."

"더해만 가는 형편입니다. 그런데 참, 교원 자리 그만두려구 합니다."

송암선생은 눈부셔하는 눈을 섬벅거리며,

"그만두다니?"

하고는 안경을 차근히 끼었다.

"다음 세델 만들 여잘 저같은 게 가르칠 것같지 않습니다."

"아니 그건 겸손이구."

"진정입니다. 아무래두 자신이 서지 않는 걸요. 그럼 후에 다시 조용히 찾아뵙겠습니다."

섭이 송암선생의 도수 높은 안경 앞을 물러나왔다.

넓지 않은 뜰 한옆에서 송암선생의 손녀딸인 소녀가 새 여학교 제복을 입고 앉아서 붓꽃을 떠옮기고 있었다.

"한 포기 얻을 수 없을까?"

소녀가 고갯인사를 하고는 흙이 달린 붓꽃 한 포기를 신문지에 싸 섭에게 내주었다.

"감사해요."

대문을 나와 두 손에 움킨 붓꽃으로 섭이 얼굴을 가까이 가져가니 이것이 난초가 아닌데도 먹 냄새와 함께 송암선생이 치던 난초 그림의 먹물이 눈으로 흘러들어오는 것같음을 느꼈다. 섭은 그만 붓꽃 포기를 길 위에 내려놓고 말았다. 그리고 좀 떨어진 곳에 가 돌아섰다. 누구한테 집히어야 이 붓꽃이나마 잘 가꿔질까. 가까운 데서 두부장수의 나발소리가 반원을 그리며 사라졌다. 여학생 하나가 섭의 옆을 지나 붓꽃이 있는 데로 갔다. 저 학생이면 잘 기를지도 모른다. 그러나 섭은 여학생이 붓꽃 포기를 집나 안 집나의 결과를 알기 전에 그 골목을 젠 걸음으로 빠져나오고 말았나. 나른 골목을 접어들면서 섭의 입술은 저도모르게 휘파람을 불고 있었다. 아까 연희가 불던 휘파람을.

매의 하숙방 앞에서 멎어 같은 휘파람을 불었다. 안에서 매의 의마디 휘파람소리가 들려나왔다.

매는 베레까지 쓰고 화로 옆에 앉아서 벽에 걸렸던 자기 나체화를 찢고 있었다. 화폭에 나이프를 푹 찔러 잡아당기곤 했다.

섭은 이미 무릎 아래까지 찢어진 그림을 바라보면서,

"왜? 참, 새루 모델된 그림은 하나 안 가져왔나요? 모델료 대신으루,"

하였다.
"모델 그만뒀어요."
매는 그림의 허리와 가슴까지 찢고는 불 없는 화로에 쌓으며,
"글쎄 얼마를 그려나가다가 내 젖가슴이 탄력이 없다면서 꼭 뒤루 돌아앉아야겠다는 거예요. 그때처럼 분한 적이 없었어요. 그럼 애 둘씩이나 난 년이 그렇잖구 어떻겠느냐구 달아나 와버렸죠."
섭은 매 옆의 어항만 바라보고 있었다.
"사실은 하나예요. 이 그림을 그린 사람의 애예요. 사내애였어요. 백날 만에 내다버렸어요. 누구에게 알게끔 줄까두 생각해봤지만 공원에 내다버렸어요. 후에 사생아의 어미 자식 사이를 서루 알리구 싶지 않았기 때문예요. 애가 원망스럽기만 한 그때였어요. 이 그림을 걸어두구 난 한 번두 옛날을 그리워해본 적은 없어요. 그저 이걸 바라보며 원망했을 따름이죠. 그게 이번 모델을 그만두면서부터 어머니의 사랑이라는 걸 느꼈어요. 이상해요. 애가 어디서나 잘 자라길 비는 마음이 됐거든요. 그래 난 이 그림을 찢어버리기루 했어요."
그러면서도 그림의 남은 부분을 찢는 매의 손은 분명하게 떨렸다.
우레 없는 번개가 유리창을 째며 지나갔다.
매는 베레를 고쳐쓰고 일어나면서,
"소내기라두 오실려나,"
하였다.
"어항이나 빗물을 맞히죠."
"아아뇨. 비를 맞히면 금붕어가 죽을지 몰라요."
매는 시렁에서 우산을 내려 줘었다.
저녁 하늘은 우산처럼 거리 위에만 검은 구름을 덮고 있었다.
"저 교원 자린 그만뒀다구 연회에게 전해주세요."
매가 섭에게로 고개를 돌렸다.
"뭐 다른 작정이 있어서가 아니구."
"그럼?"
"그저 하구 싶지 않어서요."
찌그러진 경기구를 맨 줄이 불안스러워 뵈지 않았다.

거리에 좀처럼 전등이 켜지지 않았다.

매가,

"먼저 소화불량증을 고치는 것두 좋지요,"

하며 저녁그늘 속에서도 분명히 주름잡히는 얼굴을 섭에게 돌린 채,

"근데 뭣을 그리 골똘히 생각하구 있죠?"

"매씨가 사생아의 어머니라는 걸."

"그리구?"

"비를 맞으면 되레 죽을지 모른다는 어항의 고기를."

"그리구?"

"아까 송암선생 댁에서 얻어가지구 나오던 붓꽃 포기를 길가에 내버렸는데 누구 가꿀 만한 사람에게 쥐워져 갔는지 어쨌는지 하는 걸."

"그리구 연흴 생각했죠? 속은 퍽 단순한 애예요. 대현씨같은 사람과는 어울리지 않아요."

"그게 연희의 행복과는 아무 상관 없지요."

"그래두 섭씨가 진정으루 연흴 사랑한다면 그런 데서 연흴 건져낼 의무가 있어요."

"내가 연흴 사랑하는 건 하는 거구, 연희가 자기 행복을 찾는 것두 제 자유지요."

매의 바에로 가는 갈림길에서 섭이 걸음을 멈추며,

"전 이리 가보겠습니다."

"그럼 또 놀러오세요."

매에게 들어 뵈는 섭의 손을 지나가는비가 차갑게 다음다음 때렸다.

닭 제

소년은 수탉 한 마리를 기르고 있었다. 늙은 수탉은 모가지에 온통 붉은 살을 드러내놓고 있었다. 그저 꼬리와 날갯죽지 끝에 윤기 없는 털이 남아있을 뿐이었다. 벗도 거무죽죽하게 졸아들어 생기가 없었다. 이제는 소년이 손짓해 밖으로 데리고 나가지도 않으니까, 수탉은 뜰안에서만 발톱 없는 다리로 휘뚝거리며 소년을 따라다녔다. 소년이 밖에 나가고 없으면 수탉은 응달을 찾아 혼자 졸기만 했다.

그날은 소년과 함께 응달에 앉아있었다. 소년은 늙은 수탉의 목을 쓸어주고 그새 더 드러난 등의 붉은 살을 애처롭게 쓰다듬어주었다. 수탉은 또 오래간만에 받는 소년의 애무를 죽지를 떨면서 받고 있었다.

마침 동네 반수영감이 그 잎을 지나다가, 그 닭 어서 잡아나 먹어야지 그렇지 않았다가는 이제 뱀이 돼 나갈 거라고 했다. 소년은 얼른 닭의 목에서 손을 떼었다. 반수영감은 얼굴에 주름을 잡으며, 아마 이제는 울지도 못할 것이라고 알아맞히고 나서, 벌써 목은 뱀 허리같이 되지 않았느냐 하고는 뒷짐을 지고 가버렸다.

소년은 수탉의 목을 지켜보다가 처마 밑으로 고개를 들었다. 거기에는 새끼를 깐 제비집이 있었다. 며칠 전에 제비들이 야단을 쳐서 나와 보니 뱀이란 놈이 제비집을 노리고 기둥을 기어올라가고 있었다. 그것을 소년의 아버지가 가랫날로 뱀의 허리를 찍어냈다. 그 제비집이 지금은 어미들이 먹이를 물러 나가고 새끼들만 노란 주등이를 밖으로 내민 채 조용하였다.

소년은 사실 뱀의 허리같이 된 수탉의 모가지를 다시 내려다보면서 이 수탉이 뱀이 되어 제비집으로 올라가는 일이 있어서는 안된다고 머리를 옆으로 젓고는 뜰 구석으로 가 새끼오라기를 집어들었다. 그리고 수탉에게 손짓해 밖으로 데리고 나갔다. 늙은 수탉은 이 또한 오래간만에 휘뚝거리는 다리로 소년의 뒤를 따르는 것이었다.

소년은 동구 밖 갈밭에 이르렀다. 마을에서는 이곳에 큰 구렁이가 산다고들 했다. 장마철 붉은 강물에 떠내려오던 구렁이가 갈밭으로 들어가는 것을 보았다는 사람이 한둘이 아니었다. 흐린 날 밤 어른들은 아이들에게 갈밭 쪽에서 똘똘똘똘거리는 소리를 구렁이 우는 소리라고 일러주곤 하였다. 그리고 늦가을에 갈대를 다 베고 난 자리에는 구렁이구멍이라는 큰 구멍이 나있곤 하였다. 말똥을 풀어넣으면 구렁이가 나온다고 하면서도 아이들은 여태까지 어른들이 한번도 그렇게 하는 것을 본 적은 없었다. 구렁이가 봄에 구멍에서 기어나와 거기 사리고 있을지도 모르는 갈밭 속을 소년은 두 손으로 헤치며 수탉을 데리고 들어갔다.

갈대가 꽤 많이 밑으로부터 꺾여 넘어져있는 곳에서 소년은 서고 말았다. 빨간 댕기 하나가 거기 떨어져있었다. 댕기는 마을 반수영감의 증손녀가 흘린 거였다. 반수영감의 증손녀는 벌써부터 동네 교사의 조카와 이곳에서 만나고 있었다. 소년은 들고 온 새끼로 수탉의 목을 매기 시작하였다.

늙은 수탉은 처음에는 이 역시 소년의 애무인 줄만 알고 날갯죽지를 떨었다. 그러다가 소년이 목에 맨 새끼를 죄니까 한 번 크게 죽지를 떨고는 꼼짝않고 말았다. 소년은 죽은 수탉을 댕기 옆에 버리고 엉킨 갈밭을 급하게 헤치고 나왔다.

그리고는 단숨에 집까지 뛰었다. 집에 와서는 제비집이 있는 처마 밑 기둥에 얼굴을 비비며 울기 시작하였다. 해가 기울도록 울었다. 소년의 부모가 들에서 돌아와 소년의 사뭇 창백해진 얼굴을 보고는 놀라고 겁나했다.

소년은 그날부터 자리에 눕고 말았다. 소년의 부모는 여러 가지로 소년에게 어디가 아프냐고 물었으나 소년은 아무데고 아픈 데는 없다고 고개를 저을 뿐이었다. 그러나 소년은 곧잘 무엇에 깜짝깜짝 놀라고 조그만 두 손바닥으로 얼굴을 가리고는 달달 떨곤 하였다. 그리고 때로는 문을 열어젖히고는 먹이를 받아먹으면서 지지거리는 제비집을 쳐다보는 것이었다. 그러는 소년은 날로 몸이 야위어갔다.

하루는 반수영감이 소년의 집에 들렀다가, 늙은 수탉은 어떻게 했느냐고 잡아먹었느냐고 하며, 눈곱 낀 눈으로 뜰 구석을 살피었다. 소년의 부모는, 글쎄 며칠 전부터 뵈지 않는다고 하면서, 그러나 그런 것은 아무래도 좋다는 듯이 누워있는 소년에게로 눈을 돌렸다. 반수영감은 그럴 줄 알았다고, 소년이 이렇게 앓아누운 것은 다름아닌 그 늙은 수탉이 종내 뱀이 돼가지고 독기를 소년에게 뿜기 때문이라고 했다. 소년의 어머니가 겁먹은 음성으로, 그럼 어떻게 하면 좋으냐고, 늙은 닭이 흉하다더니 종시 이 모양이 됐다고, 치맛자락으로 얼굴을 가리고 소리없이 울기 시작하는 것이었다. 소년의 아버지는 아내더러 왜 이리 사위를 떠느냐고 하면서도 역시 자기도 마음이 언짢아 눈살을 찌푸렸다.

반수영감은 소년의 부모를 밖으로 내보낸 후, 소년의 이모부더러 복숭아나뭇가지를 껶어오게 했다. 그리고 반수영감은 대에 담배를 붙여 물고 힘껏 빨아서는 소년의 얼굴에 내뿜기 시작했다. 소년은 눈을 감은 채 생담뱃내에 못이겨 캑캑거리면서 고개를 이리저리 내둘렀다. 그러면 반수영감은 이것이 소년의 몸 속에 든 뱀의 독기가 담뱃내에 못이겨 그러는 거라고 하면서, 내두르는 소년의 고개를 따라 생담뱃내를 자꾸 내뿜는 것이었다. 그러다가 소년이 숨이 막혀 까무라치듯 하니까 반수영감은 담뱃내 뿜던 것을 멈추고 곁의 소년의 이모부더러 복숭아나뭇가지로 소년의 몸을 갈기라는 것이었다. 소년이 이번에는 복숭아나뭇가지 매질에 몸을 비틀라치면 반수영감은 소년의 몸 속에 든 뱀의 독기가 담뱃내에 혼이 나 어쩔줄 모르다가 복숭아 기운에 잠시 깨어난 것이라고 했다.

삽시간에 소년의 가는 몸에는 복숭아나뭇가지 매자국이 푸르게 늘어나갔다. 소년의 부모는 밖에서 매 때리는 소리가 날 때마다 흠칫흠칫 놀라며 가슴을 떨었다.

마침 동네 교사가 모여선 구경꾼들한테서 반수영감이 담뱃내로 소년의 몸 속에 든 뱀의 독기를 풀고 있다는 말을 듣고 방안으로 들어와 반수영감과 소년의 이모부를 소년에게서 떼놓았다.

교사는 그냥 눈을 감고 숨차하는 소년의 이마와 인중에 침을 주기 시작했다. 어느새 교사의 곁에 와 웅크리고 앉았던 소년의 어머니가 치맛고름으로 소년의 이마와 코밑에 내밴 피를 훔치다가 소년이 눈을 뜨니까 그것이 기쁘고 신기스러워 다시 소리없는 울음을 우는 것이었다. 소년의 아버지도 소년에게 얼굴을 가까이 가져다 대고 자기가 누군지 알겠느냐고 했다. 소년이 고개를 끄덕였다. 그리고는 둘러선 동네사람들을 둘러보고 나서 곧 눈을 처마 밑 제비집으로 가져가며 작은 소리로, 언제쯤 제비새끼가 날게 되느냐고 했다. 소년의 어머니는 소년이 헛소리를 한다고 새로운 눈물을 자꾸만 흘렸다. 반수영감은, 그까짓 신통치 않은 침질로 무엇이 낫겠느냐고 중얼거리며 쓴 담배만을 빨아 삼키고 있었다.

소년은 나날이 더 수척해만 갔다. 그리고 소년의 부모가 이사람 저사람의 말을 듣고 여러 가지 약을 써보았으나, 때때로 깜짝깜짝 놀라며 작은 손으로 얼굴을 가리고 달달 떠는 증세는 멎지 않았다.

그러한 어느날, 그러니까 다 큰 제비새끼 다섯 마리가 머리를 밖으로 내밀고 먹이를 기다리던 날 오후, 소년은 마침 부모가 들에 나가고 없는 틈을 타 집을 나섰다. 그리고 소년은 흡사 늙은 수탉이 휘뚝이듯이 휘뚝거리는 걸음으로 동구 밖 갈밭까지 갔다. 갈꽃이 패기 시작하고 있었다. 소년은 무성한 갈대잎에 손등과 목이 긁히는 줄도 모르고 수탉을 목매어 던진 곳으로 들어갔다. 거기 늙은 수탉이 그냥 새끼에 목이 매인 채로 있는 것을 보고야 해쓱한 얼굴에 안심된 빛을 띄웠다. 그러나 다음 순간 소년은 그 이상 더 몸을 가눌 힘을 잃고 그자리에 쓰러지고 말았다.

죽은 수탉의 가슴패기와 날갯죽지 밑은 벌써 썩어 구더기가 들끓고 있었다. 파란 쉬파리가 어디선가 날아와 소년의 얼굴에 잘못 앉았다가는 썩은 수탉에게로 옮겨앉곤 하였다.

소년의 집에서는 소년이 온데간데 없어져 야단법석이었다. 동네 사람들이 곧 몰려왔으나 물론 누구 하나 소년을 본 사람은 없었다.

동네사람들 틈에 끼여 반수영감은 또, 분명히 이번에는 재 너머에 있는 못에 소년이 빠졌기 쉽다고 했다. 못은 갈밭과는 반대편에 있는 재를 하나 넘어야 하는 곳에 있었다. 두꺼운 이끼가 앉은 수면은 언제나 짙은 녹색을 발하고 있었다. 그리고 못 밑 감탕흙 속에는 여러 해 묵은, 이제 용이 돼가는 미꾸라지가 파묻혀있으리라는 것이 마을 어른들의 공론이었다. 못은 언제나 무겁게 잠잠하였고, 그저 소나기가 밀려와야 둔한 연잎이 재를 넘은 마을의 미류나무보다 큰 빗소리를 낼 정도였다. 어느 그렇게 비가 내리는 날 저녁, 마을에서는 나물 캐러 갔던 한 소녀가 없어져 며칠 뒤에야 흰배를 수치스러운 줄도 모르고 드러내놓은 채 이 못물 위에 떠있는 것을 발견한 일이 있었다. 반수영감은 그때도 못 속의 용 돼가는 미꾸라지가 소녀를 호린 거라고 했다. 비 내리는 밤에는 지금도 못가에서 소녀가 빨래를 하면서 통곡한다는 말이 마을에 떠돌고 있었다. 반수영감은, 이번에 소년이 못에 빠진 것은 용 돼가는 미꾸라지의 장난이 아니고, 소녀 귀신이 혼자 있기 적적해서 호려 갔음에 틀림없다고 했다. 이 말에 동네사람들은 그럴지도 모른다고 고개를 주억거렸다.

동네 어른들이 각기 장대 하나씩을 들고 나왔다. 소년의 아버지도 장대를 쥐고 못 있는 데로 달려갔다. 소년의 어머니가 자기도 가 못에 빠져 죽어버리고 말겠다는 것을 소년의 이모와 동네 아낙네들이 겨우 붙잡아 말렸다. 그러자 소년의 어머니는 동네 한 여인의 어깨에 매달려 소리내어 울기 시작 하였다.

마침 교사가 와서 동네사람들이 못으로들 달려갔다는 말을 듣고는, 기운 없는 애가 어떻게 그곳까지 갈 수 있느냐고 하면서, 남은 동네 청년 몇명을 데리고 마을 안을 뒤지기 시작했다. 그러면서 점점 동네 밖으로 나가던 한 청년이 동구 밖 갈밭머리에 새로 꺾인 갈대를 보고 그리로 따라 들어가 거기 쓰러져있는 소년을 찾아내었다.

소년의 어머니가 먼저 달려와 소년을 쓸어안고 미처 울음소리도 못 내고 흑흑거리기만 하였다. 소년의 이모가 눈을 뜬 소년에게 여기가 어딘지 아느냐고 물었다. 소년은 겨우 고개를 끄덕이고 나서 옆의 썩은 수탉에게로 눈을 돌렸다.

썩은 수탉 몸에 들끓는 구더기들이 물낡은 반수영감 증손녀의 댕기

에도 가 기어다녔다. 그동안 반수영감의 증손녀와 교사의 조카는 소
년이 목맨 수탉을 갈밭에 버린 다음부터는 재너머 못으로 가는 길 안
쪽에 있는 기왓가마로 비밀한 자리를 옮겨 만나고 있었다. 교사가 새
끼오라기 끝을 잡아드니까, 썩은 수탉의 목이 새끼 맨 쯤에서 문드러
졌다. 소년은 깜짝 놀라 어머니의 가슴에 얼굴을 묻고 온몸을 떨었다.
　교사가 소년의 병은 자기가 기르던 늙은 수탉이 죽으니까 목을 매
어 갈밭에 버리고 나서 그 심화로 생긴 병이라고 하면서, 다른 수
탉 한 마리를 사다 주면 나으리라고 하였다. 소년의 이모부가 곧 기
왓가마 앞을 지나고 못 뒤를 돌아 장터로 가서 큰 얼룩수탉 한 마
리를 사안고 왔다. 안긴 채 수탉은 목을 뽑고 높이 울었다. 그러나
소년은 잠깐 눈을 떠 볏 붉은 얼룩수탉에게 한 번 눈을 주었을 뿐
돌아누워 처마 밑 제비새끼를 쳐다보면서, 제비새끼가 언제쯤 날게
되느냐고 했다. 소년의 어머니는 또 헛소리를 한다고 치맛귀를 물
어뜯으며 소리없이 울기 시작하였다.
　반수영감은 그까짓 교사놈이 뭘 안다고 그러는지 모르겠다고 하
면서 쓴 담배만 빨아 삼키고 있었다.
　소년은 그냥 몸이 야위어만 가며, 무엇에 깜짝깜짝 놀라고 작은
손바닥으로 얼굴을 가리고 달달 떨곤 하는 동안에 동네에서는 교사
의 조카와 반수영감의 증손녀가 안개 심한 밤을 타서 도망을 갔다.
반수영감은, 이런 망신이 없다고, 더구나 교사의 조카같은 녀석하
고 달아난 것이 원통하다고 하면서, 얼마 동안은 밖에 나오지도 않
았다. 그러다가 하루는 반수영감이, 자기 증손녀가 역시 무던하기
는 하다고 하며, 그래도 증조부 자기를 잊지 않고 겨우살이 한 벌
을 보냈더라고 하면서, 뒷짐을 지고 온 동네로 다니며 소문을 놓았
다. 그러나 누구 하나 반수영감의 새 겨우살이 온 것을 구경한 사
람은 없었다.
　동구 밖 갈밭의 흰 꽃이 남김없이 다 패고, 다섯 마리 제비새끼
가 축가지 않고 완전히 날 수 있던 날, 소년은 그 제비들을 내다보
며 미소를 얼굴 가득히 띠웠다. 소년의 얼굴을 지키고 있던 소년의
부모와 이모는 지금 소년이 마지막 웃음을 웃는다고 막 소리내어 울
음을 터뜨리었다.

원 정

  그가 돼지순대를 아내의 눈앞에 내놓았을 때는 아내는 또 어김없이 오랜 병석에서 그늘진 눈을 감으며 구역질을 시작하였다. 먹고 싶다던 것을 막상 눈으로 보기만 하면 구역질을 하는 아내가 그는 한편 가엾기도 하면서 복막염에 나쁘다는 것들을 아내가 입을 대기 전에 구역질부터 하고 마는 것이 다행스러웠다. 그러나 그는 지금 구역질을 하면서 돌아눕는 아내를 내려다보며 아내가 원하는 것마다 가리지 않고 다 사들임은 아내가 먹지 못하고 구역질할 것을 미리 알고 있기 때문이기도 하였으나, 언제 목숨을 거둘지 알지 못하는 아내의 소원을 거역치 못함에서 온 것이 아니냐는 생각이 들자, 요즈음 아내의 죽음이라는 사실에 부닥칠 때마다 일으키는 어지럼증으로 해서 그자리에 더 오래 섰을 수가 없었다.

  윗방으로 올라가 그는 두꺼운 사전을 날어다 베고 눕고 말았다. 그리고 얼마큼 마음을 안정시키자 그는 곁의 여행 안내서를 집어 뒤적이면서 아내가 이제 먹고 싶어하던 것을 조금씩이라도 먹을 수 있게끔 건강해지면 어디고 여행을 하리라는 궁리를 하는 것이었다. 아무래도 온천이나 바다같은 데보다는 어느 조용한 절간같은 데가 좋으리라는 생각이었다. 아내와 서로 안 후 얼마 안 되어 갔던 절간이라도 좋았다. 그러면서 그는 여행 안내서의 어느 듣지도 못하던 작은 역의 도착 시간과 출발 시간을 눈여겨보기도 하였다. 그러다가 그는 지금 자기가 기차에 실리어 이름도 없는 들판을 자꾸 달리는 환각을 느끼며 손에 든 여행 안내서를 내려놓으려고 생각하면서도 몸의 어느 부분이고 움직이기 싫고, 사실 움직여지지가 않아 그것을 그냥 가슴 위에 놓은 채 그만 잠같은 것이 들어버리고 말았다.

잠 속에 여행 안내서 무게와는 다른 촉감을 가슴에 느끼다가 장지문 저쪽에서 식모의, 나비야 나비야 하고 부르는 소리에 눈을 뜨니, 가슴 위에 웬 고양이가 올라와 엎드려있는 것이었다. 그가 놀라 손으로 밀어냈다. 그러자 장지문이 방싯하니 열리면서 식모의 손이 들어와 고양이의 허리를 잡았다. 웬 고양이냐고 물으니, 좀전에 어디서 제 발로 들어왔다고 한다. 그 고양이의 눈이 식모의 손에 쥐어져 나가면서 그의 쪽을 향해 빛났다. 그도 부지불식간에 고양이 쪽을 향해 같이 흘겼다.

밖은 아직 찬 저녁바람이 작은 뜰에 이따금씩 불었다. 아랫방에서는 고양이에게 아까 사온 돼지순대를 주고 있는 듯 식모의 말로, 잘도 먹는다고, 하기야 네가 언제 순대맛을 봤겠느냐는 소리가 들렸다. 그는 비둘기장으로 가 안에 알을 품고 있는 암컷과 그 옆에 수컷이 있는 것을 살피고서야 장문을 닫으면서 앞으로는 고양이 때문에 문을 더 단단히 닫아야 할 것을 생각하였다.

앓는 아내에게 조금이라도 심심풀이가 될까 하여 아내의 친정에서 얻어온 비둘기 한 쌍에게 아내는 정말 별다른 애착을 느낀 것이 분명해, 수피둘기의 울음도 암컷이 곁에 있을 때 꾸둑꾸둑 우는 것과 없을 때 구우구우거리는 소리를 가려 흉내까지 내기도 하였으나, 수술 뒤에는 바깥 햇빛이 너무 눈에 부시다고, 그리고 사실 비둘기의 날갯죽지같은 데 반사되는 햇빛은 사뭇 센 것이어서 방장을 대개 내리게 하였다. 햇빛을 바로 못 보게 된 아내도 그러나 밤에는 엄청나게 촉수 높은 전등불을 켜게 하였다.

지금도 아내는 아랫방에서 식모더러, 전등을 좀더 아래로 내리라고 한다. 식모는, 키가 요렇게 작아서야 아무것도 할 수 없다고 혼자 중얼거리다가, 오늘 고양이가 들어와 이제부터는 집안 일이 길하겠다고 한다. 아내가, 짐승이 집에 들어오면 나쁘다고들 하던데? 하니까, 식모는 아니 그렇지 않다고 하면서, 개가 어디로 나가는 것은 나쁘지만 짐승이 들어오는 것은 좋다고 한다. 그러면서 식모는 다시, 전에 자기가 있던 집에서는 아무렇지도 않던 어린애가 기르 던 강아지가 어디로 없어진 뒤부터 무슨 일인지 밤마다 입에 거품 을 빼무는 병이 생겨 약도 많이 썼지만 낫지 않다가 나중 구두질을 하다 보니 바로 어린애가 누워 자는 구들장 밑에 얼마 전에 없어진 강아지가 타 죽어있어서 그것을 꺼낸 뒤로는 어린애의 병이 신통 하게 나았다는 말을 한다.

그는 윗방에 누운 채 이 식모의 말이 지금 쇠약해질대로 쇠약해 진 아내의 신경을 건드릴 것만 같아 적이 불쾌하였다. 그러는데 갑 자기 아내가, 더럽다고 하면서 어서 고양이새끼를 변기에서 떼놓으 라고 소리지른다. 고양이 때문에 쓸데없이 마음을 쓸 아내를 생각 하고 그는 또 고양이에게 화가 났다. 그러자 식모가, 호강 못 할 놈 의 고양이새끼는 할 수 없다고 하면서, 국밥을 남기고 더러운 것만 골라가며 먹으려든다고 웅얼거린다.

아침에 일어나 체온기를 가지고 아랫방으로 내려가려는데 한쪽 장 지문 밑에 뚫어진 구멍 새로 고양이새끼가 대가리를 그의 방 쪽으 로 내밀었다. 어젯저녁에는 몰랐더니 아주 더러운 고양이새끼였다. 흰 바탕에 검은 점이 군데군데 박혔으나 흰 바탕이 검은 점에 가깝 도록 더러워져있었다. 그는 고양이새끼를 한번 무섭게 흘기고는 그 냥 대가리를 내민 채로 있는 고양이를 놔두고 아랫방으로 내려갔다.

그는 체온기를 아내의 입에 물리고 손목의 맥박을 세며 전처럼 또 불안하기 시작하였다. 맥박이 어제보다 더 빠른 것같다고 느끼다가 그는 약해진 맥을 손가락 끝에서 잃고 말았다. 다시 세기 시작하였 다. 이번에는 손목시계의 초침 움직이는 데에 신경이 씌어 세던 수 가 헷갈리었다. 다시 겨우 센 맥박은 백이 넘었다. 그는 불안스레 아내의 입에서 체온기를 뽑았다. 삼십오도 사분. 그는 곧 체온기를 흔들었다. 그리고 그는 그곳에 있는 체온표에다 평온을 적고 맥박 수를 퍽 줄여 적어 넣었다.

그는 아내 몰래 따로 체온표를 적어두고 있었다. 그 체온표에 의 하면 아내는 멀지 않아 다시 한번 수술을 해야 할 것이었다. 아내가 아무래도 다음 수술에 견디어낼 것같지 않은 생각이 들면서 자기 방으로 돌아오려다가, 얼핏 빨갛고 얇은 혀로 넘어진 우유병의 아가리를 핥고 있는 고양이를 발견하자 발로 밀어찼다. 그다지 세게 찬 것도 아닌데 고양이는 벽에 가 부딪치며 캑 소리를 질렀다. 그러나 그는 캑 소리가 아내가 지른 비명으로 착각되어 견딜 수 없었다. 마침 들어온 식모에게, 고양이를 집에 둘려면 왜 깨끗이 씻어주지 않았느냐고 꾸짖었다. 식모는, 벌써 두 차례나 씻었다고 하면서 이제 완전히 봄이 되어 제김에 털을 갈아야 고와진다고 한다.

밖은 짜장 고운 고양이의 털같은 햇볕이 내리쬐고 있었다.

하루는 저녁에 그가 비둘기장 문을 닫으려 안을 살피니 알을 품고 있는 암컷뿐이고 수컷은 뵈지 않았다. 아직 장에 들지 않았나 하고 둘러 살폈으나 없었다. 비둘기가 즐겨 앉아서 마지막 저녁 햇볕을 쬐곤 하는 옆집 기왓골에는 이미 햇볕의 자취도 없었다. 그는 그길로 아내의 본가에 가 보기로 하였다.

아내의 본가에 들어섰을 때에는 이미 어둑어둑해진 뒤여서 비둘기들을 잘 분간할 수 없기도 하였으나 장모까지 나와 비둘기장을 하나하나 들여다보았지만 그의 수피둘기는 있는 것같지 않았다. 장모는 비둘기장에서 물러나며 그에게, 요새 아내의 병상이 어떠하냐고 물었다. 그가, 그만하다고 하니까, 장모는 그동안 가본다고 하면서도 하는 일 없이 못 간다고 하였다. 그는 요새 처남이 더 난봉을 부리는 줄을 알고 있었으므로, 와 보면 뭣하느냐고 하였다. 한데서 자는 비둘기까지 다 살폈으나 그의 수피둘기같은 얼룩광대(검은 빛과 흰 빛이 얼룩진 비둘기)는 뵈지 않았다.

집에 와 다시 장을 들여다보아도 돌아오지 않았다. 어둑한 속에서 암컷이 혼자 알을 품은 채 들여다보는 그를 향해, 그그 하고 짧은 소리를 질렀다. 그는 그냥 비둘기장 문을 닫고 말았다. 그리고 그는 아내가 이 일을 알지 못하기를 바랐다. 그리고 또 아내가 알기 전에 수피둘기가 돌아와주기를 바랐다.

그러한 어느날, 그는 변기에 받은 아내의 대변에서 변비증을 발견하고 곧 다시 수술할 때가 왔다고 불안을 느끼면서도 아내의 먹고 싶다는 쇠간을 사들고 돌아오니까 아내가 방장을 걷고 밖을 내다보고 있다가, 수피둘기가 어디 갔는지 뵈지 않는다고 하였다. 그는 아내의 흥분을 염려하면서 일부러 예사롭게, 먹이라도 주워먹으러 갔을 거라고 하였다. 아내는 이상스레 상기된 얼굴로, 어젯저녁 비둘기장 문 닫을 적에는 있었느냐고 한다. 그는 있었다고 할 밖에 없었다. 아내는 이제는 새끼 까기는 틀렸다고 하면서 암컷 혼자서야 어떻게 알을 품어 깔 수 있느냐고 하였다. 그는 먼저 크게 고개를 옆으로 젓고 나서, 수컷 혼자면 알을 안 품지만 암컷은 나중까지 알을 품어 깐다고 하였다. 그게 사실인지 어떤지는 모르고 한 말이었다. 그런데도 아내는 좀 안심된 듯한 한숨을 쉬고 나서, 어쨌든 어서 친정집에나 가지 않았나 가보라고 한다.

그는 요전에는 혹 어두워서 잘 보지 못하였는지도 모른다고 생각하면서, 더구나 수피둘기가 다른 데 갔다가도 그의 집보다는 옛집으로 돌아갔는지도 모를 일이라고 좋게 새기면서 아내의 본집으로 갔다.

아내의 본가를 들어서자 그는 놀랐다. 지붕 곳곳에 쌍쌍이 몰려 앉아있어야 할 비둘기가 한 마리도 뵈지 않는 것이었다. 혹 모두 어디 먹이라도 주우러 갔는지 모른다고 돌이켜 생각하고 있는데 장모가 해쓱해진 얼굴로 나와서는 요새 처남이 더 난봉을 부리면서 매일 술안줏감으로 비둘기 몇쌍씩을 잡아 내간다는 말을 하였다. 그는 이제는 자기네 수피둘기 찾을 길은 없어졌다고 단념하며, 한구석 꾸둑이는 비둘기장으로 가 안을 들여다보았다. 장모는, 그것 한쌍만은 새끼를 갓 깠기에 제발 말려서 남았지만 언제 그것마저 잡아 내갈는지 알 수 없는 노릇이라고 한다. 아내의 올케가 미닫이를 열고 나오다가 따라 나오려는 애를 신경질스럽게 밀치고는 미닫이를 세게 닫았다. 그는 악을 쓰며 우는 애 울음소리를 들으며 자기네 수피둘기는 여기 왔다가 처남에게 잡혔음에 틀림없다고 생각하며 그곳을 나왔다.

집에 들어서니 아내가 그냥 방장을 걷은 채 기다리고 있다가 불안한 얼굴로 그의 표정을 살폈다. 그는 조용히 머리를 좌우로 저어

뵐 수밖에 없었다. 아내는 눈물이 도는 눈을 감아버렸다. 그는 아
내가 본가의 일을 묻지 않는 것을 다행으로 윗방으로 올라가려는데
아내가 종내 눈을 감은 채, 어머니 안녕하시더냐고 한다. 그는 무
고하시더라고 하고는 이제 곧 한번 오시겠다고 하더라고 하였다.
아내가 이번에는 혼잣말로, 오라버니는 요새 어머니 속을 덜 썩히
는지 모르겠다고 한다. 그는 아까의 애 울음소리와 함께 비둘기장
속에 있던 새끼비둘기를 생각해내고 등골이 오싹했으나 그도 혼잣
말처럼, 요새는 좀 덜한 모양이더라고 하였다.
  그가 윗방으로 간 뒤에 식모가 아랫방으로 들어가는 소리가 나고
이어서, 나비야 나비야 하는 품이 고양이새끼에게 오늘 사온 쇠간
을 주려는 눈치같았다.

  저녁에 식모가 아랫방으로 들어가 전등을 비틀어 켜는 소리가 들
리더니 아내에게, 고놈의 고양이새끼가 어디 갔는지 뵈지 않는다고
한다. 아내는, 좀전에 우유병을 핥고 있는 것을 보았는데 그새 어
디 갔을 것이냐고 한다. 그도 윗방에서, 여기도 오지 않았다고 알
렸다. 그랬더니 아내가 근심스러운 말로 아직 어린새끼가 나다니다
가 굶어죽지나 않겠느냐고 한다. 식모가 곧 그런 새끼라도 저 먹을
것 다 먹고 다닌다고 하면서, 이제 틀림없이 도둑고양이가 될 것이
라고 하고는 나직이, 사실 이제는 나갔기 말이지 고양이새끼 집에
들어오는 건 좋지 못하다고 하며 그래서 어서 도둑고양이가 돼 나
가라고 비린 것을 많이 먹였노라고 한다. 아내가 생각난 듯이, 그
러면 비둘기 나간 건 길하냐 흉하냐고 묻는다. 식모가 큰 소리로
그런 건 모르겠다고 하며 웃는다. 아내가 또, 그 고양이가 비둘기
를 잡아먹은 것은 아니냐고 한다. 식모는 혹 그랬는지도 모르겠다
고 하면서, 그래도 비둘기 한 마리 잃고 고양이새끼 나간 건 얼마
나 잘됐는지 모른다고 한다.
  그는 처남이 잡아 내가다가 남겼다는 비둘기 한 쌍과 핏덩이같은
새끼가 떠올랐고, 그 생각을 지워버리려고 눕힌 몸을 뒤치면서, 참
으로 자기의 수피둘기는 처남이 잡아 없앤 것보다는 오히려 그 고
양이새끼가 잡아먹었기를 바라는 마음이 되었다.

　대낮에 아내가 방장을 걷어올리곤 하는 도수가 늘어갔다. 그리고 아내는 수피둘기 없는 비둘기장을 오래 내다보곤 하였다. 아내의 눈 언저리에 어린 검은 그늘과 파인 볼이 방장을 드리웠을 때보다 더 창백해져서 밖에서 혹 빨래라도 흔들리는 소리가 나면 수피둘기가 돌아온 것이 아니냐고 혼자 놀라곤 하였다.

　아내는 그러다가 부엌에서 그릇 깨지는 소리라도 나면 어디 그런 힘이 들어있었던가 싶게 높은 소리로 식모에게 그것들을 가져오게 하여서는 깨어진 이를 맞춰보곤 하였다. 식모의 말이, 자기가 이리 오기 전에 벌써 금이 나있던 것이 조금 개숫물 그릇에 닿았는데 그렇게 깨졌다고 한다. 아내는 그냥 이를 맞춰보고 무늬를 쓸어보고 하면서, 이것 살 때에는 흠없고 무늬 곱게 들여진 것이라고는 이것 하나뿐인 것을 사왔다는 말로, 처음 산밑에 살림을 차렸을 적부터 정들인 알뜰한 그릇이라고 하며, 아무래도 그때 산밑에다 처음 살림을 차려놓고 산으로 마음대로 돌아다니던 때가 제일 행복스러웠던 시절이라고 하고는, 앞날이 깨어진 그릇처럼 어둡게 암시나 되는 듯 눈물어린 눈으로 깨어진 그릇을 바라보며 손에서 놓을 줄을 몰라하였다.

　그는 이런 때 식모를 나무람은 아내의 신경을 다시 매질하는 것이 되기 쉽다는 생각으로, 이제 조금만 더 차도가 있으면 그 산밑에 가서 꽃구경이나 하자고 하였다. 그러나 아내는 그런 말에는 이끌리지 않는 눈치로 그저 머리맡에 놓인 꽃병을 집어 얼굴 가까이 가져갔는가 하면 별안간 꽃병에서 얼굴을 돌리면서 옆에 섰는 식모에게 이 꽃병을 저리 멀리 가져다 놓으라고 한다. 튤립의 향기조차 이제는 맡아들일 수 없을 만큼 아내는 약해진가보다. 그러나 아내는 다시 식모에게, 꽃병에 아스피린을 넣으라고 한다. 식모는 꽃병에 아스피린을 넣으면서 좀전의 그릇 깨진 것은 잊은 듯이, 이것이 고뿔약이라는데 꽃도 그러면 고뿔을 앓아 시드냐고 혼자 중얼거린다. 아내는 시든 꽃잎보다도 더 이울기 쉬울 듯한 미소를 식모의 넓은 등에 멈추고 눈속으로는 울고 있었다. 그가 그만 가슴이 쩌릿해서 밖으로 나가려는데 아내가, 작년에 받아두었던 꽃씨를 금년도 제철에 심도록 하라고 한다.

어느새 밖의 계절은 사실 꽃씨를 뿌릴 그런 시절이 되어있었다.

그날도 그는 아내가 먹고 싶다는 닭간을 사러 나섰다. 길지 않은 좁은 골목을 다 나온 곳에서 한 소년이 그를 보자 얼른 두 손을 뒤로 감추는 것이 언뜻 눈에 띄었다. 그리고 그는 소년이 뒤로 감춘 것이 비둘기인 것을 알자 곧 소년에게로 다가갔다. 소년은 몇 걸음 뒤로 물러나면서 뒤에 감추었던 비둘기를 놓아주는 것이었다.

그는 어떤 예감이 떠올라 소년에게 다짜고짜로, 자기네 비둘기 잡아간 것을 내놓으라고 하였다. 소년은 다시 한걸음 물러나면서, 자기는 모른다고 한다. 그가 자기네 비둘기 있는 곳만이라도 알려달라고 하니까 소년은 큰 눈을 껌벅이면서 그의 비둘기가 달려간 것을 잡아둔 집은 안다고 한다. 그는 지금처럼 소년이 비둘기를 가져다 자기네 수피둘기를 달아갔음에 틀림없다고 생각하면서 소년이 날린 비둘기를 쳐다보았다. 비둘기는 크게 원을 그리면서 점점 높아지더니 남쪽으로 가 낮아지다가 지붕 새로 감추어지고 말았다. 그는 소년을 따라 비둘기가 사라진 남쪽 동네로 갔다.

그의 수피둘기를 잡아둔 초가지붕에는 좀전 소년이 놓아준 비둘기인 듯한 손때 묻은 문선(머리 위에 검은 점이 있는 흰 비둘기)이 이 또한 손때 묻은 선지(팥죽색 비둘기) 옆을 돌면서 꾸둑이고 있었다. 뜰안에는 낮은 벽으로 돌아가며 가득 비둘기장이 붙어있었다. 비둘기장 틈에서 장대한 사내가 나오더니 말없이 소년을 내려다보았다. 소년이, 얼룩광대라고 가르쳐준다. 사내는 한 비둘기장 앞으로 가 문을 열고 손을 넣어 비둘기의 대가리를 쥐어 끌어내었다. 털이 더러워졌으나 분명한 그의 수피둘기였다. 사내는 그동안의 먹이 값이라고 하면서 일원을 내라고 하였다. 그는 어처구니없었으나 그대로 돈을 치르면서 문 닫힌 장마다 자기네 수피둘기같은 신세의 비둘기가 들었을 것을 생각하며 앞의 장대한 사내가 한껏 밉살스러워 보였다. 그리고 이 감정은 집으로 돌아오는 길에 자기네 수피둘기한테로 향해졌다. 그래 몇번이고 비둘기가 입을 벌릴 만큼 잡은 손에 꽉 힘을 주곤 했다.

집에서는 아내가 비둘기를 받아들고 얼굴에 웃고 우는 빛을 떠올리며 비둘기의 가슴패기를 자기 볼에 가져다 대려고 하면서도 버둥거리는 비둘기의 힘도 이제는 감당치 못해 애쓰고 있었다. 그는 아내의 손에서 비둘기를 받는 것처럼 하며 비둘기의 가슴패기를 아내의 뺨에다 대주었다. 아내는 그동안 무척 털이 더러워졌다고 하면서 비둘기에게, 그래도 이렇게 살아 다시 오게 되어 기쁘다는 말과 함께 다시는 다른 데 가지 말라고 하였다.

그는 옆의 식모에게 비둘기를 쥐게 한 후 날개털을 뽑기 시작하였다. 깃을 하나하나 뽑을 적마다 아내는 깜짝깜짝 놀라는 눈치였다. 그는 다른쪽 깃을 먼젓깃의 절반도 못 뽑고 나서 비둘기를 밖에 놓아주고 말았다. 비둘기는 날개깃을 많이 뽑힌 쪽으로 기울어져 모로 날다시피하여 겨우 장으로 들어가 꾸둑이기 시작하였다. 그는 비둘기의 날개깃 뽑아준 사실이 갑자기 불쾌해져서 이제는 어디로 날아가려도 가지 못하리라고 하는 식모에게, 왜 어서 비둘기 털을 내다버리지 않느냐고 소리를 질렀다. 그리고 식모가 흩어진 비둘기 날개털을 주워가지고 나갈 때 다시, 그 털은 아궁이에 넣지 말고 다른 데 멀리 가져다 버리라고 하였다.

아내는 한참 꾸둑이는 비둘기장을 내다보다가, 수피둘기가 암컷 알 품는 동안 오죽 갑갑하면 다른 비둘기를 따라 갔었겠느냐고 하면서 그더러 않는 자기 옆에만 붙어있느라고 몸도 축가고 했으니 좋아하는 찻집에라도 가라고 하였다. 그리고는 혼잣말처럼, 이제는 정말 자기는 혼자 있어도 갑갑지도 않고 무섭지도 않다고 하였다.

오래간만에 찻집에 느긋하니 앉아 레코드를 듣고 있었다. 그러다가 무심코 사가지고 오는 닭간을 싼 종이에 내밴 피를 발견하자 까닭없이 아내의 몸에 무슨 이상이 있지 않나 하는 생각이 들어 분주히 그곳을 나왔다.

그는 아내가 자기가 없어도 갑갑지도 무섭지도 않다고 한 것은 역시 아내가 제 죽음을 예감하고 한 말일 것이라는 데에 생각이 미치자 이번에는 또 어지럼증까지 났다. 아내에게 이상이 온다면 그것은 자기가 아내를 잠시나마 잊고 있는 순간에 오기 쉽다고 다리마저 후들거려지는 것이었다.

  아내가 금명간 다시 수술을 받기로 한 어느날, 그는 꽃밭을 일구
었다. 흙 속에 묻힌 돌을 줍고 큰 흙덩이를 부스러뜨리면서 겨우내
눈과 봄비에 젖은 흙냄새에 그는 머리가 어쩔어쩔해짐을 느꼈다.
그리고 그는 웅크리고 앉아 다 부스러뜨린 흙을 깨닫지 못하고 몇
번이고 되주무르는 것이었다.
  아랫방에서 식모가 변기를 들고 나오는 것을 보고야 몸을 일으켰
다. 그리고 작년 가을의 국화 가지로 관장한 아내의 대변을 헤쳐보
면서 내일은 꼭 수술을 해야 한다고 마음먹었다. 그러면서 이번 수
술이 무사해주기를 마음속으로 바라며 아랫방으로 들어갔다.
  그는 놀랐다. 아내가 일어나 앉아 화장을 하고 있는 것이었다.
그리고 분명히 전에 산밑에서 건강스럽게 지낼 때 입었던 분홍저고
리를 입고 있었다. 그러나 손으로 들 힘이 없어서 무릎에 놓은 손
잡이거울에 얼굴을 가까이 가져다 대고 아내는 파우더로 눈언저리
의 검은 그늘을 지우고 있었으나 그것이 좀처럼 없어지지 않았다.
  그는 찬찬히 빗은 그러나 윤기 없는 아내의 머리를 내려다보면서
식모가 빗겨주었음에 틀림없다고 생각하며, 이렇게 아내가 자리에
서 일어났다는 것을 먼저 자기에게 알리지 않은 식모에게 화가 났
다. 그러나 그는 그저 아내더러 작년에 받은 꽃씨를 어디 두었느냐
고 물었다. 아내는 그늘이 깃들인 눈을 빛내며, 올해도 자기가 꽃
씨를 뿌리겠노라고 하면서, 가을에는 된서리를 맞기 전에 꽃씨를
받아두었다가 내년 이맘때는 잊지 말고 심으라고 한다. 그는 불현
듯 내일 수술할 일에 대한 불길감이 들면서 어지럼증이 나 그곳에
더 섰을 수 없어 밖으로 나와버렸다.
  검붉은 흙을 뒤쳐놓은 작은 꽃밭은 제법 햇볕을 받으며 더 어지
러울 만큼 아지랑이를 피우고 있었다.
  그러나 그는 곧 아내를 부축해 내오기 위해 다시 방안으로 들어
갔다.

피아노가 있는 가을

사나이는 짐이 가득 차 안 채워지는 트렁크를 무릎으로 내리누르고 있었다. 갑자기 문이 열리며 여인이 들어선다.

사나이가 고개를 들며,

——어찌된 일이요?

——놀라셨죠?

——안색이 좋잖은데?

여인은 피아노로 가 앉는다.

——무슨 일이 생겼소? 역에서 만나기루 했는데 웬일이요?

——지금에야 짐을 꾸리면서 그러세요? 전 벌써 다 준비했어요.

——열시 사십사분 차니까 아직 한 시간가량 남았잖어요?

——하긴 역까지 이십분이면 넉넉히 나갈 수 있으니까요.

——그런데 얼굴빛이 아주 창배하군요.

——밤바람을 안구 와 그런가요.

——글쎄 퍽 나쁘군요.

——구현씨 !

——네?

——저, 〈장송소나타〉를 들려주세요.

——장송소나타?

——네, 쇼팡의 장송소나타.

——별안간 그건 왜?

——이제 우리가 먼 데루 떠나면 통 피아노를 못 듣게 되잖어요.

제가 첨 구현씨의 독주회에서 들은 게 장송소나타예요. 이제 우리가 새로운 세상에루 떠나면서두 그걸 한번 듣구 싶어요. 지금두 분명해요. 그건 머칠째 시름없이 내리던 봄비가 저녁에 들면서 개인 그런 봄 저녁이었어요. 그날 저녁에두 전 변호사 시험 준비에 머리를 싸매구 있는 남편한테 커피를 넣어가지구 갔었어요. 남편은 제가 들어온 것두 상관 않구 지친 얼굴루 책장만 넘기구 있었어요. 전 커피에 각설탕을 넣구 저어서 좀더 손 가까이 내놓았지요. 그제야 남편은 찻잔을 들어 한입 마시구는 그냥 책에루 다시 눈을 가져가는 것이었어요. 남편은 커피가 너무 진하다든가 연하다든가 또는 알맞추 됐다든가 하는 말을 한 적은 한 번두 없었어요. 크림을 넣으면 넣는 대루 안 넣으면 안 넣는 대루 아무말 없지요. 우리의 부부생활이라는 게 꼭 이와 같았어요. 서루 살뜰한 것두 아니구 그렇다구 서루 미워하는 것두 아니구. 남편은 제가 하는 일을 한 번두 참견치 않았어요. 제가 입구 다니는 의복의 색깔같은 건 눈여겨보지두 않지요. 그러나 이런 편하다면 편한 속에서 전 되레 서루 미워할 때는 미워하는 한이 있드래두 자극있는 생활을 얼마나 바랬는지 몰라요. 그날두 전 남편의 피로두 풀어줄 겸 뒷곁 솔밭이나 강가루 나가자구 조를까두 생각했지만 그만뒀지요. 나가자면 잠자쿠 나가기는 할 테지만 그게 조금두 유쾌할 수 없을 것같애서요. 빈 커피잔을 들구 그냥 나오니까 마침 난이가 와있지 않겠어요. 음악회 구경을 가자는 것이었어요. 음악회 구경보담두 명랑한 난이와 얼려서 울적함을 풀리라는 생각이 앞서서 저는 선선히 따라 나섰지요. 무슨 음악회건 그런 건 상관없었어요. 가는 도중에서 난이가 자기 남자친구의 피아노 독주회라구 일러주드군요. 그게 구현씨의 독주회였어요. 우리가 들어갔을 때엔 벌써 구현씨의 손이 피아노의 건반을 두드리구 있었어요. 쇼팡의 장송소나타였어요. 저는 빈틈없이 찬 자리 한구석에 끼여앉아 피아노 연주의 잘잘못을 가릴 겨를두 없이 그저 피아노 그것의 여음이 황홀스럽기만 해서 오래간만에 가슴이 뜀을 느꼈어요. 찬조루 출연한 소프라노는 애연한 자세에 비겨 목청이 너무 차구 날카로운 것으루 느껴졌어요. 난이는 감기 기운으루 해서 자기가 찬조 출현할 걸 못 한다구 여간 섭섭해한 게 아니었지요. 물론 그건 난이의 허물없는 애교였지만요. 집으루 돌아오는 길에서 난이는 구현씨를 붙들어다 성공한 턱을 단단히 받어야겠다구 몇번이나 다짐을 했지요. 그럴 때마다 저는 난이의 집에 가면 구현씰 만날 수 있으리라는 생각을 하구는 혼자 놀랬어요.

——참 난 난이의 집에서 종숙씰 첨 만났을 때 그 많은 조각들 중의 하나루 착각했었지요. 그리구 난이가 장래의 변호사 부인이시라구 소개했을 때 별안간 낯두 모르는 종숙씨의 남편되는 이에게 질투같은 걸 느꼈지요. 그런 감정을 느낀 건 그때가 첨이에요.

——참 그때 난이가 장래라는 말에 무척 힘을 준 것같이 느껴져서 전 새삼스럽게 제가 변호사 부인이 된다는 사실에 놀래기까지 했지요. 그 다음 순간 전 그만 솟아오르는 웃음을 겨우 참었어요.

——그날 난이랑 셋이서 트럼프루 죠카잡이를 할 때 내가 죠카를 쥔 게 우리의 사이를 가까이 만들었지요. 종숙씨가 남의 부인이라는 사실두 잊어버리구.

——그리구 오늘의 우리까지를 만들지 않었어요? 사실 그때 죠카잡이에 난이가 먼저 나구, 구현씨와 저와 사이에 죠카가 오구갈 때 그 죠카를 제가 쥐었던들 우리의 관계는 달러졌을는지두 몰라요. 그리구 난이의 말대루 구현씨가 죠카 쥔 벌루 거리루 나가 커피나 마셨어두 달러졌을는지 모르죠. 거리에 나서면서 제가 구현씨더러 죠카 쥔 턱으루 장송소나타를 들려달라구 하잖었어요. 그 말을 저는 얼마나 가슴을 울렁거리며 했는지 몰라요. 난이가 곧 손바닥까지 치면시 찬성해주어 얼마나 고마웠는지 몰라요. 그래서 우리는 곧 이리루 오게 되잖었어요? 난이는 이리루 오자 주인보담두 앞서 들어오며 커튼을 건다, 피아노 뚜껑을 연다, 여간 야단이 아니었죠. 그리구 피아노를 아무렇게나 두드리면서 마스네의 〈엘레지〉가 될려나 하면서 한손으루 연주회 때부터 감기루 목에 감은 붕대를 만지는 것이었지요. 종내 난이는 엘레지는 부르지 않구 구현씨에게 장송소나타를 재촉했잖어요? 저는 피아노의 검푸른 그림자 속에 서서 이상하게 저도모르는 새 난이에게 질투가 느껴지는 걸 어쩔 수 없었어요. 난이는 갑자기 생각난 듯이 저와 구현씰 번갈아보며 제가 여학교 시절에 앨토루 유명했다구 하는 것이었지요. 여느때 같

으면 이런 때 여학교 시절에 늘 하던 버릇대루 난이를 흘기거나 달려가 꼬집기라두 했겠지만 이때 전 난이를 바라보지두 못하구 그저 귀밑이 달어옴을 느꼈을 뿐이에요. 그리구 저는 피아노 앞에 앉은 구현씨에게 장송소나타를 그만두구 엘레지를 쳐달라구 청했던 거예요. 왜 장송소나타는 그만두느냐는 난이에게 전 그저 갑자기 엘레지가 듣구 싶어졌다구 했지요. 사실은 그때 벌써 맘속으루 장송소나타를 난이 없는 저 혼자만 있을 때 들으리라구 마음먹었던 거예요. 그때부터 전 난이 몰래 이곳에 오군 했지요.

 ─난 또 종숙씨에게 어린애가 있다는데 그 어린애에게까지 질투를 느낀 적이 있지요. 여름철 산에 올랐을 때 첨으루 종숙씨한테 어린애가 있다는 말을 듣구 난 놀래기두 했지만 종숙씨의 사랑의 한쪽을 차지하구 있을 애에게 질투가 갔지요. 마침 그때 우리가 앉은 바루 앞 소나무 밑에 아홉살쯤 난 사내애가 앉어서 앞 활엽수를 사생하구 있었지요. 사내애 옆에는 그애의 동생인 듯한 계집애가 서서 아이스크림을 혀끝으루 핥어먹으면서 열심히 그림을 바라보구 있었구. 물론 유치한 그림이었지요. 실물보다 아주 곧은 나무줄기와 마구 곁가장이를 친 가지들, 그리구 필요 이상으루 잎이 정성스레 그려져있는 데다가 가지에 앉은 새가 나무줄기만큼이나 컸었지요. 사내애가 그림 그리던 걸 멈추구 계집앨 쳐다보니까 계집애가 밑에 남은 아이스크림을 사내애 턱밑에루 가져갔지요. 사내애는 곧 혀를 길게 내밀어 아이스크림을 묻혀 올려가드군요. 나는 이런 아름다운 광경을 바라보면서 즐거우려 했지만 보지두 못한 종숙씨의 어린애 얼굴이 앞 계집애 얼굴에 떠오르는 듯함을 느끼면서 속이 언짢어지는 걸 어쩔 수 없었지요. 아이스크림 생각이 난다는 종숙씨의 말에 정신을 가다듬으려 일부러 꽤 가파른 비탈을 더운 줄두 모르구 뛰어내려갔었지요. 아이스크림을 사들구 돌아왔을 때엔 앞의 사내애가 새로 누이동생의 초상을 그리구 있었지요. 그게 입보다두 눈이 갑절이나 크게 그려져있지 않겠어요. 그러나 난 또 그걸 보면서 종숙씨처럼 눈이 클 것같은 종숙씨의 어린애를 머리에 그리며 유쾌해질 수는 없었지요. 그때 그만큼 난 종숙씨를 나 혼자만 차지하구 싶었던 거예요.

──허지만 제게 있어선 애의 존재란 남편과 저와의 새와 똑같은 것이었지요. 그보담두 더한 것인지두 모르죠. 여태 애는 유모를 정말 어머닌 줄루 알구 있을 정도니까요. 사실 젖을 주는 게 제 어머니란 말이 옳아요. 저두 어떤 때엔 자기가 난 애라는 걸 완전히 잊을 때가 있어요. 유모는 내가 어머니라구 늘 가르쳐주는 모양이지만 애는 한 번두 나보구 어머니라구 부르지 않지요. 그랬는데 아까 집을 나설 때 일이에요. 전 그래두 마지막으루 애를 한 번 안어주구 싶었어요. 그렇지만 것두 결코 어머니가 자기 애를 안어주려는 그런 마음은 아니었어요. 그저 한집에 살던 어떤 애를 대하는 마음이었어요. 애 앞에 서서 안으려 팔을 내민 순간이에요. 애는 팔딱 뒤루 몸을 움츠리면서 놀랜 눈으루, 엄마 무서, 하는 소리를 지르는 게 아니겠어요? 저는 엉겁결에, 엄마가 무섭다니, 하면서 애를 힘껏 떠밀치구 말었지요. 애는 나동그라지면서 울기 시작했어요. 그러구 저는 날 무섭다구 하면서야 엄마라구 부른 애를 내려다보면서 사실 내가 얼마나 무서운 얼굴을 하구 있었나 하는 생각에 온몸이 떨렸어요. 무서운 어머니자 무서운 아내인 저는 죽구 말까지두 생각했어요. 그렇지만 그때 제 맘속에서 네가 죽을 만큼 불행스러우냐는 소리가 들렸어요. 저는 죽지 않었어요. 눈물두 홀리지 않었어요. 집을 나오려구 하며 보니 넘어져 울던 애가 얼굴의 눈물두 마르기 전에 잠이 들지 않었겠어요? 요를 끌어다 덮어주었지요. 그리구 어머니와 딸의 관계를 떠나서 한 여자애를 대하듯이 이 애가 이담 자라서는 무서운 어머니자 무서운 아내가 되지 말기를 빌었어요. 그렇다구 전 구현씨에게 제 손을 첨 잡혔던 일을 지금와서 후회하는 건 아녜요. 그리구 제가 그처럼 제 얼굴이 비치는 걸 두려워하던 저 벽에 걸렸던 거울을 구현씨가 메트로놈을 던져 깨뜨린 날을 후회하지두 않어요. 그날 제가 구현씨에게 난이가 너무 피아노와 친하지 않느냐구 했을 때 구현씨는 난이와는 서루 지나치게 상대편을 알구 있기 땜에 되레 이성이라는 것까지 잊구 만 새라구 하셨죠? 사실 전 그런 새를 딱히 이해하지 못하면서두 구현씨의 그말뿐으루 만족할 수 있은 저였어요. 참말이지 그때가 젤 행복했어요.

　——아니지요. 이제부터가 진정한 행복이 옵니다. 지금 우리는 그
걸 위해 떠나는 게 아니오? 우리는 예다 과거의 모든것을 다 묻어
버려야 해요. 과거의 작은 행복까지두. 이제 새로운 생활의 계획이
우리를 기다리구 있으니까요.
　——어젯저녁 낯선 뒷거릴 거닐다가 구현씨가 머언 산촌에루 떠나
자구 결정지었을 때 전 사실 오래간만에 가슴이 뜀을 느꼈지요. 벌
써 오래 전부터 마음먹어오던 일 아니에요? 우리는 찬바람 부는
흐린 저녁길을 되레 흡족한 맘으루 걸을 수 있었지요. 그러다 우리
가 낯선 뒷거리를 빠져 큰 거리루 나서려던 때죠. 가까운 데서 서
커스의 째어진 나팔소리와 북소리가 들려온 건. 우리는 무엇에 끌
리듯이 그곳으루 갔지요. 헌 천막이 바람에 펄럭이구 울 속에는 원
숭이들이 춥게 웅크리구 앉어서두 구경꾼들이 호콩같은 걸 던지길
기다리구 있었지요. 들어갈 홍이 나지 않았지만 우리는 어느덧 안
으루 들어가구 말었지요. 안에서는 한창 말이 불둘레를 뚫으며 달
리구 있었지요. 가운데서 붉은 옷을 입은 소녀가 긴 끈이 달린 채
찍을 들구 서서 말이 불둘렐 뚫구 지나가려 할 적마다 때리는 시늉
으루 휘둘러 딱딱 울리군 했지요. 자세히 보니까 늙은 말은 다리를
절구 있드군요. 채찍을 울리는 소녀가 입은 붉은 옷은 막 물이 바래
있구요. 나팔과 북은 슬픈 지난날의 유행가를 부르구. 전 그만 들
어온 걸 뉘우쳤어요. 말이 더 저는 다리루 들어가구 다음엔 한 소
녀가 나와 누워서 발루 항아리를 돌렸지요. 항아리를 세웠다 눕혔
다 참말 항아리를 공처럼 맘대루 놀리드군요. 그러다가 소녀가 다
리쉼을 하는 것처럼 항아리를 멈추니까 빈 줄 알았던 항아리 주둥
이루 파리한 손이 기어나오지 않었어요? 죄는 맘으루 있는데 또한
빛낡은 붉은 옷을 입은 어린 계집애가 다 기어나오자 가는 다리루
항아리 위에 서서 팔을 벌리지 않었어요? 그때 저는 깜짝 놀랬어
요. 어린 계집애가 섰는 발밑의 항아리가 도는 게 아녜요? 그리구
팔루 몸의 중심을 잡으면서두 떨어질 듯 떨어질 듯 돌아가는 항아
리의 장단을 맞춰 발을 옮겨 짚는 계집애를 바루 바라볼 수가 없었
어요. 다시 항아리가 멎자 이번에는 계집애가 손으루 항아리를 짚
구 물구나무서기를 하지 않겠어요? 팔을 떨며 얼굴을 이쪽으루 쳐

드는데 언뜻 계집애의 눈이 먼 걸루 보이자 전 저두모르게 자리를
일어서구 말었던 거예요. 구현씨두 그곳을 나오면서 공연히 그때의
우리 감정으루 그런 데를 들어갔었다는 걸 뉘우치는 것처럼 보였어
요. 그 어린 계집애가 또 무슨 재주를 피워보였는지 반두 채 못 찬
구경꾼 속에서 박수 소리가 들렸지요. 전 그만 등에 소름이 끼쳤어
요. 밖에서는 다음 무대에 나갈 원숭이가 안으루 끌려들어가구 있
었지요. 아직 전등이 켜지지 않은 어두운 속을 찬바람이 그냥 불구
있었어요. 전 좀전의 계집애가 눈먼 탓에 자기가 지금 거꾸루 선 곳
이 얼마나 위태로운 곳이라는 걸 덜 느끼구 있지 않나 하는 생각이
들었지요. 그러자 다시 온몸에 소름이 끼쳐졌어요. 그러면서 그 눈
먼 계집애의 일이 먼 산밑에루 떠나려는 우리의 앞을 불길하게 암
시하는 것같애 견딜 수가 없었어요.
　—그건 쓸데없는 생각이에요. 이제 여길 떠나기만 하면 종숙씨
두 그게 맹랑한 생각이었다는 걸 깨닫게 될 겁니다. 모든걸 잊어요.
그리구 새루 시작될 우리의 생활만 생각해요. 들에 익은 곡식과 산
의 꽃들과 높은 하늘만 생각해요.
　—허지만 구현씬 오래잖어 내가 남의 아내요 남의 어머니라는 걸
생각해내겠지요. 그땐 벌써 구현씬 애에게 대해서 질투는 안 느끼
겠죠. 그리구 남의 무서운 아내요 무서운 어머니라는 걸 생각할 테
죠. 그리구 또 메트로놈으루 거울을 깨뜨린 걸 후회할 테죠. 그때
전 결국 무서운 여인으루 변하구 말 테죠. 사실 그런 때가 내가 죽
을 시길지 모르죠.
　—아니 안색이 몹시 창백한데, 혹시……
　—무서운 여인의 얼굴이죠?
　—아니 혹시……
　—아네요. 염려 마세요. 독약같은 건 먹지 않어요. 그저 무서운
여인은 피로해졌어요. 잠이 자구 싶어졌어요. 잠자는 약을 먹었을
따름이에요. 제가 잠든 동안에 구현씬 앞일을 다시 결정지으세요.
좀전에 죽는다는 말은 농담이었어요. 구현씨가 절 무서운 여인이라
구까지 느껴두 전 죽지 않어요. 진정이에요. 제가 잠든 동안 저기
닫겨지지 않는 트렁크의 짐을 고쳐 싸가지구 아지못할 데루 혼자

떠나신대두 전 죽지 않어요. 맘속에서 다시, 네가 죽을 만큼 행복되거나 불행하냐구 물을 게 분명해요. 잠이 깨면 남편에게두 모든 걸 다 알릴 테에요. 남편은 변호사 시험에 합격됐어요. 남의 사건을 맡기 전에 아내의 사건을 맡게 되겠죠. 그러나 남편은 조금두 힘들이지 않구 해결할 거예요. 간단한 윤리루 곧 판단할 수 있을 테니까요. 그리구 남편은 곧 무서운 아내를 버리구 새 살림을 시작할 테죠. 애두 무서운 엄마를 곧 잊을거구. 그래야만 하지요. 구현씨두 제가 잠든 동안 다시 결정을 지으세요. 지난 일은 잘못 잡은 트럼프의 죠카의 장난으루 돌려두 좋아요. 지금 몇분이죠?
　―열시 십분.
　―아직 차 시간은 넉넉해요.
　―어찌된 일요? 난 통 갈피를 못 잡겠는데.
　―잠든 동안에 생각하면 다 알 일이에요. 참 마지막으루 장송소나타를 들려주세요.
　―정신을 채려요.
　―졸려와요. 자, 어서 장송소나타를 들려주세요.
　사나이는 떨리는 손가락으로 피아노의 건반을 치기 시작한다. 절반도 못되어서 여인이,
　―그만하세요. 이번엔 먼 산밑에서 기다리는 우리의 새 생활 얘길 들려주세요. 잠들기 전에 어서.
　―맘을 진정해요. 산밑 촌락에 작은 집을 하나 얻지요. 종숙씨가 쌀을 안치면 난 불을 땝니다. 낮에는 산에 올라 꽃들을 꺾어서는 누가 더 여러 가지 꺾었나 내기를 하지요. 나는 늘 종숙씨에게 집니다. 그리구 달밤엔 그림자를 밟으며 들을 거닐지요. 나는 노적가리의 그림자를 도깨비라구 종숙씰 놀래주지요. 그러면 종숙씨는 같은 그림자인데두 몇번이구 놀래면서 내 품에 의지하지요.
　―그리구 찬 바람이 불 테죠.
　―내 망또루 종숙씰 감싸지요.
　―그리구 눈이 내릴 테죠. 하긴 길구 지루한 겨울만 지나면 봄이 오기야 할 테죠.
　―봄까지 거기 있어두 좋지요.

여인은 조용히 머리를 피아노 건반에 눕힌다. 피아노에서 불협화음이 일어 꼬리를 끈다. 사나이는 급히 여인을 붙들려 한다. 그러나 여인은 건반에 머리를 눕힌 채 조용히 고개를 젓고 나서 눈을 감는다.

사 마 귀

그동안 한 마리 한 마리 없어져가던 토끼새끼가 오늘 아침 마지막 한 마리마저 없어진가보다. 주인마누라가 큰 목소리로, 사마귀는 제 새끼를 잡아먹는다든가 제 어미를 잡아먹는다는 말은 들었지만 아무리 독한 짐승이기로서니 제 새끼를 네 마리씩이나 잡아먹는 법이 어디 있느냐고 어미토끼를 욕질하는 소리가 들린다. 그러면서 주인마누라는 현이 실험용으로 사온 토끼가 밤새 가슴의 털을 뽑아놓고 그 속에 네 마리의 새끼를 낳았을 때 현더러 새끼가 클 때까지 어미토끼를 그냥두라고 했던 것을 또 후회해한다. 아마 막대기를 토끼장 안에 들이밀고 어미토끼의 허리를 찌르는 모양으로, 뒈지고 말라는 소리가 들린다. 이집 어린 계집애가, 할머니 할머니 하면서, 어미토끼의 눈알이 새끼를 잡아먹어서 새빨가냐고 하고는, 요놈의 눈깔, 요놈의 눈깔, 하는 품이 꼬챙이로 어미토끼의 눈알이라도 찌르는 눈치다.

계집애가 주인마누라보고 할머니라고 부르는 것은 이집 젊은 여인이 밖에 나가 묵는 동안만이다. 젊은 여인이 돌아온 뒤에는 할머니란 말 대신에 어머니란 말로 바꾼다. 현이 몇 살이냐고 물을 적마다 한 손 손가락을 다 펴보이면서도 입으로는 여섯이라고 하는 이 어린 계집애가 이것만은 어기어본 적이 없다.

계집애가 언제나 어머니라고 부르는 것은 인형에게뿐이다. 이 인형을 계집애는 업어주는 법이 없다. 소꿉질을 하면서는 사금파리에 흙으로 만든 음식을 담아가지고 엄마 먹으라고 하며 먼저 인형의 입술에 가져다 댄다. 계집애의 이런 장난도 젊은 여인이 밖에서 묵는 동안뿐이다.

젊은 여인이 집에 돌아오는 때면 아랫방 좁은 툇마루에 낯선 남자의 구두가 놓인다. 남자의 낯선 구두는 젊은 여인이 밖에서 묵다가 돌아올 적마다 빛깔과 크고 작기가 달라진다. 남자의 낯선 구두가 새로 좁은 툇마루에 놓일 적마다 계집애나 주인마누라의 생활이 또 달라진다. 동그란 계집애의 얼굴이 새침해져서 현이 있는 위층으로 올라온다. 주인마누라의 잔주름많은 얼굴은 긴장으로 해 굳어진다. 그리고 찬거리를 사러 바구니를 끼고 나가는 품도 급해진다. 연기 내는 부엌문을 열고 나와 저고릿고름으로 눈을 닦으면서도 전처럼 눈이 쓰리다는 소리를 지르지 못한다. 조심히 뒷설겆이까지 다 하고 나서는 곧장 현이 있는 위층으로 이것도 층층다리가 소리 안 나게 조심히 기어올라온다. 그리고는 아랫방에서 조용해져야 또 조심조심 계집애를 데리고 내려가 부엌 옆에 붙은 골방으로 가 잔다.

이런 때 위층으로 올라온 주인마누라는 현에게 등을 돌려대고 한참 말없이 앉았다가 생각난 듯이 어항 쪽으로 시선을 돌린다. 계집애는 잠깐 어항과 주인마누라를 쳐다보고는 손톱 거스러미를 뜯기 시작한다. 주인마누라는 붕어가 헤엄쳐 다니는 거리에 따라 어항 유리알에 비치는 붕어의 크기가 놀랄 만큼 커졌다 작아졌다 하는 것을 지켜본다. 그러다가 계집애의 주의를 그리 끌려는 듯이 고개를 돌린다. 그러나 계집애는 젊은 여인이 밖에서 묵는 동안 그렇게 좋아서 들여다보던 어항으로 종시 고개를 돌리지 않는다.

젊은 여인이 밖에서 묵는 동안 계집애는 현이 있는 위층으로 올라오면 먼저 어항으로 간다. 그때까지 한곳에 머물러 느리게 지느러미질만 하던 붕어가 공연히 놀라서 오고간다. 그러다가 다시 붕어가 한곳에 안정하고 있게 되면 계집애는 파리를 잡아 물에 띄운다. 현이 처음에 파리같은 더러운 것을 먹이면 안된다고 하였지만 붕어는 민첩하게 수면으로 내달아 물 위에 바동거리는 파리를 주둥이로 톡톡 건드려보고, 밑으로 내려가 있다가 다시 와 건드리기만 하지 먹지는 않는다. 파리를 쪼는 동작은 파리의 바동거림이 점점

떠 갈수록 떠 가다가 파리가 아주 죽으면 멎고 만다. 그러다가 계
집애가 마침 어항 옆에 기고 있는 개미를 잡아 넣으면 이것만은 붕
어가 내달아와 단번에 삼켜버린다. 계집애는 일부러 밖에 나가 잔
개미를 잡아다가 어항에 넣어준다. 그러나 개미도 살아 오므작거리
는 것만 삼켜버리지 죽은 것은 와 건드리지도 않는다.

계집애는 붕어가 파리와 개미 건드리기에 싫증이 나기 전에 먼저
싫증이 나 이번에는 긴 꼬챙이를 가져다 밑에 가라앉은 비늘을 꺼
내는 장난을 한다. 꼬챙이로 비늘 하나를 눌러 어항 유리알에 붙여
조금씩 위로 끌어올린다. 그러나 어항 모가지에 오기 전에 꼬챙이
의 누르는 힘이 잘 받지 않아 비늘을 놓쳐버린다. 그러면 계집애는
재빨리 손을 물 속에 넣어 가라앉는 비늘을 집어낸다. 그리고 힐끔
현 쪽을 돌아보고는 현이 못 본 체하면 꼬챙이로 어항 속을 저어 비
늘을 다 뜨게 한 뒤에 손을 넣어 집어낸다. 다 건져가지고는 급히
밖으로 내려가 그것을 햇볕에 말린다.

현이 우물로 내려가 흐린 어항의 물을 갈고 있으면 계집애가 달
려와 물 찌운 어항 밑바닥에서 팔딱이는 붕어 한 마리를 집어든다.
손에 쥐인 채 마냥 팔딱이며 빛나는 비늘을 만족스레 들여다본다.
어항에 새 물을 넣어가지고 현이 어항을 계집애의 붕어 쥔 손 가까
이 가져간다. 그제야 계집애는 어항에 붕어를 넣는다. 그런데 한번
은 계집애가 어항에 붕어를 넣으려는 순간 손에서 미끄러져 하수도
에 떨어뜨리고 말았다. 현이 미처 움켜낼 새 없이 벌써 붕어는 하
수관의 점고 걸쭉한 물에 둔한 한줄기 선을 그으며 깊이 들어가버
리고 만다. 계집애는 붕어가 남긴 손바닥의 비늘만 내려다보고 있
다. 그곳에 좀더 서있기만 해도 계집애가 울음을 터뜨릴 것같아 현
은 짝패가 없어진 것도 모른다는 듯이 갈아준 맑은 물 속을 생기있
게 꼬리치며 헤엄쳐 다니는 붕어만 들여다보면서 위층으로 올라와
야 했다.

현이 아주 위층으로 다 올라간 뒤에 계집애는 곧 명랑해져서 여
태까지 모은 비늘과 손바닥에 남은 새 비늘을 가지런히 손등에 펴
놓는다. 그리고 햇빛을 받아 반짝이게끔 햇빛을 향해 손등을 움직
여 맞춘다. 같은 동작을 몇번이고 되풀이한다. 그러다가 계집애는

생각난 듯이 비늘을 모두 자기 볼과 이마와 코에 붙이고는 붕어처럼 헤엄쳐 내닫는 시늉을 한다. 입을 자주 동그랗게 벌렸다 다물었다 하기까지 한다. 두 팔을 지느러미 놀리듯 한다. 그러나 계집애는 이 장난에도 싫증이 나면 이번에는 고양이를 잡아다가 젊은 여인이 하는 것과는 반대로 고양이의 볼을 손톱으로 할퀸다.

젊은 여인은 밖에서 묵다가 돌아와서는 고양이를 안고 고양이의 앞발을 잡고 자기의 볼을 쓸곤 한다. 발톱이 서지 않은 고양이의 발이 부드럽게 젊은 여인의 볼을 쓸어내린다. 젊은 여인은 눈을 감으며 고양이의 발에 힘을 준다. 그러면 젊은 여인의 볼에는 고양이의 발톱 자국이 차차 붉어지고, 동시에 젊은 여인의 입가에 웃음기가 떠오른다. 보조개가 파이는 왼쪽 볼. 젊은 여인의 얼굴은 정면으로는 둥근 윤곽이 얼마큼 원만해 보이나 옆얼굴은 딴판으로 코며 입이며 턱이 날카롭게 드러난다. 이와 반대로 눈은 옆으로 볼 때에는 긴 속눈썹이 약간 위로 향한 것이 매력있게 보이지만 정면으로는 먼저 거기 깃들어있는 피로가 눈에 띈다.

한번은 현이 툇마루의 낯선 구두가 돌아간 뒤 아래층으로 내려가다가 툇마루에서 젊은 여인이 계집애 쪽으로 두 팔을 내밀면서 웃음을 지었을 때 왼쪽 볼의 보조개가 분명히 한 개의 깊은 흠자국으로 보여 가슴이 섬뜩한 적이 있었다. 그러나 다음 순간 현은 계집애에게 내민 젊은 여인의 팔에 호기심이 더 갔다. 젊은 여인이 계집애를 안으려고 팔을 내민 것을 현은 처음 보는 것이다. 계집애가 어리둥절해 젊은 여인의 얼굴을 쳐다본다. 그러다가 누가 자기 뒤에 있기나 한 것처럼 돌아다본다. 아닌게아니라 그때 계집애 뒤에서 고양이가 달려와 젊은 여인의 내민 팔에 안긴 것이다. 젊은 여인은 고양이에게 팔을 내밀었음에 틀림없었다. 젊은 여인은 고양이를 붙안으며, 오오 내 딸, 하고 속으로 중얼거리는 듯했다.

고양이만이 좁은 툇마루에 어떤 종류의 남자구두가 놓이건 젊은 여인의 팔에 안기고 품에 기어들고 어깨에 기어오른다. 온통 까만 고양이는 젊은 여인에게 붙어서 귓바퀴나 화장한 볼을 핥기가 일쑤다. 그러면 젊은 여인은 부엌으로 가 자기 손으로 날고기 조각을 몇점이고 썰어다가 손바닥에 놓아 고양이 앞에 내민다. 고양이는 입언

저리에 연지같은 피를 묻히면서 먹는다. 그러다가 종시 고깃조각 한두 점을 남긴 채 기지개와 하품을 하고 물러나면 이번에는 젊은 여인이 양지쪽에서 비누거품을 피우며 고양이털을 씻어준다. 익숙해져있는 고양이는 비누거품이 날 적마다 눈을 꿈적거릴 뿐, 계집애가 주인마누라에게 머리를 감기울 때보다 얌전하다. 그리고 나서 여인에게 안기어 방으로 들어간 고양이는 거기서 꽃송이와 장난을 하게 마련이다.

꽃송이는 젊은 여인이 밖에서 묵다가 돌아올 때 함께 오는 남자의 각색 구두처럼 갖가지 꽃이다. 남자가 돌아가고 젊은 여인이 다시 밖에 묵게 된 뒤에야 계집애는 이 꽃송이를 마음대로 가진다. 계집애는 꽃가지들을 하수돗가에 꽂아놓는다. 그리고 꽃이 다 시들 때까지 한 가지도 뽑아내지 않고 그냥 둔다. 언젠가 현은 위층으로 올라온 계집애에게 화병을 준 일이 있었다. 새로 꽃이 생기면 꽂으라고 준 것이다. 계집애는 화병을 받아들고 잠시 어쩔줄을 몰라하다가 화병을 그자리에 도로 놓고 아래로 뛰어내려가는 것이다. 좀있다 다시 올라오는 계집애의 손에는 하수돗가에 꽂았던 꽃가지가 들려있다. 그것을 화병에 꽂는다. 거의 시들어 늘어진 꽃잎과 찢어진 꽃잎. 찢어진 꽃잎은 고양이가 장난질하면서 발톱으로 째고 이로 물어뜯은 것이리라. 계집애는 하루에 몇번이고 화병에 물을 갈아 넣어준다. 그러다가 고양이라도 와 꽃을 다칠라치면 계집애는 날쌔게 고양이를 잡아 둘러메친다. 그러나 살이 찐 고양이는 계집애의 메친 힘을 무시하고 나리를 바로 세워 그자리에 서서 허리를 늘였다 꼬부리며 기지개를 켠다.

이 고양이가 젊은 여인이 밖에 나가 묵는 동안이 길어지면서 여위어갔다. 계집애가 잡아 메치면 고양이는 겨우 바로 섰다가 창문턱으로 올라간다. 그러면 계집애는 가만가만 고양이 뒤로 다가간다. 그리고는 갑자기 두 손으로 고양이를 떠밀친다. 고양이를 이층에서 아래로 떨어뜨려버리려는 것이다. 그러나 고양이는 아래로 떨어질 듯하면서도 몸을 창문턱에 찰딱 엎드렸다가 계집애 옆으로 빠져나가면서 화병을 건드려 떨어뜨리고 만다. 화병의 모가지가 부러진다. 그러지 않아도 시들었던 꽃이 넘어지면서 꽃잎을 떨군다. 현은 물에 뜬 시든 꽃잎들을 주우며 젊은 여인의 흠자국처럼 보인 보조개를 자꾸 눈앞에 떠올린다. 현은 주운 꽃잎과 가지를 목 부러진 화병에 넣어가지고 골목 한옆에 있는 빈터로 간다. 누구든지 소변 보지 마시오, 라고 씌어있는 한 집 뒷벽 아래 별별 그릇 깨진 조각이며 똥이며 죽은 쥐가 버려져있는 곳에 화병을 던진다.

여위어가는 고양이가 빈터에 내다버린 죽은 쥐를 물고 오기도 한다. 주인마누라는, 죽일 놈의 고양이, 죽일 놈의 고양이, 하면서 어미토끼의 허리를 찌르던 막대기를 들고 고양이를 따라다닌다. 고양이는 아무래도 죽은 쥐를 놓지 않고 굴뚝으로 해서 지붕 한구석에 올라가 숨는다. 주인마누라는 막대기로 굴뚝을 때리면서 어서 쥐를 놓고 못 내려오겠느냐고 소리지르다가 할 수 없어 막대기를 던지고는 부엌으로 들어간다. 고양이가 입언저리에 묻은 피를 혀로 핥으며 내려와 뒷마루 아래서 해바라기를 한다. 계집애가 살금살금 고양이에게로 가 꼬챙이로 반쯤 감은 눈을 찌른다. 그러나 고양이는 어느새 앞발로 꼬챙이를 옆으로 털어버린다. 이번에는 계집애가 고양이의 볼을 할퀸다. 고양이가 계집애의 손등을 같이 할퀸다. 계집애가 더 세게 할퀸다. 그리고 달아나려는 고양이 허리를 끌어다 흙 위에 굴린다. 고양이의 온 몸뚱이가 흙투성이 된다. 그리고는 계집애가 이번에는 무엇을 생각했는지 고양이의 꼬리에 색헝겊을 맨다. 그러면 고양이가 그것을 물려고 허리를 동글게 하고 돌아간다. 같이 계집애도 돈다. 계집애는 곧 몇번이고 비틀거리다 주저앉는다. 고양이는 그냥 돈다. 계집애가 약이 오른 듯 다시 일어나 돌기 시작한다. 오래 돌기 경쟁을 함에 틀림없다. 계집애가 다시 주저앉는다. 주저앉아서도 그냥 어지러운지 윗몸을 내저으며 다시는 일어날 염을 못 한다. 고양이는 그냥 꼬리의 색헝겊을 물려고 돈다. 오래 돌기 경쟁에 계집애가 어림없이 졌다. 좀만에 계집애는 일어나면서 주인마누라가 어미토끼를 찌르던 막대기를 집어들고 고양이의 허리를 힘껏 때린다. 고양이가 캑 소리와 함께 한 번 뒹굴고는 달아나 버린다.

계집애가 심심할 때 노는 동무로 주인마누라가 아편쟁이라고 부르는 이웃집 벙어리 사내애가 있다. 부모가 아편쟁이로 죽자 지금은 먼 친척집에 와있는 애다. 이 애는 듣기는 하는 벙어리여서 추인마누라가, 사내 자식의 코가 그렇게 발딱하니 하늘로 터졌으니 부몰 아편쟁이로 만들어 잡아먹지 않고 별수 있느냐고 하면, 이 애는 부끄러워 고개를 못 든다. 그리고 계집애와 놀 때에도 궂은 일은 이 애가 도맡아 한다. 소꿉질할 때에는 이 애가 진흙을 주물러 음식을 만든다. 그리고는 그중 빛깔 곱고 큰 사금파리에다 음식을 담아 인형과 계집애 앞에 놓는다. 계집애는 한 번도 이 애에게 음식을 먹게 하지 않는다. 그래도 이 애는 아무 불평 없이 계집애가 흙밥을 엄마 먹으라고 하면서 인형의 입술에 가져다 대곤 하는 것을 오히려 만족한 듯이 바라본다. 그러다가 그만 자기도모르게 침을 흘리고 만다. 전에 이 애의 아버지가 아편을 맞기 시작하자 어머니되는 사람이 한사코 쫓아다니며 말렸다. 애 아버지는 그것이 귀찮아서 억지로 아내까지 아편쟁이를 만들어놓았다. 그리고는 서로 아편을 많이 맞으려고 애쓰다가 마침내 애 아버지는 애 어머니를 팔아버렸다. 그 뒤 애 어머니는 몰래 애를 찾아와서는 애 아버지의 아편을 훔쳐내오게 하곤 했다. 그것이 아버지한테 들켜 애는 무수히 매를 맞고 나중에는 어머니와 말도 못 하게끔 혀를 잡아당겨 벙어리가 돼버리고 말았다. 그로부터 이 애는 말을 못할 뿐 아니라 자기도모르는 새 맥없이 침을 흘리곤 하는 것이다. 계집애는 이 애가 침 흘리는 것을 볼 적마다 더럽다고 얼굴을 찡그리면서 홀딱 일어선다. 사내애가 깨닫고 얼른 침을 들이마신다. 그러나 계집애는 뒤도 안 돌아보고 방안으로 들어가버린다. 그렇게 되넌 사내애도 계집애가 다시 나오기를 기다리는 법 없이 돌아간다.

다음번에 사내애는 새로 사금파리를 다듬어가지고 계집애를 찾아온다. 그리고 사내애는 그 사금파리를 아낌없이 계집애에게 준다. 계집애는 당연하다는 듯이 그것을 받는다. 그러면 사내애가 이번에는 해어진 조끼주머니 속에서 새파랗게 빛나는 사금파리를 꺼내어 돌 위에 놓고 귀를 다듬기 시작한다. 언젠가 현이 빈터에 내다버린 화병 조각이다. 사내애가 사금파리 귀난 데를 돌로 때릴 적마다 사기부스러기가 튀어난다. 계집애는 튀는 부스러기를 피해 떨어진 곳에 물러나 서있다. 사기부스러기가 얼굴에 튀거나 목과 소매 사이

로 뛰어들거나 사내애는 손을 멈추지 않고 그냥 다듬는다. 그러다
가 문득 사내애가 사금파리 쥐었던 왼손을 든다. 그 엄지손가락에
서 금방 피가 돋아난다. 손가락을 때린 거다. 손가락에 돋아난 피
는 어느새 쥐고 있는 사금파리 조각을 물들인다. 계집애가 한걸음
물러서면서 끔찍하다는 듯이 코허리를 찡그린다. 그러나 사내애는
피나는 손을 두어 번 빠르게 털고 나서 다시 사금파리를 다듬기 시
작한다. 사내애의 손끝에서 사기부스러기가 더 빠르게 튀어난다.
마침내 다 다듬었다. 사내애는 낡은 바지에다 다듬은 사금파리를 닦
아서 계집애에게 내준다. 계집애는 또 당연하다는 듯이 받아 다른
사금파리 속에 섞는다.

사내애는 계집애가 사금파리 장난에 싫증이 날 듯하면 먼저 눈치
채고 이번에는 헌 조끼주머니에서 조개껍데기를 꺼낸다. 그리고 조
개껍데기를 마주 맞추어가지고 도드라진 조개눈 쪽을 장독에 갈기
시작한다. 구멍을 내어 부는 것을 만들려는 것이다. 이가 재릴 만큼
쟁그러운 소리. 계집애는 이번에는 또 두 손바닥으로 귀를 막고 멀
찍이 물러나서 바라본다. 주인마누라가 부엌에서 치마 앞자락에 손
을 씻으며 나와 고놈의 아편쟁이는 와서 놀게 해준 것만 해도 고맙
게 여기지 않고 시끄럽게까지 군다고 조개껍데기 가는 소리보다 더
큰 소리를 지른다. 그러나 사내애가 손을 멈추기 전에 계집애가 날
카롭게 주인마누라더러 저리 가라고 한다. 사내애는 그냥 조개껍데
기를 간다. 주인마누라는 혼잣말처럼 병신 마음씨 고운 데 없다더
니 맞았다고 중얼거리며 다시 부엌으로 들어간다. 사내애가 손에 맥
이 풀린 것처럼 갈던 것을 멈추었을 때에는 거기 구멍이 뚫어져있
다. 사내애는 한순간 조개껍데기의 구멍난 쪽을 입으로 가져가려다
가 그만둔다. 사내애의 입에서는 또 뜻하지 않은 침이 흘러내린다.
사내애는 울 듯한 얼굴로 조개껍데기를 계집애에게 준다. 계집애는
먼저 더럽다고 침을 뱉고 나서 조개껍데기를 받자 불어볼 생각도 않
고 장독대 밑에 던져 깨버린다.

사내애는 갑자기 밖으로 뛰어나간다. 아무렇지도 않게 계집애는
깨어진 조개껍데기 중에서 맵시있고 고운 것들을 골라 다른 사금파
리 속에 섞는다. 계집애가 혼자 인형과 소꿉질을 시작하는데 사내

애가 숨이 차 들어온다. 그리고 헌 조끼주머니에서 톱밥을 계집애 앞에 쥐어낸다. 빈터 한옆에 톱질하는 곳에서 넣어갖고 온 것이리라. 양쪽 주머니에 가득 찬 톱밥을 다 꺼낸 뒤에 사내애는 계집애 앞에서 한 손을 톱밥 속에 파묻고 다진다. 단단하게 골고루 다지고 나서 조심스럽게 묻었던 손을 뽑는다. 그러나 톱밥은 굴이 생기지 않고 무너지고 만다. 사내애는 다시 톱밥 속에 손을 파묻고 다진다. 또 무너진다. 계집애가 못 참겠다는 듯이 톱밥을 두 손으로 홱 흐트러뜨린다. 사내애의 얼굴에 톱밥이 튄다. 계집애가 재미있다는 웃음을 입가에 떠올리며 톱밥을 한 줌 쥐어 사내애의 얼굴에 뿌린다. 사내애는 앉은 채 눈만 감는다. 계집애가 또 한 줌 집어 뿌린다. 사내애는 놀라는 것처럼 머리를 흠칫한다. 계집애는 더욱 재미난다는 듯이 이번에는 두 손으로 톱밥을 움켜 뿌린다. 사내애는 더 흠칫한다. 계집애가 이번에는 소리를 내어서까지 웃으며 연달아 두 손으로 긁어 모아 톱밥을 끼얹는다. 사내애는 계집애의 웃음이 커짐에 따라 더 힘주어 머리를 흠칫거린다. 그러다가 계집애가 이 장난에도 시들해져서 웃음소리가 작아지는 듯하면 사내애는 갑작스레 만족한 웃음을 띠우고 일어서 계집애를 바라보지도 않고 밖으로 뛰쳐나가고 만다. 그리고는 사내애가 다시는 계집애한테 놀러 오지 않는다.

현은 저녁에 실험실에서 돌아오는 길에, 누구든지 소변 보지 마시오, 라고 써놓은 곁에 다시, 개가 아니면 소변 보지 마시오, 라고 쓴 빈터 한옆에 두 늙은이가 톱질하는 밑에서 놀고 있는 사내애를 보곤 한다. 한쪽을 높게 괸 큰 통나무 밑에 앉아 톱을 당기고 미는 늙은이와 함께 사내애는 톱밥을 머리에 받으면서 톱밥으로 산 같은 것을 쌓곤 한다. 톱밥이 피우는 강한 나무 향내. 놀 긴 저녁 하늘에 둔한 선을 그은 통나무와 그 통나무 위에 올라선 늙은이의 굽은 등과 밀고 당기는 톱. 그리고 눈처럼 내리는 톱밥. 구석에 쌓인 검은 통나무들을 다 켜기 전에 참말로 톱밥보다도 흰 눈이 내리리라.

저녁에 실험실에서 돌아온 현은 피곤한 몸을 아무데고 눕힌다. 늦

여름 저녁이 점점 급하게 저문다. 갑자기 실험실에서 만지고 온 쥐 냄새가 난다. 분명히 손에서 난다. 현은 머리를 들어 손을 본다. 그러나 어둠은 벌써 손을 분간치 못하게 한다. 벽이 꽤 가까이 다 가와 서있다. 그리고 천정은 또 어느새 무던히 낮게 내려와있다. 벽과 천정은 귀가 난 것이 아니고 둥글다. 지금 자기는 어디로 머 리를 두고 누웠는지 모르겠다. 잠이 들었다 깨면서 자기가 누운 위 치를 잘못 깨닫고 머리맡에 있어야 할 창이 발치 쪽에 있었다, 왼 편에 있어야 할 것이 오른편에 있었다 하여 가슴을 두근거린 일이 한두 번이 아니다. 그게 이날은 잠도 들지 않고 오른편에 있어야 할 뿌우연 창이 왼편에 있는 것으로 느끼자 놀라 일어난다.

현이 미처 전등을 켜기 전에 밑에서 주인마누라의, 요놈의 고양 이, 요놈의 고양이, 하는 성난 소리에 뒤이어 층층다리를 쿵쿵 울 리면서 뛰어올라오는 소리가 난다. 현이 전등을 켠다. 금방 발치 쪽 에 있다고 생각한 층층다리가 머리맡 쪽에 있다. 방문을 연다. 무 엇인가 입에 문 고양이가 들어오고 그 뒤로 주인마누라가 아침에 어 미토끼 찌르던 막대기를 들고 쫓아들어온다. 고양이가 물고 있는 것 은 죽은 토끼새끼였다. 주인마누라가 주름잡힌 얼굴에 경련을 일으 키며, 요놈의 고양이가 토끼새끼를 다 잡아먹은 걸 모르고 있었다 고 하면서 고양이를 움켜잡으려고 한다. 고양이가 잽싸게 피한다.

계집애가 올라와 달려들어 고양이의 허리를 잡는다. 고양이의 허 리가 길어졌다가 줄어든다. 계집애가 토끼새끼를 쥐고 잡아당기니 까 고양이는 허리를 꼬부리며 적의에 찬 눈을 하고는 악문 입 새로 시익 독기를 뿜는다. 현이 대신 쥐고 잡아당긴다. 고양이 이빨 새 에서 토끼새끼의 한 부분이 찢겨져 나온다. 계집애가 고양이를 붙 안고 층층다리를 내려간다. 주인마누라는 혼잣말로, 쥐새끼 죽은 걸 안 물어들이나, 집에 있는 토끼새끼를 안 잡아먹나 하면서 고놈의 고양이 죽여버리고 말아야겠다고 한다. 현은 죽은 토끼새끼의 한 부 분을 쥔 채 층층다리를 내려간다. 어둠 속에서 어렴풋이 계집애가 고양이 메치는 게 보인다. 고양이는 캑 소리를 지르고 토끼장 곁으 로 사라진다. 현은 토끼장 앞에서 손에 쥔 토끼새끼의 한 부분을 어 미토끼한테 보인다. 짝 잃은 붕어처럼 그런 것은 모른다는 듯이 장

안은 조용하다. 현이 토끼장을 발로 찬다. 그제야 장 안에서 어미 토끼가 놀라 뛴다. 내일은 실험실로 가져가리라.

현은 공원으로 가는 길가 하수구 개천까지 찢긴 토끼새끼를 들고 간다. 하수구 개천은 아래로 갈수록 더 캄캄하다. 퀴퀴한 역한 냄새가 올라온다. 토끼새끼를 하수구 개천으로 떨어뜨린다. 하수구 개천은 약한 소리를 한 번 낸 뒤에는 그냥 역한 냄새를 피우면서 잠잠해진다. 하숙집 하수관에 놓쳐버린 붕어는 이런 곳까지 나오기 전에 죽어 썩어졌으리라. 현은 어둡기만한 하수구 개천을 내려다보는 동안 이 하수구가 거꾸로 흐르는 것으로 몇번이고 착각을 일으키다가 공원으로 향한다.

공원에 들어서자 현은 활엽수 있는 데로 가 손을 내민다. 젖은 활엽수의 잎사귀가 사늘하고도 눅눅한 체온을 옮겨준다. 현은 손을 거둔다. 그러나 다음에 현은 다시 두 손을 내밀어 잎사귀에 손을 문지르고는 벤치로 가 앉는다. 종시 구름이 걷히지 않는다. 달을 가린 하늘은 하수구 개천처럼 캄캄하다. 드문하게 켜놓은 전등불이 나무에 가리어져서 더 어두운 그늘을 짓는다.

현은 공원 밖 밝은 야시터로 나간다. 가까운 장난감 파는 곳에는 노파가 원색으로 채색을 한 장난감 속에 앉아서 장난감을 놀리고 있다. 탱크가 다른 장난감들을 밀어넘어뜨리면서 돌아다닌다. 노파는 오뚜기를 미끄럼대 위에서 미끄러뜨려내린다. 오뚜기는 때굴때굴 굴러내리다가도 밑에 와서는 바로 선다. 노파는 다시 오뚜기를 미끄럼대 위에서 굴린다. 탱크가 미끄럼대를 와 받아 넘어뜨린다. 딴 곳에 가 때구르르 굴러 떨어진 오뚜기가 또 바로 선다.

현은 다시 공원으로 들어온다. 좀전에 앉았던 벤치에 소년 소녀가 앉아서 함께 조숙스러운 높은 웃음을 웃고 있다. 현은 돌아서고 만다. 손이 아직 끈끈하다. 무슨 배릿한 냄새까지 나는 것같다. 다시 활엽수 있는 데로 간다. 이번에는 젖은 나뭇잎사귀를 뜯어서 두 손바닥으로 비벼 손등과 손가락 하나하나를 문지른다. 손에서 나는 냄새보다 강한 나뭇잎사귀의 청풀 냄새. 그러는데 손에 배릿한 냄새도 아니고 나뭇잎사귀의 청풀 냄새도 아닌 값싼 분가루 냄새같은 것이 풍겨온다. 현은 담배를 붙여 문다. 아무도 없다. 다시 나뭇잎사귀

로 손을 올리는데 희끄무레한 것이 현의 턱으로 나온다. 놀라 물러
난다. 바로 옆에서 여자의 신경질스러운 웃음소리와 함께 담뱃불을
좀 빌리자고 한다. 현이 담배를 건네기 전에 내밀었던 여자의 손이
먼저 현의 입에서 담배를 빼간다. 그리고 담뱃불에 빨갛게 비친 여
인의 코언저리에는 두꺼운 분으로도 감추지 못한 기미가 드러나 보
인다. 담배 끝과 담배 끝이 떨어지자 여인의 얼굴은 담배연기로 흐
려진다. 어둠 속에서 여인은 현의 담배를 내준다. 현은 담배를 받
으러 손을 내민다. 그 손을 여인의 손이 뿌리친다. 그리고 여인의
담배 쥔 손이 현의 입을 찾는다. 현은 입을 내댄다. 그러나 여인은
담배의 불 붙은 끝을 현의 입에 물리려고 한다. 현은 후딱 여인의
손을 쳐서 담배를 떨구고는 빠른 걸음으로 그곳을 떠난다. 뒤에서
여인의 깔깔거리는 웃음소리가 일어난다.

공원을 빠져나와 하수구 개천이 있는 곳을 안 지나고 구멍가게 옆
골목 지름길을 잡는다. 퍽 가깝다. 집에 이르러 층층다리를 올라가
니까 고양이가 방바닥을 핥고 있다. 아까 고양이에게서 토끼새끼를
빼앗을 때 흘린 피라도 핥고 있는 모양이다. 고양이는 현을 보자 경
계하는 눈을 한번 들었으나 곧 다시 빨간 혀로 방바닥을 찬찬히 핥
는다. 현은 언뜻 이 고양이를 좀전에 공원에서 본 여인에게 가져다
주리라는 생각이 든다. 현은 쓰다듬어주는 시늉을 하며 고양이에게
로 가 잡는다. 고양이는 예사롭게 혀로 제 주둥이 끝을 핥아들이다
가 귀를 몇번 날카롭게 놀리고 나서는 곧 현의 손을 핥기 시작한다.
아직 손에는 무슨 냄새가 남아 있는가보다. 현은 수건으로 고양이
의 눈을 가리었다. 고양이는 두어 번 바둥거렸으나 곧 다시 현의 손
등을 핥기 시작한다.

현은 고양이를 품에 넣고 몰래 집을 나선다. 하수구 개천이 있는
먼 길을 잡는다. 하수구 개천을 지나는데 갑자기 달빛이 내리비친
다. 현은 고양이 넣은 품을 더 잘 감싼다. 달빛이 또 어두워진다.
공원에 들어서서는 곧 나무 밑으로 간다. 아까보다 더 젖고 냉랭한
나뭇잎사귀가 현의 귀를 차갑게 스친다. 고양이를 옆에 끼고 성냥
을 그었으나 불이 젖은 나뭇잎에 닿아 꺼지고 만다. 다시 성냥을
그어 비춰보았으나 나뭇잎사귀가 거무스름히 번득일 뿐, 아무도 없

다. 담배를 붙여 물고는 아까 소년 소녀가 웃던 빈 벤치로 가 앉는
다. 야시도 다 파해가는가보다. 아까보다 그쪽이 어둡다. 현은 앞
어둠 속에서 검은 것이 앞과 뒤로 움직이고 있는 것을 발견한다. 무
슨 착각이나 아닌가 하고 자세히 지켜본다. 뒤를 맞붙인 두 마리 개
가 제각기 번갈아 앞으로 움직이곤 한다. 달빛이 또 비친다. 이쪽
을 향한 야윈 개가 길게 뺀 혀와 눈알을 빛내며 저쪽에 붙은 개를
몇 걸음 끈다. 그러면 저쪽 개가 곧 또 이쪽 개를 몇 걸음 끈다.
달빛 속에서 같은 동작이 몇번이고 되풀이된다.
　달빛이 다시 가리어지자 일어서는 현의 어깨에 와 실리는 것이 있
다. 술취한 여인이다. 아까의 여인인지 딴 여인인지 모르겠다. 현
이 몸을 비키려는데 여인은 더 세게 목을 안으며 술냄새 뿜는 입술
을 가까이 가져다 대고, 누가 모를 줄 알고 그러느냐고, 애 내버리
러 왔지 뭐냐고 한다. 고양이를 품에 넣은 것을 애로 잘못 알았음
에 틀림없다. 그러나 현은 더 품을 잘 감싸안는다. 여인은 현이 비
켜서는 대로 쫓아오며, 사내냐 계집애냐 한다. 현이 힘껏 여인을 뿌
리친다. 여인은 비틀거리다 주저앉아서는, 요맘때가 애 내버리기 꼭
좋은 때라고 하면서 자기는 사내와 계집애 쌍동이를 낳아서 여기 가
져다 버렸노라고 하고는 별안간 속빈 웃음을 웃기 시작한다. 현은
다시 달빛이 비치기 전에 피하듯이 그곳을 떠난다.
　공원 한끝에 이른 현은 혹 아까의 여인에게 이 고양이를 준다는
것이 자기 하숙집 젊은 여인에게 주는 일이 될지도 모른다는 생각
이 들자 도둑고양이라도 돼버리고 말라고 공원에다 놓아주기로 한
다. 현은 고양이 눈에서 수건을 풀고는 힘껏 어둠 속으로 던진다.
그리고는 뛰어 공원을 빠져 밝은 거리로 나와 뒤를 살핀다. 따라오
지 않는다. 현은 고양이를 품고 온 길과 다른 구멍가게 옆 골목길
로 질러간다. 젊은 여인이 돌아오면 고양이를 찾을 테지.
　그러나 층층다리를 올라가 보니 고양이가 먼저 와 구석의 어항물
을 핥고 있다. 현은 전등을 끈다. 달빛이 창을 새어들어온다. 고양
이가 그냥 물을 먹는다. 현은 쓰다듬을 듯이 가서 고양이의 허리를
잡아 어항에서 떼낸다. 어항이 고양이의 앞발에 걸리어 넘어진다.
물과 함께 붕어가 달빛 속에서 한 개의 큰 비늘처럼 팔딱이며 뛴다.

사 마 귀　143

현은 붕어를 어항에 도로 넣기 전에 고양이의 목을 쥔다. 토끼새끼를 모조리 다 잡아먹었으니 이번에는 붕어까지 잡아먹을 차례렷다. 고양이는 목을 쥔 현의 손을 혀로 핥는다. 현은 손에 힘을 준다. 죽어라. 고양이의 눈알이 달빛 속에서 파랗게 불붙는다. 고양이의 발이 현의 손을 할퀸다. 점점 더 손에 힘을 준다. 죽어라, 죽어라. 고양이의 눈알에서 불티가 튀는 순간 현은 그만 고양이의 목을 놓고 만다. 그러자 방바닥에 떨어진 고양이는 발로 허공을 몇번 할퀴고 나서 발딱 일어나 방문의 좁디좁은 틈새로 빠져나간다.

현이 이제는 팔딱이지도 못하는 붕어를 아직 밑에 물이 조금 남아있는 어항에 넣어가지고 우물로 내려간다. 붕어가 등을 감추지 못할 얕은 물에서 흰 배를 옆으로 뉜 채 움직이지 않는다. 어항에 새 물을 붓고 난 현은 돌아서다 검은 하수관 구멍가에 무언가 움직이는 것을 발견한다. 계집애가 꽂아놓은, 꽃잎이 다 떨어진 꽃가지 새로 돌고 있다. 현이 꽃가지를 가만히 헤치고 그것을 건져낸다. 고기새끼다. 하수구 개천에서 하수관을 타고 올라온 고기새끼일까. 그러면 하수구 개천에도 고기가 산단 말인가. 그렇더라도 어떻게 여기까지 올라올 수 있었을까. 어쨌건 현은 얼른 고기새끼를 물에 씻어 어항에 넣어가지고 위층으로 올라온다.

현은 우선 전등을 켠다. 그리고 자세히 들여다보니까 하수관에서 잡은 고기새끼는 눈알이 없다. 그리고 눈이 있어야 할 곳은 물크러진 것처럼 약간 패어있다. 몸이 온통 검은 눈먼 고기새끼는 막 분주히 헤엄쳐 다닌다. 그러면서 겨우 등을 바로 세우고 숨가삐 지느러미질을 하는 어항에 남았던 붕어와 부딪치곤 한다. 그러면 어항에 남았던 붕어는 그저 몸을 잠깐 움직일 뿐으로 눈먼 붕어와는 상관없다는 듯이 다시 한곳에 머물러 열심히 지느러미질만 한다. 눈먼 고기새끼는 더 날뛴다. 어항을 받기도 하고 꼬리만 남기고 거의 다 물 위에 뛰어오르기도 한다. 그러다가 눈먼 고기새끼는 갑자기 배를 모로 눕힌다. 그리고는 곧 지느러미질을 멈추고 만다. 어항에 남았던 붕어가 이때는 완전히 전처럼 회복된 듯이 활발하게 물 속을 헤엄쳐 다니기 시작한다. 그러면 그 물살에 눈먼 고기새끼는 꼬리를 위로 띄운 채 조금씩 흔들린다.

현은 눈먼 고기새끼를 집어낸다. 눈먼 고기새끼는 어느새 배가 부었다. 현은 창가에서 아래로 던진다. 눈먼 고기새끼는 그대로 달빛 속에 흐린 비늘처럼 빛나면서 떨어진다. 그러자 토끼장 있는 데서 고양이가 잽싸게 달려와 눈먼 고기새끼를 물고는 다시 토끼장 밑으로 달아난다.

어미토끼를 실험실로 가져간 날 저녁 하숙집으로 돌아오던 현은, 개가 아니면 소변 보지 마시오, 라고 쓴 곁에 또, 개의 변소, 라고 쓴 벽과 썩은 쥐며 똥이며 깨진 그릇이 마구 내버려져있는 빈터를 지나 톱질하는 앞에 이른다. 오늘은 사내애가 톱질하는 데를 다 지난 곳에 돌아앉아 있다. 톱밥을 날라다 산이라도 만들고 있는 것이리라. 그러나 현은 사내애의 뒤를 지나며 뜻없이 사내애의 앞에 눈이 가자 놀라 서고 만다. 사내애의 앞에 놓여있는 것은 토끼새끼가 아니냐. 지금 사내애는 곱게 다듬은 사금파리에 톱밥을 담아 토끼새끼 앞에 먹으라고 내놓는 참이다. 토끼새끼는 그러나 꼼짝도 않는다. 죽어있다. 사내애는 계집애와 안 노는 동안 토끼새끼를 한 마리 한 마리 몰래 꺼내다가 이 놀음을 했단 말인가. 뒤에 자기가 서 있는 것을 사내애가 깨닫기 전에 그곳을 떠나려는 순간, 난데없이 뒤에서 고양이 한 마리가 달려오면서 사내애가 미처 손쓸 새 없이 토끼새끼를 물고 달아난다. 현이 있는 집 고양이다. 뒤이어 사내애가 욱 소리를 지르며 저녁그늘 속으로 고양이를 쫓아간다. 그 뒤를 현도 같이 고양이를 쫓아 달리기 시작한다.

풍 속

또 밖으로 나가려는데 아내가,
"이건 왜 가지구 그래,"
하며 애에게서 가위를 빼앗는다.

애에게서 가위를 잡아채는 품이 어지간히 미욱스럽다. 그러나 세 살잡이 애는 예사롭다는 듯이 아내가 마구 던져놓는 가위를 다시 끌어온다.

아내는 애를 떠밀치고 나서,
"왜 이리 성화야, 사내자식이 가위 장난질이 뭐야,"
한다.

그러나 이번에도 애는 아무렇지도 않다는 듯이 발치에서 공을 찾아내가지고 밖으로 나가려 한다.
"애, 에서 놀아라,"
하고 아내는 바느질하던 바늘을 뒷머리에 꽂으면서 생각난 듯이,
"참 너 똥눌 때 됐구나,"
하고는 애를 끌어간다.

이제는 넉넉히 혼자 마려울 때 눌 수 있을 터인데 아내는 애를 더 어리게만 보려고 한다. 하긴 지난날 어머니도 자기에게 꼭 그랬고 지금도 그렇기는 하지만.

애는 끙끙거리기만 하다가 똥은 안 누고 만다.
"바지에 누었다만 봐라, 얻어맞을 테니."
그러나 마음놓은 듯이 공을 굴리기 시작하는 애에게,

"옛다, 나가 놀아라,"
하고 주머니에서 동전 두 닢을 꺼내어 애 앞에 떨구어준다.
　놀라는 편은 아내보다도 애다. 전에 한 번도 없었던 일에 돈을 집어야 좋을지 그만둬야 좋을지를 몰라한다. 애는 돈과 아내의 눈치를 번갈아본다.
"집으라구 해!"
"집어라."
"이따 또 주께. 밖에 나가 놀아."
　다시 놀란 애의 손에서 공이 굴러난다.

　건넌방에는 역시 애가 굴리고 놀았을 수수깡 한 마디가 아무렇게나 굴러나 있다.
　아버지는 떨리는 손으로 수수깡 마디를 퉁겨 민다. 그냥 떠는 손을 아버지는 다시 무릎으로 가져간다.
"넌 어데 멋허러 싸돌아다니는 게냐."
　꾸짖는 게 아버지의 일이니까 아버지는 집안에서 될 수 있으면 꾸짖어야 한다.
"집에 있다가 뜰이라두 쓸어라, 할일 없으면."
　아버지의 무릎에 놓여서까지 떠는 왼손 손가락들을 바라본다.
　아버지는 이번에는 어머니 쪽으로 눈살 찌푸린 얼굴을 돌리며,
"사람 버린다는데두 왜 자꾸 돈은 줘?"
한다.
　큰 몸을 오그리고 앉아있던 어머니는 잠깐 젖은 눈을 들었다가 거둔다. 괜스레 아버지를 무서워하는 게 어머니다.
　아버지가 이번에는 혼자,
"쟤처럼 집안 일 생각잖는 게 또 있을라구, 자식 하나 있는 게,"
하고 한숨이다.
　꾸짖음과 함께 요즈음 아버지는 갑작스레 비감해지곤 한다. 아버지의 얼굴 주름이 하긴 퍽 굵어졌다.
　그러나 비감해지는 아버지에게 반감이 일며,
"공부시킨다는 건 곡식을 심는 것과는 달러요,"

한다.

아버지의, 불효자식 같으니라구, 하는 고함이 없다.

아버지의 고함이 없는 것이 도리어 불만하여,

"심는 대루 거둬지지 않지요,"

한다.

아버지는 분명히 목침같은 것으로 모를 소리를 하는 아들의 면상을 쳤어야 옳을 일이다.

어머니가 급하게 겁에 찬 얼굴을 들며,

"얘야,"

하고 가만있으라고 애원하는 빛이다.

그러나,

"암만 아버지가 제게서 곡식을 거둘려구 애써두 안될 겝니다, 제 머리는 밭과 논이 아니니까요,"

하고 만다.

그런데도 오늘의 아버지는 고함도 없고 목침도 던져지지 않고 그저 왼손 손가락만 떨고 있다.

비스듬히 든 어머니의 얼굴이 더 겁에 질려 누렇다. 광대뼈가 더 나와뵈는 어머니의 옆얼굴은 더 늙은 것같다.

한가지 것을 좀 오랫동안 들여다보면 어머니는 붉어지는 눈에 눈물이 일쑤 잘 괸다. 어머니는 그러니까 눈을 닦고닦고 한다.

어머니는 실끝을 비비고 나서 입을 오므리며 바늘에 실을 꿴다. 실끝이 빗나간다. 어머니는 실끝에 침을 묻히고 다시 비빈다. 자기가 꿰주기를 바라고 있기 쉽다. 일부러 가만있다. 이번에는 실끝을 희미하게 빛나는 바늘귀에 가져다 대다 말고 어머니가,

"이것 좀 꿰 다오,"

한다.

창호지 쪽으로 바늘귀를 대고 실을 꿰서 내준다.

"참 바늘 하난 어려서부터 잘 꿰지, 아마 장손이만해서부텀 꿰기 시작했을껄,"

하며 어머니는 실끝에 매듭을 짓고는,

"너 무슨 걱정되는 일 있잖니?"
하고 생기없는 눈을 이리 돌린다.

눈꺼풀에 잔주름이 많이 생긴 어머니에게 머리를 옆으로 저어 보인다. 그러면서 어머니와 아버지와 어느 편이 먼저 돌아가실까를 공상한다. 자칫하면 아버지가 먼저 돌아가실는지도 모른다.

어머니가 홈질을 시작하며,
"너, 네 처 싫어서 그러지 않니?"
한다.
"왜요?"
"사실 말이지 네 처 어디 낯짝이 푸르죽죽하구 인물이야 볼 데 있니. 너하구 바꽈 됐어야 하지. 참 넌 어려서 무척 이뻤단다. 그래두 본처 버려선 못쓴다, 본처 버려선 못써. 더구나 애까지 있는 본처 구박해선 못써. 본처 구박하구 잘되는 집안 못 봤다, 못 봤어."
"계집 하나두 제대루 못 벌어먹이는 제가 아네요? 더구나 처가 건강한 게 얼마나 아름답게 뵐 때가 있게요."
어머니는 아버지가 첩을 얻어놓고 다니던 시절을 생각해낸 듯싶어 치맛자락을 뒤집어 눈을 훔친다.

천정 한구석에서 거꾸로 매달려 내리는 거미를 보며 머리가 어지러워진다.

어떤 날 천정에서 줄을 치는 거미를 쳐다보다가 아내에게,
"거미가 제 에미 잡어먹는 거 알어? 그래 저런 거미 많이 불에 궈 먹으면 어지럼증두 멎구 살두 찐다든데, 알어?"
아내는 머리를 수그릴 뿐이다. 아내의 머리칼은 검고 숱이 많다. 어렸을 적엔 더 치렁한 머리채가 볼 만했으리라.

아내가 그냥 머리를 수그린 채 좀만에,
"전 아무것두 몰라요, 무식해요,"
한다.
"머리털이 요새는 더 검어졌군. 나두 거미 궈먹구 당신처럼 튼튼해져볼까."
아내의 두꺼운 귓불이 붉어진다.

　　문득 아내의 **쪽찐** 머리칼 끝이 잘리워있는 것을 발견하고,
“그건 또 왜 **숭허게** 잘렀누,”
하고 만다.
　　아내가 고개를 더 숙인다.
　　천정에 줄을 치던 거미가 빠르게 한구석에 가 숨는다. 가느다란
한 가닥 거미줄이 뒤에 남아 혼자 하느작거리며 혼들린다.
“이담에 또 잘렀다만 봐!”
　　어느새 아내는 우는가보다. 등을 들먹인다.
　　어머니도 이런 때에는 울곤 하지 않았느냐. 아버지가 이런 때 하
던 대로,
“이건 원 입쩍두 못 하겠네, 어디 답답해 집에 백혔을 수가 있나,”
하고는 밖으로 나선다.

　　거리가 길기만 하다. 어지럽다. 피로한 눈앞에 풍선이 어지럽게
난다. 물기 낀 풍선 표면마다 무지개가 어린다. 풍선이 날아도는
대로 무지개가 돌며 난다. 무지개와 무지개가 서로 부딪쳐 깨진다.
깨진 풍선과 풍선. 눈앞을 손으로 저어도 깨진 풍선 자리에 또 새
로운 풍선이 얼마든지 떠오른다. 풍선, 풍선, 풍선…… 퍽도 많은
풍선이 날며 무지개가 깨진다. 물고기가 뱉은 거품처럼 거품처럼.
거품, 거품, 거품, 무지개, 무지개, 공, 공…… 목이 마르다.
　　찻집이 어디냐. 물. 아 시원하다. 인생을, 해저무는 시냇가에서
조약돌을 줍는 거와 같다는 청년을 조약돌처럼 버리고 찻집을 나
온다.
　　어떤 집 가게 앞에서 다람쥐가 쳇바퀴를 달린다. 쳇바퀴가 동그라
미를 그린다. 많은 동그라미가 자꾸 쌓인다. 동그라미, 동그라미,
동그라미…… 그러나 결국 동그라미는 하나가 남을 뿐이다. 그러니
까 달리는 다람쥐는 머무른 다람쥐다. 아 눕고 싶다. 집으로 가자.

　　누워있는데 아내가 애에게,
“너 할아버지하구 할머니하구 누가 이쁘지?”
한다.

“하아라부지.”

아내는 지금 지난날 어머니가 자기에게 가르쳐준 것같은 첫 간사함을 애에게 가르쳐주고 있음에 틀림없다.

“할머니하구 엄마하군?”

애가 턱으로 아내를 가리키며,

“엄마,”

한다.

아내는 귓불이 붉어진다.

일일이 가르쳐주었는데도 애가 제멋대로 대답하니 당황할 밖에.

아내는 애를 홀겨보며 다시,

“누가 이뻐?”

한다.

“할머어니.”

다음에는 아내가 저 자신과 이쪽을 비겨 물을 것이 뻔하다. 그러면 애는 어기지 않고 가르쳐준 대로 이쪽이라고 할 것이다.

누웠던 몸을 일으키며 아내보다 먼저,

“그럼 아빠하구 엄마하군 누가 이쁘지?”

한다.

애가 머뭇거리다 아내를 쳐다본다.

“내가 이쁘지?”

아내가 가위를 빼앗아도 떠밀쳐도 안 울던 애가 이쪽의 얼굴을 쳐다보며 울기 시작한다.

“아빠하구 아가하군 누가 이쁜지 알어? 아가가 이뻐, 이만큼.”

두 팔을 벌려 보인다. 그러나 그만큼 공허가 와 안길 뿐이다.

건넌방에는 애가 먹다 버린 과자부스러기가 떨어져있다.

어머니가 혼자 앉아 그 과자부스러기를 집어먹고 있다가,

“비가 올려나 원, 장마비룬 이르지?”

한다.

“글쎄요.”

“이젠 밀두 다 익었겠다.”

흐린 날이나마 밀 이삭이라는 말에서 오래간만에 향수같은 것을 느껴본다.

"너 어렸을 때 밀서리를 해먹구 관격돼서 야단법석한 일 알지?"
하고 어머니는 이쪽을 한참 바라보다가 또 내배는 눈물을 손등으로 닦으며,

"한번 혼나구두 그 담날 또 해먹었지, 여간 걱정스럽지 않더니,"
한다.

"그땐 들루 쏘다니는 버릇이 있었죠?"

"어두워야 들어오군 했지. 그때 얼마나 혼자 걱정을 했게. 참 그런데 아버지가 그러시는데 이번 가을 추수는 네가 가서 해오래두나. 어려서부터 물것 타는 네가 먹을것두 벤벤치 못한 시굴에 가서 어떻게 여러 날 묵는단 말이냐. 견디지 못한단다. 허지만 아버지가 머라구 하시든 너 말대답 말구 가만있거라. 내 말할께. 하긴 우리 죽기 전에 살림살이하는 법두 다 배워둬야지. 우린 또 늘 사나."

"또 죽는다는 말씀이군요."

"우리처럼 되든 그 생각뿐이란다. 손주 생각하구."

애가 벽에 그어놓았을 선의 시작을 찾으면서 이후에 애가 자라면 애와 아내와의 대화가 지금의 자기와 어머니와의 대화와 같을까 어떨까. 아니, 같아서는 안된다고 속으로 크게 머리를 한번 흔든다.

안방으로 들어가니까 애가 헝클어놓은 듯한 엉킨 실타래를 아내가 풀어내고 있다.

한옆에서 혼자 공을 굴리는 애를 내려다보면서,

"타작하러 시굴 가서 얼굴을 태워가지구 오면 저 자식은 날 보기만 하구두 울 테지,"
한다.

애가 굴러나는 공을 잡을 생각은 않고 이쪽을 쳐다본다.

아내는 또 어느새 저고릿고름을 눈으로 가져간다.

당치않게 아내가 울고 있는 것보다도 저고릿고름이 더러워있다는 떼 더 마음이 썰다.

아내가 고개를 숙인 채 갑자기,

“따루 살라면 살겠어요,”
한다.
“그런 더런 결루 눈이나 닦지 말어.”
아내가 곧 저고릿고름을 눈에서 떼고는,
“그래두 이집에서 아주 나가진 못해요,”
한다.
“그럼 날 나가란 말이지? 난 이집을 떠나서 어떻게 살게?”
하고 오래간만에 소리를 내어 웃는데, 아내가 등을 더 들먹거리며
그러나 소리 안 나게 운다.
옆에 있는 경대 꼭대기를 민다. 위로 도는 거울 속에 천정의 한
조각이 가득 담겼다가 다시 내려오는 거울에 아내가 비친다.
거울 속의 아내가 혼잣말처럼,
“그저 애가 불쌍하지,”
하고는 제 설움에 더 서러워 우는 울음을 운다.
애는 아무것도 모른다는 듯이 가위로 헝겊조각을 베내고 있다.
전에 아버지가 적은집에 갈 적마다 어머니는 철든 자기에게도 늘
같은 말을 했느니라.
여기서 한번 자신을 불쌍하게 여기리라. 그러는데 다른 하나의 자
기가 불쌍하게 여기려는 자기와 불쌍하게 여김을 받으려는 자기를
바라본다. 그럼 어느 자기가 진정한 자기냐.

아버지도 요새는 꾸짖지 않고 혼자 비감해지곤 하니까 어느 아버
지가 진정한 아버지인지 모르겠다.
아버지는,
“내가 살아있는 동안엔 네 맘대루 못 헌다, 그걸 어떻게 번 재산
이라구,”
하다가도 곧,
“하긴 이제 내가 살면 얼마나 살겠니,”
하곤 한다.
아버지의 왼손 손가락이 아버지의 자수성가하느라고 겪은 오랜 고
생의 표시나처럼 더 떤다.

옆에 언제나같이 걱정스레 웅크리고 앉았던 어머니가,

"우리가 죽으믄 저 할일 하겠지요, 장손이두 크구 하믄 저두 생각이 있을 게 아네요?"

한다.

아버지가 가는 목으로 마른침만 삼킨다.

여기서 또 아버지와 어머니와 어느 편이 먼저 세상을 떠날까 하는 공상을 한다. 그러다가 두 분이 다 세상을 떠난 뒤에는 이 집안의 살림은 자기로부터 시작된다는 생각에 미치자 가슴이 뜨끔해진다.

아버지와 어머니가 돌아가서는 안된다, 돌아가서는 안된다.

어머니가 공을 가지고 놀고 있는 애에게,

"장손아, 저 비 좀 가져오너라,"

한다.

옆에 있는 비를 집어 애 앞으로 내민다. 어머니가 직접 받으려고 손을 내민다. 그 어머니의 손을 피해 그냥 애에게 준다.

애는 머뭇거리다 비를 받아들고 무거운 듯이 겨우 어머니에게 넘겨준다.

아버지와 어머니가 돌아가서는 안된다, 돌아가서는 안된다.

아버지가 혼잣말처럼,

"이후에 넌 맘두 안 내겠기에 미리 비석두 다 만들어뒀다,"

하며 비감해한다.

그러나 비서에 돌아간 날찌를 새겨넣을 사람은 역시 자기밖에 없지 않느냐.

어쨌든 지금은 죽음을 생각하고 비감해하는 아버지를 반대해야 한다. 그래 자기도 혼잣말같이 그러나 아버지가 듣게끔,

"난 아마 토지두 어느 게 우리 건지 몰라서 다 잃어버리구 말 게야, 선산까지두."

기 러 기

기러기/차 례

책 머리에

여기 모은 작품들은 내 첫 창작집 『늪』(『황순원단편집』의 개제)
이후 8·15까지 이르는 동안, 그러니까 『목넘이마을의 개』 이전까지
에 된 작품들입니다.

그 중 「별」과 「그늘」만은 해방 전에 햇빛을 볼 수 있었습니다마
는 그 밖의 전 작품이 그냥 어둠 속에서 해방을 맞이하였습니다.
지금 생각해봐도 밤에나 나오는 별과, 빛을 등진 그늘이 먼저 햇빛
을 보았다는 건 어떤 비꼬인 사실이 아닐 수 없습니다.

무어 그렇게 훌륭한 것들도, 자랑할 만한 것들도 못될 것같습니
다. 그저 나대로 꽤 아끼고 사랑해오는 작품들이기는 합니다. 그것
은 내가 이것들과 같이 어두운 한 시기를 살아온 탓인지도 모르겠
습니다. 그냥 되는대로 석유상자 밑에나 다락 구석에 틀어박혀 있
을 수밖에 없기는 했습니다. 그렇건만 이 쥐가 쏠다 오줌똥을 갈기
고, 좀이 먹어들어가는 글 위에다 나는 다시 다음 글들을 적어 올
려놓곤 했습니다. 그것은 내 생명이 그렇게 하는 어쩔 수 없는
일이었습니다. 해방 전 한 이태 동안을 나는 시골(본고향) 가서 산
일이 있습니다. 그때 고향에서는 예전과 마찬가지로 가을철에서 겨
울에 걸쳐 타작마당질 끝에는 으레 모닥불을 피우는 것이었습니다.
나는 이 모닥불 곁에서, 고향사람들이 다 스러진 듯한 재를 뒤치어
그 속에서 새로운 불씨를 일궈놓는 것을 마치 처음 보는 일이나처
럼 취해 바라보곤 한 적이 있습니다. 그리고 밤에는 마을을 가, 질
화로의 다 꺼진 재를 내 스스로 소나무 판대기 부손으로 돋우고 헤

집어가며, 그 속에 그냥 반짝이는 불씨를 발견하고 시간 가는 줄을
모른 적도 있습니다. 말하자면 이 모닥불과 질화로의 반짝이는 불
씨같다고나 할까, 그렇게 명멸하는 내 생명의 불씨가 그 어두운 시
기에 이런 글들을 적지 아니치 못하게 했다고 보는 게 옳을 것같습
니다. 그리고 그것은 곧 내가 이런 글들이나마 적음으로써 다름아
닌 내 명멸하는 생명의 불씨까지를 아주 스러뜨리지는 않을 수 있
었다는 걸 여기 말해둡니다.

애를 길러 보니, 어쩐지 병나고 약한 애일수록 더 마음이 가지더
군요. 내 혼자만의 경우인지요.
아무튼 나의 이 잿속을 한번 헤집고 뒤치어 보십시오. 아직 당신
의 이마와 가슴 어느 한구석을 다사롭힐 불씨가 여기 남아있을는지
도 모릅니다.

1950 년 삼월

순   원

별

  동네 애들과 노는 아이를 한동네 과수노파가 보고, 같이 저자에
라도 다녀오는 듯한 젊은 여인에게 무심코, 쟈 동복 누이가 꼭 죽
은 쟈 오마니 닮았디 왜, 한 말을 얼김에 듣자 아이는 동무들과 놀
던 것도 잊어버리고 일어섰다. 아이는 얼핏 누이의 얼굴을 생각해
내려 하였으나 암만해도 떠오르지 않았다. 집으로 뛰면서 아이는
저도모르게, 오마니 오마니, 수없이 외었다. 집뜰에서 이복동생을
업고 있는 누이를 발견하고 달려가 얼굴부터 들여다보았다. 너무나
엷은 입술이 지나치게 큰 데 비겨 눈을 짭짤하니 작고, 그 눈이 또
늘 몽롱히 흐려있는 누이의 얼굴. 아홉살 난 아이의 눈은 벌써 누
이의 그런 얼굴 속에서 기억에는 없으나 마음속으로 그렇게 그려오
던 돌아간 어머니의 모습을 더듬으며 떨리는 속으로 찬찬히 누이를
바라보았다. 참으로 오마니는 이 누이의 얼굴과 같았을까. 그러자
제법 어른처럼 갓난 이복동생을 업고 있던 열한살잡이 누이는 전에
없이 별나게 자기를 자세히 들여다보는 동복 남동생에게 마치 어머
니다운 애정이 끓어오르기나 한 듯이 미소를 지어 보였을 때, 아이
는 누이의 지나치게 큰 입 새로 드러난 검은 잇몸을 바라보며 누이
에게서 돌아간 어머니의 그림자를 찾던 마음은 온전히 사라지고,
어머니가 누이처럼 미워서는 안된다고 머리를 옆으로 저었다. 우리
오마니는 지금 눈앞에 있는 누이로서는 흉내도 못 내게스레 무척
이뻤으리라. 그냥 남동생이 귀엽다는 듯이 미소를 짓고 있는 누이
에게 아이는 처음으로 눈을 흘기며 무서운 상을 해보였다. 미운 누

이의 얼굴이 놀라 한층 밉게 찌그러질 만큼. 생각다못해 종내 아이는 누이가 꼭 어머니같다고 한 동네 과수노파를 찾아 자기 집에서 윈편쪽으로 마주난 골목 막다른 집으로 갔다. 마침 노파는 새로 지은 저고리 동정에 인두질을 하고 있었다. 늘 남에게 삯바느질을 시켜 말쑥한 옷만 입고 다녀 동네에서 이름난 과수노파가 제손으로 인두질을 하다니 웬일일까. 그러나 아이를 보자 과수노파는 아이보다도 더 의아스러운 듯한 눈치를 하면서 인두를 화로에 꽂는다. 아이는 곧 노파에게, 아니 우리 오마니하구 우리 뉘하구 같이 생겼단 말은 거짓말이디요? 했다. 노파는 더욱 수상하다는 듯이 아이를 바라보다가 그러나 남의 일에는 홍미없다는 얼굴로, 왜 닮았디, 했다. 아이는 떨리는 입술로 다시, 아니 우리 오마니 입하구 뉘 입하구 다르게 생기디 않았이요? 하고 열심히 물었다. 노파는 이번에는 화로에 꽂았던 인두를 뽑아 자기 입술 가까이 갖다 대어보고 나서, 반만큼 세운 윈쪽 무릎 치마에 문대고는 일감을 잡으며 그저, 그러구 보믄 다르든 것같기두 하군, 했다. 아이는 인두질하는 과수노파의 손 가까이로 다가서며 퍼뜩 과수노파의 손이 나이보다는 젊고 고와 보인다는 생각을 하면서, 우리 오마니 닛몸은 우리 뉘 닛몸터럼 검디 않구 이뻤디요? 했다. 과수노파는 아이가 가까이 다가와 어둡다는 듯이 갑자기 인두 든 손으로 아이를 물러나라고 손짓하고 나서 한결같이 홍없이, 그래앤, 했다. 그러나 아이만은 여기서 만족하여 과수노파의 집을 나서 그달음으로 자기 집까지 뛰어오면서, 그러면 그렇지 우리 오마니가 뉘처럼 미워서야 될 말이냐고 속으로 수없이 되뇌었다. 안뜰에 들어서자 누이가 안 보임을 다행으로 여기며 방안으로 들어갔다. 그리고 책상 앞으로 가 란도셀 속에서 산수책을 꺼내다가 그 속에 인형을 발견하고 주춤 손을 거두었다. 누이가 비단 색헝겊을 모아 만들어준 낭자를 튼 예쁜 각시인형이었다. 그리고 아이가 언제나 란도셀 속에 넣어가지고 다니는 인형이었다. 과목은 요일을 따라 바뀌었으나 항상 란도셀 속에 이 인형만은 변함없이 들어있었다. 아이는 인형을 꺼내 들었다. 그러자 지금 아이는 이 인형의 여태까지 그렇게 이쁘던 얼굴이 누이의 얼굴이나처럼 미워짐을 어쩔 수 없었다. 곧 아이는 인형을 내다

버려야 한다는 걸 느꼈다. 그걸 품에 품고 밖으로 나섰다. 저녁그늘이 내린 과수노파가 사는 골목을 얼마 들어가다 아이는 주위에 사람 없는 것을 살피고 나서 주머니에서 칼을 꺼냈다. 칼끝으로 땅을 파가지고 거기에다 품속의 인형을 묻었다. 그리고는 그곳을 떠났다. 인형인가 누이인가 분간 못 할 서로 얽힌 손들이 매달리는 것같음을 아이는 느꼈다. 그러나 아이는 어머니와 다른 그 손들을 섭사리 뿌리칠 수 있었다. 골목을 다 나온 곳에서 달구지를 벗은 당나귀가 아이의 아랫도리를 찼다. 아이는 굴러 나가동그라졌다. 분하다. 일어난 아이는 당나귀 고삐를 쥐고 달구지채로 해서 당나귀 등에 올라탔다. 당나귀가 제 꼬리를 물려는 듯이 돌다가 날뛰기 시작했다. 아이는, 그럼 우리 오마니가 뉘터럼 생겠단 말이가? 뉘터럼 생겠단 말이가? 하고 당나귀가 알아나 듣는 것처럼 소리를 질렀다. 당나귀가 더 날뛰었다. 아이의, 뉘터럼 생겠단 말이가? 하는 소리가 더 커갔다. 그러다가 별안간 뒤에서 누이의, 데런! 하는 부르짖음 소리를 듣고 아이는 그만 당나귀 등에서 떨어지고 말았다. 땅에 떨어진 아이는 다리 하나를 약간 뺀 채로 나자빠져 있었다. 누이가 분주히 달려왔다. 그러나 아이는 누이가 위에서 굽어보며 붙들어 일으키려는 것을 무지스럽게 손으로 뿌리치고는 혼자 벌떡 일어나, 뺀 다리를 예사롭게 놀려 집으로 돌아갔다.

갓난 이복동생을 업어주는 것이 학교 다녀온 뒤의 나날의 일과가 뇌어있는 누이가, 하루는 아이의 거동에서 자기를 꺼리고 있디는 것을 눈치채고는 그런 동생을 기쁘게 해주려는 듯이, 업은 애의 볼기짝을 돌려대더니 꼬집기 시작했다. 물론 누이의 손은 힘껏 꼬집는 시늉만 했고, 그럴 적마다 그 작은 눈을 힘주는 듯이 끔쩍끔쩍 하였지만, 결국은 애가 울지 않을 정도로 조심하면서 꼬집어대는 것이었다. 사실 줄곧 누이에게만 애를 업히는 의붓어머니에게 슬그머니 불평같은 것이 가고 누이에게는 동정이 가던 아이였다. 그러나 이날 아이는 자기를 기껍게나 해주려는 듯이 이복동생의 볼기짝을 힘껏 꼬집는 시늉을 하는 누이에게 재미있다는 생각이 일기는 커녕 도리어 밉고, 실눈을 끔쩍일 적마다 흉하게만 여겨졌다. 아이는 문득 누이를 혼내어줄 계교가 생각났다. 그는 날렵하게 달려가 이복동생의 볼기짝을 진짜로 꼬집어댔다. 그리고 업힌 애가 울음을 터뜨리는 걸 보고야 꼬집기를 멈추고 골목으로 뛰어가 숨었다. 이제 턱이 밭은 의붓어머니가 달려나와, 왜 애를 그렇게 갑자기 울리느냐고 누이를 꾸짖으리라. 아이는 골목에서 몰래 의붓어머니가 나오기만 기다렸다. 사실 곧 의붓어머니는 나왔다. 그리고 또 어김없이 누이를 내려다보면서, 앨 왜 그렇게 갑자기 울리니, 했다. 아이는 재미나하는 장난스런 미소를 떠올렸다. 그러나 다음 순간 아이는 누이의 대답이 어떨까 하는 생각이 들면서, 이번에는 저도모르게 미소가 걷히고 귀가 기울어졌다. 그렇게 자기들에게 몹쓸게 굴지는 않는다고 생각되면서도 어딘가 어렵고 두렵게만 여겨지는 의붓어머니에게 겁난 누이가 그만 자기가 꼬집어서 운다고 바로 이르기나 하면 어쩌나. 그러나 누이는 의붓어머니가 어렵고 힘들고 두렵게 생각키우지도 않는지 대담스레 고개를 들고, 아마 내 등을 빨다가 울 젠 배가 고파 그런가봐요, 하지 않는가. 아, 기묘한 거짓말을 잘 돌려댄다. 그러나 지금 대담하게 의붓어머니에게 거짓말을 하여 자기를 감싸주는 누이에게서 어머니의 애정같은 것이 풍기어오는 듯함을 느끼자 아이는, 우리 오마니가 뉘같지는 않았다고 속으로 부르짖으며 숨었던 골목에서 나와 의붓어머니에게로 걸어갔다. 그리고는, 난 또 애 업구 어디 넘어디디나 않았나 했군, 하면서 누이의 등에서 어린애를 풀어내고 있는 의붓어머니에게 아이도 이번에는 겁내지 않고, 이자 내가 애 엉뎅일 꼬집었이요, 했다.

아이는 옥수수를 좋아했다. 옥수수를 줄줄이 다음다음 뜯어먹는 게 참 재미있었다. 알이 배고 줄이 곧은 자루면 엄지손가락 쪽의 손바닥으로 되도록 여러 알을 한꺼번에 눌러 밀어 얼마나 많이 붙은 쌍동이를 떼낼 수 있나 누이와 내기하기도 했었다. 물론 아이는 이 내기에서 누이한테 늘 졌다. 누이는 줄이 곧지 않은 옥수수를 가지고도 꽤는 잘 여러 알 붙은 쌍동이를 떼내곤 했다. 그렇게 떼낸 쌍동이를 누이가 손바닥에 놓아 내밀어 아이는 맛있게 그걸 집어먹기도 했었다. 그러나 이날 아이는 누이가, 우리 누가 많이 쌍

166

동이를 만드나 내기할까? 하는 것을 단박에, 싫어! 해버렸다. 누이는 혼자 아이로서는 엄두도 못낼 긴 쌍동이를 떼냈다. 아이는 일부러 줄이 곧게 생긴 옥수수자루인데도 쌍동이를 떼내지 않고 알알이 뜯어먹고만 있었다. 누이는 금방 뜯어낸 쌍동이를 아이에게 내주었다. 그러나 아이는 거칠게, 싫어! 하고 머리를 도리질하고 말았다. 누이가 새로 더 긴 쌍동이를 뜯어내서는 다시 아이에게 내밀었다. 그러나 누이가 마치 어머니나처럼 굴 적마다 도리어 돌아간 어머니가 누이와 같지 않다는 생각으로 해서 더 누이에게 냉정할 수 있는 아이는, 내민 누이의 손을 쳐 쌍동이를 떨궈버리고 말았다. 그러던 어떤 날 저녁, 어둑어둑한 속에서 아이가 하늘의 별을 세며 별은 흡사 땅 위의 이슬과 같다고 생각하고 있는데, 누이가 조심스레 걸어오더니 어둑한 속에서도 분명한 옥수수 한 자루를 치마폭 밑에서 꺼내어 아이에게 쥐어주었다. 그러나 아이는 그것을 먹어볼 생각도 않고 그냥 뜨물항아리 있는 데로 가 그 속에 떨구듯 넣어버렸다.

　아이는 또 땅바닥에 갖가지 지도같은 금을 그으며 놀기를 잘했다. 바다를 모르는 아이는 바다 아닌 대동강을 여러 개 그리고, 산으로는 모란봉을 몇개고 그리곤 했다. 그러다가 동무가 있으면 땅따먹기도 했다. 상대편의 말을 맞히고 뼘을 재어 구름이 피어오르는 듯한 땅과 무성한 나무같은 땅을 만드는 게 재미있었다. 그날도 아이는 옆집 애와 길가에서 땅따먹기를 하고 있었다. 옆집 애의 땅한테 아이의 땅이 거의 잠식당하고 있었다. 한쪽 금에 붙어 꼭 반달처럼 생긴 땅과 거기에 붙은 한 뼘 남짓한 땅이 남았을 뿐이었다. 그것마저 옆집 애가 새로 말을 맞히고 한 뼘 재먹은 뒤에는 반달에 붙은 땅이 또 줄었다. 이번에는 아이가 칠 차례였다. 옆집 애가 말을 놓았다. 그것은 아이의 반달땅 끝에서 한껏 먼 곳이었다. 그러나 아이는 기어코 반달끝에다 자기의 말을 놓았다. 옆집 애는 아이의 반달땅에 달린 다른 나머지 땅에서가 자기의 말이 제일 가까운데 왜 하필 반달 끝에서 치려는지 이상히 여기는 눈치였다. 사실 아이의 어디까지나 반달 끝에다 한 뼘 맘껏 둘러재어 동그라미

를 그어놓았으면 얼마나 아름다울지 모르겠다는 계획을 옆집 애는
알 턱 없었다. 아이는 반달 끝에서 옆집 애의 말까지의 길을 닦았
다. 이번에는 꼭 맞혀 이 반달 위에 무지개같은 동그라미를 그어놓
으리라. 아이의 입은 꼭 다물어지고 눈은 빛났다. 뒤이어 아이는
옆집 애의 말을 겨누어 엄지손가락에 버텼던 장가락을 퉁기었다.
그러나 아이의 장가락 손톱에 맞은 말은 옆집 애의 말에서 꽤 먼
거리를 두고 빗지나갔다. 옆집 애가 됐다는 듯이 곧 자기의 말을
집어들며 아이가 아무리 먼곳에 말을 놓더라도 대번에 맞혀버리겠
다는 득의의 미소를 떠올렸다. 그러면서 아이의 말 놓기를 기다리
다가 흐려지지도 않은 경계선을 사금파리 말을 세워 그었다. 아이
의 반달 끝이 이지러지게 그어졌다. 아이가, 이건 왜 이르캐? 하
고 고함쳤다. 옆집 애는 곧 다시 고쳐 금을 그었다. 옆집 애는 아
이가 자기의 땅을 줄게 그어서 그러는 줄로 알았는지, 이번에는 반
달의 등이 약간 살찌게 그어놓았다. 아이는 그래도, 것두 아냐!
했다. 그러는데 어느새 왔었는지 누이가 등뒤에서 옆집 애의 말을
빼앗아서는 동생을 도와 반달의 배가 부르게 긋기 시작했다. 그러
나 아이는 누이가 채 다 긋기도 전에 손바닥으로 막 지워버리면서,
이건 더 아냐! 이건 더 아냐! 하고 소리질렀다.

　하루는 아이가 뜰안에서 혼자 땅바닥에다 지도같은 금을 그으며
놀고 있는데, 바깥에서 누이가 뒷집 계집애와 싸우는 소리가 들려,
마침 안의 어른들이 듣지 못하고 있는 것을 다행으로 열린 대문 새
로 내다보았다. 아이가 늘 이쁘다고 생각해오던 뒷집 계집애의 내
민 역시 이쁜 얼굴에서, 그래 안 맞았단 말이가? 하는 말소리가
빠른 속도로 계속되는 대로, 또 누이의 내민 밉게 찌그러진 얼굴에
서는, 안 맞디 않구, 하는 소리가 같은 속도로 계속되고 있었다.
땅따먹기 하다가 말이 맞았거니 안 맞았거니 해서 난 싸움이 분명
했다. 어느 편이 하나 물러나는 법 없이 점점 더 다가들면서 내민
입으로 자기의 말소리를 좀더 이악스레 빠르게들 하고 있는데, 저
쪽에서 뒷집 계집애의 남동생이 달려오더니 다짜고짜로 누이에게
흙을 움켜 뿌리는 것이 아닌가. 그러자 뒷집 계집애의 이쁜 얼굴이

더 내밀어지며, 그래 안 맞았단 말이가? 하는 소리가 더 날카롭게 빠르게 계속되는 한편, 누이는 먼저 한 걸음 물러나며, 안 맞디 않구, 하는 소리도 떠져갔다. 뒷집 계집애의 남동생이 또 흙을 움켜 뿌렸다. 뒷집 계집애의 남동생이 흙을 움켜 뿌릴 적마다 이쪽 누이는 흠칫흠칫 물러나며 말소리가 줄고, 뒷집 계집애의 말소리는 더욱 잦아갔다. 그러자 아이는 저도 깨닫지 못하고 대문을 나서 그리로 걸어갔다. 아이를 보자 뒷집 계집애의 남동생이 우선 흙 뿌리기를 멈추고, 다음에 뒷집 계집애가 다가오기를 멈추고, 다음에 계집애의 말소리가 늦추어지고, 다음에 누이가 뒷걸음치던 걸음을 멈추었다. 그리고 누이는 뒷집 계집애의 남동생처럼 자기의 남동생도 역성을 들러오는 것으로만 안 모양이어서 차차 기운을 내어 다가나가며, 안 맞디 않구, 안 맞디 않구, 하는 소리를 점점 빠르게 회복하고 있었다. 거기 따라 뒷집 계집애는 도로 물러나며 점차, 그래 안 맞았단 말이가? 하는 소리를 늦추고 있고, 뒷집 계집애의 남동생도 한옆으로 아이를 피하고 있었다. 그러나 아이는 싸움터로 가까이 가자 누이의 흥분된 얼굴이 전에없이 더 흉하게 느껴지면서, 어디 어머니가 저래서야 될 말이냐는 생각에, 냉연하게 그곳을 지나쳐버리고 말았다. 그리고 등뒤로 도로 빨라가는 뒷집 계집애의 말소리와 급작스레 떠가는 누이의 말소리를 들으면서도 아이는 누이보다 이쁜 뒷집 계집애가 싸움에 이기는 게 옳다고 생각하며 저만큼 골목 어귀에서 여물을 먹고 있는 당나귀에게로 걸어갔다.

열네살의 소년이 된 아이는 뒷집 계집애보다 더 이쁜 소녀와 알게 되었다. 검고 맑고 깊은 눈하며, 깨끗하고 건강한 볼, 그리고 약간 노란 듯한 머리카락에서 풍기는 숫한 향기. 아이는 소녀와 함께 있으면서 그 맑은 눈과 건강한 볼과 머리카락 향기에 온전히 홀린 마음으로 그네를 바라보기만 하면 그만이었다. 그러나 소녀 편에서는 차차 말없이 자기를 쳐다보기만 하는 아이에게 마음 한구석으로 어떤 부족감을 느끼는 듯했다. 하루는 아이와 소녀는 모란봉 뒤 한 언덕에 대동강을 등지고 나란히 앉아있었다. 언덕 앞 연보랏빛 하늘에는 희고 산뜻한 구름이 빛나며 떠가고 있었다. 아이가 구름에 주었던 눈을 소녀에게로 돌렸다. 그리고는 소녀의 얼굴을 언제까지나 들여다보기 시작했다. 소녀의 맑은 눈에도 연보랏빛 하늘이 가득 차있었다. 이제 구름도 피어나리라. 그러나 이때 소녀는 또 자기만 말끄러미 바라보고 있는 아이에게 느껴지는 어떤 부족감을 못 참겠다는 듯한 기색을 떠올렸는가 하면, 아이의 어깨를 끌어당기면서 어느새 자기의 입술을 아이의 입에다 갖다 대고 비비었다. 아이는 저도모르게 피하는 자세를 취하였으나 서로 입술을 비비고 난 뒤에야 소녀에게서 물러났다. 벌떡 일어났다. 그리고 아이는 거친 숨을 쉬면서 상기돼있는 소녀를 내려다보았다. 이미 소녀는 아이에게 결코 아름다운 소녀는 아니었다. 얼마나 추잡스러운 눈인가. 이 소녀도 어머니가 아니라는 생각이 불현듯 떠올랐다. 아이는 소녀에게서 돌아섰다. 소녀는 실망과 멸시로 찬 아이의 기색을 느끼며 아이를 붙들려 했으나 아이는 쉽게 그네를 뿌리치고 무성한 여름의 언덕길을 뛰어내릴 수 있었다.

하늘에 별이 별나게 많은 첫가을 밤이었다. 아이는 전에 땅위의 이슬같이만 느껴지던 별이 오늘밤엔 그 어느 하나가 꼭 어머니일 것같은 생각이 들어, 수많은 별을 뒤지고 있었다. 그러나 아이는 곧 안에서 누구를 꾸짖는 듯한 아버지의 음성에 정신을 깨치고 말았다. 아이는 다시 하늘로 눈을 부었으나 다시는 어느 별 하나가 어머니라는 환상을 붙들 수는 없었다. 아쉬웠다. 다시 아버지의 누구를 꾸짖는 듯한 음성이 들려나왔다. 아이는 아쉬운 마음으로 아버지의 음성이 들려오는 창 가까이로 갔다. 안에서는 아버지가, 두 번다시 그런 눈치만 뵀단 봐라, 죽여 없애구 말 테니, 꼭대기 피두 안 마른 년이 누굴 망신 시킬려구, 하는 품이 누이 때문에 여간 노한 게 아닌 것같았다. 좀한 일에는 노하는 일이 없는 아버지가 이렇도록 노함에는 심상치 않은 일이 일어났음에 틀림없었다. 의붓어머니의 조심스런 음성으로, 좌우간 그편 집안을 알아보시구레, 하는 말이 들려나왔다. 이어서 여전히 아버지의, 알아보긴 쥐뿔을 알아봐! 하는 노기찬 음성이 뒤따랐다. 이번엔 누이의 나직이 떨리는 음성이 한 번, 동무의 오래비야요, 했다. 이젠 학교두 고만둬라, 하는 아버지의 고함에, 누이 아닌 아이가 등골이 서늘해짐을 느꼈다. 그러면서 얼마 전에 누이가 호리호리한 키에 흰 얼굴을 한 청년과 과수노파가 살고 있는 골목 안에 마주 서있는 것을 본 일이 생각났다. 그때 누이는 청년이 한반 동무의 오빠인데 심부름을 왔었다고 변명하듯 말했고, 아이는 아이대로 그저 모른 체하고 있었으나, 속으로는 누이같은 여자와 좋아하는 청년의 마음을 정말 모르겠다고 생각했었다. 그 청년과 누이가 만나는 것을 집안에서도 알았음이 틀림없었다. 지금 안에서 의붓어머니의 낮으나 힘이 든 음성으로, 애 넌 또 웬 성냥 장난이가 ! 하는 것만은 이제는 유치원에 다니게 된 이복동생을 꾸짖는 소리리라. 요사이 차차 의붓어머니가 어렵고 두렵기만 한 게 아니고 진정으로 자기네를 골고루 위해주고 있다는 것을 깨닫게 된 아이는, 동복인 누이의 일로 의붓어머니를 걱정시키는 것이 아버지에게보다 더 안됐다고 생각됐다. 다시 의붓어머니의 조심성있고 은근한 음성으로, 넌두 생각이 있갔디만 이제 네게 잘못이라두 생기믄 땅속에 있는 너의 어머니한태 어떻게 내가 낯을 들겠니, 자 이젠 네 방으루 건너가그라, 함에 아이는 이번에는 의붓어머니의 애정에 얼굴이 달아오르면서, 정말 누이가 돌아간 어머니까지 들추어내게 하는 일을 저질렀다가는 용서않는다고 절로 주먹이 쥐어졌다. 어디서 스며오듯 누이의 흐느끼는 소리가 들려왔다. 두번 다시 그런 일만 있었단 봐라, 초매(치마)루 묶어서 강물에 집어넣구 말디 않나, 하는 아버지의 약간 노염은 풀렸으나 아직 엄한 음성에, 아이는 이번에는 또 밤바람과 함께 온몸을 한번 부르르 떨었다.

꽤 쌀쌀한 어떤 날 밤이었다. 의붓어머니가 아버지에게 애걸하다시피 하여 학교만은 그냥 다니게 된 누이보고 아이가, 우리 산보가, 했다. 누이는 먼저 뜻하지 않았던 일에 놀란 듯 흐린 눈을 크게 떠보이고 나서 곧 아이를 따라 나섰다. 밖은 조각달이 달려있었다. 그리고 수많은 별들이 빛나고 있었다. 싸늘한 바람이 불어왔다. 바람이 불어올 적마다 별들은 빛난다기보다 떨고 있는 것만 같았다. 아이는 앞서 대동강 쪽으로 난 길을 접어들었다. 누이는 그저 아이를 따랐다. 어둑한 속에서도 이제 누이를 놀래어주리라는 계교 때문에 아이의 얼굴은 미소가 떠올라있었다. 강둑을 거슬러 오르니까 더 써느러웠다. 전에없이 남동생이 자기를 밖으로 이끌어 낸 것을 의아하게 여기는 눈치로, 그러나 즐거운 듯이 누이가 아이 에게, 춥디 않니? 했다. 아이는 거칠게 머리를 옆으로 저었다. 젓 고 나서 어둠으로 해서 누이가 자기의 머리 저음을 분간치 못했으 리라고 깨달았으나 아이는 그냥 잠자코 말았다. 누이가 돌연 혼잣 말처럼, 사실 나 혼자였다믄 벌써 죽구 말았어, 죽구 말디 않구, 살 믄 멀하노…… 그래두 네가 있어 그렇디, 둘이 있다 하나가 죽으믄 남는 게 더 불쌍할 것같애서…… 난 정말 그래, 하며 바람 때문인지 약간 느끼는 듯했다. 아이는 혹시 집에서 누이의 연애사건을 알게 된 것이 자기가 아버지나 의붓어머니에게 고자질한 것으로 잘못 알 고 있지나 않나 하는 생각이 들자, 누이를 쓸어안고 변명이나 할 듯 이 획 돌아섰다. 누이도 섰다. 그러나 아이는 계획해온 일을 실현 할 좋은 계기를 바로 붙잡았음을 기뻐하며 누이에게, 초매 벗어라! 하고 고함을 치고 말았다. 뜻밖에 당하는 일로 잠시 어쩔줄 모르 고 섰다가 겨우 깨달은 듯이 누이는 어둠 속에서 조용히 저고리를 벗고 어깨치마를 머리 위로 벗어냈다. 아이가 치마를 빼앗아 땅에 길게 폈다. 그리고 아이는 아버지처럼 엄하게, 가루 눠라! 했다. 누이는 또 곧 순순히 하라는 대로 했다. 그러나 아이는 치마로 누 이를 묶어 강물에 집어넣는 차례에 이르러서는 자기의 하는 일이면 누이가 죽는 한이 있더라도 아무 항거 없이 도리어 어머니다운 애정 으로 따라 할 것만 같은 생각이 들며, 누이가 돌아간 어머니와 같 은 애정을 베풀어서는 안된다고 치마 위에 이미 죽은 듯이 누워있 는 누이를 그대로 남겨둔 채 돌아서 그곳을 떠나고 말았다.

누이는 시내 어떤 실업가의 막내아들이라는 작달막한 키에 얼굴 이 검푸른, 누이의 한반 동무의 오빠라는 청년과는 비슷도 안한 남 자와 아무 불평 없이 혼약을 맺았다. 그리고 나서 얼마 안되어 결 혼하는 날, 누이는 가마 앞에서 의붓어머니의 팔을 붙잡고는 무던 히나 슬프게 울었다. 아이는 골목에 몸을 숨기고 있었다. 누이는 동네 아낙네들이 떼어놓는 대로 가마에 오르기 전에 젖은 얼굴을 들었다. 자기를 찾고 있음에 틀림없다고 생각하면서도, 아이는 그냥 몸을 숨기고 있었다. 그리고 누이가 시집간 지 또 얼마 안 되는 어느날, 별나게 빨간 놀이 진 늦저녁때 아이네는 누이의 부고를 받았다. 아이는 언뜻 누이의 얼굴을 생각해내려 하였으나 도무지 떠오르지가 않았다. 슬프지도 않았다. 그러다가 아이는 지난날 누이가 자기에게 만들어주었던, 뒤에 과수노파가 사는 골목 안에 묻어버린 인형의 얼굴이 떠오를 듯함을 느꼈다. 아이는 골목으로 뛰어갔다. 거기서 아이는 인형 묻었던 자리라고 생각키우는 곳을 손으로 팠다. 흙이 단단했다. 손가락을 세워 힘껏힘껏 파댔다. 없었다. 짐작되는 곳을 또 파보았으나 없었다. 벌써 썩어 흙과 분간치 못하게 된 지가 오래리라. 도로 골목을 나오는데 전처럼 당나귀가 매어 있는 게 눈에 띄었다. 그러나 전처럼 당나귀가 아이를 차지는 않았다. 아이는 달구지채에 올라서지도 않고 전보다 쉽사리 당나귀 등에 올라탔다. 당나귀가 전처럼 제 꼬리를 물려는 듯이 돌다가 날뛰기 시작했다. 그리고 아이는 당나귀에게나처럼, 우리 닐 왜 쬑엔! 왜 쬑엔! 하고 소리질렀다. 당나귀가 더 날뛰었다. 당나귀가 더 날뛸수록 아이의, 왜 쬑엔! 왜 쬑엔! 하는 지름소리가 더 커갔다. 그러다가 아이는 문득 골목 밖에서 누이의, 데런! 하는 부르짖음을 들은 거로 착각하면서, 부러 당나귀 등에서 떨어져 굴렀다. 이번에는 어느 쪽 다리도 삐지 않았다. 그러나 아이의 눈에는 그제야 눈물이 괴었다. 어느새 어두워지는 하늘에 별이 돋아났디가 눈물 괸 아이의 눈에 내려왔다. 아이는 지금 자기의 오른쪽 눈에 내려온 별이 돌아간 어머니라고 느끼면서, 그럼 왼쪽 눈에 내려온 별은 죽은 누이가 아니냐는 생각에 미치자 아무래도 누이는 어머니와 같은 아름다운 별이 되어서는 안된다고 머리를 옆으로 저으며 눈을 감아 눈속의 별을 내몰았다.

1940 가을

별 173

산골아이

도 토 리

곰이란 놈은 가으내 도토리를 잔뜩 주워먹고 나무에 올라가 떨어
져 보아서 아프지 않아야 제굴을 찾아들어가 발바닥을 핥으며 한겨
울을 난다고 하지만, 가난한 산골사람들도 도토리밥으로 연명을 해
가면서 일간 가득히 볏짚을 흐트러뜨려놓고는, 새끼를 꼰다, 짚세
기를 삼는다, 섬피를 엮는다 하며 한겨울을 난다.

산골사람들이 어쩌다 기껏 즐긴대야 정말 곰만이 다니는 산골길
을 넘어서 주막을 찾아가는 일이다. 안주는 도토리묵이면 그만이
다. 그러다 눈같은 것이라도 만나면 거기서 며칠이고 묵는 수밖에
없다. 옷을 입은 채 뒹굴면서. 그러느라면 안주로 주머니 속에 넣
고 온 마늘이 체온에 파랗게 움이 트기도 한다. 그러다가도 집으로
돌아오는 길은 아직 숫눈길이어서 곰의 발자국같은 발자국을 내면
서 돌아온다.

진정 이런 가난한 산골에서는 눈이 내린 날 밤 도토리를 실에다
꿰어 눈속에 묻었다 먹는 게 애의 큰 군음식이었다. 그리고 실꿰미
에서 한 알 두 알 빼 먹으며 할머니한테서 듣고도 남은 옛이야기를
다시 되풀이 듣는 게 상재미다.

——할만, 녯말 한마디 하려마,
하고 조를라치면 할머니는 으레,

─애, 이젠 그만 자라, 너무 오래 앉아있다가 포대기에 오줌
쌀라,
한다.
─싫어, 넷말 한마디 해주야디 머.
─넷말 너무 질레하믄 궁하단다.
─싫어. 그 여우 넷말 한마디 해주야디 머.
그러면 할머니는 그 몇번이고 한 옛이야기를 되풀이하는 게 싫지
않은 듯이 겯고 있는 실꾸리를 들여다보면서,
─왜 여우고개라구 있디 않니 ?
하고 이야기를 꺼낸다.
그러면 또 애는 언제나같이,
─응 있어,
하고 턱을 치켜들고 다가앉는다.
─거긴 말이야, 넷날부터 여우가 많아서 여우고개라구 한단다.
바루 이 여우고개 너믄 마을에 한 총각애가 살았구나. 이 총각애가
이 여우고개 너머 서당엘 다녔는데 아주 총명해서 글두 썩 잘하는
애구나. 그른데 하루는 이 총각애가 전터럼 여우고갤 넘는데, 데쪽
에서 꽃같은 색시가 하나 나오드니 총각애의 귀를 잡구 입을 맞췄
구나. 그러드니, 꽃같은 색시가 제입에 물었든 알록달록한 고운 구
슬알을 총각애 입에다 넣어주었닥 총각애 입에서 도루 제입으루 옮
게물었닥 했구나. 총각애는 색시가 너무나 고운데 그만 홀레서 색
시가 하는 대루만 했구나. 이르케 구슬알 옮게물리길 열두 번이나
하드니야 꽃같은 색시가 아무말 없이 아까 온 데루 가버렸구나. 저
녁때 서당에서 집으루 돌아올 때두 꽃같은 색시는 아츰터럼 나와
총각애 입을 맞추구 구슬알 옮게물리길 열두 번 하드니야 아츰터럼
온 데루 가버렸구나. 이르케 날마다 총각애가 서당에 가구 올 적마
다 꽃같은 색시가 나와 입맞췄구나. 그른데 날이 갈수룩 총각앤 몸
이 축해가구, 글공부두 못해만 갔구나. 그래 하루는 훈당이 총각애
보구 왜 요샌 글두 잘 못 외구 얼굴이 상해만 가느냐구 물었구나.
그랬드니 총각앤 그저 요새 집에서 농사일루 분주해서 저낙(저녁)
에 소멕이구 꼴베구 하느라구 그렇디, 몸만은 아무데두 아픈 데가

없다구 그랬구나. 그래두 총각앤 나날이 더 얼굴이 못돼만 갔구나.
그래 어느날 훈당이 몰래 총각애의 뒤를 쫓아가 봤구나. ……
　　여기서 할머니는 엉킨 실을 입으로 뜯고 손끝으로 고르느라고 이
야기를 끊는다.
　　애는 이내,
　—그래서? 응?
하고 재촉이다.
　—그래 숨어서 꽃같은 색시가 총각애 입에다 입맞추구 구슬알을
열두 번씩이나 물레주는 걸 봤구나. 그래 다음날 훈당은 총각앨 불
러서 꽃같은 색시가 구슬알을 물레주거들랑 그저 꿀꺽 생케버리라
구 닐렀구나. 그리구 만일 구슬알을 생키디 않구 꽃같은 색시가 하
라는 대루만 하다간 이제 죽구 만다구 그랬구나. 이 말을 듣구 총
각앤 훈당이 하라는 대루 하갔다구 했구나. 그른데 그날두 훈당이
몰래 뒤따라가 봤드니 총각앤 구슬알을 못 생켰구나.
　　여기서 이야기 듣던 애는 또,
　—생켰으믄 둏을껄 잉?
한다.
　—그럼. 그래 총각앤 자꾸만 말못하게 축해갔구나. 그래 훈당
이 보다못해 오늘 구슬알을 생키디 않으믄 정 죽구 만다구 했구나.
그리구 꽃같은 색시가 구슬알을 물레주거들랑 그저 눈을 딱 감구
생케버리라구까지 닐러주었구나. 그날두 총각애가 여우고개 마루턱
에 니르니낀, 이건 또 나날이 고와만가는 꽃같은 색시가 언제나터
럼 나오드니, 총각애의 귀를 잡구 입을 맞추구 구슬알을 물레주었
구나. 총각앤 정말 눈을 딱 감으믄서 구슬알을 생케버렸구나. 그랬
드니 지금껏 꽃같이 곱든 색시가 베란간 큰 여우루 벤해개지구 그
자리에 죽어넘어뎄구나. 총각애가 눈을 떠보니낀 눈앞의 꽃같은 색
시는 간데없구 큰 여우 한 마리가 꼬리를 내빋티구 죽어넘어데 있
디 않갔니? 그만 너무 무서워서 그자리에 까무러티구 말았구나.
그날두 훈당이 몰래 뒤따라갔다가 총각앨 업구 왔구나.
　　예서 애는 또 언제나처럼,
　—그래 그 총각앤 어떻게 됐나?

산골아이　**177**

한다.

　할머니는 정한 말로,

　—사흘만 더 있었으믄 죽구 말껄 훈당 때문에 살았디. 그래 그뒤부턴 훈당 말 잘 듣구 공부 잘 해개지구 과거급데했대더라.

　—그리구 여우새낀?

　—거야 가죽을 벳게서 돈 많이 받구 팔았디.

　—지금두 여우가 고운 색시 되나?

　—다 녯말이라서 그렇단다.

　여기서 애는 나무하러 가는 아버지를 따라가 내려다본 아슬아슬한 여우고개의 가파른 낭떠러지를 눈앞에 떠올리며, 사실 그런 곳에서는 지금도 여우한테 홀릴는지 모른다는 생각을 해본다.

　할머니가 그냥 실꾸리를 결으며,

　—이젠 자라 애,

한다.

　그제야 이 가난한 산골애는 도토리 꿰미를 들고 이불 속 깊이 들어간다. 곰새끼처럼. 거기서 애는 이불을 쓰고, 자기만은 그런 옛말을 다 알고 있으니까 어떤 꽃같은 색시가 나와도 홀리지 않으리라는 생각을 하며, 도토리를 먹으며 하다가, 그만 잠이 든다.

　그런데 꿈속에서 애는 꽃같은 색시가 물려주는 구슬을 삼키지 못한다. 살펴보니 아슬아슬한 여우고개 낭떠러지 위이다. 그러니까 꽃같은 색시는 여우가 분명하다. 할머니가 그건 다 옛이야기가 돼서 그렇다고 했지만 이게 분명히 여우에 틀림없다. 그래 구슬알을 아무리 삼켜버리려 해도 안 넘어간다. 이러다가는 여우한테 홀리겠다. 그러면서도 색시가 너무 고운데 그만 홀려 하라는 대로만 하지 구슬을 못 삼킨다. 이러다가는 정말 큰일나겠다. 어떻게 하면 좋은가. 옳지 눈을 딱 감고 삼켜보자. 눈을 딱 감는데 발밑이 무너져 낭떠러지 위에서 떨어지면서 깜짝 잠이 깬다. 입에 도토리알을 물고 있었다. 애는 무서운 꿈이나 뱉어버리듯이 도토리알을 뱉어버린다. 그러나 다음날 아침이면 이 가난한 산골애는 다시 도토리를 먹는다.

크는 아이

　　눈이 오련다. 꼭 오늘밤 안으로 첫눈이 올 것만 같다. 이제 바람만 자면 곧 눈이 내리리라. 정말 함박눈이 펑펑 쏟아졌으면 좋겠다.
　　산골아이는 화로에서 도토리를 새로 꺼내면서, 이제 눈이 내려 눈 속에 도토리를 묻었다 먹으면 덜 아리고 덜 떫으리라는 생각을 한다. 그러자 아이는 지난해 눈싸움을 하다가 증손이한테 면상을 맞고 운 부끄러움이 생각난다. 아찔하여 얼굴을 돌린 것까지는 괜찮았으나 발 아래 흰 눈을 붉게 물들이는 게 제 코피인 것을 알자 그만 으아 하고 울어버린 게 안됐다. 올해는 아무리 면상을 맞아 코피를 흘린대도 울지 않으리라. 아니 올해는 이편에서 증손이를 맞혀 울려주리라. 어서 눈이 왔으면 좋겠다.
　　그새 바람이 좀 잔 듯하다. 혹 그새 눈이 내리기 시작했는지도 모른다고 아이는 문을 열어본다. 그러자 잔 듯하던 바깥 어둠 속에서 기다리고나 있었던 것처럼 된바람이 몰려든다.
　　—문은 멀 할라구 벌꺽하믄 여니？
하고 어머니가 꾸짖듯 말하고 다림질감에 떨어진 재를 훅훅 불어낸다.
　　아이는 문을 닫으면서 혼잣말로,
　　—아직 눈은 안 오눈,
한다.
　　—개처럼 눈오는 건 멀.
　　어머니의 말에, 다림질을 잡아주던 귀가 어두운 할머니가 눈이라는 말만은 알아들은 듯,
　　—눈 오니？
하고 흐린 눈으로 문 쪽을 바라본다.
　　—아니,
하고 아이는 할머니가 알아듣도록 크게 대답한다.
　　—너이 아바진디는 왜 상게 안 오니, 또 당에서 술추넘을 하는 게디,

하는 할머니의 역정 섞인 걱정에, 아이는 참말 눈이 내리기 전에 아버지가 돌아와야 할 걸 느낀다.

참 아버지는 여태 왜 안 돌아오는지 모르겠다. 몇죽 안 되는 짚세기를 여태 못 팔 리는 없다. 혹 장꾼에게 한 켤레 한 켤레 못 팔겠으면 그 큰 돼지를 그려 붙인 돼지표집에다 좀 싸게라도 밀어맡기고 오면 그만일 터인데. 할머니 말대로 장거리에서 누구를 만나 술추렴을 하느라고 늦어지는가보다. 그러지 않아도 겨울만 되면 허리가 결리는 아버지가 오늘같은 날 늦어지면 어쩌나. 벌써 몇해 전 겨울 일이다. 타작마당에서 여느때처럼 조 한 섬을 쉽게 져 달구지에 올려놓다가 그만 발밑 얼음판에 미끄러져 좃섬에 깔린 일이 있은 후부터 겨울철만 잡아들면 허릿증이 도지곤 하는 아버지. 그리고 또 해마다 술이 늘어가는 아버지. 좌우간 여느때는 아무렇더라도 오늘같이 눈이 온다든지 할 날은 일쩍 돌아와줬으면 좋겠다.

밖은 아직 이따금 바람이 휘익 몰려와 수수깡 바자를 울린다.

—애, 등잔 심지 좀 돋과라, 어둡다,

하고 할머니가 흐린 눈을 들어 등잔불을 바라본다.

아이는 북어알에선가 북어이리에서 짜낸다는 앳기름이 떨어져 못 먹는 뒤로 할머니의 눈은 더 어두워져서 그렇지, 등잔 심지가 낮아 그렇지 않다고 생각하면서도 등잔가로 가 심지를 조금 돋우는 체한다. 그래도 한결 밝아진다. 그리고 밝으니까 한결 아버지에 대한 걱정이 놓이는 것같아 좋다.

—애, 심질 좀더 돋과라,

하고 할머니가 이번에는 다림질감만 들여다보며 말한다.

아이는 또 이번에는 심지를 한껏 돋운다.

—애, 웬 심질 그르케 돋구니?

하고 어머니가 꾸짖는다.

아이는 등잔의 심지를 낮춘다.

—녀이 아바진디는 정말 왜 상게 안 오는디 모르갔다,

하는 할머니 말에 이어서 어머니가 아이 쪽을 한번 돌아보며,

—넌 또 웬 도토릴 그르케 먹니, 어서 자기나 해라,

한다.

가난한 산골아이는 화로에서 도토리를 골라내며 검게 그을은 얼굴을 붉혀가지고 이불 속으로 들어간다. 그러나 아버지가 돌아오기까지 자지 않으리라. 그러는 아이는 왜 아직 아버지가 안 돌아오는지 모르겠다는 할머니도, 언제든지 할머니 앞에서는 아버지의 말을 하지 않는 어머니도, 자기처럼은 아버지 걱정을 않는 것같아 못마땅하다.

별로 도토리 맛도 없다. 등잔불이 아까보다 더 어두운 것같은 데에 또 마음이 쓴다. 이렇게 등잔불이 어둡고, 또 이렇게 따스운 이불 속에서는 잠이 쉬 들 것같아 안됐다.

아이는 어머니보다도 할머니에게 묻듯이,

——해 있어 당에서 떠났으믄 지금 어디쯤 왔을까?

했으나 할머니는 못 들은 듯 잡은 다림질감만 들여다본다.

다시 더 큰 소리로 물을까 하는데 할머니가,

——산막골에나 왔을까,

한다.

산막골이라면 아직 여기서 한 오리 가까이 된다.

——녀이 아바진디는 해 있어 댕기디 않구 원,

하고 할머니가 역시 역정 섞인 걱정을 한다.

산막골이라는 데가 예서 장까지 가는 사이 제일 험한 곳이다. 늘 범이 떠나지 않는다는 소나무와 잡목이 우거진 골짜기. 아이는 한동네 반수할아버지의 일이 떠오른다.

반수할아버지가 젊었을 때인데, 양주가 산막골 근처에 밭김을 매러 갔었다. 단 양주에 갓난아기 하나뿐이라, 애는 밭둑에 재워놓고 김을 매나갔다. 낮이 가까웠을 때 애가 배가 고픈지 깨어 울어댔다. 양주는 이제 매던 이랑이나 마저 매고 점심도 먹을 겸 애 젖도 먹이리라 하고 바삐 손을 놀렸다. 한데 갑자기 애 울음소리가 뚝 그치기에 돌아다보니 난데없는 큰 호랑이 한 마리가 자기네의 애를 물고 산막골로 올라가는 것이 아닌가. 이것을 본 반수할아버지는 눈이 뒤집혀 쥐고 있던 호미 하나만을 들고 아내가 붙들 새도 없이 호랑이의 뒤를 쫓아 올라갔다.

반수할아버지가 호랑이를 쫓아 굴을 찾아들어갔을 때에는 마침 호랑이는 어린애를 앞발로 어르고 있었다. 그렇게 얼러 사람의 혼을 뽑고야 잡아먹는다는 말대로. 이것을 본 반수할아버지는 다가들어가면서 호랑이의 잔허리를 끌어안았다. 여기에 놀란 호랑이가 그만 으엉 소리와 함께 빠져 달아나면서 똥을 갈겼다. 이것이 혼똥인 것이다. 이 혼이 나 갈긴 뜨거운 혼똥이 마침 엎어진 반수할아버지 머리에 철썩 떨어졌다.

반수할아버지 마누라의 말을 듣고 동네사람들이 모두 쟁기를 하나씩 들고 고함을 치면서 굴까지 달려갔을 때에는 반수할아버지가 애를 안고 굴에서 나오는 때였다. 애도 아무일 없고 반수할아버지도 아무일 없었다. 그저 반수할아버지의 머리만이 호랑이의 뜨거운 혼똥에 익어 껍질이 벗어졌을 뿐이었다.

지금도 반수할아버지는 머리에 완전히 머리털 한 오라기 없는 대머리로 동네에서 제일 나이가 으뜸되도록 살아있다. 그때의 애도 지금은 영감이 되어 손자를 둘이나 보았고.

아버지는 아직 안 돌아온다. 정말 산막골을 무사히 지나줬으면 좋겠다. 아버지가 돌아오기까지 자지 않으리라.

어머니가 문을 열고 다리미를 밖으로 내대고 재를 까분다. 재가 날아나는 어둠 속에 재처럼 희끗희끗 날리는 것이 보였다. 눈이었다. 어느새 정말 첫눈이 내리는 것이다. 아이는 어서 아버지가 눈을 털며 들어서기만 해줬으면 눈이 오니 얼마나 좋을까 한다.

아버지는 지금 눈을 맞으면서 돌아오리라. 끝없이 내리는 눈. 아이는 눈을 감으면 함박눈으로 쏟아지는 눈 때문에 아버지가 어디 있는지 분명치가 않다. 졸린다. 자서는 안된다. 눈발 속에 분명치가 않은 아버지를 찾다가, 아버지가 눈발 속에 가리워지고 말면서, 아이는 종내 잠이 들고 만다.

아이는 눈발 속이 아닌 우거진 소나무와 잡목 새에 아버지를 자꾸만 잃는다. 아버지 따라 장에 갔다 돌아오는 길이다. 아버지는 장에서 마신 술 때문에 비틀걸음이다. 명태 한 쾌를 빈 자루에 넣어 멘 아버지의 등이 무던히도 굽었다. 허릿증이 더한가보다. 아이는 천천히 걷는 자기도 못 따라오는 아버지를 잃지 않으려고 자꾸 돌아본다.

한번 돌아다보니까 아버지가 없다. 아무리 소나무와 잡목 새를 자세히 살펴봐도 없다. 그러는데 저기 산골짜기로 백호 한 마리가 자기 아버지를 물고 올라가는 것이 아닌가. 아이는 눈이 뒤집힌다. 그리고 백호의 뒤를 따라 올라간다. 반수할아버지는 호미라도 쥐었었지만 자기는 맨손으로. 그렇지만 내 저놈의 호랑이를 잡아메치고 아버지를 빼앗고야 말리라.

산막골에 우거졌던 소나무와 잡목이 어느새 그만 눈발이 돼버린다. 그리고 백호란 놈이 앞서 눈발 속에 보이지 않는다. 그러면 발자국을 찾아가리라. 작년 겨울 동네 돼지새끼 물어갔을 때 내고 간 발자국을 보아 아이는 호랑이 발자국을 잘 안다. 한데 난데없는 눈덩이가 날아와 면상을 맞힌다. 증손이다. 붉은 코피가 이번에도 흰 눈에 떨어진다. 눈물이 난다. 그러나 울어서는 못쓴다.

그냥 호랑이의 발자국을 찾아 올라가니까, 굴이다. 굴속에서는 정말 호랑이가 앞발로 아버지를 어르고 있다. 아이는 전에 반수할아버지가 한 듯이 다가들어가면서 백호의 잔허리를 끌어안는다. 그랬더니, 이놈의 백호가 또 혼이 나 혼똥을 갈긴다. 꼭 머리에 떨어진다. 뜨겁다. 아무러면 내가 널 놔줄 줄 아니? 네 허릿동강이를 끊어버리고야 말겠다. 그냥 호랑이의 허리를 죄어안는다. 백호는 죽겠다고 으르렁으엉 으르렁으엉 운다. 속히 동네사람들이 올라와 백호 잡은 걸 봐줬으면 좋겠다.

백호는 그냥 운다. 한번 더 안은 팔을 죄니까 백호의 허리가 뚝 끊어진다. 깜짝 깬다.

막 깜깜이다. 어느새 돌아와 누웠는지 아이의 옆에는 아버지가 잠들어, 그르렁후우 그르렁후우 코를 골고 있다.

아, 마음이 놓인다. 이젠 아주 자야지. 그러는데 불현듯 무섭증이 난다. 아버지의 코고는 소리가 꿈속의 호랑이 울음처럼 무섭다. 아버지의 코고는 소리 새새 바깥 수수깡 바자의 눈이 부스러져 떨어지는 소리가 다 무섭다. 이불을 땀에 젖은 머리 위까지 쓴다. 요에서 굴러 떨어지는 도토리까지 무섭다. 이제는 어서 잠이 들었으면 좋겠다.

1940 겨울

산골아이   183

그 늘

　　언제나 여인이 앉아있는 목로상 안쪽하며, 갖가지 안주감이 들어
있는 진열장하며, 구석구석 그늘이 깃들어있었다. 한가운데 늘이운
십육촉짜리 전등불 하나로는 어쩌지 못할 그늘이었다. 숯불을 피워
놓은 큰 화로가 불거우리해있으나, 이 숯불 역시 그늘을 태운다기
보다는 그늘을 피워놓기나 하듯이 화롯가 둘레에는 도리어 짙은 그
늘이 서리어있었다.

　　목로상 바깥 그늘 속에서 청년은 보시기의 술을 마시기 전에 풍
기는 냄새를 맡고 있었다. 언제 맡아도 향기로운 술향기. 곧 술냄
새는 술냄새가 아니고 돌아가신 할아버지의 냄새다. 돌아가시기 얼
마 전부터 아무래도 독작이 외로우셨던지 번번이 자기에게 잔을 붓
게 하시던 할아버지. 사실 그때까지 눈물을 모르시던 할아버지. 아
버지가 손수 자기 상투를 잘라냈다고 지런 자식은 내 자식이 아니
라고 몽둥이를 들고 쫓던 할아버지요, 아버지가 서울로 도망을 갔
다 불시에 송장이 되어 내려왔을 때도 눈물을 흘리시는 법 없이 불
효막심한 자식 잘 뒈졌다고 노하시기만 한 할아버지. 이 할아버지
가 외로우신 듯이 손자인 자기에게 잔을 붓게 하던 일. 그런 때의
술냄새. 이는 자기가 술을 부어드릴 적마다 언제나 할아버지와 함
께 있었고, 늦은 저녁 불 켤 것도 그만둔, 이 선술집보다도 더 어
두운 그늘이 깃들인 저녁과 함께 있은 냄새. 청년은 사실 언제나
늦저녁처럼 그늘진 이 목로집에서 술을 마시는 것보다는 술잔에서
풍기는 술향기를 맡으며 돌아가신 할아버지의 냄새를 생각해내는

것이었다. 그러다가 여인이 화로로 나와 숯등걸을 헤치고 새 숯을
올려놓은 뒤 입술을 오므려 입김을 부느라 붉게 숯불이 비친 여인
의 얼굴을 보고서야 청년은 정신이 들어 잔을 드는 때가 많았다.
그리고 청년은 또 이번에는 숯불이 이는 걸 잠깐 지키고 섰는 이
여인과, 원시인들이 자기네가 사냥해온 짐승을 불에 굽느라고 불
앞에 섰는 환영과를 착각해보며, 할아버지를 생각할 때와는 달리 절
로 가슴을 울렁거리는 것이었다. 이런 환영과 여인의 육체를 그림
으로 그려보리라.

그러는 동안에 청년은 이 선술집 단골이 되었다. 다른 단골손님
으로는 온몸에 검댕칠을 해가지고 다니는 굴뚝 소제부와, 언제나
허튼소리를 주고받기 잘하는 회사원 두 사람과, 또 언제나 조개귀
를 화롯불에 구워 안주하는, 대님을 묶지 않고 바짓가랑이를 걷어
올리고 다니는 사내와, 그리고 소리없이 들어와 막걸리 한 잔 아니
면 두 잔을 마시고 들어올 때처럼 소리없이 없어지는 남도사내. 이
중에서 제일 오랜 단골이 나이도 제일 많은 굴뚝 소제부인 듯했다.
그리고 남도사내가 그중 갓 드나드는 단골이었다. 이 남도사내가
이곳에 처음 왔을 때 여인이 부은 소주 대폿잔을 자기 옆으로 내
미는 것을 보고야 자기 옆에 누가 와있는 것을 알 수 있었을 만큼
그렇게 이 남도사내는 조용히 들어왔고, 이 남도사내가 자기 앞에
온 소줏잔을 가만히 내려다보며 조심히, 탁주 주이소, 하자 여러
사람의 시선이 이 말씨 다른 남도사내에게로 모였고, 그러자 이삼
십이 갓 넘었을 듯한 남도사내의 얼굴이 빨개진 것을 이곳에 다니
기 시작한 지 얼마 되지 않은 청년까지가 다 알고 있는 터이니까.

다음부터 남도사내가 조용히 들어왔을 때엔 여인은 어김없이 꼭
꼭 막걸리를 부어주었다. 막걸리 사발을 들고 한 모금 마시고 나서
는 가만히 지금 마신 막걸리의 맛을 음미하는 듯한 자세. 그러나 남
도사내는 한 번도 낮에 그 음미한 결과같은 것을 나타내본 적이 없
었다. 그것은 도리어 막걸리의 맛이 그저 평범하다든지 해서가 아
니고, 전에 자기가 마셔온 것보다 분명히 못한 경우일지라도 단념
하고 마는 듯한 그런 음미였다. 남도사내의 기름한 얼굴에 그다지
고생으로 해 생긴 주름살같지 않은 잔주름이 몇개 가로 건너간 이

마와, 노르께한 수염발이 잡힌 코밑과, 어딘가 전날에 소홀하지 않은 지체 속에서 생활해왔다는 위엄을 발산하는 듯한 턱. 그것은 곁에서 보기에 고독하고 쓰라리기까지 한 위엄이었다. 그러고보면 이 남도사내는 남도의 어떤 몰락한 양반의 후예의 하나인 것만 같았다. 상투를 갓 자른 듯한 치거슬려 뵈는 머리털과 망건 자리였던 듯 다른 데보다 좀 희어 뵈는 머리의 아랫둘레. 이 남도사내보다 더 분명했던 아버지의 상투 자른 머릿둘레. 손수 자기 상투를 잘랐다고 저런 자식은 내 자식이 아니라고 몽둥이를 들고 따라다니는 할아버지에게 쫓기던 아버지. 쫓기다 서울로 도망간 지 얼마 안되어 무슨 학당엔가 다닌다는 소식이 있었고, 그런 지 불과 달포도 못 되어 송장이 되어 돌아온 아버지. 그러한 일이 있은 지 또 얼마 안 되어 이번에는 손자인 자기의 머리채를 손수 잘라주신 할아버지. 머리채가 댕기를 물고 떨어질 때 속이 섬뜩하던 일과, 저녁맛을 잃고 앉았느라니까 불쑥, 네 애비가 장하다, 하는 말을 한 번 하시고 곱박아 담배만 피우시던 할아버지.

하루는 청년이 그늘 속에서도 분명히 얼마 전부터 씻어내지 않은 남도사내의 귓속에 낀 먼지를 바라보며 이 귀 옆을 지났을 갓끈 생각과 함께 자기 집의 옛날 곤전에서 하사가 있었다는 주영구슬이 떠오름을 어쩔 수 없었다. 몇차례 화재를 겪고 내려왔으면서도 한 알도 상하지는 않고 그저 변색하여 노르스름하게 빛나는 수정 구슬 알들과, 화재를 당할 적마다 새 끈을 갈곤 했다는데도 물날은 끈. 할아버지가 돌아가신 뒤로 꺼내보지 못한 새에 구슬알들과 끈은 또 얼마나 변색을 했을까. 그러고보면 갓끈이 옆을 지났을 남도사내의 귓속과 얼굴도 퇴색한 것이다. 그리고 조용히 걸어다니는 걸음걸이도. 청년은 이상하게 이 남도사내에게 관심이 가는 것이었다. 남도사내가 접시에 언제나같이 멸치 한 마리를 남겨놓고 돌아가는 일에까지도.

하루는 남도사내가 언제나처럼 접시에 멸치 한 마리를 남기고 언제나처럼 소리없이 나갈 참인데 굴뚝 소제부가 남도사내에게로 가까이 와 자기의 빈 대폿잔을 내밀며, 자 대포 한잔 하시소, 했다.

남도사내는 곧 귀밑으로 해서 목과 얼굴을 붉히고 있었다. 여인이
술을 부었다. 자, 한잔 드시소, 쇠주가 술이디 막걸리두 술인가요,
자아, 하며 굴뚝 소제부가 전에없이 취기로 해 몽롱해진 얼굴에 호
의의 미소를 지으면서 남도사내를 바라보는 것이었다. 그러나 남도
사내는 얼굴과 목을 붉힌 채로 언제나처럼 사분히 돌아서더니 그대
로 밖으로 나가는 것이었다. 그러자 굴뚝 소제부는 대폿잔을 들어
서 홱 남도사내의 뒤를 향해 뿌렸다. 그냥 남도사내는 여느때보다
좀 빠른 발걸음이었으나 언제나처럼 가만히 한 번도 뒤를 돌아보는
법 없이 나가버렸다. 굴뚝 소제부가 분연히 남도사내를 따라나가
려는 것을 여인이 얼른 목로상 안에서 나오면서 붙들었다. 이거 놓
라우, 그넘의 할락꿍이새끼 애전에 혼내와놓구 말게스리, 경우가
무슨 넘의 경우란 말이야 글쎄, 좀 치라우, 애전에 본땔 뵈야디,
하면서 여인에게 비키라는 손짓을 했으나, 언뜻 여인이 오늘따라
미리 이쪽의 취한 정도를 짐작 못 하고 술을 더 준 걸 후회해하는
낯빛을 보자, 굴뚝 소제부는 자기 자리로 도로 갔다. 그리고 목로
상에 의지하며 고개를 드는 굴뚝 소제부의 낯은 이미 분노같은 것
은 다 사라지고 그저 좀전에 자기가 뿌려버린 술이 아까운 듯 입맛
과 함께 군침을 삼키면서 여인에게 잔을 내미는 것이었다. 그러나
여인을 술을 붓지 않았다. 굴뚝 소제부는, 꼭 한 잔만, 하였으나
여인은 종내 술을 붓지 않았다. 굴뚝 소제부도, 내가 지금 췬 줄
알아? 내가 여기 몇해를 두구 다니믄서 술먹구 실수라군 해본 적
이 없어, 하였으나 그것은 자기가 이 선술집에서는 제일 오랜 단골
이라는 걸 말해보는 것뿐이고, 이제 다시 여인이 자기의 잔에 술을
부어주리라는 걸 바라는 눈치는 아니었다. 사실 여인은 이 자기의
주량을 자기가 알고 마셔오는 제일 오랜 단골한테도 이제부터는 정
도를 보아서 술을 줘야 하겠다고 마음먹고 있는 듯했다. 그리고 바
짓가랑이를 걷고 오는 언제나 안주로 조개귀를 구워 먹는 사내에게
는 넉 잔 정도, 회사원 사내들에게는 허튼소리가 나오기까지, 그리
고 청년에게는 두 잔 정도로.
　다음날부터 남도사내는 나타나지 않았다. 굴뚝 소제부는 자기 때
문에 이집 단골손님이 하나 준 게 안됐다고 여인에게, 그때 내가

실수했어, 하였으나 술을 먹고는 그때 자기가 한 언동에 대해서 남
도사내편에서 너무 옹졸했다는 말로, 역시 할락꿍인 할락꿍이야,
하고 못마땅해했다. 그러나 며칠이 안 가서 굴뚝 소제부는 잠잠해
졌다. 여인은 사실 단골손님을 한 사람 잃었으므로 남도사내가 뵈
지 않는 걸 여간 서운하게 여기는 눈치가 아니었다. 그래 여인은
굴뚝 소제부가 술을 마신 뒤에, 할락꿍인 할락꿍이야, 하고 남도사
내를 나무랄 때마다, 영감 어디 그 사람만큼 점잖아 보디, 하곤 했
으나 굴뚝 소제부가 잠잠해지자 여인도 잊은 듯이 말 없게 되었다.
　이런 속에서 청년은 처음에는 굴뚝 소제부가 남도사내의 뒤를 향
해 술을 뿌린 것을 통쾌하게 여기고 남도사내의 태도를 용렬스럽게
생각하면서, 남도사내가 뵈지 않는 걸 아무렇지도 않게 여기고 있
었다. 그러나 날이 갈수록 청년은 이상하게도 남도사내가 뵈지 않
는 데 어떤 서운함을 느끼게 되었다. 그것은 자기의 그림자같은 것
을 잃고서 이를 문득 깨달으며 느끼는 그러한 서운함이었다. 그늘
속에 소리없이 들어와 섰다가 소리없이 나가던 남도사내. 청년은
그 남도사내가 자기 옆에 와 서는 것같아 돌아다보면 동냥하러 들
어온 거지기도 하고 혹은 그늘 속에 어룽진 자기의 그림자이기도
하곤 했다.

　그러한 어느날, 그날은 좀 늦은 때여서 벌써 두 회사원의 허튼소
리가 시작되고 있었다. 쥐를 잡는 얘긴 듯 한 사내가, 쥐를 씨까지
없앨래무 말야, 쥐 한 마리 잡아서 독 속에 넣구 아무것두 먹을 설
주디 않거든, 그래 정 굶어죽게 된 담에 쥐새끼 한 마릴 넣주믄 그
걸 잡아먹디 않았어? 그담에 또 지영 굶겠다가 또 쥐새길 잡아 넣
어주거든, 그렇게 몇번 해가지구 놔주면 말야, 이넘이 쥐구멍 마다
찾아다니믄서 쥐란 쥘 다 잡아먹디 않아? 괭인 암만 쥘 잘 잡는대
두 쥐구멍에 들어가선 못 잡거든, 어때? 하자 상대편 사내는 또 맞
받아, 그럼 내 닭잡는 법을 가르체 줄까, 하고는, 숨차게 따라 댕기
믄서 잡을 게 없단 말야, 그저 인단이나 가오루 몇 알이믄 돼, 모
이를 주믄서 인단 몇 알만 뿌레주믄 말야, 이넘이 먹구서는 옴짝달
싹 못하거든, 그저 한 알만 먹게 되는 날이믄 당장 그자리에서 간

들간들 졸믄서 옴짝달싹 못해, 사람이 가 줴두 모르구, 참 묘하디.
   이런 회사원들이 돌아가고 굴뚝 소제부도 자기 정도껏 마시고 돌아간 뒤 청년도 자기에게 부어진 마지막 잔을 거의 다 마시고 났을 때였다. 청년이 자기 옆에 어떤 그림자같은 게 소리없이 와 서는 듯해서 그리로 고개를 돌렸다. 그리고 청년은 그곳에 뜻밖에 자기의 그림자도, 동냥하러 들어온 거지도 아닌 남도사내를 발견했다. 청년은 놀람 때문만 아닌 가슴의 울렁거림을 느꼈다. 곧 남도사내의 앞에 막걸리 사발이 왔다. 여전히 막걸리 맛을 음미하는 듯한 자세. 그러나 역시 막걸리의 좋고 나쁜 결과를 나타내뵈지 않는, 그러면서 어떤 자존심같은 게 깃들인 듯한 얼굴. 곁을 안 주는 몸가짐새. 남도사내는 막걸리 한 사발을 마시고 곧 들어올 때처럼 나가버렸다. 남도사내가 남기고 간 접시의 멸치 한 마리를 내려다보다가 남도사내의 귓속과 걸음걸이처럼 퇴색한 이런 습성 역시 자기의 어느 한구석에도 물림받아있다는 것을 느끼자, 어느새 가슴의 울렁거림도 멎은 청년은 얼마 동안 남도사내가 뵈지 않을 때마다 느끼던 서운함이 갑자기 어떤 불쾌감으로 바뀌는 것이었다. 그것은 자신의 오랜 습성의 초라한 모습을 깨달았을 때에 느껴지는 그런 불쾌감이었다. 그러자 청년은 다급하게, 술! 하고 부르짖었다. 여인이 청년의 얼굴을 들여다보면서, 낯빛이 나뻐요, 했다. 그러나 청년은 잔을 여인의 앞으로 내밀어 술 붓기를 재촉했다. 여인은 청년에게 이 이상 술을 부어서는 안된다는 걸 생각하고 있는 듯이 가만히 있기만 했다. 그러나 오늘만은 한번 기어코 술을 한 잔 더 먹고야 말리라. 청년이 이번에는 일부러 잔을 거칠게 미끄러뜨려 여인에게 더 가까이 가져갔다. 여인은 여전히 가만히 있다가 청년의 심상치 않은 얼굴빛에 그만 눌린 듯이 술을 붓고야 말았다. 청년은 잔을 끌어다 단숨에 들이켰다. 술에서 향기는 맡아지지 않고 그저 입에 역하기만 했다. 청년은 자꾸 찡그려지는 얼굴을 애써 펴려다가는 다시금 찡그리고 하면서 그곳을 나왔다. 그리고는 남도사내가 드나드는 이 선술집에 다시는 오지 않아야겠다는 말을 거의 입 밖에 내다시피 중얼거리는 것이었다.
   그 다음날 청년은 너무나 오랫동안 그림과 떨어져있던 것을 깨달으면서 스케치북을 펴 들었다. 되는대로 인물을 데쌍하기 시작했다. 한참 후에 손을 멈추고 벽에 붙은 할아버지의 갓이며 감투며 담뱃대의 그림과, 그 옆의 할아버지의 초상화를 바라보았다. 입속으로, 할아버지 할아버지, 하고 중얼거리며 고개를 떨구다가 무심코 지금 스케치북 속에 그려져있는 데쌍에 눈이 가자 새삼스레 놀라고 말았다. 거기에는 어떤 여인의 초상이 그려져있는 것이었다. 어딘가 선술집 여인과 닮은 데가 있었다. 그러면서도 선술집 여인의 생기는 도무지 나타나 있지가 않았다. 어떻게 보면 지금 바로 앞벽에 붙어있는 할아버지의 얼굴 모습이 들어있는 것같이도 보였다. 청년은 스케치북을 탁 덮어버렸다.

다음날 다시 스케치북을 펴다가 청년은 어제의 데쌍 위에 연필자국은 아닌 무슨 작은 점 같은 걸 발견하고 눈을 멈추었다. 그것은 어떤 벌레의 눌려 죽은 흔적이었다. 작은 하나의 점으로밖에 못 남긴 벌레의 죽은 자국을 손톱으로 긁어내다가 이 벌레는 어제 자기가 스케치북을 덮을 때 끼인 것임에 틀림없다는 생각이 들며, 청년은 오늘도 스케치북을 그대로 덮어버리고 말았다. 그리고 청년은 일어서다가 마침 맞은편 벽에 붙은 담뱃대 그림이 사실 담뱃대나처럼 눈을 찌르는 듯한 착각을 일으켜 되주저앉았다. 그러나 다음 순간 벌떡 일어선 청년의 손은 어느새 벽의 담뱃대 그림을 찢어내고 있었다. 그러는 청년의 얼굴은 지금 자기가 찢어낸 목탄지처럼 창백해져있었다. 청년은 발밑에 흩어진 그림 조각을 아무렇게나 주워 움켜쥐고 밖으로 나섰다. 그길로 대동강으로 나갔다. 거기서 청년은 생각난 듯이 쥐고 온 그림 조각을 마구 강물에 던졌다.

그런 뒤로는 아무래도 할아버지의 담뱃대 그림이 있던 곳이 허전했다. 다른 그림을 하나 붙여야겠다. 빈 자리에 선술집 여인의 화롯불을 부는 그림을 그려지는 대로 붙이면 어떨까. 청년의 가슴은 적이 가쁘게 두근거렸다. 그러자 뜻밖에 남도사내의 모양이 이 빈 벽면에 떠오름을 느꼈다. 청년은 그대로 몸을 던지듯이 뒤로 누워버리며, 아니다 아니다, 하고 자기로서도 무엇이 아니다인지 모를 아니다를 수없이 뇌는 것이었다. 그러는 청년의 눈에는 어느새 눈물이 괴어 넘쳐 뺨을 흘러내렸다.

청년은 담뱃대 그림이 붙었던 벽을 등지고 누워있었다. 갑자기
어디선가 역한 냄새가 풍기어왔다. 하기는 지금 갑자기 풍기어온
것같으나 실은 얼마 전부터 방안에 차있은 냄새이고, 그것을 지금
에야 느낀 듯하기도 한 냄새였다. 그리고 결코 밖에서 들어오는 냄
새가 아니고 온 방안에 젖은 듯한 역한 냄새였다. 무슨 냄새일까.
윗몸을 일으킨 청년은 바로 머리맡 책상 위에 놓여있는 어항에 눈
이 가자 어항 속에 떠있는 죽은 금붕어들을 발견했다. 역한 냄새는
이 어항에서라는 생각과 함께, 얼마 동안을 물을 갈아주지 못한 생
각이 지나갔다. 일주일 ? 열흘 ? 아니 열하루째다. 자기는 열하루
동안 여태까지 때를 따라 갈아넣던 어항의 물조차 갈아넣지 않고 무
엇을 했나 ? 청년은 다시 몸을 던지듯이 뒤로 누워버렸으나 곧 일
어나 어항으로 갔다.

그새 물도 썩은 듯이 물에 잠겼던 어항벽은 파아란 물이끼가 돋
아있었다. 역한 냄새는 단지 썩은 고기새끼에서만 풍기는 것이 아
니고 이 어항 속 물 전체에서 나는 것인지도 몰랐다. 청년은 어항
을 들어 죽은 금붕어들을 물과 함께 밖에다 내쏟아버렸다. 그러나
그냥 냄새가 났다. 혹은 이 파아란 물이끼가 붙은 어항 자체가 썩
은 금붕어들처럼 역한 냄새를 풍기는지 몰랐다. 청년은 들고 있던
어항을 그대로 뜰을 향해 던지고 말았다. 그래도 냄새가 났다. 문
을 전부 열어젖혔다. 그래도 냄새는 섭사리 가실 것같지 않았다.
다른 냄새로 이 방안을 채우리라. 무얼로 ? 그렇지 ! 담뱃내로 !
할아버지의 담뱃내로 !

청년은 윗목에 놓여있는 낡은 함으로 갔다. 뚜껑을 여니까 함 속
에서는 먼저 할아버지의 냄새가 풍겨나왔다. 할아버지의 냄새. 저
녁과 함께 있은 냄새. 지금도 저녁때다. 이맘때로부터 할아버지와
함께 있은 술냄새며, 떼는 자주 피시던 담뱃냄새. 어서 할아버지의
대를 찾자. 청년은 손을 넣어 함 속 각색 잔 가구들을 헤치기 시작
했다. 손에 거차적거리는 헝겊조각이 있다. 꺼내 보니 청사단령의
한 자락이었다. 주영과 함께 곤전에서 하사가 있었다는 이 청사단
령. 그리고 주영과 함께 몇 차례 화재를 겪는 사이 주영구슬알은
한 알도 상하지 않은 대신, 이것만은 지금 청년으로서는 앞쪽의 한

부분인지 뒤쪽의 한 부분인지조차 분간이 안되는 한 조각만 남은 청사단령. 이 한 조각의 옛옷도 그새 더 물이 낡은 듯했다. 다시 함 속을 뒤지는 청년의 손에 닿은 것은 주영구슬 꿰미였다. 이도 그새 구슬을 꿴 끈과 함께 구슬알들이 더 퇴색한 것같았다.

다음에 담뱃대인 줄 알고 꺼내 드니 붓이었다. 붓두껍을 빼고, 청년은 일전에 그림의 담뱃대를 실물의 담뱃대처럼 착각을 일으킨 것같이 이 할아버지가 쓰시던 큰 붓을 할아버지의 상투인 듯 착각됨을 어찌할 수 없었다. 살쩍빗으로 언제나 반반히 쓸어올리시던 할아버지의 상투. 그럴 적마다 신체발부는 수지부모니 불감훼손이니라를 외지 않을 수 없었던 자기. 할아버지가 자기의 머리채를 떨굴 때 느낀 섬뜩함은 신체발부의 어느 한 부분이 떨어지는 것이 아닌 온 몸뚱이가 높은 데서 한순간 떨어지는 듯한 섬뜩함이었다. 그런 섬뜩함이 자기 손수 자른 자신의 상투가 떨어질 때 아버지한테도 느껴졌을까. 이 섬뜩함만은 모르고 돌아가신 할아버지. 세상 떠나시는 날까지 반반히 쓸어올려졌던 할아버지의 상투. 그러면서도 언제나 몇 오락 머리카락이 날리던 할아버지의 상투. 지금 이 붓도 오랫동안 먹과 할아버지의 침을 먹지 못한 탓일까, 털이 일어서있었다. 청년은 전에 할아버지가 하시던 대로 붓을 입술 새에 넣어 침으로 끝을 세워가지고 도로 두껍에 꽂아 함 속 깊이 넣었다.

담뱃대는 담배쌈지와 함께 있었다. 쌈지의 담배를 대통에 눌러 담았다. 불을 붙였다. 한 모금 깊이 빨아 내뿜었다. 그리고 눈을 감고 담뱃내를 맡아보았다. 할아버지의 빨고 내뿜던 담뱃내와 똑같지가 않다. 또 빨아 내뿜는다. 아무래도 다르다. 빨고 내뿜는 데서 달라지는가보다. 담뱃모금을 빨 때마다 큰 목줄떠가 한 번 움직이고, 그것을 삼킬 때 다시 한번 목줄떠가 크게 움직이고, 그리고 나서 이따금 눈여겨보는 청년에게는 사뭇 오랜 것처럼 느껴진 뒤에야 서서히 코로 연기를 내뿜으시던 할아버지. 청년이 어렸을 때 몰래 담배를 붙여 할아버지처럼 삼켰다 사레들려 혼난 일이 있는, 그 독하게 쓴 담배를 한결같이 오래 삼키곤 하시던 할아버지. 돌아가실 때만 해도 담배를 찾는 눈치시기에 대에 담배를 담아 물려드렸더니, 여전히 속깊이 빨아 삼키다가 종내 한 대를 다 못 피우시고 대를 입에서 떨어뜨리며 운명하신 할아버지. 청년은 몇번을 빨아봐도 할 아버지처럼 담배를 못삼켰고 할아버지처럼 내뿜을 수도 없었다. 그 러나 아까의 고약한 냄새만은 없어졌다. 그리고 어느새 할아버지가 앉아계실 때처럼 저녁이 깃들어왔다. 잔잔한 조수처럼 밀리어 들어 오는 저녁그늘. 청년은 조용히 담뱃대를 내려놓았다. 그리고 저녁 그늘 속에서 어두워가는 청사단령의 조각과 희미한 주영구슬알들과 담뱃대를 내려다보았다. 그러나 오늘은 청년의 눈에 눈물이 어리지 는 않았다.

이날도 청년은 담뱃대 그림이 붙었던 빈 자리를 쳐다보며 스케치 북을 펴려 하다가 대동강으로 나갔다. 강물은 한창 밀물이 찌는 때 여서 검은 석탄배가 힘들이지 않고 아래로 내려가고 있었다. 강기 슭에는 아직 풀지 않은 솔가리와 장작을 가득 실은 배며, 독과 각 색 항아리를 실은 배가 들어와 닿아있었다. 언덕 한곳에 서서 청년 은 눈이 가는 대로 강으로 쏟아져내리는 큰 하수관 아가리 앞에서 어떤 사내가 지금 열심히 무엇을 파내고 있는 것을 내려다보고 있 었다. 무슨 생철조각같은 것으로 밑의 바닥을 긁어내면 모래에 묻 혀 못이 몇개 나왔다. 둑에는 이미 파내놓은 못이며 철사토막이며 깡통같은 것이 쌓여있었다. 다시 긁어내려고 물속으로 잠그는 사내 의 손이 뜻밖에 작고 맵시있다는 것을 발견하고 이어 사내의 얼굴 을 살핀 청년은 놀라고 말았다. 틀림없는 남도사내인 것이다. 노르 게한 수염발이 잡힌, 전날의 양반다운 지체 속에서 생활해온 듯한 얼굴에는 지금 하수관 아가리에서 쏟아져 나오는 검은 물방울이 여 기저기 튀어 맺혔다. 그러나 남도사내는 얼굴을 닦을 생각을 않는 것이었다. 그것은 남도사내가 막걸리를 음미하고도 그 음미한 결과 같은 것을 얼굴에 나타내지 않는 그런 단념 비슷한 것임에 틀림없 어 보였다. 그리고 이것도 하수관 아가리 밑에서 파냈을 백동전 한 닢이 끼어있는 귀. 청년은 문득 먼지가 앉은 남도사내의 귓속이 생 각나면서 갑자기 터져나오려는 웃음을 느꼈으나, 어쩐지 웃을 수가 없었고, 청년은 곧 그곳을 떠났다.

저녁때 청년은 주영구슬 꿰미를 주머니에 넣고 다시는 가지 않겠다던 여인의 선술집을 찾았다. 언제나 같은 그늘. 저편에 웬 낮선 사내가 돼지갈비를 뜯고 있고, 단골들 속에는 남도사내도 와있었다.

여인이 부채를 놓고 입김으로 화롯불을 불고 있었다. 숯불이 어리운 여인의 타는 얼굴. 이것을 그리리라. 여인이 화로 둘레에 더 어두운 그늘을 만들어 놓고 목로상 안 제 그늘자리로 가며 청년에게, 안색이 못됐쉐다레, 왜 어디 앓았소? 한다. 앓긴, 술을 못 먹어 그렇지요. 얼마나 먹는 술이라구 그래요? 내 오늘 먹는 거 볼라우? 청년의 잔에 술이 부어졌다. 피어나는 술향기. 할아버지와 함께 있은 냄새. 저녁그늘과 함께 있은 냄새. 지금도 이곳은 전등불 아래서 저녁그늘이 짙어가는 때다. 청년은 잔을 들어 단숨에 들이켰다. 그러자 절로 크으해지면서 한 번 얼굴을 찡그렸으나, 오늘은 이상스럽게 과히 쓰지는 않았다. 여인에게 잔을 내밀었다. 여인은 얼굴에 어울리지 않는 불안한 빛을 잠깐 떠웠으나 다시 청년의 잔에 술을 부었다. 또 피어나는 술향기. 할아버지와 저녁그늘과 함께 있은 술향기. 잔을 든 청년은 저도모를 기분으로 잔을 옆의 남도사내에게 내밀며, 자 한잔 드시소, 했다. 여러 사람의 시선이 청년과 남도사내에게로 몰렸다. 그리고 여인의 놀란 시선도. 남도사내는 이곳에 처음 왔을 때 소줏잔이 나오자, 탁주 주이소, 하고 온 얼굴을 붉혔던 것처럼 빨개지면서 잠시 머뭇거렸으나, 고맙십니더, 하는 말과 함께, 청년의 잔을 받았다. 그리고 한 모금 마셨다. 피양온 지 얼마나 됩니까? 하고 청년이 물었다. 한 뒤달 됩니더. 피양이 어떻습니까? 좋십니더. 피양의 대동강 모란봉의 좋은 맛을 알래믄 먼저 쇠줏맛을 알아야 해요, 하고 청년은 어울리지 않게 불안한 빛을 한 여인에게, 자 나두 한잔 주소, 술두 받는 날이 있대지요? 했다. 여인은 오늘은 청년에게 이 이상 더 술을 붓지 않는 게 좋지 않을까 생각하는 듯한 눈치였으나 청년의 어떤 기세에 눌린 듯이 새로 술을 부었다. 청년은 한 모금 크게 마시고 나서 남도사내에게, 실례지만 고향이 경상도같은데 거기선 서루 친한 사람끼리 만나믄 이 문둥아 하구 얼싸안는대믄서요? 그래 경상도 어딥니까? 경북 안동입니다. 청년은 지금 마신 술 때문만이 아닌 흥분으로 남도사내의 얼굴 가까이로 자기의 얼굴을 가져가며, 노형 상투는 언제 자르셨소? 했다. 남도사내는 이 당돌하고 무례스러운 물음을 하는 청년을 한순간 못마땅한 듯이 바라보고 있었으나 곧 빨개진 얼굴에 이번에는 또 단념하고 마는 듯한 미소를 떠웠다. 흡사 늙은이의 미소였다. 노형 손수 자르셨소, 누구한테 잘라달렸소? 상투가 떨어질 때 어떻습디까 맘이? 그냥 남도사내는 늙은이의 미소를 떠우고만 있었다. 청년은 어느새 주머니에서 주영구슬을 꺼내고 있었다. 그리고 청년은 구슬 꿰미를 남도사내 앞에 들어 보이며, 이게 뭔지 아우? 노형이야 이게 뭔지 아시겠지요? 그제서야 남도사내가, 이게 주영구실 아닙니꺼, 하고 부르짖듯 했다. 예 맞았쉐다, 이 구슬이 우리 십대조, 정 꼭 에누리없이 십대조웨다, 그 십대조 할아버지께서 곤전에서 하사받은 갓끈에 매달렸든 구슬이웨다, 그 할아버지께서 태부를 지내셨는데 그때 왕세자를 가르치신 공이 많으시다구 청사단령과 함께 곤전에서 하사한 갓끈이지요, 끈은 제 끈 아니웨다마는 이 구슬만은 지금꺼지두 이르케 한 알두 상하지 않구 있쉐다, 했다. 남도사내는 어떤 흥분으로 해 더한층 빨개진 얼굴을 해가지고 청년의 손에서 구슬 꿰미를 조심스러이 받아들었다.

그러나 다음 순간 남도사내의 손이 가늘게 떨렸는가 하자 그만 구슬 꿰미를 떨어뜨리고 말았다. 구슬 꿰미는 시멘트 바닥에 떨어지면서 끈이 끊어져 구슬알들이 사면으로 흩어졌다. 남도사내가 허리를 굽히고 돌아가며 구슬알을 줍기 시작했다. 같이 허리를 구부리고 남도사내가 줍는 구슬알을 받아드는 청년은 구슬알들이 깨지지 않고 그냥 온전함에 그만 소리를 내어 웃기 시작했다. 그리고 청년은 웃음 사이사이, 아 너무 웃었드니 눈물이 다 난다, 눈물이 다 난다, 하고 혼자 중얼거렸다. 사실 청년의 눈에는 눈물이 괴어있었다. 그러다가 청년은 무심코 구슬을 주워주는 남도사내를 보고, 노형은 웃지두 않았는데 웬 눈물이요? 했다. 남도사내의 눈에도 어느새 물기가 어려있었다. 청년은 그늘 속에 희미하게 빛나는 온전한 구슬알들을 남도사내에게서 받아들고는 그냥 눈물 섞인 웃음을 웃곤웃곤 하였다.

1941 여름

저 녁 놀

참으로 황홀한 저녁놀이었다. 크나큰 놀빛 부채를 활짝 펴놓은
듯한, 그리고 모르는 새 이 부챗살을 접는 듯한, 그래서 맑디맑은
지금까지의 주홍 놀빛이 좀 짙은 주홍 놀빛으로 변하는 실로 찬란
한 저녁놀이었다. 이런 저녁놀은 이제 가을로 접어들려는 절기에,
바로 전에 소나기가 한차례 퍼붓고 막 개인 하늘 때문일까. 혹은
지금 서편 하늘에 엷게 깔린 솜구름 때문일까.

아마 이렇게 아름다운 저녁놀은 평생을 통해 몇번 대해보지 못하
리라. 그러나 이 놀빛도 이제 어느 새엔가 사라지고야 말리라. 이
러한 생각을 하며 보통벌을 걸어나가던 그는 이 저녁놀빛을 등지고
이리로 마주 걸어오는 작은 두 그림자에 눈이 갔다. 여남은살 난
계집애와 예닐곱 난 사내애였다. 남루한 옷에 깡통을 하나씩 들고
메고 한 것이 틀림없는 거지애들이었다. 한데 이 두 거지애는 서로
손같은 것을 잡은 것도 아닌데 이상스레 어린 사내애는 계집애에게
의지하듯이, 계집애는 또 바로 손을 대지 않았으나 사내애를 감싸
듯이 하고 걸어오는 것이었다.

이 모양을 조금도 헝클지 않고 두 애는 그의 옆을 지나갔다. 두
애는 남매같았다.

좀만에 그는 뒤를 돌아보았다. 두 애는 여전한 모양으로 걸어가
고 있었다. 거기 두 애가 걸어가고 있는 저 앞에는 새로 들어선 모
래터의 집들이 저녁 연기 속에 잠겨있었다. 이제 어두워 동냥을 해
가지고 돌아오는 길에도 두 애는 저 모양대로 돌아오리라. 그러나

왜 그런지 그들의 밥통은 사뭇 끓아있을 것만 같았다. 그들이 돌아 오는 토막에서는 홀아버지나 홀어머니가 있어 앓아누웠는지도 모르 는데.

이때였다. 그의 눈앞에 이 두 애의 그림자와는 다른, 지난날의 한 그림자가 떠오른 것은. 뒤이어 그의 가슴이 어떤 뉘우침으로 해 뿌듯해짐을 느꼈다. 웬일인지 그는 요즈음 뜻하지 않았던 때 뜻하 지 않았던 곳에서 이미 아주 잊어버린 지 오랜 지난날의 일이 퍼뜩 퍼뜩 떠오르며 어떤 뉘우침으로 해 가슴이 뿌듯해지곤 하는 수가 많았다. 아직 그럴 나이도 아닌데.

그날도 분명히 저녁때였다. 그리고 저녁놀이 비껴있었다. 그러고 보니 그때의 저녁놀도 꼭 오늘같이 아름다웠던 것만 같다. 그 당시 그가 살고 있던 집 앞 그리 좁지 않게 비탈진 빈터 너머로.

그것은 그가 바로 중학에 입학하던 해 봄이라고 기억된다. 그의 집에서는 마침 어머니가 풍증으로 자리에 누워있는 날이 많게 되 어, 식모를 하나 두게 됐다. 그 식모로 들어온 여인이라는 게 아주 새파랗게 젊은 여자였다. 이제 서른이 됐을까 말까한——과부라는 것이었다.

어머니는 미처 알맞은 사람이 없어 두기는 두었지만, 이 젊은 여 자를 식모로 두는 걸 그다지 탐탁히 여기는 눈치는 아니었다. 첫째 로 젊은 사람이란 무슨 일이나 설쳐서 안된다는 것이었다. 그리고 또 젊은 사람이란 한곳에 오래 붙어있지 못하는 법이라, 서로 정들 만하면 다른 데로 가버리게 돼, 그게 안됐다는 것이었다.

그러던 것이 열흘이 못돼서부터 어머니는 이 젊은 식모에 대한 칭찬이 대단했다. 젊은 사람이지만 생각던 것 보아선 못하는 일이 없고, 여간 찬찬치가 않다는 것이었다.

게다가 젊은 식모편에서도, 자기는 다시는 시집같은 것은 안 가 고 이댁 딸처럼 늙고 말겠다는 말을 조용조용 하곤 했다. 그러나 어머니는 이럴 때마다, 젊은 사람이 왜 혼자 늙기야 하겠느냐고, 그저 좋은 자리가 있어 시집갈 때까지 같이 살아보자고 했다.

그리고 어머니는 간혹가다 이 젊은 식모를 두고 혼잣말처럼, 저 렇게 도무지 팔자가 세 뵈지 않는 사람이 어떻게 과부가 됐는지 모르겠다는 말을 하곤 했다.

봄이 가고 여름이 왔다. 그리고 여름도 깊어가는 어느날 밤이었다. 그는 전에없이 밤중에 오줌이 마려워 일어났다. 자기 전에 먹은 수박 탓이리라. 문을 열고 나가려던 그의 눈에 저쪽 대문가에서 젊은 식모가 어떤 남자를 보내고 조심히 문을 잠그는 모양이 들어왔다. 어스름한 전등빛에도 그 사내는 자기네 집 단골 물지게꾼이라는 걸 알 수 있었다. 그는 젊은 식모가 제 방으로 돌아간 뒤에도 한참 동안을 변소에 나가지 못했다.

다음날부터 그는 이상스레 젊은 식모의 얼굴을 바로 바라볼 수가 없었다. 이쪽에서 피하기까지 했다. 아침 저녁 끼니때 이 젊은 식모가 숭늉같은 것을 떠들일라치면 그는 그네에게 시선을 주지 않기 위해 일부러 잘 잡히지도 않는 생선 눈알을 젓가락으로 집는 데만 주의를 모으곤 했다. 마음속으론, 고약한 것, 고약한 것, 하고 되뇌이며.

그러한 어느날 아침, 조반을 지으러 나와야 할 젊은 식모가 뵈지를 않았다. 뜰아랫골방에 가 본 어머니가 지난밤 젊은 식모가 들어와 자지 않은 걸 발견했다. 어젯밤 야시에 가 무얼 사올 게 있다고 어머니한테 그동안 밀린 월급을 타가지고 나가서 안 들어온 것이었다. 그도 나가 보았다. 젊은 식모가 들어오며 걸었어야 할 대문도 잠그지 않은 채였다. 그저 이 젊은 과부가 올 때 가지고 왔던 작은 보퉁이만은 그냥 있었다. 어머니가 보퉁이를 끄르니 때낀 솜저고리 하나와 속곳 하나가 들어있었다.

어머니는 이렇게 보퉁이를 두고 갔으니 이제 돌아오리라고 했다. 그러나 그는 젊은 식모가 다시는 돌아올 사람이 아니라고 생각했다. 사실 젊은 식모는 돌아오지 않았다. 그날부터 단골 물지게꾼도 뵈지 않았다. 그는 어린 속으로도 그럴 거라고 했다.

그날은 학교에서 하학후 교내 축구대회가 있어 좀 늦게야 집에 돌아오니 어머니가 툇마루에 나와 앉아, 웬 여인과 말을 하고 있었다. 허름하게 입은 중년배 여인은 등에 젖먹이 애를 업고 옆에다는 네댓살 났을 계집애를 데리고 있었다. 어머니와 여인이 주고받는 말로, 이 여인이 자기네 집 단골 물지게꾼의 아내라는 것을 알 수 있었다. 어머니는 여태 젊은 식모가 물지게꾼과 얼려 달아난 사실은 모르고 있었던 모양이었다.

여인은 조용히 오그리고 서서, 무엇이고 먹고 지낼 수만 있으면 상관없겠지만 이렇게 어린 것들을 달고 당장 살아나갈 길이 한심하다고 하면서 좌우간 어디로 갔는지 간 곳만 알면 가서 남편을 찾아와야겠다고 했다. 어머니는 다시 오늘 처음으로 그런 일을 안다고 하며, 미리, 그런 눈치를 채지 못한 걸 분해했다. 그러나 그는 여기서 아무리 어머니가 그런 눈치를 챘다 하더라도 역시 젊은 식모와 물지게꾼이 어디로 달아나는 것만은 막아내지 못했으리라고 생각했다.

여인은 한참이나 넋없이 섰더니 힘없이 허리를 한 번 굽히고는 돌아서려 했다. 어머니가 물지게 삯도 좀 떨어진 게 있다고 하면서, 일원짜리 몇장을 꺼내어 옆에 서있는 계집애에게 쥐어주었다. 여인이 고맙다고 다시 한번 허리를 굽혔다.

그러는데 어머니는 무엇이 생각난 듯 그의 편을 향해, 골방에 가서 보퉁이를 좀 가져오라는 말을 하다 말고, 그런 걸 사내자식에게 시키고 싶지 않았던지, 어머니 자신이 가지러 가려고 오랜 병으로 여윈 무릎을 세우려 했다. 그는 어머니가 그걸 가져다 어쩌려나 하면서도, 어머니가 일어나기 전에 골방으로 갔다.

보퉁이를 들고 나오던 그는 어떤 생각을 하고 거기 서고 말았다. 그리고 보퉁이를 끌렀다. 속곳이 나왔다. 그는 두 손으로 속곳의 가랑이 하나씩을 잡아쥐었다. 그리고는, 고약한 것, 거의 입 밖에 낸 소리와 함께 힘껏 찢어냈다. 그리고야 그걸 다시 보퉁이에 싸가지고 나왔다.

어머니는 젊은 식모가 버리고 간 것이라고 하며, 여인더러 가지고 가라고 했다. 여인은 처음에 약간 놀란 듯 또는 노여운 듯 보퉁이를 바라보고 있었다. 그도 어머니가 왜 이러나 하고 좋지 않은 생각이었다.

어머니는 저고리와 속곳이 아직 성해 몇 물 더 입겠더라고 했다. 그새 무엇을 참고 견디는 듯한 본래의 얼굴로 돌아온 여인은, 조용히 손을 내밀어 보퉁이를 받아들었다. 그리고는 고맙다고 다시 또 허리를 굽혀 인사하고 나서, 옆의 계집애의 손을 이끌고 대문을 나섰다.

여인이 걸어가고 있는 집 앞 그리 좁지 않게 비탈진 빈터 너머론 저녁놀이 한창 비껴있었다. 처음 보는 듯한 아름다운 저녁놀이었다.

그러나 그는 이때 좀전에 자기가 골방에서 한 일과, 그곳을 나와 어머니가 하는 일에 대해 가졌던 자기의 생각이, 결국 어머니와 저 여인이 취한 태도에 비겨 얼마나 하잘것없는 것이었느냐는 생각에 미치자 그만 가슴이 뿌듯해지면서 놀 속 여인의 뒷모양을 더 오래 바라볼 수조차 없었다.

1941 첫가을

기 러 기

쇳네는 아버지가 데릴사위로 정해준 남편이 그저 무섭고 싫기만
했다. 아버지가 시키는 일이니 따랐을 뿐, 그리고 보아하니 아무개
도 그랬으니 자기도 그럴 밖에 없다는 생각으로 밤이면 남편과 한
자리에 들었을 뿐. 나이 열다섯에.

쇳네아버지가 쇳네의 남편으로 데릴사위 동이를 맞아들인 데는
무어 사내자식이 없다든지 쇳네가 딸자식으로 그다지도 살뜰해서가
아니었다. 집안에 여인이 쇳네 혼자라서 그런 것도 아니었다. 같이
늙던 마누라는 이미 이세상 사람이 아니었으나 맏며느리가 있었다.
그렇다고 쇳네아버지 자기의 기력이 그처럼 쇠퇴한 때문도 아니었
다.

쇳네아버지로 말하면 육순이 지났어도 오히려 정정하였다. 그 독
특한 목소리도 여전히 온 동네를 뒤흔들었다. 쇳네아버지는 밖에
나간 집안식구를 부를 때에는 앞마당 한가운데 서서 아래 위쪽을
향해 이름을 한 번씩 소리 높여 부르는 것이었는데, 그것이 그대로
요새와서도 꽤 길쭉이 생긴 동네 어느 구석에고 안 들리는 곳이 없
을 정도였다. 별명인 호랑이영감의 면목도 뚜렷이.

강직하고 고집센 것도 그대로였다. 근하고 끈끈하던 것도 마찬가
지였다.

중년에 들어, 앞 개울둑 임자 없는 초평을 일구어 오늘날의 훌륭
한 밭을 만들어놓은 사람이 쇳네아버지였다. 처음에 동네사람들은

모두 저사람이 아무래도 미쳤거니 했다. 사실 그것은 미친 사람의 짓이었다. 강 쪽으로는 강둑을 높여 웬만한 장마에도 물이 넘지 않도록 하고, 그 밑에다 제대로 낟알을 심어먹을 수 있을 만큼 밭 모양을 만들어놓았을 때, 정말 동네 사람들은 놀라는 데만 그치지 않고, 쇳네아버지에게 어떤 무서움까지 느꼈던 것이었다.

그 뒤에도 쇳네아버지는 그곳을 다듬고다듬어 낟알 잘 되기로 이름난 오늘날의 밭을 만드는 한편, 쌓아올린 강둑에다는 띠와 억새풀을 길러 둑을 든든히 하는 동시에, 새(땔 나무)는 새대로 누구네보다도 풍성할 수 있었다.

봄철부터 가을철에 걸쳐 쇳네아버지는 낮일만 끝나면 으레 이 둑에 와 날이 아주 어두워 캄캄해지도록 앉아있는 것이 한 일과처럼 돼있었다. 어느 누구의 소 콧김도 어느 누구의 낫날도 와 범접하지 못하게끔. 새가 한창 우거질 때면 앉아있는 쇳네아버지의 몸이 뵈지도 않았다. 날이 저물어 어두워짐에 따라 이 둑에 나타나는 빨간 담뱃불로 거기 쇳네아버지가 앉아있다는 걸 알 수 있을 뿐이었다. 동네사람들은 이 쇳네아버지의 담뱃불을 두고 호랑이가 회를 켜들었다고들 했다. 쇳네아버지는 날이 흐린 날은 도롱이를 입고서라도 좀처럼 이 일과만은 빼놓지 않았다.

한번은 어떤 사람이 늦게 꼴 베어 올 것을 잊고 있다가 마침 이 둑에 쇳네아버지의 담뱃불이 뵈지 않으므로, 옳다 됐다고, 저기 가서 잠깐 한 짐 해오는 수밖에 없다고, 한참 후림 낫질을 해나가다 보니, 아이 깜짝이야, 거기 호랑이 같은 쇳네아버지가 한손에 담뱃대를 쥔 채 졸고 앉았는 게 아닌가. 그 사람은 정말 호랑이라도 본 사람처럼 꼴망태를 버려둔 채 도망쳐 오고 말았다. 물론 뒤에 그것이 내 꼴망태노라고 나서지 못한 것은 말할 것도 없다.

이같은 쇳네아버지의 일과도 예나 이제나 조금도 다름이 없었다.

도리어 육십줄에 들어 왕성해지는 건 어떻게 하면 대농을 해볼까 하는 의욕뿐이었다. 사실 이 쇳네아버지에게 앞 개울둑 초평같은 땅이 또 나선다면 지금도 능히 좋은 밭을 만들어낼 수 있었으리라.

그러니 이런 쇳네아버지가 데릴사위를 구해들인 것은 그저 일꾼이 필요한 때문이었다. 지금 한창 일을 다 배워놓은 쇳네라는 일꾼을 내놓기도 아까웠지만 동네에서 부지런하기로 소문난 동이가 욕심난 것이었다.

장성한 아들이 둘씩이나 있었다. 그러나 두 아들은 어려서만 아버지를 도왔을 따름, 이제 와서는 어린 손자들만 수두룩하게 낳아놓고 투전판만 찾아다니는 큰아들이나, 별별 하이칼러 모양으로 머리치레만 하면서 사진쟁이 장사를 한다고 평양에만 가있는 둘째자식은 도리어 없는 편만 못한 것이었다. 동네사람들은 이를 두고, 호랑이가 그만 스라소니를 낳았다는 말들을 했다. 이런 자식들 가운데 홀로 쉿네만이 일꾼이었다. 동네사람들은 또, 이 쉿네만은 자지만 달고 나왔던들 그대로 자기 아버지였으리라는 말들을 했다. 여기에 쉿네아버지는 두 아들 대신으로 쉿네의 남편을 택한 것이었다.

그러나, 모든 것이 쉿네아버지의 뜻대로만 되지는 않았다. 그렇게 부지런하기로 근동에 소문났던 쉿네의 남편이 데릴사위로 들어온 지 일년도 채 못 되어서부터 점점 게으름을 피게 된 것이었다. 새벽이면 어둑어둑해서 일어나 부지런을 피던 사람이, 차차 장인영감이 깨워야 마지못해 일어나곤 하더니 나중에는 깨워도, 오늘은 머리가 아프니 오늘은 배가 아프니 하고, 숫제 일어나지 않는 날도 많게끔 됐다. 하긴 일어나 나올래야 나올 수 없기도 했다. 밤마다 늦게 집에 돌아오거나 밤을 새우는 날도 가끔 있었으니. 동네에서 들은 쉿네남편이 투전판에 섞여 다닌다고들 수군거렸다.

쉿네아버지는 그러나 섯날 구아늘 작은아들에게처럼 몽둥이찜을 한다든지 하지는 않았다. 동네에서들은, 역시 호랑이영감이 곁으로는 전과 다름없는 것같지만 속으론 한풀 늙은 게 분명하다고들 했다. 그것이 사실이었는지도 몰랐다. 쉿네아버지는 그저 사위와 면대할 적마다 그의 눈을 한참씩 바라보곤 할 따름이었다. 너마저 그렇게 되고야 마느냐는 듯이. 그러면 쉿네남편은 또 이것이 처음에는 장인영감의 눈을 피하는 듯했으나 차차 대담하게 마주 바라보게끔 됐다. 그래 자기 친아들들 훈계는 어디다 두고 나보고만 이러느냐는 듯이.

이러는 동안, 일년치고 궂은 날만 제하고는 언제나 낮엔 반드시

밖에 내다 매야 하던 쇳네아버지네 소가 다시 영감의 손으로 내다 매어지게 됐다.

쇳네남편은 술까지 배웠다. 먹어나니 술에는 고래였다. 처음에는 근처 마을에서 돌아가며 먹더니, 나중에는 이십리나 되는 평양으로 벗어나가 며칠씩 묵어 돌아오곤 했다.
한번은 평양갔던 쇳네남편이 양복에 구두까지 사신고 돌아왔다. 양복과 구두가 꼭 둘째처남의 것과 같은 식의 것이었다. 그런데 이 양복이나 구두보다도 손에 낀 흰 장갑이 통 어울리지 않았다. 그 큰 손이 더욱 크게 드러나보이는 것이었다.
이렇게 해서, 쇳네남편은 여태까지 남의 집 절가(머슴)살이를 해 벌어두었던 돈 천팔백냥을 다 날려버렸다. 무명 헝겊에 꽁꽁 싸서, 그 희던 무명 헝겊이 검정물 들인 것처럼 되도록 만져오던 돈을, 아직 그 무명 헝겊만은 검게 된 채 그냥 남아있건만 속의 돈만은 한닢 남기지 않고 날려버리고 만 것이었다.
쇳네남편은 이번에는 아내의 은동곳(은비녀), 은가락지를 내다가 팔았다. 성한 옷가지같은 것도 꺼내 내갔다. 평양서 입고 나온 양 복과 구두도 팔아 없앴다. 그리고는 장인 몰래 쌀말을 퍼내가기도 했다.
마침내 쇳네남편은 쇳네더러 돈을 내놓으라고 매질까지 하게 됐 다. 어디 분명히 감추어둔 돈이 있을 테니 그걸 내놓으라는 것이었 다. 쇳네는 어머니가 남겨주고 간 구리가락지를 뽑아주었다. 그러 나 남편은 버럭 고함을 지르며, 이 미물아, 이게 무어 돈될 물건인 줄 아느냐고, 도로 쇳네 면상에다 내던져버리고 말았다.
남편은 또 입버릇처럼, 그래 내가 너같은 미물한테 데릴사위로 들어올 적에는 무엇 바라볼 게 있게 왔지 뭣하러 들어왔겠느냐는 등, 그래 내가 부지런히 일해줬으면 좋기야 하겠지, 그러나 내가 뼈 가 휘도록 일했댔자 모두 너의 오라비 좋은 일인 걸 뭣하러 내가 일하겠느냐는 등, 나도 누구처럼 별짓 다 할 줄 알고 몸 편한 것 좋아할 줄도 아는 사람이라는 등, 하는 말을 하곤 했다. 쇳네는 이 런 남편이 한없이 무섭기만 했다.

쇳네아버지는 처음의 기대가 너무나 터무니없이 무너짐에 따라 그만 쇳네네를 동구 밖에다 오막살이집 하나를 장만해주어 그리로 내보내고 말았다. 그날 밤 쇳네는 이불을 쓰고 혼자 울었다. 아버지를 떠난 슬픔도 아니었다. 그저 울어졌다. 그것은 혹 앞날의 자기의 평탄치 못할 생활에 대한 어떤 항거랄까 그러한 것이 이렇게 울음으로 돼 나오는지도 몰랐다. 남편은 이사온 첫날 밤 재수없이 운다고 고래고래 소리를 질렀다. 그러나 웬일인지 매질을 하지는 않았다.

남편은 이제부터는 자기 살림이라는 생각에서인지 정신을 좀 차리는 것같았다.

그러나 얼마를 지나지 않아 남편은 다시 게으름을 피는 것이었다. 그저 전과 다른 것은 노름판에 드나들지 않는 것과 술을 끊은 듯한 점이었다.

언제나 누워있었다. 잠들어있는 것도 아닌데, 눈을 감은 채 꿈쩍 않고 몇 시간이고 있는 때가 많았다. 그러다가 쇳네더러, 우리 한 번 먼 데로 가 살지 않을래? 하는 뚱딴지같은 말을 하곤 했다. 이런 남편이 쇳네는 그냥 무섭기만 했다.

이런 가운데서 쇳네는 그래도 게으른 남편의 몫까지를 대신하듯이 부지런히 일을 했다. 들일은 물론 산에 가 나무까지 해왔다. 그리고는 모자라는 양식은 자기의 품삯을 미리 낟알로 바꾸어왔다. 그러나 쇳네는 통 아버지한테는 가지 않았다. 그것은 요새와서 갑자기 늙어 뵈는 아버지나 어린 조카를 데리고 고생하는 올케에게 자기네의 일로 해서까지 괴롭히고 싶지 않은 때문이라기보다도 그저 그러기가 싫었다.

이런 쇳네가 어느날 자기의 몸이 보통 몸이 아니고 태중이라는 걸 알았다.

그해 가을, 호랑이영감네 둘째아들이 아버지의 도장을 훔쳐내어 개울둑 밭을 저당내 먹었다는 소문이 동네에 퍼진 지 얼마 안되어, 쇳네아버지는 여태까지 써온 심뇌가 한꺼번에 나타난 듯이 자리에 눕고 말았다. 값나가는 약이라곤 도무지 써보지를 못했다. 병인이 사들이지 못하게도 했다. 병인은 입버릇처럼, 자기의 병은 약을 써서 나을 병이 아니라는 것이었다.

뼈와 가죽만 남아 거의 해골이 다 되어있었다. 큰 나무일수록 넘어가기 시작하면 걷잡을 수 없듯이. 누가 보나 쇗네아버지는 회생해 일어날 것같지 못했다. 그러면서 동네에서들은, 그 온 동네를 뒤흔들어놓곤 하던 호랑이영감의 목소리를, 솔직히 말해서 그리 듣기 좋은 소리는 아니던 그 목소리를, 앞으로는 들을 수 없으리라는 것에 생각이 미치자 알지 못할 어떤 서운함이 가슴 속에 서림을 금할 길이 없어했다.

투전판만 찾아다니던 맏아들과, 대개는 평양에 가있던 작은아들이, 그래도 며칠 아버지 머리맡에 와 앉아있었다. 병인은 어디 그런 기운이 남아있었던지 두 아들에게 몇번이고, 네깟 놈들은 내 아들이 아니니 썩 눈앞에서 없어지라고 고함을 지르는 것이었다. 병문안 와있던 동네 늙은이들이, 이제와서 그런 말 말라고 했으나, 소용없었다.

얼핏 보아 병인이 나아 자리에서 일어나지는 못해도 그렁저렁 오래 끌 것만 같은 데다 아버지의 역정이 듣기 싫어 큰아들은 다시 투전판으로, 작은아들은 잠깐 다녀오마고 평양엘 가버리고 말았다. 맏며느리도 손자들도 병구완에 아주 지쳐버리고 말았다. 사위인 쇗네남편은 얼씬도 하지 않았다. 단지 쇗네만이 밤낮을 가리지 않고 아버지 곁에 붙어서 시중을 들었다. 뼈만 남은 딱딱한 아버지의 사지를 주무르고 두드린다, 손끝이 솔도록 머리를 짚어준다, 했다.

종내 쇗네아버지는 손과 발이 보기 좋을 만큼 부어오르더니 그러한 지 사흘만에 세상을 떠나고 말았다. 쇗네가 눈을 감겼다. 쇗네는 아버지의 눈에 손을 얹은 채 그자리에 나가쓰러지고 말았다. 깨나서도 곡을 하다가 몇번이고 까무라쳤다.

삼일장을 치르고 난 날 저녁에, 쇗네는 그만 팔삭동이 애를 낳고 말았다. 사내애였다. 동네 노파들은 와서 들여다보고는 손톱 발톱이 아직 채 굳지 않았다고들 했다. 눈도 뜨지 못했다. 사흘이 지나도 젖도 제대로 빨지 못했다. 울음조차 변변히 울지 못했다. 구삭동이보다 팔삭동이가 산다는 말이 있기는 하지만, 누가 보나 애가 살아날 것같지는 않았다.

　남편은 한번도 애를 들여다보는 법도 없이, 종자로 따들인 호박을 베고 밤낮 천정만 바라보고 있더니, 무슨 생각을 했는지 하루는 획 밖으로 나가버렸다. 그리고는 다음날까지 집에 들어오지 않았다. 이 동구 밖으로 나온 이후로 처음 있는 일이었다. 그러나 쇳네는 혼자 이 언제 죽을지도 모를 작은 핏덩어리를 의지하는 마음만으로 이제는 살아갈 수 있을 듯했다. 이 마음은 그 다음날에 가서는 더욱더 쇳네의 가슴 속을 자리잡아 나갔다.

　동네에서는 누구의 입으로부턴가, 쇳네남편 동이가 건넛마을 석봉이네 장보러 가려고 내놓은 쌀 닷말을 지고 어디론가 가버렸다는 소문이 퍼졌다. 쇳네의 가슴이 덜렁 내려앉을 밖에 없었다. 종내 남편이 그런 일까지 저질렀구나! 그길로 쇳네는 석봉이네한테로 갔다. 사실 소문대로였다. 쇳네는 이제 자기가 몸만 추스르면 품팔이를 해서라도 기어이 갚아주겠노라고 하고 돌아왔다.

　그날 밤부터 이상히 마음이 놓여지는 쇳네였다. 이젠가저젠가 남편이 돌아올 것을 무서워할 필요도 없게 된 것이었다.

　애는 요행 죽지 않고 살아났다. 쇳네는 죽자하고 일만 했다. 먹을 것도 먹지 않고, 남에게 갚아줄 것부터 앞세웠다. 그리고 모든 힘들고 고됨이 이 어린애로 해서 다 사라져버렸다.

　그런데 그즈음 쇳네의 마음에 한가지 걸리기 시작한 게 있었다. 남편이었다. 그러나 그것은 여태까지의, 돌아오면 어쩌나 하는 남편으로서가 아니라, 돌아와줘야 할 텐데 하는 그런 남편으로서였다. 쇳네 저로서도 모를 일이었다.

　백날이 되어도 웃지를 못하던 애가 그래도 어르면 사람을 알아보게쯤 됐을 때, 쇳네는 남몰래 혼자 애를 어르다가도 문득 생각키는 것은 남편이었다. 이런 때 남편이 있어주었으면! 자기는 아무래도 좋았다. 열일곱에 벌써 생과부가 됐다는 말도 참을 수 있었다. 단지 애에게만은 아비 없는 자식이란 말을 듣게 해서는 안될 것같았다. 도리어 자기에게는 무섭고 싫은 남편이건만 애에게만은 아비 없는 자식을 만들어서는 안될 것같았다. 그러면서 쇳네는 이젠가 저젠가 남편을 기다리게까지 됐다.

애가 뒤집기 시작했다. 그러한 어떤 날, 쇳네에게 웬 편지 한 장이 와닿았다. 쇳네는 이게 필시 심상한 일이 아니라고 안동네 맏조카한테로 갔다.

맏조카는 편지를 받아들더니, 작숙(고모부)한테서 온 편지라고 했다. 쇳네는 무슨 전기에라도 닿은 사람처럼 앞으로 돌려 젖을 물리고 있던 애를 후딱 끌어안았다.

편지에는 별 사연이 씌어져있는 건 아니었다. 그저 겉봉에 적혀있는 주소대로 만주 어디에 와있다는 말과, 석봉이네 쌀값은 곧 벌어 보낼 터이니 좀 참아달라고 하라는 말이 들어있을 뿐이었다. 그렇건만 쇳네는 전에 남편이 절가살이 시절에 돈을 간수하던 이상으로 정성스레 편지를 접어 주머니 속 깊이 넣었다. 석봉이네 쌀값 걱정일랑 하지 않아도 좋은 걸, 하는 생각과 함께 그저 다른 것은 다 그만두고라도 애 잘 자라느냐는 말 한마디가 들어있지 않은 걸 적이 섭섭해하면서. 하기는 애가 죽은 줄로 알고 있는지도 모르긴 하지만.

동네에서들은 쇳네의 남편이 그새 만주 가 산다는 말로, 쇳네를 만주로 들어오란다는 소문이 났다. 동네 노파들이 쇳네한테 와서는, 정말 만주로 들어오라더냐고 했다. 쇳네는 사실대로 편지는 왔지만 들어오란 말은 없다고 했다. 그래 들어갈려느냐 어쩔려느냐고 묻는 말에는 그저, 글쎄요, 하고 말았다. 그 이상 쇳네로서는 더 말할 수가 없었다.

어머니가 살았을 적에는 노 드나들던 살구나뭇집 할머니가, 아예 들어갈 생각은 말라고, 요새 만주에 색시 장수가 들끓는다는데, 못된 놈 제 색시 팔아먹을지 누가 아느냐고, 타이르듯 했다. 쇳네는 그 말에는 아무 대답 없이 앞 한곳만 바라보고 있었다.

그러고도 며칠 지난 뒤 어느날, 쇳네는 마당가에서 아지랑이 낀 들판을 내다보다 문득 안고 있던 애를 들여다보며, 너 아바지한테 간다, 하고 말았다. 그리고는 지금 자기가 한 말에 저 스스로 깜짝 놀랐다. 가슴이 울렁거려지며 귀밑이 홧홧 달아올랐다. 누가 혹시 자기의 말을 듣지 않았나 해 방으로 달려들어오고야 말았다.

　방안에 들어와서도 쇳네는 한참을 설레는 가슴을 진정치 못했다. 그런 가슴 한구석으로부터 아주 먼 지난날 어머니와 동네 늙은이들이 무슨 말끝엔가 한, 도시 여자란 바늘 가는 데 실 따라가는 격으로 아무래도 남편 따라가게 마련이라던 말이 떠올랐다. 그러나 지금 쇳네는 자기만은 그렇지 않다고 몇번이고 되뇌였다. 절로 고개까지 저어졌다. 그러면서도 가슴속 깊이에서는 역시 자기는 가야 한다는 생각이 한층 굳어지고 있었다.

　그날 밤 쇳네는 아랫목에 애를 재워놓고 어두운 등잔불 아래서 남편이 전에 입던 다 낡은 옷가지들을 꺼내어 여기저기 손질하기 시작했다. 좀만에 한번씩 생각난 듯이 바늘 든 손을 멈추고 잠든 애를 바라보고 나서는, 어서어서 하는 듯 다시 재게 손을 놀리는 것이었다.

　이 밤은 얼마나 깊었는지, 어디서 봄기러기 날아가는 소리가 들려왔다.

1942 봄

병든 나비

정노인의 낮산보 길이란 그가 지팡이를 짚고 골목을 빠져나가는 것으로 시작된다. 골목 밖에는 작은 거리가 있고, 이 거리를 북향해 걸어 올라가느라면 얼마 아니 가서 왼편에 목공소 하나가 나타난다. 주로 관을 짜는 그리 작지 않은 목공소이다. 정노인이 낮산보를 나오면 그냥 지나치지 않고 으레 들르는 곳. 도리어 여기를 들르기 위해 낮산보를 나오는 것이라 할 정도로.

그렇게 정노인은 이 목공소에를 자주 들렀다. 처음 여기다 관 한 짐을 사 놓은 뒤로, 어느 날쯤 새 관감이 와닿는다든지 하면 그날은 아침결부터 와서 관감을 구경하고, 그리고 자기가 먼저 마춘 관보다 나은 것이면 돈을 더 주고 바꾸기도 했다. 그리고는 이 관이 다 짜이는 동안 와 지키다시피 하는 수도 있었다. 힘에 부친 대로 대패질을 맞잡아도 주고, 관이 다 되면 칠하는 것도 놉곤 했다. 얼마 전에 치두푼짜리 무결 백자 관감 한 짐이 들어와 정노인은 오십원 가까이나 더 돈을 주고 전번 것과 바꾸어 짜놓고는 몇번이고 와서 자기 손으로 칠을 했다. 그리고 매일 낮산보 때 들러서는 이 윤나고 매끄러운 관을 쓰다듬는 것이 한 낙이 되어있었다. 쓰다듬을 뿐만이 아니었다. 이 윤나고 매끄러운 관 속에 조용히 들어가 누워 있는 자신을 그려보는 것이 더할나위 없는 낙이었다.

정노인이 이렇듯 관을 사랑하게 된 동기라는 것은 자신도 모른다. 늙은 마누라가 먼저 세상을 떠나 관 속에 드는 것을 보고 어쩐지, 아 이제는 편안하겠다는 생각을 한 뒤부터인 것만은 사실이다.

물론 젊은날의 정노인은 그렇지 않았다. 스물세살 땐가 처음으로 친구의 입관하는 것을 보고 무척 관이라는 것을 두려워하고 꺼려한 그였다.

그때, 도리어 시체만은 그 위에 덮어씌웠던 홑이불을 걷어치우는 순간 본능적으로 머리가 쭈뼛해짐을 느꼈으나 원래 건강하던 친구의 몸집이 좀 부은 것같았을 뿐 생시와 다름없는 모양에 곧 예사로울 수 있었다. 젊은 친구 부인이 향을 탄 물을 솜에 적시어 얼굴을 닦고, 염습하는 사람이 수의를 입히더니 소위 갈 양식을 준다는 거로 굳어진 시신의 입을 벌리고 쌀을 떠넣어주었다. 떠넣은 후 시신의 입을 다물려주어도 잘 다물려지지 않고 입술 새로 쌀알이 흘러 떨어졌다. 이번에는 또 친구 부인의 저고리로 시신의 얼굴을 싸매고, 다음에 두 손을 가슴 위로 모아 검은 헝겊으로 매고, 그리고는 염포로 몸뚱이의 군데군데를 꽁꽁 묶었다. 그것이 말로 듣던 악수면모 열두매끼라는 것으로, 나중 시신의 뼈가 가급적 흩어지지 않게 하기 위해서, 또는 원래 시신이라는 것은 붓기를 잘하는 것이어서 때로는 관까지를 튀게 하는 수도 있으므로 그것을 막기 위해서 하는 일이라는 것을 모르는 바 아니었으나, 얼마나 단단히 졸라 묶는지 시신 속에서 우적우적하는 소리가 날 정도였다. 그러나 그것은 나은 편이었다. 다음에 시체를 들어 관에 넣고, 천금이 덮이고, 관 뚜껑이 덮이고, 아 보기만 해도 육중하고 튼튼한 관 뚜껑, 그리고 이 뚜껑에 사개못을 주는 진동을 가슴속 깊이 받으며, 전에 어떤 곳 사람이 마침 알맞은 관이 없어 입관하지 못했다가 관을 마추어 오는 동안에 다시 살아난 일이 있다는 얘기가 다 생각나면서, 사실 그때 입관을 시켰던들 그 사람은 어떻게 됐을까 하는 것이 소름끼치게 느껴지는 것이었다. 지금 친구의 관 뚜껑에 사개못을 치는 진동 속에서 혹시 관 속에 든 친구가 다시 피어나는 몸짓이 들어있는 것은 아닐까 하는 생각에 가슴이 답답해져 더 오래 그자리에 서있을 수가 없었다. 이런 일이 있은 뒤부터 정노인은 마냥 관이란 것이 싫고 무섭기까지 했던 것이다.

이런 정노인이 그 뒤 사십이 가까워 아버지 어머니의 입관을 보고, 작년 봄에 아내의 입관을 보고는 웬일인지 자기가 먼저 들어가

야 할 자린 걸, 하는 생각과 함께 관 속에 드는 것이 한껏 편안하
리라는 생각까지 들게 된 것이었다.

마누라가 간 뒤, 정노인은 칠순이 가까운 나이이기도 했지만 갑
자기 더 늙어 보였다. 늦게 둔 두 아들에게서 본 귀엽기만 할 손자
들이 와서 매달리는 게 말할 수 없이 짐스럽게만 느껴지는 것이었
다. 종시 정노인은 두 아들을 한꺼번에 세간을 내고 말았다. 그리
고는 자기도 큰 집을 팔아가지고 여기 칠성문 밖 모래터에다 자그
마한 집 하나를 장만하고 늙은 식모에게 맡긴 간편한 살림을 시작
한 것이었다. 그게 작년 늦봄의 일이었다.

정노인은 집안에서 홀로 먹을 갈아 서투르나마 사군자를 치고,
화분의 꽃을 손질하는 것이 한 일과가 되었다. 술 담배는 본디 좋
아하지 않았다. 자연 제편에서 기대어오지 않는 묵화나 꽃이 정노
인에게는 좋은 것이었다. 사실 요새 손자애들이 할아버지집이라고
찾아와 떠들어대는 것이 노상 귀엽지 않은 것도 아니었으나, 고놈
들이 잠시도 가만히 있지 않고 움직여대는 데는 감당해낼 길이 없
어, 그만 자리에 와 눕곤 했다.

언젠가 아들네가 자기네끼리는 벌써부터 의논해 온 일인 듯, 아
버지의 잔등이라도 긁어드릴 어머니를 한 분 모시자는 말을 틔어온
일이 있었다. 정노인은 자식들의 뜻을 모르는 바 아니었으나, 그리
고 한때는 몇 여자와의 새에 문제를 일으켜온 그이기도 했으나 자
식들에게 아예 그런 일로 다시는 자기를 건드리지 말아달라고 단마
디에 잘라버렸다. 이 말을 어디서 들었는지 홀아비 친구 하나가 오
래간만에 들러서, 참말 자네는 효자 두었다고, 자기는 아들이 네
녀석이나 되지만 어느 한놈 아버지 사정 알아주는 놈이라곤 없다고,
그렇다고 이 나이에 자청해서 여편네를 얻어들일 수는 없고, 어쨌
든 사내란 늙어 죽는 날까지 여편네가 있어줘야지 아들 며느리가
스물이 된대도 다 소용없다고 하고는 허허 웃음을 터뜨려놓는데,
정노인은 그 친구의 말과 웃음마저 감당하기 어려운 느낌이었다.

또 전에 같이 일하던 친구들이 와서는 이제 늙마에 다시 한번 실
업계에 나서보지 않겠느냐고들 권하는 수가 있었다. 그러면 정노인
은, 이미 모든 것을 자식들에게 맡긴 지 오래인 걸 다 알고 있지 않

느냐고, 그러니 제발 자기를 건드리지 말아달라고 했다. 그래도 정노인 왕년의 패기를 아끼는 사람들이, 자제는 자제고 영감은 영감이니 직접 앞에 나서지 않아도 좋다고 하면서, 실업계의 재출발을 권하는 것이었으나 정노인은 머리를 흔들 뿐이었다. 그리고 나중에는 이 시끄러운 사람들을 쫓기 위해서, 해보려면 서화 골동상을 한번 크게 해보든지, 거리 한복판에 화원을 하나 널찍이 차려놓는다면 자기도 한몫 끼겠노라고 했다. 사람들은, 이제 정노인은 참말로 노망하고 말았다고 하며, 다시는 그런 일로 찾는 사람은 없게 됐다.

오히려 그것을 다행으로 여기는 정노인이었다. 이제는 정노인은 서투르나 사군자를 치고 화분의 꽃들을 가꾸면 그만이었다.

그러나 차차 정노인은 이 사군자 치기와 꽃 가꾸는 일에도 전처럼은 감당해나갈 수 없게 됐다. 진한 먹냄새와 짙은 꽃향기같은 자극에도 가끔 현기증을 일으키는 것이었다.

이러한 어떤 날, 정노인은 되도록 냄새가 덜한 먹을 구하러 지팡이를 짚고 집을 나섰다. 골목을 빠져나가 작은 거리를 북향해 올라가던 정노인의 눈에 언뜻 길 왼편 목공소 안의 관들이 띄었다. 정노인은 저도모르는 새 그리로 들어갔다.

관 한 집 사자는 말에 젊은 목공소 주인은 좋은 관이 있다고 하면서 곡척 든 손으로 관 하나를 가리켰다. 정노인이 관이 좀 작아 뵌다고 했더니 주인은 얼마나 장대하신 분인지는 몰라도 큰 관 축에 드는 관이라고 했다. 정노인은 자기가 쓸 것이라고 하고는 자기의 키를 한번 재봐 달라고 했다. 주인은 구석에서 장자를 집어가지고 오며, 미리 관을 지어다 두시면 오래 사십네다, 하고는 얼마 전에 요 뒤 이층집에서도 두 집이나 들여갔느니 아무개네도 한 집을 들여갔느니 하며, 정노인의 등뒤에서 키를 재고 나서, 저 널(관)이 다섯자 여덟치니 넉넉하다고 했다.

정노인이 관 앞으로 가, 두 손을 배 위에 모으고, 눈을 감고, 악수면모하고 들어갈 자신을 조용히 그려보는데, 목공소 주인은 정노인이 지금 말한 관이 어느 것인가 몰라하는 줄로 알았는지 앞으로 나서며, 이 널 말입니다, 하고 일러준다. 정노인이 눈을 떠 주인이 가리키는 옆의 관을 보았다. 그러자 관보다도 그 위에 놓여있는 아

직 먹지 않은 밥 쟁반이 눈에 들어왔다. 그러나 지금의 정노인에게
는 관 위에 음식이 놓여있다는 사실같은 것은 아무 충격도 가져오
지는 않았다.

이것도 젊어서는 그렇지가 않았다. 정노인이 처음으로 친구의 입
관하는 것을 보고 얼마 안되어서의 일이었다. 그가 갓 결혼을 하고
성안으로 세간나가서 곧이었으니까.

아침에 아내가, 오늘은 돌아오는 길에 찬장 마춘 것을 찾아가지
고 들어오라던 말이 생각나 가구점을 찾아갔더니, 그 가구점이라는
곳이 문짝이며 찬장 따위 외에 관을 짜는 목공소였다. 그는 먼저
자기네의 신혼에 쓸 찬장을 마춘 곳이 관도 짜는 곳이라는 데 불쾌
했다. 하필 이런 데다 찬장을 마출 게 뭐람! 그런데 불쾌는 다만
이런 불쾌만으로 그치지 않았다. 그가 아내한테서 받아가지고 나온
연필로 끼적여 쓴 영수증을 주인인 듯한 사내에게 내주었을 때 사
내는 자기가 쓴 것임에 틀림없는 것을 한참이나 알아보기 힘든 듯
이 들여다보다가야 별안간, 아 이것 말입네까, 저기 다 짜 놨습네
다, 하며 한구석을 가리키는 것이었는데, 이 주인이 가리키는 데로
고개를 돌린 그의 눈은 어느덧 불쾌함을 지나 어떤 분노로 변하고
있었다. 자기네가 마춘 찬장이 지금 관 두 짐을 붙여논 위에 놓여
있는 게 아닌가. 찬장을 관 위에다 올려놓다니! 그는 부지중에 고
함치듯이 말했다. 어서 속히 찬장을 관 위에서 내려놓으라고. 그것
은 그가 바로 얼마 전에 생전 처음 친구의 입관하는 것을 보고 받
은 충격의 낮도 있었다. 목공소 주인온 주인대로 보매 그렇게 신경
질로 생기지 않은 젊은이가 화를 내는 게란 필시 언제 마춘 찬장을
여태 해주지 않은 때문이라고 생각한 듯이 자기딴은 상냥한 웃음을
얼굴 전체에 띠면서, 대단히 미안하게 됐쉐다, 벌써 해드렸서야 할
껄, 그새 널 몇 짐을 급하게 짤 게 있어놔서요, 그러나 이제 다 됐
습네다, 이젠 머 와니스칠만 하믄 되니까요, 이왕 참으시든 김에
한 이틀 더 참아주시소, 하며 얼굴의 웃음을 되도록 오래 머물리려
고 애썼다. 그러나 그는 이미 이틀이고 하루고간에, 그 찬장을 찾
아가리라고는 생각지 않고 있었다. 종시 그는 계약금도 포기해버리
고 그길로 남문거리로 내려가 가구와 찬장만을 전문으로 만드는 가

구점에서 찬장 하나를 골라 사 지워가지고 돌아왔다.

이런 젊은날의 정노인이 지금은 관 위에 놓인 음식을 보고도 아무렇지도 않은 것이었다. 그리고 옛날처럼 자기가 지금 관 아닌 찬장을 사러 왔다 해도 그 찬장이 관 위에 놓여있건 말건 별 관심이 가지지 않았을 것이었다.

정노인은 조용히 쟁반이 놓인 관을 쓰다듬으며 주인에게, 달라는 가격을 다 줄 터이니 새로 한번 더 칠을 해달라고 하고, 그 관을 샀다. 그리고는 다음날부터 낮에 산보처럼 나와서는 이 목공소에를 들르는 것이었다. 그러다 더 좋은 관감이 들어오면 돈을 더 주고 바꾸곤 했다. 그럴 적마다 정노인은 아침결부터 와 손수 대패질을 맞잡아도 주고 칠하는 것도 돕곤 했다. 그러다가 요즈음와서 치두푼짜리 무절 백자 관과 바꾸어놓고는 자기 손으로만 세번씩이나 칠을 해놓다시피 하고(이상스레 이 관에 칠하는 와니스라든지 라크 냄새만은 견디어냈다), 낮산보마다 들러서는 이 윤나고 매끄러운 관을 쓰다듬어보는 게 한 큰 낙이 되어있었다.

정노인의 낮산보는 이 관을 사둔 목공소에를 들렀다 다시 좀더 북향해 올라가면 왼편으로 뚫린 한길이 나선다. 이 한길로 접어들어서 얼마 내려가지 않아 오른편에 소학교 운동장을 끼고 지나게 된다. 이곳만은 정노인이 그닥 지나기를 달가워하지 않는 곳이기도 하다.

애들이 모두 교실에 있어 운동장이 텅 비어있을 때는 다행이지만 쉬는 시간같은 때 애들이 한마당 왁자하면 절로 현기증이 날 지경이었다. 공연히 맞붙잡고 뒹구는 놈, 히히덕거리며 달아나는 놈의 뒤를 이건 또 기어이 잡고야 말겠다는 기세로 따라가는 놈. 정노인은 마치 서로 맞붙잡고 뒹구는 놈들이 마구 자기를 비비대기치는 것처럼 느껴지고, 뛰고 따르는 놈들이 수많은 애들의 새를 부닥칠 듯 달리는 게 곧 그놈들이 자기를 떠밀치기나 할 것처럼 불안했다.

혹 체조 시간이어서 수십명의 아동이 선생의 호령 한마디에 한결같이 움직이는 것은 한편 재롱스럽기도 했지만, 터치볼을 한다든지 모자 빼앗기를 하느라고 몰려다니며 고함을 치는 데는 질색이었다. 하기는 어떤 때 애들이 다 교실에 들고 운동장이 비어있어 다행스럽다가도 어느 교실에선가 갑자기 수십명의 노랫소리가 울려나와 놀란 적도 있었다.

이런 길을 정노인이 낮산보 길로 잡은 데는, 냄새 덜한 먹을 사러 나왔던 날, 그러니까 목공소에서 처음 관 한 짐을 사던 날, 이 한길로 꺾이는 모퉁이 문방구점에서 먹을 한 개 골라 샀던 것인데, 그때 이리로 해 집으로 돌아간 게 가까워 이 길을 택한 것이었다. 그뒤부터 목공소에 사둔 관도 볼 겸 낮산보라고 나오게 되면 자연 이 길로 해서 집으로 돌아가곤 했다.

소학교 운동장 앞을 지나 얼마 내려가지 않아, 왼편으로 꺾이는 길 건너편에 사기점이 하나 있었다. 이 사기점만은 언제나 정노인에게 어떤 안정감을 주는 것이었다. 희고 찬 사기 그릇들, 그것만은 아무때고 한자리에 말없이 앉았을 뿐 아무 움직임도 없었으니.

그런데 이 정노인의 낮산보도 차차 매일같이는 계속되지 못하게 됐다. 물론 날이 궂어 못 나가는 날은 말할 것도 없고, 어디 뜨끔히 아픈 데도 없건만 자리에 누워 못 나가게 되는 날이 많았다. 그러나 이런 날은 또 이런 날대로, 벼루며 화분도 다 물리치고 혼자 누워 목공소에 사둔 치두푼짜리 무절 백자 관을 생각하며 날을 보냈다. 내가 아무리 발을 내뻗고 드러누워도 관 길이는 넉넉하렷다. 이렇게 악수면모를 하고. 정노인은 조용히 눈을 감고 손을 모아 가슴에 얹는다. 아, 얼마나 편안할 것이냐.

이러는 동안 정노인은 사군자 치기와 화분 다루기에도 감당해내지 못하게 됐다. 화분일랑 저만치 멀찍이 앉히이놓고는 그저 낮은 벽에다 이미 자기가 친 서투른 사군자를 붙이고, 때로 생각난 듯이 그걸 바라볼 뿐인 것이었다. 그리고 요새와서는 늙은 식모가 아침저녁 재로 깨끗이 닦아 들여보내는 놋요강에서 풍기는 놋쇠 냄새에까지 못견디어, 식모를 시켜 그 소학교 운동장을 지나 꺾인 길 건너편에 있는 사기점으로부터 사기요강을 하나 사오게 하고는 다음 날은 또 상에서 놋식기를 물리고 사기그릇으로 대신하게 했다. 이제 언제 은수저마저 사기로 된 숟가락이나 대젓가락으로 바뀔지 모를 일이었다.

그러한 어느 꽃샘바람이 불다 멎은 화창한 봄날 오후였다. 정노인은 오래간만에 지팡이를 짚고 집을 나섰다.

목공소에 들러서는 치두푼짜리 무절 백자 관 위에 앉은 먼지를 손수 정성들여 닦아낸 후 이제는 이만큼 기름도 글대로 글었으니 내일쯤은 집으로 보내달라는 부탁을 하고 그곳을 나왔다.

소학교 운동장 앞을 지나는데 마침 이날이 토요일 오후라 모두 집으로 돌아간 뒤이어서 그런지 운동장에는 별반 애들이라곤 많지 않았다. 저쪽 미끄럼대와 늑목대에 몇 애가 붙어있고, 이쪽 한옆에 계집애들이 몇 줄넘기를 하고 있을 뿐. 그렇건만 이날 정노인은 이 애들이 미끄럼을 탄다든가, 늑목에 매달렸다든가, 줄넘기를 하는 것까지 어떤 현기증을 느끼며 그쪽에서 눈을 거두고 만다. 어쩌면 이 운동장 동북편 뒤로 둘러서있는 모란봉 일대와, 서편으로 집집의 지붕 너머 저어기 서장대를 감돌아 퍼져나간 보통벌 일대에 아른거리며 피어오르는 봄기운 때문에 더했는지 몰랐다.

그러면서였다. 정노인이 멈칫 발걸음을 멈춘 것은. 무어 별다른 일은 아니었다. 줄넘기 하던 계집애 중의 한 애가 달려왔다고 생각했다. 그리고 그애가 쭈그리고 앉았다고 생각했다. 그리고는 급한 대로 거기서 소변을 보는 거로 알았다. 그뿐이었다.

그런데 웬일일까. 정노인은 무슨 뜻밖의 것이나 발견한 듯이 걸음을 멈추고 그 한곳으로 눈을 주는 것이었다. 그러는 정노인은 자기 몸 어느 한군데에서 부르짖는 소리를 들은 듯했다. 꽃! 저게 정녕 꽃이 아닐까. 꽃!

정노인이 자기의 눈을 의심하듯, 또는 무엇에 끌리듯이 그리로 발걸음을 옮기기 시작했다. 그러나 곧 그는 눈앞이 아찔해지며 걸음을 멈추고 말았다. 앞의 계집애가 일어나 저 놀던 곳으로 달려간다. 정노인은 그자리에 주저앉으며 눈을 지그시 감았다. 그 모양을 하고 숨을 거두기라도 한 듯이.

사실 다음날 목공소 주인이 관을 가지고 정노인을 찾았을 때에는 그는 이미 이세상 사람이 아니었다.

1942 봄

애

전부터 잘 아는 한 잡화상 주인이, 태상에는 무어니 무어니 해도 지네닭탕이 제일이라고 하면서 닭 한 쌍을 장에 가두고 한 사날 동안 물과 왕지네만을 먹이다가 잡아서 반동이들이 항아리에 넣고 슬슬 불을 때서 반 넘게 부은 물이 큰 보시기로 하나쯤 되게 곤 뒤에 꺼내도록 하라고 지네닭탕 만드는 법까지 일러주고는, 왕지네도 약국에서 파는 죽은 것은 못쓰고 산 놈이라야 되는데, 그건 닭뼈와 조그마한 항아리만 가지고 모란봉 뒷산으로 가면 손쉽게 잡을 수 있다는 말까지 해주는 것을 듣고, 권노인은 우선 지금 자기 집에 닭을 기르고 있다는 것이 다행이라 생각했다.

자기 집 수탉 한 마리와 암탉 네 마리는 벌써 전에 알이라도 받아 먹는다고 사들인 것이었다. 그러나 실상은 달걀을 받아 먹는다느니보다는 노년기에 들어서면서 어쩔수없이 허전해지는 마음을 조금만이라도 메꾸어볼까 하는 심사에서 기르게 된 것이라는 편이 옳을지 몰랐다. 언젠가 집 없는 고양이새끼가 들어온 것을 길러오는 것과 함께.

그런 만큼 권노인은 자기네 이 닭과 고양이를 귀애도 했다. 그것은 마치 남들이 자기 자식에게 대하는 그런 심정과도 비슷한 것이었다.

쉰다섯에 아직 애라고 하나 가져보지 못한 권노인이었다. 그러니 자기보다는 십년이나 넘어 아래지만, 사십이 지난 아내가 이제 새삼스레 애를 낳으리라고 바랄 수 없는 것은 말할 것도 없고, 그동안

애 봄직한 여인을 두셋 갈아봤어도 번번이 실패만 하고 만 권노인 자신이 아무래도 자기에게는 애가 태울 팔자가 아닌가보다고 단념해버린 지 이미 오래였다. 그러던 아내가 뜻밖에도 서너달 전부터 이상한 징조가 보이니 요즘와서 그것이 태중이라는 것이 분명해진 것이었다. 권노인이 곧 이 아내의 임신에 열중한 것은 물론이었다. 태상에 좋다는 것이면 무엇이든지 했다. 그러던 참에 오늘은 또 지네닭탕 이야기를 들은 것이었다.

권노인은 집으로 돌아오자, 항상 모이를 주어 길들여온 닭들 중에서 수탉과 살진 암탉 한 마리만을 장에 가두고 남은 암탉 중의 제일 못해 뵈는 놈을 안고 부엌으로 들어갔다. 아내가 무슨 일이냐고 물었으나 권노인은, 할 일이 있어 그러니 이따 고기나 먹으라고 했다. 아내는 자기가 전에 그렇게 뜰에 똥을 싸고 버르집고 하니 알이고 뭣이고 잡아 없애자고 해도 듣지 않던 남편이 웬일일까 싶었다. 아무리 태중인 자기를 위해서 하는 일같기는 하지만 얼른 이해키 어려워, 닭병이라도 도느냐고 다시 물었다. 권노인은 다시 한번, 그럴 일이 있으니 이따가 고기나 먹으라고 한다. 아내가, 그러면 좌우간 자기가 잡겠다고 하니, 남편은 혼잣말처럼, 태상에 닭의 멱을 따면 목에 기미 있는 애를 낳는다고 하며, 그냥 닭 모가지의 털을 뽑기 시작했다.

전같으면 또 닭의 뼈같은 것은 으레 고양이의 몫이었다. 그러나 오늘 권노인은, 어게 내일부터 왕지네 사냥할 미끼라고 하며, 아내가 뼈를 내는 족족 작은 항아리에 받아 넣을 뿐, 찬찬 감기는 고양일 밀어버리기만 하는 것이었다. 고양이는 그래도 결국 이 주인이 전처럼 자기를 위해주고야 말리라는 듯이 그냥 찬찬 감기어들었다. 그러자 권노인은 성가신 생각이 들어 고양이를 집어서 부엌으로 내던지고 말았다.

밤중에, 여태 이 집에 온 뒤로 부엌에서는 자보지 못한 고양이가 샛문을 긁으며 들어오려고 애쓰나, 권노인은 누워 담배만 피우고 있을 뿐, 고양이를 들이려고 하지는 않았다. 아내가 듣다못해 샛문을 열려니까 권노인이, 그냥 내버려두라고, 이제부터는 부엌에서 재우도록 하자고 했다. 아내는 남편이 오늘은 이상하게 군다고 생각하면서도 남편의 고집을 아는 터라 가만있기로 했다.

권노인은 담배를 몇 대 곱박아 피웠다. 이 담배야말로 또한 권노인에게 없지못할 물건이었다. 지난날 이십여년 동안이나 장돌뱅이 노릇을 함께 해준 친구와도 같은 것이었다. 그것이 또 그가 담배를 피우기 시작하면서부터 줄곧 장수연 하나였다. 궐련쯤 피워도 먹고 지내기에 군색하지 않을 만큼 된 뒤에도 그냥 장수연이었다. 이런 권노인은 본시 큰 키에 비겨 과히 튼튼한 편도 아니었지만, 오랜 노고로 인함인지 사십소리 할 때부터 가끔 어지럼증이 나곤 해 어쩌면 담배를 삼가면 좀 나을지도 모른다고 생각해보기도 하는 것이었으나, 종시 끊지 못할 뿐 아니라 이번에 아내의 임신을 안 뒤부터는 자기도모를 이상한 흥분으로 해 더욱 담배를 피지 않고는 배기지 못하는 것이었다.

고양이가 그냥 야옹야옹 샛문을 긁어대며 들어오려고 애쓰는 소리가 들렸다. 권노인은 세 대인가 네 대째의 담배를 나무재떨이에 떨면서, 밤마다 냉해지는 자기의 몸을 고양이가 녹여주던 일이 생각켰으나 종내 샛문을 열어줄 마음은 일어나지 않았다.

이윽고 권노인은 옆에 누운 아내의 배로 손을 가져갔다. 요새와서 하룻밤에도 몇번씩 하는 그대로. 아직 태동은 없었다. 그러면서도 권노인의 몸은 전에 고양이에게서 받던 거와는 또 다르게 온몸이 녹아지는 느낌이었다. 이것이면 된다. 권노인의 몸속으로 흡족함이 번지어퍼졌다.

아침 일찍이 권노인은 잡화상 주인이 가르쳐준 대로 모란봉 뒷산으로 왕지네 사냥을 갔다. 어느 으슥한 바위 밑에 닭뼈가 든 항아리를 묻어놓고 좀 피해 자리를 잡고 앉은 권노인은 담배만을 곱박아 피웠다.

한참만에 가 본 항아리 속에는 과연 길쭉길쭉한 왕지네 두세 마리가 닭뼈 사이를 설설거리고 있었다. 권노인은 옳다구나 하고, 준비해가지고 온 집게로 집어 유리병에 옮겨넣고는 마개를 단단히 막았다. 그리고 자리로 와 앉아서는 또 몇 대이고 담배를 피웠다.

이날 권노인은 열 몇마리의 왕지네를 잡아가지고 산을 내리기 시

작하는데, 갑자기 어지럼증이 나며 누가 뒤에서 떠밀치는 듯함을 느
꼈다. 돌아다보았다. 아무도 있을 리 없었다. 권노인은, 담배를 삼
가야겠다, 담배를 삼가야겠다, 하고 몇번이고 속으로 중얼거렸다.

　닭장에 따로 가둬둔 닭들은 처음에 권노인이 병을 기울여 쏟아넣
어주는 것에 약간 놀라는 듯한 눈치더니 그게 지네인 것을 알자 곧
적의 가득한 고개를 피끗대며 날쌔게 주둥이를 놀려 탁탁 쪼아먹었
다. 권노인은 그것이 여간 미덥고 마음 든든하지가 않았다.

　다음날은 아침부터 날이 구물거렸으나 권노인은 물론 그대로 왕
지네 사냥을 나갔다. 그리고는 또 담배를 곱박아 피웠다. 이날은
왕지네가 어제보다 더 많이 모여드는 것같았다. 권노인은 그 재미
에 더 담배를 피웠다. 그러다가 그만 담배가 떨어지고 말았다. 오
늘 아침 새 갑을 뜯어가지고 나올 것을 깜빡 잊은 것이었다. 누구
나 다 당해보는 일이지만 어쩌다 담배가 떨어졌을 때의 먹고 싶은
안타까움이란 대단한 것이어서 그것을 이날 권노인은 전에없이 더
심하게 겪어야만 했다.

　구물거리던 하늘이 낮아지며 어두워오는 품이 분명 비가 올 것같
았다. 그렇지만 권노인은 비가 내려 왕지네 사냥을 못하게 될 때까
지는 해보리라고 마음먹었다.

　마침내 저어기 용악산 쪽으로부터 뽀얀 비안개가 몰려오더니 뚝
뚝 굵은 빗방울이 듣기 시작했다. 고개를 돌리니 금세 온 성안이
빗속에 잠겼다. 그제서야 권노인은 병과 항아리를 안고 일어섰다.
어제같은 어지럼증과 함께 누가 뒤에서 떠밀치는 것같음을 느꼈다.
그러나 오늘 권노인은 뒤를 돌아다보지 않았다. 그저, 담배를 삼가
야겠다, 담배를 삼가야겠다, 했다.

　처음에는 뛰었다. 그것이 곧 숨이 차 보통걸음으로 늦춰졌다. 요
만한 비를 좀 맞기로서니 어떠랴 싶었다. 비에 젖어 미끄러운 왕지
네가 든 병과 항아리만을 내리뜨리지 않도록 조심히 받쳐안았다.

　현무문에 들어서 비를 긋기로 했다. 어깨와 등골이 으스스 떨렸
다. 차차 이까지 덕덕 마주쳤다. 그러면 권노인은 안고 있는 병이
랑 항아리를 더 꽉 껴안는 것이었다. 그리고 속으로, 사내애만 낳
라, 튼튼한 사내애만 낳라는 소리를 거의 떨리는 잇새 밖에 내어

224

되뇌는 것이었다. 그러는 동안 몸속이 좀 녹는 듯했다. 더 빠른 소리로 사내애만 낳라고 자꾸 되뇌었다.

한참 내리붓던 빗발이 가늘어지며 비가 뚝 그쳤다. 한나절 남아 내리덮였던 구름 새로 햇살이 반짝 쏘기 시작했다. 서물서물 구름이 걷히는 저쪽에 푸른 하늘이 얼굴을 내밀었다. 권노인이 청류벽 밑을 지나 성안으로 들어섰을 때에는 하늘이 거의 다 푸른 몸뚱이를 드러내놓고 있었다. 길바닥에 괸 물이 쨍쨍한 햇빛을 받아 눈이 부셨다.

집이 있는 골목을 접어드는데 골목 안 우물이 한번 햇빛이 빛난 듯함을 느꼈다. 순간, 권노인은 무엇이 우물에 떨어졌다는 걸 알았다. 다가가 보니 과연 거기에는 자기네 고양이가 빠져있었다. 지금 고양이는 바동바동 앞발로 기어오르려다는 힘이 모자라는지 밴들어지곤 한다. 요놈의 고양이새끼는 왜 새망스럽게 우물에 빠져가지고 이러노. 그래 빠졌기로서니 어쩌면 또 고렇게도 기어오를 힘이 없단 말인고. 에라 모르겠다, 될 대로 되어라. 권노인은 그냥 자가 집으로 돌아서고 말았다.

그러나 대문을 들어선 권노인은 아무래도 고양이를 그대로 죽인다는 것에 어떤 불길한 생각이 들었다. 우물만은 먹는 우물이 아니요 동네에서들 허드렛물로 쓰는 터이니 고양이 한 마리쯤 빠져 죽었대도 그리 큰일날 것은 없었다. 그저 이렇게 자기네가 기르던 짐승을 눈앞에 보고 죽인다는 게 곧 앞으로 자기네 집에 있을 경사(말할 것도 없이 애를 본다는)에 어떤 좋지 못한 징조를 던져주는 것만 같은 느낌이 드는 것이었다.

권노인은 두레박을 들고 되돌아나가 고양이를 건져냈다. 그리고 권노인은 거기 고양이가 픽픽거리며 피어나는 꼴을 본체만체 안으로 들어오고 말았다.

닭장에서 닭들이 아까의 비를 맞고 늘쩍지근해 있었다. 그러다가 권노인이 병에서 떨구어 주는 지네를 보고는 대번 목들을 빼어들고 적의 가득하게 피끗대며 주둥이를 날쌔게 놀려 탁탁 쪼아먹었다. 그리고는 더 바라듯이 기운있게 장 안을 돌아갔다. 권노인은 이 월기찬 닭들을 들여다보는 동안만은 무어든지 자기를 떠밀칠 수는 없

을 것처럼 마음 든든함을 느끼며, 내일은 좀 늦도록이라도 왕지네
를 많이 잡아다 주리라 했다.

　비를 맞은 탓이 틀림없었다. 다음날 권노인은 고뿔이 들린 듯 온
몸이 오슬오슬했으나 그냥 왕지네 사냥을 나갔다.
　이날은 그렇게 많이 잡히지 않았다. 닭뼈가 오래된 탓일까. 이렇
게 왕지네가 덜 잡히는 대로 권노인은 첫여름 쨍쨍 내리쬐는 따가
운 햇볕 속에서 온몸을 으슬거리면서 새로 갖고 나온 담배만 잇달
아 피웠다. 그러다가 항아리를 보러 일어서는 권노인은 어지럼증과
함께 누가 등을 떠밀치는 듯함을 느끼곤 해야 했다. 담배를 삼가야
겠다, 담배를 삼가야겠다. 그러나 자리로 돌아와서는 다시 담배였
다.
　항아리를 옮겨보았다. 그리고 오늘로 마지막이고 하여 어제 그제
에 비겨 제일 늦게까지 버텨 보았으나 열 마리도 못 잡았다.
　집으로 돌아오는 길에서 권노인은 또 수없이 으슬거리는 등골을
누가 떠밀치는 듯함을 느껴야만 했다. 그런 대로 병과 항아리를 꽉
껴안고 잰걸음으로 골목에 들어섰을 때였다. 권노인은 거기 우물가
에 벌어진 광경에 가슴이 섬뜩해지면서 걸음을 멈추고 말았다.
　지금 막 수탉 두 마리가 싸움을 하는데, 그중 한 마리가 어떻게
장을 빠져나왔는지 틀림없는 권노인 자기네 청수탉인 것이었다. 싸
움은 벌써 퍼그나 오랜 듯싶어 서로의 볏에서는 피가 흐르고 있었
다. 그리고 이제는 물고 차는 싸움은 지나고, 서로 목을 상대편보
다 높이 들려고 애쓰며 상대편의 대가리를 찍는 도끼질 싸움이었다.
그런데 결국 승부는 권노인네 청수탉의 패인 듯, 도리어 몸집과 키
가 작은 상대편 매닭의 도끼질을 못이겨 주둥이를 벌리고 할딱이면
서 대가리를 상대편의 목밑과 날갯죽지 아래로 파묻기에 바빴다.
　권노인의 온몸이 어떤 격분에 한번 떨었는가 싶자 다음 순간 달
겨들면서 상대편 매닭을 걸어찼다. 그리고는 한옆에 초라하게 서있
는 자기네 청수탉의 피 흐르는 목을 그러쥐고 대문 안으로 들어서
는 그의 걸음걸이는 누가 뒤에서 떠미는 듯함을 느끼지 않으면서도
몹시 비칠거렸다.

　그날밤, 권노인은 열에 떠 앓으면서도 내일 아침에는 새로 수탉
을 한 마리 큰 놈으로 사와야겠다는 말을 헛소리처럼 하고 있었다.
1942 첫여름

황 노 인

내일이 황노인의 환갑이었다. 그러나 어쩐지 오늘과 내일이 어서 지나가기를 바라는 황노인이었다. 이삼년래 특히 황노인은 사람들이 많이 모여 북적거리는 자리가 싫었다. 이번 환갑에 크고 작건간에 잔치 같은 것을 전혀 그만두게 한 데에도, 첫째 거기에 들 비용이 근농가인 황노인에게 무서워서였지만 그속에는 여럿이 모여 북적거릴 게 싫은 탓도 없지 않았다.

그러지 않아도 이 저녁에 벌써 사랑방에는 몇몇 늙은이들이 몰려와 목청 돋운 잡담이 벌어지지 않았느냐. 황노인은 오늘따라 더 그들과 함께 잡담같은 것을 할 생각이 나지 않아 피하듯이 나와 안뜰을 어정거리고 있었다. 뒷짐을 지고. 그것은 오랜 세월 동안 몸에 밴 습관이었다. 물론 별 할일 없이 한가한 데서 온 습관은 아니었다. 황노인에게 있어 그것은 그대로 이제 손대어 할일을 찾고 있는 자세와도 같은 것이었다.

부엌 앞에 오니까 안에서 그릇 다루는 소리에 섞여 동네 여인들의 말소리가 들려나왔다. 아무래도 내일 아침에 찾아오는 동네 늙은이들에게만이라도 약주 한잔씩은 대접해야겠는데 그 안주 만들 공론들을 하고 있는 것이었다. 황노인은 목소리로써 이건 누구 엄마고 이건 누구 할멈이라는 걸 알 수 있는 부엌 안 여인들의 목소리를 들으며 저도모르게 가슴속 한구석이 비어옴을 느꼈다. 거기에 꼭 들어있어야 할 목소리가 들려오지 않음으로인 듯. 황노인은 그곳을 떠나 대문께로 나가다가 거기 흘려져있는 콩깍지를 보고,

아껴들 때지 않고 하며, 그것을 줍기 시작했다. 그러면서 다시 오늘과 내일이 얼른 지나갔으면 했다.

이때 긴재에 시집간 딸이 잠든 젖먹이를 업고 손에는 보따리 하나를 들고, 사내애와 계집애의 손목을 잡은 남편과 함께 대문을 들어서면서 콩깍지를 줍는 아버지를 발견하고는, 여전하신 아버지, 그렇더라도 오늘 내일은 좀 가만 계셔도 좋을 텐데 하고 생각하는데, 황노인이 인기척에 고개를 들어 딸의 일행을 보고,

"너희들 오니,"

하고는 그냥 허리를 굽혀 콩깍지만 줍는다.

"아버지 인사 받으십시오,"

하고 딸이 절을 하니까 그제야 황노인은 허리를 펴며,

"관뒐,"

하고는 사위의 절까지 받고, 이어서 딸이 어서 할아버지한테 인사하라고 해서 하는 외손자의 절마저, 관뒐, 관뒐 하는 말로 받고 나서는 다시 콩깍지를 꼼꼼히 줍기 시작하며,

"고생스럽게 멀 할라구들 오노,"

한다.

딸은 안으로 들어가며, 어린애가 얼마나 컸느냐고도 물어주지 않는 아버지가 좀 속으로 섭섭했다. 그렇지만 저러시다가도 이제 애가 울고 그러면 어김없이 업어주실 테니 두고 보지. 그러면서 언제나 친정에 오면 맛보곤 하는 집안이 빈 것같은 허전감을 어쩌지 못한다. 역시 어머니가 안 계신 탓이로구나 하는 생각에 가슴이 찡했다.

잠든 애를 내려 눕히는데 부엌 샛문이 열리며, 아이고마니나, 하고 원땅집이 쨍쨍한 목소리로 반긴다. 딸의, 안녕히들 계셨느냐는 말에 이어, 부엌 여인들이 제가끔의 재재한 인사와 애에 대한 말을 한마디씩 한다.

황노인이 주워 모은 콩깍지를 들고 부엌문 앞에 왔을 때에는 딸이, 형님 나 못에 걸린 저고리 닙었이요, 하는 것이 헌옷으로 갈아입고 부엌에 내려온 게 분명해 부엌 여인들의, 머 할 게 있다구 쉬어서 차차 나오디, 하는 말소리가 들렸다.

황노인은 콩깍지를 부엌으로 들이뜨리며, 나무들 좀 아껴 때라고 한마디 한다. 딸은 또 속으로, 여전하시군, 하며 좀전에 어머니 생각으로 언짢았던 마음 대신에 이번에는 부엌의 주인이 되어 그것에만 분주히 돌아가기 시작한다.

황노인은 닭 모이를 줘야 될 걸 생각하고 광으로 갔다. 그곳에도 황노인의 손이 가지 않으면 안될 것이 있었다. 좁쌀독 뚜껑이 열려져있었고, 빈 독 하나가 굄돌이 빠져 기울어있었다. 황노인은 먼저 기운 독을 괴어 바로잡아놓고 몇번이나 바로 놓였나 움직여본 뒤에야 좁쌀독 뚜껑을 덮고, 수수 한 줌을 쥐고 나오면서, 아무거나 내 눈이 안 가면 모두가 이꼴이라는 생각을 한다.

뒤따라 돼지우리에 볏짚을 넣줘야 할 것이 생각난다.

돼지우리에서 돌아오는데 대문에서 아들이 당손이에게 버섯꼬치가 비죽이 나온 구럭을 지워가지고 서서 웬 사람 둘과 말을 주고받고 있다. 먼빛으로도 상대편 늙은이나 젊은이의 행색이 틀림없는 재니(광대)라는 걸 알 수 있었다.

아들은 그들에게 환갑잔치를 하지 않는다는 말로, 어디 떡을 치나 지짐(빈대떡)을 부치나 보라고 한다.

황노인도 그 옆을 지나면서 혼잣말같게,

"잔치놀이가 다 먼가,"

했다.

그리고 부엌 쪽으로 가 황노인은,

"왜짓물 넣디 말구 넣에라,"

한다.

며느리의 목소리로,

"예,"

하는 대답이 나왔다.

"새끼 낳게 된 거 요새 좀 잘 멕에야 된다."

부엌 안에서는 원땅집이 나지막이 죽인 웃음을 킥킥거리며, 아무럼 돼짓물 넣을라구? 무던히 끈끈하시다는 말소리가 들려나왔다.

황노인은 아무 일에나 경해 뵈는 원땅집이 더구나 이집저집에서 빌어온 그릇이나 깨뜨리지 않았으면 다행이겠다고 생각하며 무심코

대문간 쪽으로 돌린 눈이 거기 그냥 무엇을 조르고 섰는 늙은 재니
의 눈과 마주치자, 저게 누구야! 하는 생각에 가슴이 울렁거려졌
다. 그리고는 좀더 분명히 보려 그리로 가까이 가며, 틀림없는 차
손이다, 차손이다, 하는데 늙은 재니도 이편을 알아본 듯 같이 온
젊은이의 팔소매를 잡아당겨 가자는 뜻을 표하고는 앞서 돌아선다.
젊은 재니는 어쩐 일인가 싶어 머뭇거리더니 늙은 재니의 뒤를 따
라서며 무어라 불평스러운 소리를 웅얼거렸다.
  황노인이 늙은 재니의 뒷모양을 바라보며 당손이에게,
  "가서, 데 재니들 오래라,"
했다.
  이번에는 아들이 어쩐 영문인지 몰라 아버지의 얼굴을 쳐다보았
다.
  "어서 가서 오래라."
  황노인의 명령하듯 하는 어조에 당손이가 메고 있던 구력을 내려
놓고 허둥허둥 재니들을 쫓아나갔다.
  재니들은 당손이에게 불리어 섰으나 늙은 재니가 이편을 바라보
고는 젊은 재니에게 무어라 말하고, 다시 당손이에게 무어라 말하
는 품이 웬만해서 말을 들을 성싶지 않았다.
  황노인은 자기가 거기 있으면 늙은 재니가 꺼려하리라 생각되어
안으로 들어오는데 아들이 아버지 들으라는 듯이, 그리고 아버지의
의견을 묻듯이,
  "돈냥이나 줘 보내야겠군,"
한다.
  황노인이 걸음을 멈추고 무슨 말을 할 듯하다가 그만두고 그저,
  "재워 보내두룩 해라,"
하고 사위가 있는 삼간 웃간으로 들어간다.
  "댁에선 다 안녕들 하시디?"
  "예."
  "네가 지금 애가 몇이디?"
  "셋이요."
  "사내애가 둘, 계집애가 하나?"

"아니요, 사내애가 하나 계집애가 둘이야요,"

하면서 젊은 사위는 이 꼭 처조부라야 옳을 나이의 장인영감이 요전번에 왔을 때도 외손자와 외손녀의 수를 엇바꿔 알더니 이번에도 또 그런다고, 다른 일과 달리 이것만은 왜 그렇게 엇바꿔 기억하는지 모를 일이라고 생각하며, 어서 늘 처남 대신을 하는 처조카 당손이가 돌아와 이 어렵기만한 장인영감은 나가줬으면 좋겠다는 생각이 들면서, 언뜻 장인영감의 얼굴을 쳐다보았으나 이미 거기에는 지금 말한 외손자 외손녀에 관한 이야기같은 것은 귀에 담고 있지 않은 듯한 눈길이 그저 눈앞 한곳에 멈춰져있을 뿐이었다. 이런 눈을 한 황노인의 손은 또 저도 깨닫지 못하고 끝이 노랗게 된 흰 수염 끝만을 비비적거리고 있었다.

사실 황노인은 지금 늙은 재니의 일을 생각하고 있었다.

늙은 재니, 아니 차손이, 그를 자기가 마지막 본 것은 칠팔년 전 웃골 박초시네 환갑잔치에서다. 그새 퍽이나 더 늙었다. 걸친 옷도 더 남루하고. 그러나 지금 황노인의 눈앞에는 늙은 재니의 그가 아니고, 어린 차손이로서의 그가 보였다. 그중에서도 벌거벗은 개울가의 차손이가. 이것은 그동안 황노인이 여기저기 회갑이나 진갑잔치에서 재니인 차손이를 볼 적마다 떠올려온 모습이었다.

차손이는 어려서부터 퉁소를 썩 잘 불었다. 여름에 미역감으러 나가서는 으레 풀잎을 뜯어 피리를 불었다. 아무 풀잎이나 차손이의 입술에 가닿기만 하면 소리를 내는 듯싶었다. 황노인은 또 그 피리에 맞추어 아직 어린 넘놔 청으로나마 타령을 부르곤 했다. 그러다가 열두살 적엔가 황노인네가 남촌에서 지금 사는 고장으로 이사를 오게 되어 그와 헤어졌다. 몇해 뒤에 아버지를 따라 너멋동네 위진사네 진갑잔치 구경을 갔다가 재니들 틈에 이 차손이가 끼어있는 걸 발견했다. 몇해만에 보는 동무는 또 해금을 아주 잘 켜고 있는 것이었다. 황노인은 아버지에게서 떨어져 재니를 둘러싸고 있는 구경꾼 속에 끼어 처음에는, 저렇게 해금을 잘 켜 여러 사람의 갈채를 받는 애가 자기의 동무라는 데 알 수 없는 자랑까지 느꼈다. 그러나 곧 황노인은 여러 사람이 재니를 한 노리갯감으로 여기는 것을 깨닫게 되자 도리어 자기가 차손이와 안다는 게 그 동네 사

람들에게 알리어질 것이 겁이 나, 해금 켜는 동무가 이편을 발견하
고 말이라도 건네면 어쩌나 싶어 사람들의 틈을 빠져나오고 말았
다. 그뒤에도 황노인은 이곳저곳서 재니들 틈에 차손이의 해금 켜
는 것을 보았으나, 그가 자기를 알아채기 전에 먼저 피하곤 했다.
그러던 것이 황노인이 한 사십 잡히면서부터 자기가 이 차손이와
어려서 동무였다는 게 무어 부끄러울 게 있느냐쯤 생각하게 됐을 때
에는, 이번에는 저편에서 먼저 외면을 하고 말았다. 그것은 물론
이편을 생각해서 하는 그런 외면이었다. 황노인은 어떤 슬픔을 느
꼈다. 그뒤부터는 차손이의 외면이 있을 때마다 황노인은 똑같은
슬픔을 느껴야만 했다. 그런 차손이가 오늘 그냥 가고 만다면 여태
까지와는 비기지 못할 슬픔이 올 것만 같았다.
　뜰안에 인기척이 났다. 수염 끝을 비비적거리던 황노인의 손이
멈춰졌다. 광에 붙은 일간문이 열리는 소리가 들렸다. 황노인은 저
도모르게 담뱃대에 불을 붙여 힘껏 빨아 삼켰다. 뒤이어 안도의 한
숨이 담배연기와 함께 길게 가슴속으로부터 새어나왔다.
　딸이 오라버니가 돌아온 줄 알고 부엌에서 나온 듯, 딸과 아들과
당손이가 서로 인사하는 말소리가 들리고, 아들의, 매부도 왔느냐
는 말에, 삼간 웃간에 있다는 딸의 말소리가 나고, 이어서 이리로
걸어오는 발소리가 나더니 문이 열렸다. 사위는 벌써 문 여는 사람
이 누구라는 걸 알고 일어나있었다. 사위가 자기 아버지 나잇벌의
처남에게 인사를 하려는 것을 아들이 문을 열어 잡은 채,
　"아니 앉어있게,"
하는데 당손이가 들어왔다.
　사위와 당손이는 서로 반갑게 마주보고 웃기만 했다. 그것으로
그들의 인사는 된 듯했다.
　"너 좀 작숙 동무해줘라,"
하고 황노인이 아들이 그냥 열어잡고 있는 문을 나와 부엌으로 가,
　"일깐에두 손님 둘이 있다,"
했다.
　머느리의 목소리로,
　"예,"

234

하는 대답이 나왔다.

　그곳을 떠나려다 황노인은 생각난 듯이 다시,

"돼짓물 끓었으믄 내다 줘라,"

한다.

"예."

　역시 며느리의 대답이 나오고 뒤미처 부엌문이 열리며 딸의 고개
가 나타나,

"아버지두 저녁 잡수시야디요,"

한다.

"그럼 나두 먹을까,"

하고 황노인은 오래간만에 어떤 식욕같은 게 다 느껴지는 심정이었
다.

　그러나 밤에 자리에 누운 황노인은 좀처럼 잠을 이루지 못했다.
늙으면서부터 본래 그렇기는 했지만 이날따라 더 잠이라고 들었다
가도 곧 깨곤 했다. 아주 어려서 어머니가 이제 몇 밤만 자면 생일
이 된다고 해서, 하룻밤하룻밤 손꼽아 가다가 이제 이 밤만 자고
나면 된다는 흥분으로 잠을 못 이룬 일이 있었다. 그러나 오늘밤은
무어 그런 흥분으로써가 아니고, 가슴속 한구석에 자리잡고 있는
말할 수 없는 어떤 공허감 때문이었다. 그런 속에서 황노인은 오늘
밤과 내일이 어서 지나가주기를 다시 바라며 몇번이고 몸을 뒤치었
다.

　이튿날 아침에는 그래도 황노인은 또 전처럼 일쩍 일어나 이날은
등에다 어린 외손녀까지 업고 뜰을 쓸기 시작했다.

　한 절반 쓸었는데 아들이 달려와,

"우리가 쓸디 않으리요,"

하며 아버지의 손에서 비를 빼앗듯이 옮겨잡는다.

　오늘만이라도 자기에게 쓰레질같은 것을 못 하게 하려고 아들이
그리리라마는 환갑날이라고 그런 것을 하지 말라는 법은 어다 있느
냐고 황노인은 생각했다.

　방문이 열리며 딸이,

"아바지, 애 이리 주시구 옷 갈아닙으시라우요,"
한다.
　황노인은,
"그만두갔다, 닙구 있는 게 머 어드래서 갈아닙는단 말이가? 상
기 한 달 닙어두 일없갔다 원,"
했으나 아들이 아버지의 하는 말이 좀 답답하게 생각된 듯 고개를
이쪽으로 돌리며,
"갈아닙으소고레, 어껀(일껏) 해가지구 온 거,"
하여 황노인은 안으로 들어갔다.
　흰 명주 바지저고리에 회색 세루 조끼였다.
　딸이 저고릿고름을 매주며,
"품을 좀더 넓게 할까 했더니, 그렇게 했드믄 너무 넓을 뻔했군,"
한다.
　황노인은 흰 저고리와 흰 수염 위에서 더 드러나 뵈는 검은 얼굴
로 딸이 하는 대로만 맡겨두다가 문득 어려서 생일날이라고 검정
광목 조끼를 입혀주던 때의 어머니 생각이 떠오르며 가슴이 뿌듯해
짐을 느꼈다. 그러자 어제부터 느껴지는 어떤 공허감도 이런 날이
면 으레 있어야만 할 것같은 어머니가 없음으로 해서 오는 것인지
도 모른다고 생각됐다. 눈꼬리에 수없이 주름이 잡힌 검게 탄 어머
니의 얼굴. 지금의 자기보다도 더 주름이 많이 잡히고 검게 탄 어
머니의 얼굴. 이보다 젊었을 적 어머니의 얼굴은 얼핏 떠오르지 않
는다. 황노인은 지금 이 늙은 어머니의 얼굴을 바라보고 있었다.
속으로는 수없이, 어머니, 어머니, 하고 부르면서.
　딸은 아버지가 앞 한곳만 바라보고 섰는 것을 좀더 어디 꿀리는
데나 없나 봐달라는 것으로만 생각하고, 다시 한번 뒤로 돌아가 저
고리 뒷도련을 잡아당겼다, 조끼 뒷도련을 잡아당겼다 하고 나서,
모든 것이 뜻대로 맞고 더구나 지금 샛문 틈으로 부엌의 여인들이
들여다보며, 잘 맞는다고 감탄하는 것을 만족히 여기면서,
"꼭 맞눈, 안 맞을까봐 걱정했드니,"
했으나, 좀만 형편이 뭣했으면 명주 주의(두루마기)마저 해다 드렸
던들 오죽이나 좋았을까, 이제 진갑 때만은 무슨 일이 있어도 그걸

해다 드려야겠다고, 그러니 제발 아버지가 오래 살아계셔달라고 비는 마음이 돼있었다.

황노인은 갑자기 주위가 조용해진 데서 딸이 이제 자기보고 무엇을 걱정했다는 말을 한 것 같음을 느끼며 어머니 생각에서 깨어나, 조끼주머니에 손을 넣었으나 아무것도 없음에 그제야 자기가 담뱃대를 찾고 있다는 것을 깨닫고, 벗어놓은 조끼에서 대와 쌈지를 꺼내어 담배를 피워물고 혼잣말로,

"이르케 동은 걸루 할꺼 머 있나 원,"

하고는 밖으로 나왔다.

뒷짐을 졌다. 검고 울퉁불퉁하게 마디가 진 큰 손이 흰 명주저고리 소매 밖에서 더 검고 커 보였다.

뜰은 다 쓸리어는 있었다. 그러나 아들의 손으로 옮겨진 비가 다시 당손이의 손으로 건너갔기 때문에, 거기 쓸리어있는 자국이 판이해있었다. 당손이가 쓴 데는 아들의 쓴 데와도 달리 그저 건성 빗자국만 나있을 정도였다. 황노인은 속으로 무어든지 자기의 손이 가야 한다는 생각과 함께, 새 명주옷을 입고야 어디 뜰 하나 마음대로 쓸 수 있나, 불편하기도 하다, 어서 오늘이란 날이 지나가 벗어버려야지, 하는 생각을 했다.

그러면서 뜰에서 눈을 들던 황노인은 거기 떨어져있는 단추 한 알을 발견하고 집어든다. 하얀 사기단추였다. 황노인은 언뜻 자기 조끼의 단추를 들여다보았으나 자기의 회색 단추는 물론 한 알도 떨어진 게 없었디. 황노인은 이렇게 이런 게 나 여기 떨어졌을까, 혹 증손이녀석(외손자)이 떨어뜨리지나 않았나 하며 집은 단추의 먼지를 불어 주머니에 넣는다.

아들에게는 아버지의 새 옷 입은 모양이 더 늙어보였다. 아버지가 무슨 수의같은 것을 입고 걸어나온 듯이도 느껴졌다. 그러나 다음 순간 아들은 오늘같은 날 그런 사위스런 생각을 해서 쓰느냐고 그 생각을 지워버리기나 하듯이 크게 고개를 돌려버리고 말았다.

저편에서 새 옷을 입은 외할아버지를 신기하게 바라보는 증손이가 눈에 띄자 황노인은 주머니의 단추 생각이 나,

"어디 네 조께 단추 안 떨어뎄나 보자,"

하고 가까이 갔으나 증손이는 외할아버지가 살펴볼 새도 없이 자기 조끼의 단추를 **후딱** 내려다보고는,
"다 있어,"
하고 도리질했다.
　당손이가 할아버지를 찾다가 거기 있는 것을 보고,
"할아바지 사랑에서 좀 들어오시래요,"
한다.
"그래."
　황노인은 사랑 쪽으로 가며 거기서 떠들썩하게 들려나오는 벌써 술기 돈 늙은이들이 산숫자리 타령에, 그들과 함께 잡담같은 것을 할 생각보다 혼자 밖에 있고 싶음을 다시 한번 느낀다.
　황노인이 들어가자 여기저기서, 만수무강하라고 제가끔 술 한 잔씩을 권했다. 그리고 황노인이 잔을 받을 적마다 건넛마을 오목녀 할아버지가 취기가 돈 되지않은 목청으로, 드십시오, 이 술 한잔 드십시오, 하고 권주가를 불렀다. 황노인은 그저 조용한 곳에 혼자 있고 싶은 마음뿐이었다.
　그러는데 밖에서 조판관영감의 노친네(마누라) 목소리로,
"우리 애할아바지 예 왔소?"
하고 찾는 소리가 들리자 조판관영감이 미처 뭐라 대답할 새도 없이 오목녀할아버지가 권주가를 끊고,
"여기 안 왔쉐다,"
하고는 일어서려는 조판관영감의 바짓가랑이를 붙들려 했다.
"나가네,"
하고 조판관영감이 오목녀할아버지의 손을 피하려다 옆 사람에게 걸리어 비칠거리니까 오목녀할아버지가,
"데르케까지 네펜네가 무서워서야!"
하여 온 좌중에 웃음판이 터졌다.
　조판관영감이 나가자 이번에는 여기저기서, 판관 판관 해야 저런 판관은 처음이라는 둥, 그러기에 몇잔 먹고 가라니까 그냥 앉았더니 꼴 보라는 둥, 밖에 나와서는 그렇게 딱딱한 위인이 노친네한테는 고양이 앞의 쥐라는 둥, 우리같아선 저래서는 못 살겠다는 둥

238

떠들어댔다.

황노인도 여태 조판관영감의 노친네가 어디나 남편 가는 데마다 찾아다니면서 술을 못 먹게 하는 것을 아름답지 못하게 여겨오던 터이지만 좀전 밖에서 조판관영감을 찾는 목소리를 듣는 순간 황노인은 퍼뜩 아내라는 생각에 그만 가슴이 뭉클해짐을 느끼지 않을 수 없었다. 뒤이어 저렇게 남 흉하게 남편을 찾아다니는 노친네라도 있어 같이 늙는 조판관영감이 얼마나 부럽게 뵈는지 몰랐다.

황노인은 저도모르는 새 밖으로 나왔다. 그리고 부엌 앞으로 갔다. 부엌 안에서는 여전히 목소리로써 누구 엄마 누구 할멈이라는 걸 알 수 있는 말소리들이 그릇 다루는 소리에 섞여 들려나왔다. 그러나 들려나와야 할 한 목소리만은 영 들리지 않는 것이었다. 황노인은 가슴속 한구석에 어쩌지 못할 공허감을 느껴야만 했다. 그것은 어머니로 해서 생기는 공허감과는 또 다른 공허감이었다.

부엌문이 열렸다. 딸이었다. 황노인은 딸의 얼굴을 바라보았다. 딸의 얼굴에서 지금은 없는 아내의 모습을 찾기라도 하려는 듯이. 그러나 젊은 딸의 얼굴에는 젊은날의 아내의 얼굴 모습이 들어있을 뿐, 웬일인지 같이 늙던 아내의 모습은 자꾸 안개 속같은 데로 사라지는 것이었다.

딸은 아버지가 자기를 쳐다보는 것이 무슨 술안주라도 더 내가라고 온 것으로 알고,

"안주 좀더 내갈까요?"

한다.

"아니."

그리고 그곳을 떠나려다 황노인은 생각나는 바가 있어,

"일깐에두 술상 내갔디?"

한다.

"아까 다 내가는가붑디다."

"그럼 됐다."

그러면서 황노인은 자기가 왜 이 차손이와 술 한잔 나눌 것을 깜박 잊고 있었을까 한다. 어젯저녁부터 해오던 생각인 것만 같은데.

황노인은 술 한 병을 가지러 광께로 걸어갔다.
　마침 광에서 달걀 한 알을 쥐고 나오는 증손이와 마주치자 황노인은 또,
"정 너 조께 단추 안 떨어뎄나 봐라,"
한다.
　이번에는 증손이가 자기의 조끼를 내려다보지도 않고,
"아까두 물어보군 멀,"
하고는 저리로 가면서, 아마 외할아버지는 오늘 생일날이 돼 새 옷을 다 갈아입고 그래 기뻐서 자기에게 아까 물어본 말을 다 잊어버린가보다 한다.
　황노인이 술병을 들고 일간으로 들어서니, 거기 술상에 마주 앉았던 늙고 젊은 재니가 놀라듯이 일어서며 자리를 비킨다.
"아니 그냥들 앉아있게,"
하면서도 자기가 앉아야 따라들 앉을 성싶어 황노인이 먼저 술상 앞에 앉았다.
　머뭇거리다 조심스럽게 꿇어앉는 두 재니에게,
"아니 편안히들 앉으라구,"
하였으나, 그러나 그것은 이제 술이 도는 동안 차차 그렇게 되리라는 생각을 하면서 황노인은 자기가 들고 들어온 병의 술을 따라 늙은 재니에게 내밀며,
"자아,"
하자 늙은 재니는,
"아니 이거……"
하며 머뭇거렸고,
"자아 들게,"
하며 황노인이 술잔을 밀어맡기다시피 하니까 그제야 늙은 재니는 마지못해 두 손으로 공손히 잔을 받아 들었다.
"이사람."
"예."
"아니 이사람, 예가 무엔가. 우리가 아마 동갑이디?"
"예."

“이사람, 또 옌가? 그럼 우리가 다 환갑일세게레. 어서 술 들게.”
  황노인은 좀전의 사랑방에서와는 달리 이 동갑과 먹는 술이면 얼마든지 받을 것같았다. 술이 몇 순배 돌았을 때 황노인은 어떤 자꾸 흡족해지는 마음으로,
“참 동갑, 해금 한번 켜게,”
했다.
  늙은 재니가 순간 황노인의 낯을 살폈다. 꽤는 날샌 눈초리로. 그건 그의 오랜 생활이 그의 몸에 붙여준 것인 성싶었다. 그러나 황노인의 언성에서나 낯에서 조금이라도 자기를 노리갯감으로 여기는 빛을 찾지 못한 늙은 재니는 조용히 해금을 들어 줄을 골랐다.
“타령을 켜게.”
  늙은 재니는 잠시 먼 것을, 아주 머언 것을 더듬는 듯 허공 한곳에다 눈을 주고 있더니 스르르 눈을 감으며 해금에 활을 긋기 시작했다.
  황노인도 저도모르는 새 눈을 감고 있었다.
  이런 그들의 앞에는 작은 개울이 나타나고, 개울둑에는 감탕칠을 한 벌거숭이 두 소년이 서서 한 소년은 풀피리를 불고 한 소년은 아직 어린 되잖은 청으로 타령을 부르고 있었다.

1942 가을

머 리

  퍼뜩 눈이 떠졌다. 지금 꾸다 깬 어지러운 꿈의 계속인 듯 그냥 이마며 머리 전체가 무겁다. 그래도 약을 먹은 때문인지 어제보다는 쿡쿡 찌르듯이 아프던 것만은 퍽 덜해졌지만 머리가 무거운 데서 오는 불쾌감만은 변함없다.

  간 막은 윗간에서 괘종시계가 한 번을 친다. 새로 한시가 아니면 좋겠다. 삼십분마다도 한 번을 쳐 알리는 이 시계가 모쪼록 어느덧 네시 반을 쳤다면 좋겠다. 한시라면 다시는 잠들 것같지 않은, 이 무겁고 불쾌한 머리를 베개에 눕힌 채 앞으로 다섯 시간 이상을 혼자 밤을 세워야 할 것을 생각하니 머리가 더 무겁고 불쾌해진다.

  큰녀석이 끙끙거린다. 영 입 놀리기도 싫은 것을 어서 일어나 오줌 누라고 한다. 이 말에 아내가 아랫목에서 이쪽으로 힘들게 몸을 뒤치며 몇 어쩌냐고 묻는다. 괜찮다고 한다.

  만삭이 되자부터 불면증이 생겨 아침결에 가서야 잠이라고 들어 보는 아내가 혹 시계 치는 것을 내내 들었는지도 모른다는 생각에 몇시나 됐을까 해본다. 아내도, 글쎄 몇시나 됐을까요, 한다. 그는 아내가 윗간에 올라가 지금 몇시인지 알아오지 않는 게 다 못마땅하고 불쾌하다.

  아내가, 꿈자리가 사납기도 하다고 하며 작은녀석이 갑자기 죽었는데 너무나 급한 김에 미처 울지도 못하고 안달을 하고 있는 차에 그가 큰놈더러 오줌 누라는 소리에 깼다는 거다. 그리고 아내는 이것 보라고 온몸이 땀투성이가 됐다고 한다. 그러나 그런 꿈은 깨고 나면 그래도 시원할 것이다. 그것에 비겨 그가 꾸는 꿈은 깨고 나서도 불쾌하기만 하다. 하기는 그가 잠이라고 자는 그 자체가 불쾌스런 꿈의 연속같은 것이었지만. 그중에서도 몇번이고 되풀이해 꾸는 꿈은 방아깨비의 꿈이었다.

나무 밑에 검은 안경을 쓴 사내가 궐련을 물고 앉아서 방아깨비의 머리에 돋아난 촉수를 담뱃불로 지져댄다. 궐련 끝에 재가 앉으면 빨아 빨간 불꽃을 살려가지고 지져댄다. 한쪽 촉수가 다 타 없어졌다. 검은 안경잡이 사내는 담배를 다시 빨아가지고 다른 한쪽 촉수에 갖다대는데, 그것은 방아깨비의 촉수가 아니고 자기의 이마다. 아, 따갑다. 불꽃 닿은 자리만이 아니고 온 머리가 따갑다. 그러나 손발을 움직여 이 불꽃을 털어버리려 해도 자기에게는 이미 손발이 없다. 이러다가는 머리가 온통 불에 데어 죽고 말리라. 누구 좀 구원해줄 사람은 없나? 있다. 바로 앞에 서있다. 그런데 그게 다른 뉘가 아니고 자기다. 아직 열 안팎의 어린 몸인데도 오늘의 수염나고 주름잡힌 자기다. 이 자기보고 정말 데어 죽겠으니 사람 좀 살리라고 애원한다. 그러나 서서 보고 있는 자기는 이편을 구해주고 싶다는 생각은 하면서도 오금이 말을 듣지 않는다. 그러는데 검정 안경잡이 사내가 다시 담배를 빨아 불꽃을 살린다. 정 따가워 죽겠구나! 서서 보고 있던 자기가 차마 보지못해 달아나고 만다. 그러면서 잠이 깬다. 잠이 깨고도 지금 꾸다 깬 꿈의 계속인 듯 그냥 이마와 머리 전체가 무겁고 불쾌하다.

이 방아깨비 꿈은 그럴 만한 일이 있었다. 지금도 분명하다. 그 검정 안경잡이 사내의 역시 꺼멓던 얼굴. 그것은 그가 열살 안팎 때의 일이다. 동무들과 함께 모란봉 뒤로 메뚜기를 잡으러 갔다. 그도 몇 마리 잡아 줬었다. 그런데 걸어가는 발 아래서 큰 방아깨비 한 마리가 튀어났다. 기어이 잡아야 했다. 쫓아가 벗어 든 저고리로 몇번이나 덮쳤다. 그러나 번번이 빠져나갔다. 빠져나가면 빠져나갈수록 이놈만은 잡아야 한다고 따라다녔다. 그러다가 이놈이 바로 지금 소나무에 기대어 앉았는 사람 발부리 앞에 앉는다. 그리로 달려갔다. 그런데 그의 저고리가 미처 덮치기 전에, 거기 앉았던 사람이 먼저 손을 내밀어 쉽게 방아깨비를 잡아 줬었다. 그는, 아 됐다고,

244

그 사람 앞으로 가 손을 내밀었다. 그러나 그 사람은 안될 말이라고 방아깨비 쥔 손을 한옆으로 치운다. 눈에 낀 검정 안경알을 번쩍이면서. 그래도 그는 어른이 메뚜기를 해서 뭐 할꼬, 이제 주려니 하고 그자리에 서있었다. 검정 안경잡이 사내는 여보라는 듯이 방아깨비 뒷다리를 모아 쥐고, 콩볶아 주께 방아 찧어라를 시킨다. 방아깨비는 끄떡끄떡 잘도 방아를 찧는다. 정말 자기가 한번 이놈을 손에 쥐고 방아를 찧어봤으면. 그러는데 방아깨비의 뒷다리 하나가 똑 떨어진다. 그쪽 다리를 지나치게 꼭 잡았음에 틀림없다. 아, 분하다. 방아깨비는 뒷다리 하나 떨어지면 그만인 것이다. 그런데 이번에는 검정 안경잡이 사내가 부러 남은 뒷다리를 꼭 집는다. 지체없이 똑 그 뒷다리마저 떨어진다. 그리고는 앞발 하나를 또 꼭 집는다. 똑 떨어진다. 차례차례 꼭꼭 집는다. 지체없이 뚝뚝 다 떨어진다. 그러는 검정 안경잡이 사내의 입가에는 무슨 재미난 듯한 웃음까지 떠오른다. 이렇게 방아깨비의 발을 다 떼내고 나서 검정 안경잡이 사내는 이번에는 또 무슨 생각이 들었는지 그 미소 지은 입으로 한손 손가락 새에 끼웠던 궐련을 가져다 두어 번 깊이 들이빨아 빨간 불꽃을 살리더니 그걸 방아깨비 머리로 가져간다. 아, 저런! 지금 검정 안경잡이 사내는 빨간 담뱃불을 방아깨비의 한쪽 촉수(이것을 애들은 그때 수염이라고들 했다)에 가져다 댄 것이다. 고 가느다란 촉수가 파닥파닥 피해보는 것이나 곧 담뱃불이 뒤따랐다. 잠깐 새 고 가느다란 촉수는 흔적도 없이 타 없어진다. 아, 저런! 검정 안경잡이 사내가 다시 담배를 빨아 불꽃을 세워 가지고 남은 촉수로 가져가는 걸 보고는 그만 돌아서서 냅다 달아나고 만다. ……

윗간에서 시계가 세시를 친다. 그럼 아깟 것은 두시 반이었구나. 그러니 아직 세 시간 이상을 참아야 날이 밝는다. 새벽녘에 피곤한 신경이 또 잠이라고 드는 듯했으나 역시 어지러운 꿈의 연속이었다.

　아침에는 그래도 얼마 전부터 사업이라고 맡아하는 대동강둑 비석공장에를 나가야 할 판이라 조반으로 죽 몇술을 뜨고 밖으로 나서며, 언젠가 편도선염으로 목이 뜨끔거리는 걸 돼지고기를 써서 신통하게 고친 일을 생각해내고, 아내에게 약으로 쓰게 돼지고기를 좀 사다놓라고 일렀다.

오후 한시가 지났을 즈음해서 아무래도 견딜 수가 없어 집으로 돌아오기로 했다. 칠성문통을 나서다가 길가에 놓여있는 사과가 눈에 띄어, 홍옥 한 두어 근을 달라고 하고는 이제 과일 장수가 봉지에다 넣은 사과를 저울에 올려놓으려는 것을 가만 있으라고 돈이 있는지 모르겠다고 지갑을 꺼내어 본즉 정말 돈이 없다. 그제야 어젯저녁 아내가 이달 찬값이라고 하면서 지갑을 턴 일이 머리에 떠오른다. 그리고 아내가 지갑지기라고 하며 십전 한 닢을 남겨놓은 일까지도. 무겁던 머리가 더 불쾌했다. 하는수없이 봉지에다 넣었던 사과를 그냥 두고 지갑지기 돈 십전을 던져주고서 큰것 한 개를 골라 가라는 것을 아무거나 잡히는 대로 한 개 쥐고 그곳을 떠났다.

집에 들어서니 아내가 좀 어떠냐고 묻고는 곧 오늘 맹랑한 일이 있었다고 하면서 어이없이 웃는다. 그는 그랬을 거라는 생각이 들었다. 그는 자기가 돌아오면 집에서도 분명히 무슨 불쾌한 일이 생겨있으리라는 예감이 들어있었던 것이다.

우선 아무데나 누워버렸다. 아내는 그냥 어이없는 웃음을 섞어가며, 좀아까 큰녀석 부스럼에 붙일 고약을 하나 사왔는데 그게 온데간데없이 없어졌다고 한다. 그가, 같은 약 이야기면 아침에 말하고 나간 돼지고기는 어떻게 됐느냐고 했더니 아내는, 글쎄 애기 들어보라고 한다. 옳지 아내가 지금 말하는 것도 역시 돼지고기를 사오는 데 관한 이야기로구나 하고 있는데 아내는 다시, 글쎄 푸줏간에 갔다 오는 새 약이 없어졌다고 하며, 푸줏간에 아직 고기도 안 들어온 걸 공연히 갔다가 약만 잃어버렸다고 한다. 여기서 잠깐 아내는 말을 끊고 낮잠을 자고 있는 작은녀석을 한번 바라보고 나서 다시, 큰녀석은 분명히 방바닥에 놓여있는 걸 봤다는데 없어진 걸 보니, 필경 요 작은녀석이 어디 내다 없앤 게 분명하다고 한다. 더구나 요녀석이 어디서 얻어가지고 왔는지 호콩을 한줌 들고 들어온 걸 보면 필시 약곽이 하도 예뻐 어느 애가 호콩과 바꾸었을 것같아 지금 바로 온동네를 편답하며 만나는 애들마다 물어봐도 모두들 모른다고만 하니 아주 잃어버린 물건이라고 한다. 어젯밤 꿈자리가 사납더니 꿈땜하느라 요녀석이 그런 짓을 했나보다고 아내는 잠들

어있는 작은녀석을 한번 주먹질하며, 요녀석 때문에 돈 일원 잡아
먹고 온동네 편답하느라 다리만 아파 못견디겠다고 하면서 다시 어
이없는 웃음을 웃는다.

그는 결국 돼지고기 사오는 이야기 아닌 이야기만 하는 아내가
돼지고기 사오는 데는 무성의한 것만 같아 다시 한번 푸줏간에 가
보라고 역정스런 소리를 질렀다. 아내가 힘들게 일어서 나갔다.

좀있다 아내는 아직도 고기가 들어오지 않았더라고 하면서 돌아
왔다.

작은녀석이 깼다. 끔적거리는 눈으로 거기 누워있는 그의 편을
보더니, 아바지! 하고 그의 가슴에다 얼굴을 실린다. 아내가 또
약곽 어디 내다버렸느냐고 한다. 놈은 눈만 끔적거릴 뿐 아무 대꾸
가 없다. 그는 지금 자기 가슴에 얼굴을 싣고 있는 이녀석이 아무
런 일을 저질렀다고 하더라도 미운 생각은 들지 않을 것만 같았다.
홍옥을 내주었다. 놈이, 이거 머야, 하며 좋아라 한다. 아내가 그
까짓놈 오늘 사과 먹을 자격 없다면서, 이따 언니하고 나눠나 먹으
라고 하고는 아버지 힘들겠으니 이리 오라고 떼간다.

아내가 다시 작은녀석을 업고 푸줏간엘 갔다 오더니 오늘은 쇠고
기고 돼지고기고 잡지 않는다더라고 한다. 그는 아주 불쾌했다. 이
무거운 머리가 돼지고기만 먹으면 금시 나을 것같은데, 그 돼지고
기 못 사오는 게 꼭 아내의 탓인 듯이 불쾌했다. 물론 그것이 아내
의 탓도 아니요, 더구나 조금만 걸음을 걸어도 힘들어하는 홀몸 아
닌 아내를 이렇게 시달리게 한다는 건 안됐다고 생각이 들지 않는
바도 아니다. 결국 자기의 모든 불쾌함을 쏟을 만한 곳이란 이 아
내밖에 없는 것이었다. 그는 소리를 질렀다. 그래 평양성 안에 돼
지고기 파는 집이 없단 말이냐고. 아내가 그럼 아랫거리에라도 가
보겠다고 일어서는 것을 당신이 가서는 아무데 가서도 못 사온다고,
자기가 큰집에 가서 어머니보고라도 사오게 하겠다고 밖으로 나선
다. 사실 힘들어하는 아내를 아랫거리까지 다녀오게 할 수 없다는
마음에서이기도 했지만, 아내가 가서는 꼭 못 사올 것만 같은 것이
었다. 밖은 어느새 찌뿌득하니 아주 흐려져있었다. 더 우울했다.

여남은 집 떨어져있는 큰집으로 가 어머니더러 성안에 들어가서

돼지고기를 좀 사다 달라고 하고는 돌아오는 길이었다. 남의 집 뒷벽을 의지해 방을 들이고 사는 그집 다섯살 안팎의 계집애와 세살짜리 자기네 작은녀석 또래의 사내애가 방문 앞에서 훌쩍이고 섰다. 어머니가 폐병인가 늑막염으로 꼬치꼬치 말라 죽은 듯이 누워 있다는 집 애. 아버지는 전매국에 다닌다는데 아침 일찍이 자기 손으로 밥 한술 해먹고 나갔다 저녁에 돌아와서야 다시 저녁을 끓여 먹는 집 애. 애들은 저녁때 가까이 되면 늘 이렇게 아버지 돌아오기를 기다리며 배고파 훌쩍이는 것이다.

그는 문득 좀전에 자기네 작은녀석이 잠이 깨어, 아바지 ! 하고 자기 가슴에다 얼굴을 실던 일이 떠오른다. 그러면서 그는 이 애들에게 뭐든 먹을것을 줘야만 한다는 생각이 든다.

집에 돌아와 아내에게 볶은콩을 좀 그애들 갖다주라고 했다. 아내가 그러자고 일어서는데 갑자기 밖에서 빗방울 듣기 시작하는 소리가 들린다. 아내는 일어선 길로 바깥 비설겆이부터 하러 나간다.

어두워서야 비는 그쳤다. 그는 기다리다못해 큰집에 돼지고기를 사왔나 보러 나섰다. 아까 애들이 나와 서서 훌쩍이던 집 앞을 지나면서 닫힌 문 가득히 따스한 불빛이 비친 걸 보고, 자기네가 이 애들에게 볶은콩을 종내 가져다주지 못한 일에 생각이 미친다. 그러나 이건 무슨 일일까. 지금에 와서 그는 문 가득히 찬 불빛에 어떤 안도감까지 느낌은? 그리고 아무일 없는 듯 그곳을 지나쳐버림은? 한없이 불쾌했다. 그것은 어제오늘 꿈속에서 보는 검정 안경잡이 사내의 손에 발이 떨어지고 촉수가 타는 방아깨비를 보고 달아나는 것만도 못한 감상을 자신에게서 본 때문이었다.

큰집에서도 아직 돼지고기를 사러 못 갔었다고 한다. 비 때문에 그리 됐다는 것이다. 그는 화가 치밀었다. 지금 바로 지니고 온 불쾌감도 합쳐서 온 집안이 놀랄 만큼 이제 당장 가 사오라고 고함을 쳤다. 그리고는 그런 자신에게 또 얼마든지 불쾌했다.

돌아와 다시 누웠다. 이렇게 무겁고 불쾌한 머리로 하룻밤을 또 지낼 일을 생각하니 머리가 더 무거워지고 불쾌해진다.

얼마 뒤에 어머니가 와서 성안에도 어제오늘 고기라고는 쇠고기고 돼지고기고 잡지 못하게 해, 구경할 수 없다고 한다. 그는 이미 어머니가 돼지고기를 사오리라 바라는 마음도 아니었다.

어떻게 눈을 붙여, 어느 집 광 안에 가득히 매달려있는 돼지 다리를 아무리 세어도 끝이 안 나 쩔쩔매는 꿈을 꾸다가 무슨 소리에 놀라 깼다. 비가 또 오는가보았다. 역시 머리가 무겁고 불쾌했다.

아내도 그새 아직 잠을 못 이루고 있었는지, 잠이 들었다가 빗소리에 깨었는지, 이게 암만해도 보통 빗소리하고는 다르다고 하면서 일어나 나간다.

밖에서 아내의, 꽤 큰 무리(우박)가 내린다는 말과 함께, 아까 낮에 치울 걸 괜히 안 치웠다가 국화 화분 다 버리고 말았다는 분해하는 말소리가 우박소리 속에 섞여 들려왔다. 그는 또다시 얼마든지 불쾌할 밖에 없었다.

이밤은 몇시나 됐을까. 그는 그저 이밤이 다음날이 아니고 낮과 같은 오늘밤이기만 바랐다. 그리고 이것으로 오늘의 악마의 날은 아주 끝나주기를 바랐다.

1942 가을

세레나데

어려서 그의 옆집에 그와 같은 또래의 계집애가 하나 살았다. 그렇게 얼굴이 예쁘지는 않았으나 눈이 아주 별나게 크고 시원하게 생긴 계집애였다. 이 크고 시원한 눈을 보고 그는 매사에 이 계집애에게 양보해가면서 놀았다. 그런 이 계집애의 눈에는 가끔 무슨 티가 들곤 했다. 그러면 그는 이럴 때 어머니가 자기에게 해주던 대로 계집애의 눈을 비집고는 혀끝으로 핥아주곤 했다. 이런 눈이었지만 그러나 그가 싫어하는 이 계집애의 눈이 한 가지 있었다. 그것은 계집애가 어디서 배웠는지 두 손을 반쯤 쳐들고 춤추는 시늉을 하며, 오오늘날이야! 하고 눈을 하늘로 치뜰 때의 눈이었다. 희멀뚱하게 보기 흉한 눈이었다. 어른들이 무당의 짓이라는 이 시늉을 계집애는 하루에도 몇번씩 했다. 그리고 계집애가 이 무당의 시늉을 하나가 눈에 비슷우 게 드는 수두 있었는데, 그러나 그는 이런 때의 계집애의 눈일랑은 아예 핥아주려고 하지는 않았다. 이 계집애와는 계집애네가 딴데로 이사간 것으로 헤어지고 말았다.

한동네 애가 대동강에 빠져 죽은 일이 있었다. 그 집에서 굿을 했다. 그가 처음 보는 굿구경을 갔을 때에는 마침 젊은 무당이 가슴으로 베필을 가르고 있었다. 꽹창거리는 굿거리 속에서, 마지막 길이로구나 소리를 눈물과 함께 가락을 놔 외면서, 힘들여 베필을 갈라나가던 여인. 눈물에 젖은 여인의 얼굴이 여간 아름다운 게 아니었다. 그리고 가슴에다 같은 베를 감기는 했으나, 그 가느다란 가

슴으론 지금 갈라나가는 베필이 지나치게 질기고 억세만 보여 한껏
애처롭기까지 한 것이었다. 모인 동네 여인들도, 무던히 가기 싫은
길이라고 하면서 소리없이 울고 있었다. 그는 이 아름답게 울던 여
인이 그때 베필을 다 갈랐는지 어쨌는지는 기억에 분명치 않다. 다
만 그 눈물 젖은 얼굴과 가느다란 가슴만이 언제나 또렷할 뿐.

   그의 집이 평천리 한끝으로 이사가서 얼마 안 되어서다. 그는 자
기네 집 뒷골목에 어머니인 듯한 여인에게 손을 잡혀 어디로 나갔
다 들어오곤 하는 소경 처녀애를 하나 보게 되었다. 얼굴빛이 하얀
잘 생기지 못한, 그러나 애처로운 데가 있는 열대여섯의 소경 처녀
애였다. 어른들의 말이, 무당이 내리면서 눈이 멀었다는 것이었다.
그는 무당이 내린다는 것이 어떤 것인지 모르면서도, 전에 시원하
게 눈이 크던 계집애가 혹 무당이 되다가 저렇게 눈이 멀지나 않았
을까 하는 생각으로 가슴을 두근거리곤 했다. 얼마 뒤에 이 소경
처녀애는 혼자 지팡이를 짚고 나갔다 들어오곤 했다. 그는 이 소경
처녀애가 지팡이 하나로 길을 바로 찾는 걸 얼마나 신기하게 여기
며 바라보곤 했는지 모른다. 골목을 빠져 큰길에 나서자 위고 아래
고 저 갈 곳으로 틀림없이 구부려져 간다. 그러나 나갈 때보다 돌
아올 때가 더 신기했다. 큰길로 곧장 오다가도 골목 있는 데만 오
면 지팡이를 더듬어 대번 골목으로 접어든다. 그는 혹 오늘은 소경
처녀애가 한번 실수해서 골목을 지나치거나 골목 못 미쳐 담뱃가게
로 들어가는 걸 보았으면 해본다. 그러다가 소경 처녀애가 실수없
이 길을 바로 찾으면, 그는 한편 실망해 보면서도, 역시 그네가 길
을 바로 찾은 게 여간 용해 뵈고 안심되는 게 아니었다. 하루는 자
기가 한번 멀리서부터 눈을 감고 골목을 바로 찾기로 했다. 물론
지팡이도 없이 눈을 감고 걸어오기 시작했다. 골목이 있는 데 거의
다 와서였다. 그는 맞은편에서 달려오는 자전거에 부딪혀 넘어지고
말았다. 옆머리에 상처를 받았다. 그가 다음해 봄에 수학여행을 간
새 이 소경 처녀애는 그만 죽고 말았다.

   소학 오년때인가 여름방학에 동무들과 함께 시골로 천막 생활을

252

나가서다. 개울에 나가 놀던 그 동네 애 하나가 물에 빠져 죽었다. 애를 잃은 집에서 푸닥거리를 한다기에 가 보았다. 상에 쌀밥 한 그릇 떡 한 그릇 쌀과 돈이 든 양푼 하나를 올려놓아가지고 산 닭 한 마리와 함께 애가 물에 빠져 죽었다는 개울둑에 가져다 놓았다. 옛날 무당이었다는 허름하게 입은 중년 여인이 상을 정돈하여 놓고, 여러 말로 빌며 물속으로 밥을 떠 던진다, 떡을 던진다 하더니 나중엔 옷을 입은 채로 거기서 죽은 애를 건져냈다는 물속으로 들어가 자맥질을 하면서, 빠져 죽는 시늉같은 것을 한참이나 하고서야 나왔다. 이렇게 해 애의 넋을 구해낸다는 것이다. 여인은 온통 옷이 젖은 대로 여름인데도 떠는 듯했고, 괴롭게 숨차했다. 우스꽝스러운 광경이라면 우스꽝스러운 광경이었으나, 그때 그는 웃어만 버리지도 못했다. 여인은 마지막으로 남은 밥을 물속에 던지고 나서, 닭도 산 채로 무슨 부적같은 것을 쓴 돌을 발목에 매어 물속에 던졌다. 애의 영혼 대신이라는 거다. 닭은 꽤 큰 파문을 남기고 가라앉았다. 그때 애의 어머니가 소리를 내어 울 듯하니까, 여인이 죽은 사람의 혼에게는 산 사람의 울음이 개짖는 소리처럼 시끄럽게 들릴 뿐이라는 말을 하여 울지 못하게 했다. 죽은 애의 어머니는 소리없이 눈물만 흘리며, 여인은 젖은 몸을 떨 듯하며 마을로 들어갔다. 그러자 구경하고 섰던 그 동네 청년패들이 언제 가지고 왔었는지 후릿그물을 내어 가라앉은 닭을 건지기 시작했다. 처음 몇 그물에는 물고기만 유난히 많이 나왔다. 좀 전에 던진 밥을 주워먹으러 모여든 것이리라. 닭은 가라앉은 곳과는 딴판인 곳에서 나왔다. 청년패들은 됐다고들 떠들면서 물고기로는 어죽을 쑤고 닭은 술안주 할 공론들을 했다. 그는 저런 물고기와 닭을 먹는 청년패들이 죽지 않으면 몹쓸 병이라도 들 것만 같았다.

얼마 전에 경상리로 이사와서다. 맞은 집 둘째며느리라는 언제나 고개를 숙이고 다니는 여인이 불시에 무당이 내리련다고 굿을 시작했다. 꽹창거리는 굿거리에 근처가 소란스러웠다. 그는 마지막 날, 이 색시무당이 작두를 탄다기에 가 보았다. 꽹창거리는 속에서 무슨 장군 신이 내렸다는 그 얼굴이 갸름한 수줍어하기만 하던 색시가 고개를 내두르며 무어라 이상한 소리를 엑엑 지르면서 춤 아닌 춤을 추며 온 마당을 돌아가는 것을 보고 그는 우선 그 광스러운 정력에 놀랐다. 어디에 그같은 정력이 언제나 고개를 소곳하고 다니는 이 수줍은 색시 속에 들어있었는지 모를 일이었다. 모여든 여인들은 벌써 사흘째나 밥 한술 안 먹었다고 하면서, 참 신통한 무당이 내렸다고 수군거리고 있었다. 굿거리 소리가 멎고 색시무당의 춤이 멎었다. 그러자 물이 가득 담긴 물동이가 나오고 새파랗게 날이 선 작둣날 두 개가 나왔다. 곧 다시 꽹창거리기 시작했다. 거기 따라 다시 춤을 추며 엑엑 소리를 지르면서 돌아가던 색시무당이 동이 앞으로 갔다. 옆에 섰던 사내 둘이 작둣날을 맞잡아 물동이 위에 올려놓았다. 색시무당이 버선을 벗더니 시어머니의 어깨를 붙들고 작둣날에 올라섰다. 그리고 올라서서도 색시무당은 온몸을 흔들거리고 그냥 고개를 내두르며 엑엑 소리를 질렀다. 그러다가 색시무당은, 자기는 무슨 팔자를 타고 났기에 뭣이 못돼서 무당이 내렸을꼬, 하며 죽죽 울기 시작했다. 지금은 작둣날에 발이 붙었다는 것이다. 구경 온 여인들의 눈에서도 눈물이 흘렀다. 여기저기서 돈이 던져졌다. 그냥 색시무당은 흔들거리며, 자기는 무슨 팔자로 무당이 내렸노, 하며 눈물을 좍좍 흘리는 것이었다. 그것은 단지 그 자리에서 돈이 많이 나오게 하기 위한 것같지만도 않았다.

어젯밤 그는 만주로 떠난다는 어떤 친구와 술집에서 나오자, 그 친구에게 끌려 생전 처음 거리 한모퉁이에 자리잡고 있는 손금쟁이 한테로 갔다. 눈알이 유별나게 도드라지고 코밑에 팔자수염을 기른 손금쟁이는 먼저 친구의 손금을 보더니, 의식금이 썩 좋다고 하며 영 이사를 하지 말고 한곳에 머물러 살든지 먼 곳으로 가든지 하면 더 좋은 행운이 끊이지 않으리라는 말을 늘어놓았다. 친구가 술을 한 김이라 큰 소리로, 사실 내일 먼 데로 떠나려는데 동서남북 어느 쪽으로 가는 게 좋겠느냐고 물었다. 손금쟁이는 도드라진 눈알을 굴리면서 친구의 손금을 다시 들여다보며, 동서만 나쁘고 남북은 다 좋다고 했다. 친구는 역시 큰 소리로, 내일 만주로 떠나려는데 꼭 맞힌다고 감탄해했다. 손금쟁이는 무표정한 얼굴로 코밑 팔자수염을 한번 비틀어 올렸다. 그도 장난삼아 손을 내밀었다. 손금쟁이는 그의 손을 잡고 한참 들여다보더니, 의식금이 좋긴 좋은데 지금보다도 오십이 넘어서부터 더 행운이 들겠다고 했다. 그가, 그러면 한 백살 살겠느냐고 했더니 손금쟁이는, 칠십은 염려없이 살리라고 했다. 그가 농조로, 속히 한 오십이 돼서 늙마에라도 한 이십년 팔자가 늘어져야겠다고 했더니 손금쟁이가 갑자기, 여태까지 큰 병을 앓은 일은 없느냐고 묻는다. 별로 없다고 하니까, 그러면 어디 큰 흠이 간 데는 없느냐 한다. 없다고 했다. 그러면 앞으로 큰 병을 앓기 쉽다고 하면서, 손금쟁이는 예의 무표정한 얼굴을 몇번 끄덕였다. 돈을 치르고 그곳을 떠나오면서 친구는, 사람이 그래 사느라면 한곳에 오래 살게도 되고 멀리 떠나게도 되는 게 아니냐고, 그리고 조선서 어디로 멀리 떠난다면 남북쪽으로밖에 더 없지 않느냐고, 모두가 엉터리라고, 큰 소리로 한바탕 웃고 나서, 또 큰 병만 해도 사람이 어떻게 웬만한 병 한번 없이 일생을 살 수가 있고 상처 없이 지낼 수가 있느냐고, 이어서 다시 한바탕 웃어댔다. 그도 따라 큰 소리로, 그렇지만 이제 난 큰 병을 앓고도 죽지 않으면 팔자 좋게 칠십을 살 거고, 큰 상처를 받고도 죽지 않으면……하다가 실로 뜻밖에 옆머리의 상처가 생각났다. 지금은 기른 머리칼 속에 감춰였으나 큰 흠이기도 하다. 뒤미처 지난날의 소경 처녀애가 떠올랐다. 자기가 한번 같은 걸음을 걸어본대다가 이렇게 상처를 받게 된 소경 처녀애. 절로 가슴이 두근거려졌다. 그러나 그것은 무어 손금쟁이의 말대로, 큰 흠이 자기에게 나있어야 액땜을 해줄 것인데, 그 큰 흠이 소경 처녀애로 해서 생겼다는 데서 오는 두근거림은 아니었다. 이미 옛날처럼 푸닥거리한 닭을 건져 먹었다고 그 청년패들이 죽거나 몹쓸 병이 들리라고 생각하는 그는 아니었다. 그저 지금 그의 가슴이 두근거려짐은 그 애처로웠던 소경 처녀애의 생명이 새삼스레 가슴속에 살아 올라옴으로였다. 그리고 이 애처로운 생명이 곧 오늘날의 그의 생명으로 느껴졌기 때문이었다. 그리고 그것은 또 그대로 이제 만주로 떠난다는 친구에게도 통하는 것이었다. 그는 눈을 감았다. 어쩌면 지난날 옆집 계집애의, 오오늘날이야! 하며 치뜨던 때의 눈보다도 더 보기 흉할 오늘의 자기의 눈을 감았다. 그리고는 걸었다. 도시 지난날 그 소경 처녀애를 본떠 걸을 때만큼도 잘 걸어지지 않았다. 술 때문만이 아니었다. 앞에 놓인 길이 지난날 젊은 여인의 가느다란 가슴이 갈라내던 배 필처럼 펼쳐져있는 때문이었다. 그리고 얼마 전 색시무당이 탔던 작둣날인 양 놓여있는 때문이었다. 그러나 그렇다고 버릴 수는 없 는 길이었다. 어떻게 해서든지 걸어가야만 할 길이었다. 눈물도 없 이. 이런 그의 귓전을 어둠 속으로부터, 우리 술 한잔 더 하자는 친구의 말소리가 머언 바람소리처럼 스치고 지나갔다.

1942 봄

노　새

　　유청년은 이날도 자기 집 옆 노새 가져다 매는 자리 앞을 지나면서 분명히 어젯밤 사이 새로 싸뭉개논 똥에 눈을 주고는, 이제 정말 노새 주인에게 여기 가져다 매지 못하도록 성가시게 굴어야겠다고 다시 한번 마음을 다져먹는다. 그래야만 자기네가 그걸 사게 된대도 헐값으로 뗄 수 있을 것이다. 유청년이 바로 이 노새 갖다 매는 자리 하나를 격해있는 옆집 영감을 찾아들어가니 언제나처럼 영감이 담뱃대를 들고 해바라기를 하고 있다.

　　—하르반, 참 큰일났쉐다레. 노새새끼가 없어디든디 우리가 다른 데루 이살 가든디 양단간에 어뜨케 해야디 어디 이 성화야 견디갔쉐까. 오늘 아츰에만 해두 동네사람들이 와서 우리보구 그놈의 똥꺼지 츠랩네다레. 우리가 노새 쥔보구 아무말 않구 내버레둬서 온 동넬 구주분스레 만든다믄서.……근체 사람들이 하르반한데 나이 많으신 이보구 그러기가 멋하니긴 우리집에만 와서 그럽네다레. 이거야 어디 견데먹갔쉐까.

　　영감도 난처한 듯이 감투 쓴 고개를 끄덕이면서,

　　—글쎄 오래 더럽히는 꼴 봐선 당장 갖다 매디 못하게 했으믄 둏갔디만 노새 쥔이 자꾸 자기네 죽을 거 살레주는 셈티구 좀 참아달램네다레, 딴데루 옮길 때까지만…… 앞으룬 똥같은 것두 말끔히 츠겠다믄서,

한다.

　　—말이야 둏디요. 그르나 그자 말만 듣다간 안됩네다. 요즘만 해

두 호사디 이제 복거리엔 정 야단이야요. 동네 파리란 파린 다 뫼들 테니.

—정 그르킨 해요.

—아니 말씀 낮추시라구요.

—차차 합세다레.

—만주서 잡병이 많이 도는 것두 데놈의 똥이니 머니 때문이랩디다. 별별 병이 다 거기서 생긴다거든요. 글쎄 맬 자리가 없으믄 자기네 아낙에라두 갖다 맬 게디 왜 하필 남의 집 옆에다 갖다 매가지구 그 성환디 모르갔이요.

—그럼 오늘 저낙엔 우리 함께 가서 니애기해봅세다.

—아니 집으루 찾아갈 거 없이 저낙에 갖다 맬 제 당장 매디 못하게 하시라우요. 나보담은 아무래두 하르반 말씀을 어려워할 테니까요.

그러면서 유청년은 생각나기나 한 듯이 미리 호주머니에 넣가지고 온 장수연 한 갑을 꺼내며,

—하나 생긴 거 어디 피워보시소,

했다.

영감은 언제나처럼 담뱃대 든 손을 설레설레 저으면서,

—아니 이건 웬걸 번번이……

하면서도 다른 한손을 내밀어 받는다.

—그럼 하르반, 오늘 저낙엔 기어쿠 갖다 매디 못하게스리 하시라우요. 노새 쥔이란 작자가 논정히 말해선 모를 자 같습데다.

그러나 이날 저녁때 영감은 노새 주인이 노새를 가져다 매는 것을 알고도 그자리에서 당장 그걸 갖다 매지 말라는 말을 하지 못했다. 노새 주인이 자기 집에 가닿고도 남음직한 시간을 재어 영감은 꽤 떨어져있는 언덕진 곳의 그의 집을 찾아갔다.

마침 노새 주인은 문간방에서 저녁상을 받고 있다가 영감이,

—저낙이 한창이웨다레,

하며 돌아서려니까 달려나와 잡아끌다시피 하면서,

—마츰 잘 오셨쉐다, 우리 밥찔게(밥반찬) 해서 한잔 하십세다,

했다.

영감은 여기서, 언제나 이렇게 끔찍이 구는 사람보고 어떻게 노새를 갖다 매는 그자리에서 당장 가져다 매지 말라는 말을 할 것이냐는 생각을 하며,

—아니 번번이……

그러면서도 마지못하는 채 끌려 들어간다.

—어서 들어오시소.

노새 주인의 아내도 반색을 한다. 그리고, 이 영감네 집 옆에 자기네 짐승을 갖다 매 신세를 지고 있으니 오기만 하면 술 한잔쯤은 대접해 보내야 한다는 남편의 말도 있어서 곧 밖에 나가 술병을 사 안고 들어오며,

—안주두 없는 거……

한다.

안주 없이 김치와 북어쪼가리로 먹는 술은 곧 취기가 돌았다.

영감이 취기에 기운을 얻어,

—참 야단이웨다,

하고 말을 트니, 노새 주인은 또 영감의 이 말 나오기만 기다리고 있은 듯이 앞질러,

—그러실 줄 압니다만 그저 우릴 살레주시는 셈티구 좀 참아주세야디 어캅니까, 사실 아즈반두 아시다시피 그 노새새끼 한 마리가 우리 통 재산 아니웨까? 내놓구 말씀이디 그 노새새끼 없었으믄 우린 벌써 굶어죽은 디 오랬갔쉐다,

헸다.

영감은 노새 없이는 살아갈 수 없다는 이 노새 주인에게, 더구나 번번이 이렇게 술대접까지 받으면서는 차마 집 주위가 추접하니 그걸 가져다 매지 말라는 말은 아무리 술기가 돌았다 해도 하기 힘들어,

—동네사람들이 자꾸 여러말 합네다레,

하고 만다.

—그러시갔디요. 한데, 아즈반, 말씀 낮추시라우요. 젊은놈보구 멀 그러시나요.

—차차 합세다레.

──전두 모르는 배 아니야요. 동네사람두 동네사람이디만 데일 아즈반네하구 아즈반네 넢집에서 시끄럽갔디요. ……참 그 넢집 사람이 멀하는 사람인가요?

──요샌 노는가붑디다. 고무공당에 댕기다 고만두구선……

──그래요?

──들리는 말엔, 요새와서 뉘동생을 술집에다 팔게 됐는데, 그르케 되믄 제손으루 할 걸 머이구 하나 할 모양입데다.

──그래요? 하긴 작건 크건 간에 제손으루 할 걸 멀 해야디요. 참, 요새 갈보룬 얼마석에나 팔리나요?

──사천눅백 냥이라나요.

──괜찮긴 함네다레. 하기야 요샛돈 사백눅십원 막상 쓰자구 하믄 아무 부난없디만.

──그럼요. 참, 장의넨 밑천두 많이 들어갔디만 둏은 업 붙잡았디요.

──그것 아니믄 정말 우리 밥 굶어죽은 디 오랬디요. 사실 오금센 젊은사람 같으믄 돈 잡디요. 자꾸 끌구댕기기만 하믄 되니까요. 한데, 정, 아즈반, 여지껏두 아즈반이가 우릴 살레왔디만 앞으루두 그저 우릴 살리시야 하갔쉐다. 아즈반두 아시다시피 남의 집이기두 하디만요 괭이 상판만한 마당에야 어디 노샌 말구 괭이새끼 한 마리 맬 자리가 있습네까?

──사실 난 상관없습네다만……

──아즈반께서 동네사람들보구 우리집 헹펜 말씀을 좀 해주시소고레. 우리 목숨이 이 노새새끼 하나에 달렜다구……

영감은 여기서 고개를 끄덕이며 대통에 장수연을 담다가 문득 옆집 유청년 생각이 나 노새 주인이 술병을 들어 술을 부으려는 것을 막으며,

──이젠 그만둡세다, 단단히 췟쉐다,

했다.

노새 주인이,

──아니 몇잔만 더 하십세다,

하는 것을 영감은 그냥 일어서며,

—우리곁애선 일없습네다만 자우간 어디 자릴 얻는 대루 옮게다 매두룩 하시소,
했다.
　영감이 가자 노새 주인의 아내는 상을 치우며,
—어서 그 녕감보구 노샐 팔아달래소고레, 요새곁애선 멋부담두 여물에 체미잽헤서 어디 먹이갔습네까,
했다.
—님잔 잠자쿠 있어, 다 예산이 있어서 그러는 거야, 그저 우린 그 노새 없으믄 굶어죽을 것같이만 말해야 해, 그래야 짠값을 받을 수 있거든,
하고 노새 주인은 노란 수염가에 속웃음을 한 번 띠우고 나서,
—어차하믄 이내 팔리디 않으리, 누구한테 멕일 거까지 짐작이 갔어,
했다.

　다음날은 유청년의 누이동생이 술집으로 팔려가는 날이었다.
　유청년은 아침결에 집을 나서고 말았다. 그날따라 유청년의 눈에는 자기 누이동생 또래의 계집애들이 많이 보였다. 그리고 별나게 말달구지도 많이 보였다. 유청년은 자기 누이동생 또래의 계집애나 말달구지를 안 보도록 힘썼다. 그렇다고 유청년은 사람이 뵈지 않는 모란봉 쪽같은 외딴 곳에 가있을 마음도 없었다. 그렇다고 또 악상사 광고하는 데같은 사람들 틈에 끼어있을 수도 없었다. 그저 뭇사람이 오가는 위아래 거리를 쏘다니는 수밖에 없었다.
　저녁때가 가까워서야 유청년은 피곤한 몸을 이끌고 집으로 돌아왔다. 누이동생은 물론 없었다. 늙은 어머니가 말없이 떨리는 손으로 꽁꽁 묶은 지폐뭉치를 내주었다. 유청년도 말없이 그걸 받아들고는 어떤 흥분으로 지금까지의 피곤도 잊고, 그달음으로 옆집 영감을 찾아갔다.
—어떻게 됐습네까?
—야단이웨다. 자꾸 사정을 합네다레.
—글쎄 그렇게 집으루 찾아가선 안된다니까요. 갖다 맬 제 당장

못 매게 해야디.

 ─그저 자기네 집안 목숨이 그 노새 한 마리에 달렸다구 제발 살
레주는 셈티구 참아달랩네다레.

 ─글쎄 것두 유분수디 하구한날 어뜨케 참는단 말인가요.

 ─노새 없었으믄 굶어죽은 디 오랬갔다구 그저 사정이니 어뜨카
갔소.

 ─글쎄 하르반네나 우리 노새겔으믄 서루 참는 수두 있갔디만 뚱
딴디같은 사람네 해를 하구한날 어뜨케 참는단 말인가요.

 ─그르킨 해요.

 ─아니 말씀 낮추시라구요.

 ─차차 합세다레.

 ─글쎄 노새새끼 하나 맬 자리 없는 작자가 어뜨케 그걸 멕이노.
우리 성미겔애선 속상해서두 당장 팔아버리구 말든디 하디 그냥 두
디는 못하갔쉐다.

 ─그르기 말이웨다,

하고 영감은 언제나처럼 감투 쓴 머리를 끄덕이다가 불쑥 생각나는
바가 있어 담뱃대로 유청년의 앞 허공을 찌르며,

 ─참, 유주사가 그 노샐 사구말소고레,

한다.

 ─제가 그걸 사서 멀 하게요?

 ─아니 벌이가 괜찮은가붑디다. 오금 센 젊은이한테 데일 합당한
업입데다.

 ─벤벤티두 않은 거 달래긴 쩨 달렐껄요.

 ─하긴 거기다 목들을 매달았대니낀 팔디 않기두 섭갔군. ……자
우간 한번 말을 틔워볼까요?

 ─그러실 것 없이 오늘 저낙엔 마즈막으루 한번 단단히 말씀하시
라구요. 다른 데루 옮게 매갔나 안 옮게 매갔나. 안 옮게 매갔대믄
내 손으루라두 풀어팡가티구 말갔쉐다. 우자우자 하니낀 어디 그꼴
보갔쉐까.

 이날 저녁에도 영감은 노새를 가져다 맬 때가 아니라 노새 주인

이 자기 집에 다 가닿고도 남을 시간을 재어 집으로 찾아갔다.

그리고 거기서 언제나처럼 술대접을 받다가 영감은,

—까짓것 노새새끼 팔구 맙세다레,

했다.

노새 주인은 허황스레 한 번 놀라 보이고 나서,

—아니 갑재기 걸 팔믄 우린 뭘루 살아가게요?

한다.

—그르킨 하웨다.

노새 주인의 아내가 재빠르게,

—아니 누가 사재나요?

하는 것을 노새 주인이,

—님잔 가만있으라구, 누가 사재건 건 알아 멋해?

하고 짐짓 아내를 나무라고 나서 영감더러는 혼잣말처럼,

—거 야단이웨다,

한다.

—그르킨 하웨다만 동네에서들 자꾸 거기 노새새끼 갖다 매는 걸 싫어합네다레. 사실 난 조금두 일없습네다만 다들 싫어합네다레. 어떤 사람은 오늘 당장 다른 데루 옮게 매디 않으믄 막 풀어팡가타 갔다구꺼지 합네다.

—사실 아즈반이나 그렇디, 누군들 그른 거 갖다 매는 거 동와할 사람이 있나요, 노새새끼 하나 벤벤히 건사 못 하는 걸 생각해선 쌍 놈의 거 죽든 살든 꽉 팔아버리구두 싶구. ……

—그랜요.

—아니 말씀 낮추시라우요. 젊은놈보구 멀 그르시나요.

—차차 합세다레.

여기서 노새 주인은 다시 혼잣말처럼,

—누가 요새 값을 바루 놔줘야디,

한다.

—김장의네 해겥은 거 지금 얼마나 셌나요?

—글쎄 우리 핸 샀든 값두 있구 해서 달구지채 오백원 덜해선 죽 어두 못 팔갔이요.

　　―오천냥 말이디요?
　　―요새 웬만한 말겉으믄 칠팔백원 안 주군 넘두 못냅네다. 노새
티구두 막 눅은(싼)값이디요. 그리구 사실은 노새가 짐은 더 암팡
스레 잘 끌거든요.

　　이튿날 유청년이 찾아왔을 때 영감은,
　　―유주사가 노샐 가지구 마소, 벌이두 괜찮은갑디다,
했다.
　　유청년이 의외인 듯이,
　　―걸 개제 멀 하게요?
하고는 이번엔 혼잣말처럼,
　　―벤벤티두 않은 노새새낄 달래긴 수태 달랠껄,
했다.
　　―오천냥 덜해선 못 팔잤답데다.
　　―오백원요?
　　―그래 오천냥이요.
　　―턱없구만!
　　―글쎄요. 요새 웬만한 말겉으믄 칠팔천냥 안 주구는 넘두 못낸
답데다. 노새티구두 막 눅은값이라든데요. 그리구 녯날부터 노새가
짐은 암팡스레 잘 끌디요.
　　―아니 정말 말씀 낮추시라우요. 어린놈 보구 멀……
　　―차차 합세다레.
　　청년은 여기서 다시 혼잣말처럼,
　　―오백원? 야 무던하군,
하며 손으로는 호주머니 속에서 장수연 갑을 꺼내어 영감에게 내주
면서,
　　―하나 생긴 거 피워보십시오,
했다.
　　영감은 또 언제나처럼 대 든 손을 설레설레 저으며,
　　―이거 웬걸 번번이……
하면서도 받아든다.

유청년이 다시 한번 혼잣말처럼,

—오백원? 야 무던하군,

하고 이번에는 담배 꺼낸 손으로 호주머니 속 돈뭉치를 꼭꼭 쥐어
보면서,

—그런대루 한 사백원이래믄 모르갔디만,

했다.

이날 저녁때 영감의 중개로 유청년과 노새 주인은 북새거리 한모
퉁이에 있는 장국집에서 만났다.

술국 한 그릇을 가운데 놓고 술잔이 두어 차례 돌았을 때 유청년
이,

—이 하르반이 가자구 해서 오긴 했쉐다만 누가 봐두 오백원이믄
비싸요,

하니 노새 주인은 또,

—그럴 탁이 있나요. 난두 이 아즈반이 가자구 해서 오긴 했쉐다
만, 천천히 동은 작잘 추면 눅백원 하나야 갈테없디요, 더군다나
걸 팔믄 당장 우린 야단이웨다,

했다.

—그렇다믄 관두소고레. 난두 머 그 노새새끼가 탐나서 살래는
거 아니구, 마침 듣자하니 노새새낄 맬 자리두 없구 하대기에 같은
값이믄 걸 팔아줄까 해서 그러는 게니—.

이네 영감이,

—가만들 계시소, 우리 이르케 합세다, 김장원 오천냥을 달래구,
유주산 사천냥을 보니, 우리 절반석 반타개해서 사천오백냥에 팔구
사구 합세다, 난 머 구전걸은 건 바래디 않을 테니 오늘밤 두 분이
술이나 한탁 내시소,

하고 나서, 그래주기를 바라는 낯으로 유청년과 노새 주인을 번갈
아 쳐다보았다.

—모르갔쉐다, 하르반 말씀이니,

하고 유청년이 주머니에서 꽁꽁 묶은 지폐 뭉치를 꺼내었고, 노새
주인은 또 일부러 지폐 뭉치에서 눈을 피해 뜨악한 기색을 짓고 있

었으나,

—난두 모르갔쉐다, 아즈반 말씀이니,

하고는 이번에는 유청년이 세는 돈만을 눈여겨 들여다보기 시작했
다.

술이 이제는 잔뜩 되었으니 그만두자는 영감의 말을 듣고야 그곳
을 나왔다.

영감의 걸음은 어두운 밤중이어서가 아니라 취기로 어지러웠다.
유청년과 노새 주인은 서로 오늘따라 조금도 술이 취해지지 않는
마음으로 영감의 뒤를 따르고 있었다.

영감은 집에까지 와서도 안으로 들어가지 않고 노새 있는 데로
갔다. 유청년과 노새 주인도 뒤따랐다.

노새 앞에 서자 유청년은 누이동생 생각이 불현듯 떠올랐다. 노
새 주인은 또 호주머니의 지폐뭉치를 꼭 쥐어보면서 내일이라도 이
돈으론 미리부터 점쳐오던 리어카를 사야겠다는 생각을 하고 있었
다.

노새의 목을 긁어주던 영감은 영감대로 어둠 속의 유청년과 노새
주인을 돌아보며 진작 이 두 사람에게 이걸 사고 팔게 했으며 좋았
을 걸 하는 생각과 그래도 용히 자기가 잘 해결을 지었다는 만족으
로 해 절로 소리내는 웃음을 웃는 것이었다.

유청년과 노새 주인은 영감이 오늘은 정말 술이 지나치게 취했구
나 했다.

웃음 끝에 영감은,

—누구 담뱃불 좀 주게,

하고 나서 이어,

—참, 이제부턴 하게 하갔네, 나삐 생각들 말게,

하고는 흡족스런 잔기침까지 몇번 해댔다.

다음날부터 곧 유청년의 노새달구지 벌이가 시작됐다. 미리 생각
해두었던 대로 서평양역으로 나갔다. 벌써 공지에는 말달구지가 여
러 채 와있었다. 한길에 가 붙어섰다. 영 차례에 와닿지 않았다.
내일은 일찌거니 나와야지.

거리로 나섰다. 말달구지가 자꾸 눈에 띄었다. 전에 누이동생이 팔려가던 날처럼. 그러나 이날 유청년에게는 누이동생의 일은 떠오르지 않았다. 달구지들이 짐을 실었나 어쩼나 하는 것에만 관심이 갔다. 그런데 눈에 띄는 달구지는 거의 다 짐을 싣고 있었다.

대동문통으로 꺾여 들어서느라니까, 웬 중년 사내 하나가 불러세우더니 감북이까지 나가는 비석을 싣지 않겠느냐고 한다. 싣겠다고 하니까 얼마에 가겠느냐고 한다. 요량해 달라고 했더니 일원팔십전에 가려거든 가자고 한다. 말하는 품이 벌써 뎃가로 여러 사람과 부닥쳐 본 눈치였다. 그러니 부르는 게 물론 싼값임에 틀림없었다. 그러나 유청년은 이 짐을 놓쳐서는 안된다고 생각했다.

그리 크지도 않은 단갈비 하나에 대석 하나였으나 역시 돌이라 보기보다는 무거운 모양이었다. 가루갯고개에 다다랐을 적에는 아미 노새는 온몸에 흠뻑 땀이 내배고 걸음걸이도 힘들어 보였다. 유청년은 그것이 자기가 직접 당하는 일이나처럼 느껴졌다. 비석 주인이, 고놈의 노새새끼가 꾀를 부리느라고 고런다고, 한 번 매질을 하라고 했으나 유청년은 아무리 길이 더디더라도 차마 노새 등에다 채찍을 내릴 마음은 일지 않았다.

비석을 날라다주고 이번에는 전찻길을 따라 본평양역까지 갔다 돌아오는 도중은 헛걸음을 쳤다. 그러나 첫날 마수걸이는 했으나 됐다 싶었다.

다음날은 일찍이 서평양역으로 나갔다. 나온 달구지가 하나도 없었다. 오늘은 됐나보다 하는데 삽시간에 말달구지가 여남은 모여들었다.

한낮이 되어 재목을 실릴 사람이 왔으나 후에 온 말꾼들이 저희끼리만 가격을 의논해가지고 대여섯 바리 얼려 가고 말았다. 유청년은 오늘도 그냥 거기에 있어야 소용없을 것같아 성안으로 들어섰다.

대동강 둑으로 갔다. 뗏목 싣는 말달구지가 많았다. 그러나 그 말달구지들은 모두가 네통 말달구지들뿐이었다. 두통 달구지로서는, 더구나 노새달구지로서는 도무지 실을 엄두도 못낼 짐이었다.

혹시나 하여 강둑을 따라 비석공장을 돌아보았으나 짐은 없었다.

다시 대동문 앞을 지나 거리로 들어서다가 노새가 오줌을 누는 틈을 타 다리쉼을 하러 길 옆에 앉았다. 차츰 더워오는 날씨 때문에 몸이 더 피곤한 듯했다. 그렇게 얼마 동안이고 앉아있고만 싶었다. 그러는데 뒤에서, 달구지나 한옆으로 몰고 낮잠자라는 고함소리에 놀라 일어서니 거기 멧목 실은 네통달구지가 연달아 있었다. 네통 말달구지가 활기있게 다 지나간 뒤에 빈 달구지를 끌고 그곳을 떠나는 유청년은 다리쉼을 하기 전보다 더 맥이 없었다.

그리고는 이틀 동안 비가 내려 나가지를 못하고, 사흘째되는 날 일찍 서평양역으로 나갔던 유청년은 마침 한 말꾼이 이삿짐 실을 게 있는데 같이 싣자고 해 따라갔다. 평천리까지 십리가 넘는 진길이었으나 힘든 줄을 몰랐다. 그런데 평천리 다 가서였다. 길 가운데 파인 조그만 웅덩이를 건너다가 들추는 달구지를 감당치 못해 유청년의 노새가 그만 앞다리를 꿇고 말았다. 같이 가던 말꾼과 함께 잡아일으켰을 때에는 노새의 진흙투성이된 무릎에서 붉은 피가 흐르고 있었다. 같이 가던 말꾼이 달구지 기름을 내어 상처난 자리에 발라주었다.

그날밤 유청년은 몇번이고 촛불을 켜들고 나가 상처난 다리에 기름을 발라주었다.

이튿날 보니 노새가 하룻밤 새에 퍽 마른 것같았다. 유청년은 하루 쉬기로 했다. 콩여물을 먹였다.

그러나 다음날은 노새 여물값만이라도 벌어야겠다는 생각에 다시 끌고 나서야만 했다.

낮이 기울어 대동강 다리 아래에 자그마한 짐을 하나 실어다 부리고 돌아오다였다. 무심코 다리 쪽으로 고개를 돌린 유청년의 눈에 거기 다리 한가운데를 이리로 질주해 오는 한 마리의 말이 보였다. 말은 뒤에다 짐 실은 네통 달구지를 단 채였다. 갈기를 곤두세우고 흰 이빨을 시리물고 달려오는 품이 아무래도 예사롭지가 않았다. 달구지에 실었던 짐짝이 다리 위에 내동댕이쳐졌다. 말은 자기를 해치려고 뒤쫓아오는 적에게나 대하듯 뒷발로 달구지 바짓살을 걷어찼다. 그리고는 발에 채는 달구지가 성가신 듯 다시 차고 또 차면서 달렸다. 말이 조선은행 앞을 지나 평양역 쪽으로 꺾이는데 달구지 뒷바퀴가 제가끔 떨어져 옆 상점으로 굴러들어갔다.

다음날 아침 서평양역에 모인 말꾼들의 이야기로는 그 말이 처음부터 힘에 부친 짐을 실었다가 선교리 쪽 다릿목 비탈에 와서는 움직이지 않게 되자 말 주인과 짐 주인은 말이 꾀를 부리는 거라고 매질을 해 가까스로 고비를 넘기긴 했으나 웬일인지 거기서 말은 화닥닥 내달리기 시작한 게 달리면서 달구지 바짓살을 차 그만 뒷발통 회목 하나가 부러져나갔는데도 그냥 달리며 자꾸 뒤의 바짓살을 차서 나중엔 남은 발통마저 부러져나갔지만 말은 그렇게 뒷발통 둘이 없이도 얼마큼을 더 달려 법원 앞에까지 가서야 그만 쓰러져 죽고 말았다는 것이다.

유청년의 노새는 종시 다리의 상처가 덧나고 말았다. 그래서 그런지 노새는 날로 파리해만가는 듯했다. 그러나 유청년의 형편으로는 노새를 며칠이고 그냥 놀리며 약을 쓴다든지 콩여물만을 먹인다든지 할 수만도 없었다.

하루는 저녁때 돌아오는 길에 풀이라도 좀 뜯겨가지고 들어갈까 하고 서평양역 앞을 지나는데 전에 이삿짐을 같이 실은 말꾼이 또 오늘은 동바리 실을 게 있으니 실어보지 않겠느냐고 해서 그러기로 했다. 미리 다리의 상처를 생각해서 좀 가볍게 짐을 실었다. 그러나 유청년의 노새는 그만 몇 발자국 못 가 절던 앞다리를 꿇고 말았다. 잡아일으키려 했으나 노새는 도시 일어설 기색조차 뵈지 않았다. 요놈의 노새새끼가 꾀를 부리는구나. 채찍질을 했다. 그러나 노새는 처음 몇번은 움직기렸으나 나중에는 내리는 채찍 속에서 맞는 자리만 경련을 일으킬 뿐 움쭉도 하지 않았다. 이게 그냥 꾀를 부리는 것이 아닌 줄 알면서도 처음으로 노새에게 매운 채찍을 내렸다. 그러면서 유청년은 이 매질이 노새 아닌 곧 자기 자신에게다 하는 거로 착각도 하며 속으로 몇번이고, 이 노새가 얼마 전에 발통이 부러져 죽은 말처럼 죽는 한이 있더라도 한 번 그렇게 시원히 뛰어라도 줬으면 했는지 몰랐다.

좀 뒤에 빈 달구지를 끌고 집으로 돌아오며 유청년은 자기가 채찍질한 노새 잔등을 바라보지도 못하면서 혼자 속으로 울고 있었다.

집에서는 또 그날따라 술집에 팔려간 누이동생이 병이 나 드러누웠다는 소식을 들었다고 하며 어머니가 울고 있었다.

어떤 형용할 수 없는 노여움이 유청년의 가슴을 엄습했다. 들어
오던 맡에 밖으로 뛰어나갔다. 한참은 거기 정신없는 사람처럼 서
있었다. 그러다가 퍼뜩 무슨 생각이 들어 몽둥이를 들었다. 그리고
는 노새께로 달려갔다. 뒤이어 노새 잔등에다 몽둥이를 내리치기
시작했다. 너부터 쥑이구야 말갔다, 너부터 쥑이구야 말갔다는 부
르짖음이 그러나 흡사 무슨 신음소리처럼 연신 유청년의 입에서 새
어나왔다.

이런 유청년의 몽둥이 든 팔을 와 붙잡는 사람이 있었다. 전 노
새 주인이었다. 그도 사실은 지금 며칠째 빵꾸에다 공만 치는 빈
리어카를 밀고 알지 못할 울분에 가슴을 썩이며 집으로 돌아오던
참이었다.

——그래 아무리 즘생이기루서니 그르케 매질을 하는 법이 어딨어?

그러나, 이 전 노새 주인의 말소리가 채 떨어지기도 전에,

——넌 또 머이가?

하는 유청년의 악받친 소리가 질러짐과 동시에 둘의 몸뚱이는 어느
새 땅에 나뒹굴었다. 노새의 똥 위고 어디고 마구.

그러는데 옆집 영감이 저녁을 먹고 전에 유청년이 준 아껴아껴
피우는 장수연을 대통에 담으며 나오다가 이 광경을 보고 달려왔으
나 감히 두 사내에게 손을 대지는 못하고,

——이사람들, 왜들 이르나? 할말이 있으믄 말루 할 게디,

하며 그 주위를 돌기 시작했다.

——이사람들, 말루 하라구 응? 말루들 하라구!

1943 늦봄

맹산할머니

싸리문전골에 있는 이 기와집은 평양에서 제일 낡은 집의 하나일 뿐 아니라 다시없이 낮은 집이었다. 요즈음은 통 볼 수 없는 두꺼운 옛기왓장을 힘에 겨운 듯이 이고 죽지를 축 늘어뜨린 추녀가 이 집을 더욱 낮아 뵈게 하였다. 그리고 한끝에 부엌을 둔 세 간의 짧은 기둥들도 얼핏 보는 눈에도 하나 제대로 서있는 게 없었다.

누구나 불안같은 것을 안 느끼면서는 이집에 드나들 수 없을 것이었다. 그런데 웬 사나이들인지 날마다 드나들건만 도무지 그런 건 느끼지 않는 듯했다. 그저 낮은 문턱에 이마를 받지 않도록 목을 움츠리고 허리를 굽히면 되는 성싶었다.

웬 사나이들이 언제부터 그렇게 많이 이집에 드나들게 됐는지는 모른다. 주인 노파인 맹산할머니와, 하얗게 센 머리를 칼로 빡빡 밀고 언제나 천식증이 있음이 틀림없어 기침이 잦고 기침 끝에는 으레 거품 가득한 가래를 뱉아내곤 하는 별로 말을 잘 하지 않는 노인과, 키가 무척 큰 늘 얼굴에다는 수염을 자라는 대로 내버려두고 까맣게 때절은 셔츠바람에 무릎이 나간 회색 양복바지를 걸치고 헌 고무신짝을 끌고 나오곤 하는 젊은이만은 이집에 사는 사람이지만 그밖에도 뭇사나이가 날마다 드나드는 것이었다. 그중에 두세 사람은 종종 낯익게 드나드나 거의 새로 뵈는 사람들이었다. 그리고 이들은 또 한결같이 옷같은 것도 깨끗이 입은 사나이들뿐이었다. 이 낡은 집에 목을 움츠리고 드나드는 뭇사나이들이 무엇하러 드나드는지는, 어느날 여름이 다 갔지만 아직 응달을 찾아 나와 앉

은 동네 늙은이가 천식증 노인에게,

"요새들두 하나?"

하고 묻는 말에 천식증 노인이 그저,

"손금쟁이들!"

하고 가래뱉듯 한마디 한 것으로 그들이 잡기꾼이라는 걸 알 수 있었다.

동네 늙은이가 다시,

"노친네 건 멀 할라구 부티노,"

하니까 천식증 노인이,

"그 오마니야 멀 잽길 부티느라구 부티나, 누구보구 당최 말하기 싫어하는 성미가 돼놔서 누가 드나들건 그저 내버레두는 거디,"했다.

정말 맹산할머니는 그런 늙은이였다. 천식증 노인이 어머니라 부르는 이 노파는 칠순도 훨씬 넘었을 듯한데 큰 입을 언제나 다물고 말이 없는 것이었다. 두꺼운 눈꺼풀이 내리덮여 더 작아 뵈는 눈은 누구보고 말은커녕 쳐다보기조차 싫어할 듯했다. 얼굴과 몸 전체가 그러했다. 그저 묵묵했다. 그것은 이 노파가 조금도 일부러 그러고자 해서가 아닌, 따라서 노파 자신도 모르게 발산하는 일종의 체취와도 같은 것이었다.

이런 맹산할머니는 아직 몸은 정정해 부엌동자를 혼자 맡아했다. 무거운 개숫물 그릇을 그리 힘들어하지 않고 들고 나오곤 했다. 동네에서들은, 이 노파에게 아들은 없으나 딸이 하나 있는데 그것도 그리 멀지 않은 곳에 살고 있다고들 했다. 그리고 벌써부터 그 딸이 와서 같이 가있자고 해도 종시 노파편에서 말을 듣지 않는다는 것이었다. 아마 이 노파는 중년에 들어 혼잣몸이 된 이래 해 내려온 하숙치기를 죽는 날까치 지킬 셈인지. 그것도 이 노파가 아주 늙자부터는 영 이렇다하게 하숙드는 사람도 없는 것을 가지고. 얼마 전에도 딸이라는 오십 가까운 여인이 다녀갔는데 헤어질 때에는 노파편이 아니고 딸이라는 여인이 눈이 붉도록 울면서 돌아가는 것을 동네사람들은 본 것이었다.

어느날 응달에 나왔던 천식증 노인도 누구와 먼저 이야기하기 싫어하는 성미인데도 그날만은 동네 늙은이들과의 무슨 말 끝에, 자기도 멀지 않은 촌에 아들이 자수로 돈냥이나 모아 먹을것 걱정은 없이 지낸다는 말로, 얼마 전에는 손자녀석도 몇 있고 해서 그녀석들이나 봐주고 밥술이나 얻어먹다 죽을까 하고 찾아들어갔었으나 도무지 그러고 있기가 성미에 맞지 않아 다시 뛰쳐나오고 말았노라고 하면서,

"그저 이르케 혼자 나와 제손으루 빌리는 대루 먹구 디내는 게 데일 마음 편하구 둥티,"

하는 것이었다.

이 말을 듣던 동네 늙은이 하나가,

"우린 그렇다믄 아무말 없이 손주녀석들이나 봐주구 들어앉았다 나와 댕기디 않겠구만,"

하니, 천식증 노인은 말없이 갑자기 오랜 기침 끝에 거품 가득한 가래를 하나 뱉아낼 뿐이었다.

천식증 노인은 장터에서 거간 노릇을 하고 있었다. 장날마다 나가 이 물건 저 물건을 사주고 팔아주고서 벌어 지내는 것이었다. 누구와 별로 말하기 싫어하는 듯한 이 노인으로서는 이상한 직업이라고 아니 할 수 없었다.

그러나 그것보다도 더 이상한 게 있었다. 그것은 이 천식증 노인과 맹산할머니와의 사이였다. 다같이 혼잣몸인 이 두 늙은이는 서로들도 통 말이 없었다. 꼭 서로 처음 만난 알지 못하는 새의 사람들 같았다. 천식증 노인이 맹산할머니네 집에 와있게 된 것이 벌써 여러 해째 되건만. 끼니때만 해도 맹산할머니는 한 번도 말로 알리는 일은 없었고 천식증 노인이 그저 할머니 부엌동자하는 눈치로써 집으로 들어가는 것이었다.

이 새에 끼인 키 큰 젊은이도 별로 말이 없어 보였다. 동네사람들의 말이, 이 젊은이는 본래 국수집 중머리(심부름꾼)인데 투전애 미쳐 노파네 집에 와있다는 것이었다. 끼니때가 되면 먼 발치에 앉았다가 두 늙은이 중 누가 밥을 남겨놓으면 그걸 끌어다 먹고 하면서.

이 젊은이는 간혹 개평뗀 것으로 돈 백원이나 만드는 수가 있지

만 의복 한벌 변변히 해 입어보지 못하고 그냥 투전판에 한푼 없이
다 날려버리곤 한다는 것이었다. 그리고 누가 다시 중머리 노릇이
라도 하라고 권해도 아무말 없이 그냥 노파네 집에 붙어있다는 것
이었다. 누가 한번은 맹산할머니와 천식증 노인더러 사날만 밥을
남겨주지 않으면 어디 국수집에라도 갈 테니 그래 보라고 했더니,
맹산할머니나 천식증 노인은 그러마고도 않고, 어떻게 그럴 수가
있느냐고도 하지 않고, 그저 묵묵히 앉아있기만 하더라는 것이었다.
 이제 제법 아침저녁으로 산산한 기운이 도는 가을철로 접어들면
서 얼마 동안 천식증 노인의 모양이 뵈지 않더니 몹시 앓아누운 지
가 오래다는 말이 났다. 그러고보니 낡은 집 속에서는 때때로 천식
증 노인의 가래 섞인 기침소리가 들리곤 했다. 그리고 동네사람들
은 천식증 노인의 기침소리를 들을 적마다 해수병으로 종시 가을철
이 깊기 전에 일을 보고야 말리라는 말들을 했다. 더구나 가을철이
잡히면서 드나드는 사나이들의 수가 많아질수록 천식증 노인의 임
종이 빨라지리라 했다.
 그러한 어떤 날, 동네에서는 천식증 노인이 앓는 게 시병(장티푸
스)인 듯하다고들 했다. 그런 말이 난 뒤부터 뭇사나이들의 드나듦
이 날로 주는 듯하더니 나중에는 한 사람도 뵈지 않게 됐다. 키 크
고 얼굴에 수염을 내버려둔, 그새 더 때절은 셔츠에 무릎이 다 나
간 회색 양복바지를 걸치고 다니던 젊은이도 국수집에라도 갔는지
볼 수 없었다.
 낡은 집에는 맹산할머니와 병인만이 남게 되었다. 노파는 그냥
말없이 혼자 부엌동자를 했다. 과히 힘들어하지 않고 개숫물 그릇
을 들고 나오곤 했다. 그러나 노파의 눈은 더 눈꺼풀이 내리덮여
정기를 잃고 있었다. 동네사람 중에는 노파더러 속히 동회에 알려
병인을 병막으로 데려가게 해야지 그냥 놔뒀다가는 큰일난다는 말
을 하는 사람이 적잖았으나 노파는 그저 잠자코 그런 말을 받을 따
름이었다. 동네사람들의 말에 의하면 밤낮없이 노파는 병인의 머
리맡에 앉아 이마에 찬물찜을 해준다는 것이었다. 그리고 천식증
노인은 열에 떠 정신이 없다가도 노파가 미음을 떠넣어주면 싫다는
듯이 눈을 떠보다가도 그것이 노파인 줄을 알고는 순순히 받아먹는

274

다는 것이었다.

한 두어 주일 지났다. 천식증 노인이 살아났다는 소문이 났다. 이제는 죽같은 것도 먹게쯤 됐다는 것이다. 맹산할머니가 풋밤알을 짓씹어 어린애에게나처럼 천식증 노인의 입에 넣어주기도 한다고 했다. 그런 때의 맹산할머니의 구부정한 상체가 밤깊어 창호지에 그림자져지기도 했다.

그러나 아직 전에 드나들던 사나이들이 혹 한두 사람 문을 열어 잡고 목을 움츠려 머리만 디밀고는 무어라 문안 비슷한 걸 한마디 하고 갈 뿐, 안에 들어서는 사람은 하나도 없었다. 그것은 천식증 노인이 잠깐씩 밖에 나와 여전히 기침 끝에 거품 섞인 가래를 뱉게 쯤 된 뒤에도 그러했다.

그런 어느날, 동네에서 이번에는 노파가 앓아누웠다는 소문이 났 다. 같은 시병이라는 것이었다.

어떤 사람은,

"노망한 노친네같으니라구, 종내 남의 말 안 듣더니 싸디,"
하면서 어서 동회에 알려 병막으로 가져가게 해야지 이러다가는 온 동네가 큰 결딴나리라고 했다.

사실 서리가 몹시 내린 날 노파는 열에 뜬 눈을 감은 채 죽은 사 람처럼 신음소리 하나 없이 다루는 사람이 하는 대로 마구 리어카 에 실리어 병막으로 갔다.

1943 가을

물 한 모금

   가을 하늘이란 정말 고양이의 눈알인가보다. 그렇게 맑던 늦가을 저녁 하늘이 금세 흐려지며 비올 바람까지 인다. 이어 설마 비야 오랴 싶던 하늘에서는 어느새 빗방울이 듣기 시작한다.

   불과 백여 호가 될까말까한 이곳 조그마한 간이역 앞벌에는 이렇게 되어 비를 맞는 사람이 몇 있다. 처음에는, 가을비가 오면 얼마나 오리 하고 그냥들 심상히 여기는 듯했으나, 주위가 점점 컴컴해지면서 빗방울이 굵어지는 품이 좀처럼 업신여길 비가 아님을 깨달으면서는 뛰는걸음으로 변한다. 그러나 뛴다고 별도리가 없으리라는 걸 깨닫게 되자 이번에는 어디 비 그을 자리를 찾는다.

   마침 역 앞벌을 길게 가르고 지나가는 개울둑 가까이 초가집이 하나 외따로이 서있다. 채마를 하는 중국사람의 집이다. 역 쪽에서 앞벌 저편에 있는 나을마을로 가던 사람, 그러한 마을들에서 역 쪽으로 오던 사람이 하나둘 이 초가집으로 찾아든다. 처마밑에라도 들어설 심산으로들 모여드는데, 뜻밖에 이 초가집에는 한옆구리에 잇달아 지은 빈 칸이 하나 있다. 아직 문도 해 달지 않은, 바람벽도 사날 전에 초벽을 바른 듯 아직 흙이 마를 날이 먼 헛간이었다. 긴 장호미 두 개가 한옆에 뉘어있을 뿐 텅 빈 이곳은 잠깐 비 긋기에는 여간 좋은 장소가 아니었다.

   벌써 여기에는 나들이라도 나선 듯한 노파를 비롯해 몇몇 사람이 들어와있었다. 모두 처음에는 목을 움츠리고 을씨년스러운 듯이, 에잇 에잇 하며 찬비를 털고 하다가도, 숨을 돌리고 몸이 좀 녹는

대로 이번에는 새로 들어서는 사람들의 구중중한 꼴을 구경할 여유
까지 생긴다.

새로 들어서는 사람이 울상을 할수록 더 구경스럽다. 더욱이나 앞
개울에 놓인 외나무다리를 건너오는 사람이 있을 땐 더 볼 만하다.
뛰어오는 대로 다리에 올라서면 외나무다리가 휘청거린다. 그러면
다리에 올라선 채로 휘청거림이 멎기를 기다리는 수밖에 없다. 그
러나 멎기가 바쁘게 다시 속히 건너보려고 급하게 서두른다. 그러
면 다시 외나무다리가 휘청거려 올라선 사람은 또 떨어지지 않게끔
몸의 중심을 잡느라고 몸을 이리 비틀고 저리 비틀고 해야 한다. 그
몸 비트는 꼴이 여간 우습지가 않다.

지금 여기서도 분명하게 흰 수염을 길게 기른 노인이 어깨에 보
따리를 하나 메고 건너온다. 이 노인은 벌써부터 이 다리를 여러번
건너본 경험이 있음이 틀림없어 다리에 오르기 전까지는 반뜀걸음
이었으나 다리에 올라서면서부터는 조금도 급하지가 않다. 천천히
건너온다.

이 노인 뒤로 뛰어온 한 젊은 사내가 있었다. 감빛 당꼬즈봉을
입었다. 첫눈에도 그가 무슨 공출 관계같은 거로 군에서라도 나온
사람이란 게 분명했다.

이 청년은 느린 노인의 걸음이 불만스러운 듯, 속히 건너가소고
레 뒷사람 좀 건너가게스레, 하면서 그저 노인만 다 건너가면 단번
에 뛰어 건널 기세다. 그러니까 노인은 한 번 조용히 뒤를 돌아보
며, 어서 뒤따르소, 괜찮쉐다, 했을 뿐 여전히 천천히 걷는다. 그
러나 청년은 이런 외나무다리가 도리어 한 사람썩만 아니고 여럿이
한꺼번에 건너도 괜찮다는 걸 모르는 듯 노인의 뒤를 따르지 못한
다.

노인이 그냥 천천히 걸어 다리를 다 건너는 것을 기다려서야 청
년은 정말 급하게 다리에 올라선다. 그러나 청년은 예에 의해 몇
발자국을 떼지 못하고 휘청거리는 다리 때문에 몸의 중심을 잃고
두 팔을 허공에 내저으며 몸을 비틀기 시작한다. 참으로 우스꽝스
러운 손짓 몸짓이었다. 마치 어른이 지금 바로 걸음마를 타기 시작
한 듯한 꼴이다. 그러다가 청년은 겨우 몸을 바로잡았으나 다시 급

278

하게 몇 걸음 내디뎠는가 하면 다시금 몸을 비틀면서 팔을 무슨 촉
수처럼 내젓는다. 그러나 청년은 종시 제 성급함을 어찌하지 못한
채 그냥 몇번이고 같은 것을 되풀이하면서 다리를 건넌다.

　이편에서는 너나 할것없이 이 모양을 구경스럽게 바라본다. 모두
허물없는 웃음기를 얼굴에 띠우고 있다. 어떤 사람은 청년이 몸을
비틀며 두 팔을 허우적거릴 때마다 자기도모르게, 어구 어구 소리
를 지르며 참말 한번 저 사람이 다리에서 물 가운데로 떨어지면 더
구경스러우리라는 생각을 하는 듯했으나 청년이 그러면서도 무사히
다리를 다 건너자 모두 다행이었다는 기색이 누구의 얼굴에나 떠돈
다.

　청년이 달음박질을 해 이 헛간으로 들어서서 숨을 돌리는데 비는
소나기로 변한다. 이곳 사람들은 다시 밖을 내다보며 제가끔 걱정
스럽고 을씨년스러운 빛으로 변한다. 비는 좀처럼 멎을 것같지가
않았다.

　——당마비군,
하고 한 사람이 입을 여니, 북쪽 하늘의 구름을 쳐다보던 한 사람
이,

　——저게 암만해두 심상티가 않디, 무리(우박)같은 거나 안 와야
할 텐데,
한다.

　——그래두 여긴 가을이 대충 끝났쉐다만 저 웃골루 가믄 아직 한
심합데다, 팥가을 콩가을은 상기 그대루야요,
하고 아래를 무릎까지 걷어올리고 고무신코를 한손에 모아쥔 사나
이가 말하니까,

　——그러게 낟알이란 밥꺼지 지어 먹어놓구서야 먹었단 말을 하디
먹었단 말을 못 한대디요,
하고 광대뼈가 두드러지고 얼굴이 긴 말상을 한 키큰 사나이가 말
을 이어 이런 이야기를 한다.

　예전에 어떤 사람이 곡식을 추수해 들이면서 이제는 먹었다 하니
까, 며느리가 있다가, 아버지 두구봐야 알지요, 마당질을 하면서,
이제는 먹었다 하니까, 며느리가 있다가 또, 아버지 두구봐야 알지

요, 연자질을 하면서, 이제는 먹었다 하니까, 상기두 두구봐야 알지요, 나중에 상을 받아 놓고, 이제는 정말 먹었다 하니까, 며느리가, 상기두 두구봐야 알지요, 시아버지가 와락 성을 내어 받았던 밥상을 들어메치며, 이 망할년 아직두 못 먹었단 말이냐? 하는 걸, 며느리가 흩어진 밥그릇을 주워담으며, 그것 보세요 못 잡수지 않았어요? 했다는 이야긴데, 누구나 대개 아는 이야길 뿐더러 별반 재미나게 하는 이야기 솜씨도 못돼서 그런지 아무 흥미를 끌지 못한다. 그저 시아버지가 이젠 먹었다 하는 걸 며느리가 두구봐야 알지요 하는 데서, 언뜻 현재 자기네 생활에라도 생각이 미친 듯 곁의 사람 몇이 군에서 나온 듯싶은 당꼬즈봉 청년을 흘깃 쳐다보았을 따름이다.

　　—정 소용없는 비가 오눈,
하고 또 누가 비 격정을 하니 곁에서,
　　—딘장(김장) 무우 배체에나 좀 나을까,
하고 받는다.
　　여기서,
　　—지금 몇점이나 됐갔소?
하고 누구보다도 맨 처음 이리로 들어와 움츠리고 섰던 나들이가는 듯한 노파가 그새 들어오는 사람에게 자리를 비켜주며 맨 뒷구석으로 가있다가 누구에게라없이 묻는다.
　　당꼬즈봉 청년이 손목시계를 들여다보며,
　　—다슷시가 지났쉐다,
한다.
　　노파가 다시,
　　—페(평)양 나가는 차가 몇점에 있디요?
하고 묻자,
　　—여슷시 십분 차디요 아마,
하고 누가 대답해준다.
　　이때 보따리를 어깨에 멘 수염 긴 노인이 노파편을 돌아보며,
　　—페양 나가는 아즈마니요?
한다.

　—예.

　—저물갔쉐다레.

　노파는 그 말에는 대답 없이 부스럭거리더니 꼬깃꼬깃한 종잇조
각 하나를 꺼내어 옆사람에게 보이며,

　—이거 개지믄 찾을 수 있갔디요?

한다.

　종잇조각은 앞사람도 그 앞사람도 또 그 옆사람도 글을 모르는
사람이어서 결국 당꼬즈봉 청년에게로 가 멎는다.

　—암덩이웨다레. 감옥소 있는……

　—예. 가막소 긴 담정 뒈야요.

　—그 아간 가서 이걸 내뷔구 물어보소.

　노파는 종잇조각을 도로 받아 부스럭대며 치마 속 바지주머니에
소중히 집어넣으면서도 마음이 안 놓이는 듯,

　—몇번 갔댔디만 원, 요집이 고집곁구 고집이 요집곁애서 원,

하고 웅얼거린다.

　노인이 여기서,

　—낼 아츰 차에 가시디 저물게 갈 게 있나요,

하니까 노파는,

　—글쎄 막낭딸이 페양 가 사는데 아이를 났다는 기별을 받구는
내일 아츰꺼지 참디 못하갔쉐다레, 누가 벤벤히 국밥을 끓에줄까
하믄 가만 앉아있갔이야디요,

한다.

　노인이,

　—나두 페양 가긴 하디만 선교리 쪽이 돼놔서,

하고 말했으나 누가 노인더러 뭘 하러 가느냐고 묻는 사람은 없었
다.

　노파가 잠시 사람들 틈새로 밖을 내다보며 예의 당꼬즈봉 청년
쪽을 향해,

　—지금 몇점이나 됐소?

　당꼬즈봉 청년이 또 손목시계를 들여다보며,

　—다숫시 반이 돼옵네다,

한다.
　노파가 한숨조로,
　──야단났군,
한다.
　한 사람이 짜증스러운 듯이,
　──정 쓸데없는 비가 오는,
하면 한 사람이 또,
　──당마비터럼 오네게레,
한다.
　그러는데 하늘이 좀 머얼개지면서 빗발이 좀 가늘어진다. 사람들은 이제 좀만 더 비가 가늘어지면 떠나보리라고들 우무적우무적 몸단속들을 한다.
　이때 진창에 신발 끄는 소리가 나더니 한 사내가 나타나 이편을 들여다본다. 중국사람인 이집 주인이다. 참으로 험상궂게 생긴 사내였다. 마치 도끼같은 것에라도 찍힌 듯이 깊게 파인 이마의 주름살. 그러나 그것은 결코 무슨 상처 자리가 아니라 얼굴가죽이 두꺼워 그렇다는 것이 더욱 간판 사납다.
　들여다보는 품이 아무리 집같지 않은 곳이라도 주인의 허락 없이 이렇게들 들어와있느냐는 것같았고, 험한 말은 없어도 무슨 자기네 세간에 손이나 대지 않나 하는 것을 살피려는 듯했다. 그래 안에 있던 사람들은 좀 몸들을 피해 긴 장호미가 그에게 보이도록 해주었다.
　그러나 집주인은 무엇 그런 것을 살피는 눈치는 아니고, 그저 이편을 잠시 기웃이 들여다보고는 그 험상궂은 얼굴을 거두어가지고 가버린다.
　어석버석해진 이 기회에 모두 떠나보려고들 한다. 비가 아주 멎지는 않았지만. 그러는데 휘익 거센 바람이 일며 찬 기운을 안으로 몰아넣는다. 이제 비가 그치고 찬바람이 나오려는가보다. 아직 비도 채 멎지 않았는 데다 이 바람에 밖은 무던히 차가울 것만 같다. 그래 누구 하나 선뜻 나서는 사람이 없다. 그러는데 다시 비가 몰려온다. 소나기다.

누가 또 한숨조로,

　──공연한 비가 오눈,

해도 이제는 모두 한심해 말하기도 싫은 듯이 잠잠하다가 말상을
한 사나이가,

　──이러다가 욱 하믄 무우 배체 결딴이다,

한다.

　노파가 초조한 듯이 또,

　──여슷점이 다 됐디요?

하는 걸, 당꼬즈봉 청년이 좀 성가신 듯이 손목시계를 후딱 보고,

　──여슷시 좀 전이웨다,

한다.

　이제는 정말 가봐야겠는데? 아무리 눈앞에 다 온 정거장이긴 하
더라도. 그러나 노파는 선뜻 나서지를 못한다. 아무래도 차가울 빗
속이라 조금만 더 참아보자는 눈친 듯.

　소나기가 저물어가는 늦가을 저녁 바람 속에 한창 퍼붓는다.

　노파가 한탄조로,

　──야단났군,

했으나 제가끔 답답한 생각에 잠겨 노파의 말소리를 듣는 것같지도
않았다.

　이렇게 소나기가 한줄기 내리고, 또 빗발이 가늘어진다. 정말 장
마비 그대로다.

　이때 다시 진창을 끄는 신발소리가 나더니 좀전의 험상스런 집주
인이 나타났다. 이번에는 한 손에 주전자를 들고 한 손에는 찻종
하나를 들었다. 주전자 주둥이론 김이 오른다.

　이 중국사람은 무표정한 대로 주전자와 찻종을 이편으로 내민다.
말상을 한 사나이가 받았다.

　찻종에 붓는데 김이 엉긴다. 그 김을 보기만 해도 속이 녹는 것
같다. 먼저 수염 긴 노인이 마시고, 노파가 마시고, 그리고는 옆사
람 순서로 마신다. 한 모금 마시고는 모두, 에 둏다, 이제야 속이
풀리눈, 하고들 흐뭇해한다. 단지 그것이 더운 맹물 한 모금인데
도. 그러나 그것은 헛간 안의 사람들이나 밖에 무표정한 대로 서있

는 주인이나가 모두 더운물에서 서리는 김 이상의 뜨거운 무슨 김 속에 녹아드는 광경이었다.

　노파도 이제는 비도 가늘어졌지만 물 한 모금에 기운을 얻어 사람들 틈을 빠져나와 먼저 떠날 준비를 차릴 수 있었다.

1943 늦가을

독 짓는 늙은이

이년! 이 백번 쥑에두 쌀 년! 앓는 남편두 남편이디만, 어린
자식을 놔두구 그래 도망을 가? 것두 아들놈같은 조수놈하구서……
그래 지금 한창나이란 말이디? 그렇다구 이년, 내가 아무리 늙구
병들었기루서니 거랑질이야 할 줄 아니? 이녀언! 하는데, 옆에
누웠던 어린 아들이, 아바지, 아바지이! 하였으나 송영감은 꿈속
에서 자기 품에 안은 아들이, 아바지, 아바지이! 하고 부르는 것
으로 알며, 오냐 데건 네 에미가 아니다! 하고 꼭 품에 껴안는 것
을, 옆에 누운 어린 아들이 그냥 울먹울먹한 목소리로 아버지를 불
러, 잠꼬대에서 송영감을 깨워놓았다.

송영감은 잠들기 전보다 더 머리가 무겁고 언짢았다. 애가 종내
훌쩍훌쩍 울기 시작했다. 오, 오, 하며 송영감은 잠꼬대 속에서처
럼 애를 끌어안았다. 자기의 더운 몸에 별나게 애의 몸이 찼다. 빌
써부터 이렇게 얼리어서 될 말이냐고, 송영감은 더 바싹 애를 껴안
았다. 그리고 훌쩍이는 이제 일곱살 난 애를 그렇게 안고 있는 동
안 송영감은 다시 이 어린것을 두고 도망간 아내가 새롭게 괘씸했
다. 아내와 함께 여드름 많던 조수가 떠올랐다. 그러자 그 아들같
은 조수에게 동년배의 사내가 느끼는 어떤 적수감이 불길처럼 송영
감의 괴로운 몸을 휩쌌다.

송영감 자신이 집증 잡히지 않는 병으로 앓아누웠기 때문에 조수
가 이 가을로 마지막 가마에 넣으려고 거의 혼자서 지어놓다시피
한 중옹 통옹 반옹 머쎄기같은 크고 작은 독들이 구월 보름 가까운

달빛에 마치 하나하나 도망간 조수의 그림자같이 느껴졌을 때, 송영감은 벌떡 일어나 부채방망이를 들어 모조리 깨부수고 싶은 충동을 받았으나, 다음 순간 내일부터라도 자기가 독을 지어 한 가마 채워가지고 구워내야 당장 자기네 부자가 살아갈 것이라는 생각에 미치면서는, 정말 그러는 수밖에 다른 도리가 없다고 지그시 무거운 눈을 감아버렸다.

날이 밝자 송영감은 열에 뜬 머리를 수건으로 동이고 일어나 앉아, 애더러는 흙 이길 왱손이를 부르러 보내놓고, 왱손이 올 새가 바빠서 자기 손으로 흙을 이겨 틀 위에 올려놓았다. 송영감의 손은 자꾸 떨리었다. 그러나 반쯤 독을 지어 올려, 안은 조마구 밖은 부채마치로 맞두드리며 일변 발로는 틀을 돌리는 익은 솜씨만은 앓아 눕기 전과 다를 바 없는 듯했다.

왱손이가 와 흙을 이겨주는 대로 중옹 몇 개를 지어냈다.

그러나 차차 송영감의 솜씨에는 틈이 생기기 시작했다. 더구나 조마구와 부채마치로 두드려올릴 때, 퍼뜩 눈앞에 아내와 조수의 환영이 떠오르면 짓던 독을 때리는지 아내와 조수를 때리는지 분간 못 하는 새, 독이 그만 얇게 못나게 지어지곤 했다. 그리고 전을 잡는 손이 떨려, 가뜩이나 제일 힘든 마무리의 전이 잘 잡혀지지를 않았다. 열 때문도 있었다. 송영감은 쓰러지듯이 짓던 독 옆에 눕고 말았다.

송영감이 정신이 들었을 때는 저녁때가 기울어서였다. 왱손이도 흙 몇 덩이를 이겨놓고 가고 없었다. 언제부터인가 바깥 저녁그늘 속에 애가 남쪽 장길을 향해 쪼그리고 앉아있었다. 어머니를 기다리는 거리라. 언제나처럼 장보러 간 어머니가 언제나처럼 저녁때면 조수에게 장감을 지워가지고 돌아올 줄로만 아직 아는가보다.

밖을 내다보던 송영감은 제 힘만이 아닌 어떤 힘으로 벌떡 일어나 다시 독 짓기를 시작하는 것이었으나, 이번에는 겨우 한 개를 짓고는 다시 쓰러지듯이 눕고 말았다.

다음에 송영감이 정신이 든 것은 아주 어두운 속에서 애가 흔들어 깨워서였다. 울먹이던 애가 깨나는 아버지를 보고 그제야 안심

된 듯이 저쪽에서 밥그릇을 가져다 아버지 앞에 놓았다. 웬거냐고
하니까 애가, 앵두나뭇집 할머니가 주더라고 한다. 송영감은 확 분
노가 치밀어, 누가 거랑질해 오라더냐고 밥그릇을 밀쳐놓자 애가
훌쩍훌쩍 울기 시작했다. 송영감은 아침에 어제의 저녁밥 남은 것
을 조금 뜨는 것처럼 하고는 하루종일 아무것도 입에 대지 않은 것
을 생각하고는, 애도 아직 저녁을 못 먹었을지 모른다고 밥그릇을
도로 끌어다 한 술 입에 떠 넣으며 이번에는 애보고, 맛있으니 너
도 먹으라는 것이었으나, 자신은 입맛을 잃은 탓만도 아닌 무엇이
밥 넘기려는 목을 치밀어 올라오곤 해, 좀처럼 밥을 넘길 수가 없
었다.

　다음날 아침에는 송영감이 죽인지 밥인지 모를 것을 끓였다. 여
전히 입맛은 없었으나 어젯저녁처럼 목이 메어오르는 것은 없었다.
　오늘은 또 지어올리는 독을 말리느라고 처음에는 독 밖에 피워놓
았다가 독이 한 반쯤 지어지면 독 안에 매달아놓은 숯불의 숯내까
지가 머리를 더 무겁게 했다. 사십년래 없이 숯내를 다 먹는 듯했
다.
　송영감은 어제보다 더 쓰러져 넘어지는 도수가 많았다. 흙 이기
던 왱손이가 이래서는 도무지 한 가마 채우지 못하리라고 송영감에
게 내년에 마저 지어 첫 가마에 넣도록 하는 게 어떠냐고 몇번이고
권해보았으나 송영감은 일어났다가는 쓰러지고, 일어났다가는 쓰러
지고 하면서도 독 짓기를 그만두려고 하지는 않았다.
　송영감이 한번 쓰러져있는데 방물장수 앵두나뭇집 할머니가 와
서, 앓는 몸을 돌봐야 하지 않느냐고 하며, 조미음 사발을 송영감
입 가까이 내려놓았다. 송영감은 어제 어린 아들에게 거랑질해왔다
고 소리를 쳤던 일을 생각하며, 이 아무에게나 상냥한 앵두나뭇집
할머니에게 미안한 생각이 들어, 어제만 해도 애한테 밥이랑 그렇
게 많이 줘 보내서 잘 먹었는데 또 이렇게 미음까지 쑤어오면 어떡
하느냐고 했다. 앵두나뭇집 할머니는 그저, 어서 식기 전에 한모금
마셔보라고만 했다. 그리고 송영감이 미음을 몇 모금 못 마시고 사
발에서 힘없이 입을 떼는 것을 보고 앵두나뭇집 할머니는, 정말 이

영감이 이번 병으로 죽으려는가보다는 생각이라도 든 듯, 당손이를 어디 좋은 자리가 있으면 주어버리는 게 어떠냐고 했다. 송영감은 쓰러져있던 사람같지 않게 눈을 흡떠 앵두나뭇집 할머니를 쏘아보았다. 그리고 어느새 송영감의 손은 앞에 놓인 미음사발을 앵두나뭇집 할머니에게로 떠밀치고 있었다. 그런 말 하러 이런 것을 가져왔느냐고, 썩썩 눈앞에서 없어지라고, 송영감은 또 쓰러져있던 사람같지 않게 고함쳤다. 앵두나뭇집 할머니는 송영감의 고집을 아는 터라 더 무슨 말을 하지 않았다.

앵두나뭇집 할머니가 가자, 송영감은 지금 밖에서 자기의 어린 아들이 어디로 업혀가기나 하는 듯이 밖을 향해 목청껏, 당손아! 하고 애를 불러대기 시작했다. 그러다가 애가 뜸막 문에 나타나는 것을 이번에는 애의 얼굴을 잊지나 않으려는 듯이 한참 쳐다보다가 그만 기운이 지쳐 눈을 감아버리고 말았다. 애는 또 전에없이 자기를 쳐다보는 아버지가 무서워 아버지에게 더 가까이 가지 못하고 섰다가, 아버지가 눈을 감자 더럭 더 겁이 나 훌쩍이기 시작했다.

날이 갈수록 송영감은 독 짓기보다 자리에 쓰러져있는 때가 많았다. 백 개가 못 차니 아직 이십여 개를 더 지어야 한 가마 충수가 되는 것이다. 한 가마를 채우게 짓자 하고 마음만은 급해지는 것이었으나, 몸을 일으키다가 도로 쓰러지며 흰 털 섞인 노랑수염의 입을 벌리고 어깨숨을 쉬곤 했다.

그러한 어느날, 물감이며 바늘을 가지고 한돌림 돌고 온 앵두나뭇집 할머니가 찾아와서는 마침 좋은 자리가 있으니 당손이를 주어버리고 말자는 말로, 말이 난 자리는 재물도 넉넉하지만 무엇보다도 사람들 마음씨가 무던하다는 말이며, 그 집에서 전에 어떤 젊은 내외가 살림을 엎어치우고 내버린 애를 하나 얻어다 길렀는데 얼마 전에 그 친아버지되는 사람이 여남은 살이나 된 그 애를 찾아갔다는 말이며, 그때 한 재물 주어 보내고서는 영감 내외가 마주 앉아 얼마 동안을 친자식 잃은 듯이 울었는지 모른다는 말이며, 그래 이번에는 아버지 없는 애를 하나 얻어다 기르겠다더라는 말을 하면서, 꼭 그 자리에 당손이를 주어버리고 말자고 했다. 송영감은 앵

두나뭇집 할머니와 일전의 일이 있은 뒤에도 앵두나뭇집 할머니가
애를 통해서 먹을것같은 것을 보내는 것이, 혼히 이런 노파에게 있
기 쉬운 이런 주선이라도 해주면 나중에 자기에게 돌아오는 것이
있어 그걸 탐내서 그러는 건 아니라고, 그저 인정 많은 늙은이라
이편을 위해주는 마음에서 그런다는 것만은 아는 터이지만, 송영감
은 오늘도 저도 모를 힘으로, 그런 소리 하려거든 아예 다시는 오
지도 말라고, 자기 눈에 흙들기 전에는 내놓지 못한다고 했다. 앵
두나뭇집 할머니는, 그렇게 고집만 부리지 말고 영감이 살아서 좋
은 자리로 가는 걸 보아야 마음이 놓이지 않겠느냐는 말로, 사실말
이지 성한 사람도 언제 무슨 변을 당할지는지 모르는데 앓는 사람
의 일을 내일 어떻게 될는지 누가 아느냐고 하며, 더구나 겨울도
닥쳐오고 하니 잘 생각해보라고 했다. 송영감은 그저 자기가 거랑
질을 해서라도 애를 굶기지는 않을 테니 염려 말라고 했다.

　앵두나뭇집 할머니가 돌아간 뒤, 송영감은 지금 자기가 거랑질을
해서라도 애를 굶기지는 않겠다고 했지만, 그리고 사실 아내가 무
엇보다도 자기와 같이 살다가는 거랑질을 할 게 무서워 도망갔음에
틀림없지만, 자기가 병만 나아 일어나는 날이면 아직 일등 호주라
는 칭호 아래 얼마든지 독을 지을 수 있다는 생각과 함께, 이제 한
가마 독만 채워 전처럼 잘만 구워내면 거기서 겨울양식과 내년에
할 밑천까지도 나올 수 있다는 희망으로, 어서 한 가마를 채우자고
다시 마음이 조급해지는 것이었다.

　하루는 송영감이 날씨를 가려 종시 한 가마가 차지 못하는 독들
을 왱손이의 도움을 받아 밖으로 내고야 말았다. 지어진 독만으로
라도 한 가마 구워내리라는 생각이었다.

　독 말리기. 말리기라기보다도 바람쐬기다. 햇볕도 있어야 하지만
바람이 있어야 한다. 안개같은 것이 낀 날은 좋지 못하다. 안개가
걷히며 바람 한점 없이 해가 갑자기 쨍쨍 내리쬐면 그야말로 걷잡
을 새 없이 독들이 세로 가로 터져나간다. 그런데 오늘은 바람이
좀 치는 게 독 말리기에 아주 알맞은 날씨였다.

　독들을 마당에 내이자 독가마 속에서 거지들이, 무슨 독을 지금

굽느냐고 중얼거리며 제가끔의 넝마살림들을 안고 나왔다. 이 거지
들은 가을철이 되면 이렇게 독가마를 찾아들어 초가을에는 가마 초
입에서 살다, 겨울이 되면서 차차 가마가 식어감에 따라 온기를 찾
아 가마 속 깊이로 들어가며 한겨울을 나는 것이다.

송영감은 거지들에게, 지금 뜸막이 비었으니 독 구워내는 동안
거기에들 가있으라고 하려다가 그만두었다. 전에없이 거지들을 자
기 있는 집에 들인다는 것이 마치 자기가 거지나 되는 것처럼 느껴
졌던 것이다.

가마에서 나온 거지들은 혹 더러는 인가를 찾아 동냥을 가고, 혹
한패는 양지바른 데를 골라 드러누웠고, 몇이는 아무데고 앉아서
이사냥같은 것을 하기 시작했다.

송영감도 양지에 앉아서 독이 하얗게 마르는 정도를 지키고 있
었다.

독들을 가마에 넣을 때가 되었다. 송영감 자신이 가마 속까지 들
어가, 전에는 되도록 독이 여러 개 들어가도록만 힘쓰던 것을 이번
에는 도망간 조수와 자기의 크기 같은 독이 되도록 아궁이애서 같
은 거리에 나란히 놓이게만 힘썼다. 마치 누구의 독이 잘 지어졌나
내기라도 해 보려는 듯이.

늦저녁때쯤해서 불질이 시작됐다. 불질. 결국은 이 불질이 독을
쓰게도 못 쓰게도 만드는 것이다. 지은 독에 따라서 세게 때야 할
때 약하게 때도, 약하게 때야 할 때 지나치게 세게 때도, 또는 불
을 더 때도 덜 때도 안된다.

처음에 슬슬 때다가 점점 세게 때기 시작하여 서너 시간 지나면
하얗던 독들이 흑색으로 변한다. 거기서 또 너더댓 시간 때면 독들
은 다시 처음의 하얗던 대로 되고, 다음에 적색으로 됐다가 이번에
는 아주 새말갛게 되는데, 그것은 마치 쇠가 녹는 듯, 하늘의 햇빛
을 쳐다보는 듯이 된다. 정말 다음날 하늘에는 맑은 햇빛이 빛나고
있었다.

곁불놓기를 시작했다. 독가마 양 옆으로 뚫은 곁창 구멍으로 나
무를 넣는 것이다.

이제는 소나무를 단으로 넣기 시작했다. 아궁이와 곁창의 불길이

길을 잃고 확확 내쏟다. 이 불길이 그대로 어제 늦저녁부터 아궁이
에서 좀 떨어진 한곳에 일어나 앉았다 누웠다 하며 한결같이 불질
하는 것을 지키고 있는 송영감의 두 눈 속에서도 타고 있었다.

이렇게 이날 해도 다 저물었다. 그러는데 한편 곁창에서 불질하
던 왱손이가 곁창 속을 들여다보는 듯하더니 분주히 이리로 달려오
는 것이었다. 송영감은 벌써 왱손이가 불질하던 곁창의 위치로써
그것이 자기의 독이 들어있는 자리라는 것을 알고 왱손이가 뭐라기
전에 먼저, 무너앉았느냐고 했다. 왱손이는 그렇다고 하면서, 이젠
독이 좀 덜 익더라도 곁불질을 그만두고 아궁이를 막아버리자고 했
다. 그러나 송영감은 그저, 그만두라고 할 때까지 그냥 불질을 하
라고 했다.

거지들이 날이 저물었다고 독가마 부근으로 모여들었다.

송영감이, 이제 조금만 더, 하고 속을 죄이고 있을 때였다. 가마
속에서 갑자기 뚜왕! 뚜왕! 하고 독 튀는 소리가 울려나왔다. 송
영감은 처음에 벌떡 반쯤 일어나다가 도로 주저앉으며 이상스레 빛
나는 눈을 한곳에 머물린 채 귀를 기울였다. 송영감은 가마에 넣은
독의 위치로, 지금 것은 자기가 지은 독, 지금 것도 자기가 지은
독, 하고 있었다. 이렇게 튀는 것은 거의 송영감의 것뿐이었다. 그
리고 송영감은 또 그 튀는 소리로 해서 그것이 자기가 앓다가 일어
나 처음에 지은 몇개의 독만이 튀지 않고 남은 것을 알며, 왱손이
의 거치적거린다고 거지들을 꾸짖는 소리를 멀리 들으면서 어둠 속
에 그만 쓰러지고 말았다.

다음날 송영감이 정신이 들었을 때에는 자기네 뜸막 안에 뉘어있
었다. 옆에서 작은 몸을 오그리고 훌쩍거리던 애가 아버지가 정신
든 것을 보고 더 크게 훌쩍거리기 시작했다. 송영감이 저도모르게
애보고, 안 죽는다, 안 죽는다, 했다. 그러나 송영감은 또 속으로
는, 지금 자기는 죽어가고 있다고 부르짖고 있었다.

이튿날 송영감은 애를 시켜 앵두나뭇집 할머니를 오게 했다. 앵
두나뭇집 할머니가 오자 송영감은 애더러 놀러 나가라고 하며 유심
히 애의 얼굴을 쳐다보는 것이었다. 마치 애의 얼굴을 잊지 않으려

는 듯이.

앵두나뭇집 할머니와 단둘이 되자 송영감은 눈을 감으며, 요전에 말하던 자리에 아직 애를 보낼 수 있겠느냐고 물었다. 앵두나뭇집 할머니는 된다고 했다. 얼마나 먼 곳이냐고 했다. 여기서 한 이삼십리 잘 된다는 대답이었다. 그러면 지금이라도 보낼 수 있느냐고 했다. 당장이라도 데려가기만 하면 된다고 하면서 앵두나뭇집 할머니는 치마 속에서 지전 몇장을 꺼내어 그냥 눈을 감고 있는 송영감의 손에 쥐어주며, 아무때나 애를 데려오게 되면 주라고 해서 맡아 두었던 것이라고 했다.

송영감이 갑자기 눈을 뜨면서 앵두나뭇집 할머니에게 돈을 도로 내밀었다. 자기에게는 아무 소용없으니 애 업고 가는 사람에게나 주어달라는 것이었다. 그리고는 다시 눈을 감았다. 앵두나뭇집 할머니는 애 업고 가는 사람 줄 것은 따로 있다고 했다. 송영감은 그래도 그사람을 주어 애를 잘 업어다주게 해달라고 하면서, 어서 애나 불러다 자기가 죽었다고 하라고 했다. 앵두나뭇집 할머니가 무슨 말을 하려는 듯하다가 저고릿고름으로 눈을 닦으며 밖으로 나갔다.

송영감은 눈을 감은 채 가쁜 숨을 죽이고 있었다. 그리고 무슨 일이 있더라도 눈물일랑 흘리지 않으리라 했다.

그러나 앵두나뭇집 할머니가 애를 데리고 와, 저렇게 너의 아버지가 죽었다고 했을 때, 송영감은 절로 눈물이 흘러내림을 어쩔할 수 없었다. 앵두나뭇집 할머니는 억해오는 목소리를 겨우 참고, 저것 보라고 벌써 눈에서 썩은 물이 나온다고 하고는, 그러지 않아도 앵두나뭇집 할머니의 손을 잡은 채 더 아버지에게 가까이 갈 생각을 않는 애의 손을 끌고 그곳을 나왔다.

그냥 감은 송영감의 눈에서 다시 썩은 물같은, 그러나 뜨거운 새 눈물줄기가 흘러내렸다. 그러는데 어디선가 애의 훌쩍훌쩍 우는 소리가 들리는 듯했다. 눈을 떴다. 아무도 있을 리 없었다. 지어놓은 독이라도 한 개 있었으면 싶었다. 순간 뜸막 속 전체만한 공허가 송영감의 파리한 가슴을 억눌렀다. 온몸이 오므라들고 차움을 송영감은 느꼈다.

  그러는 송영감의 눈앞에 독가마가 떠올랐다. 그러자 송영감은 그
리로 가리라는 생각이 불현듯 일었다. 거기에만 가면 몸이 녹여지
리라. 송영감은 기는걸음으로 뜸막을 나섰다.

  거지들이 초입에 누워있다가 지금 기어들어오는 게 누구이라는
것도 알려 하지 않고, 구무럭거려 자리를 내주었다. 송영감은 한옆
에 몸을 쓰러뜨렸다. 우선 몸이 녹는 듯해 좋았다.

  그러나 송영감은 다시 일어나 가마 안쪽으로 기기 시작했다. 무
언가 지금의 온기로써는 부족이라도 한 듯이. 곧 예삿사람으로는 더
견딜 수 없는 뜨거운 데까지 이르렀다. 그런데도 송영감은 기기를
멈추지 않았다. 그렇다고 그냥 덮어놓고 기는 것은 아니었다. 지금
마지막으로 남은 생명이 발산하는 듯 어둑한 속에서도 이상스레 빛
나는 송영감의 눈은 무엇을 찾고 있는 것이었다. 그러다가 열어젖힌
곁창으로 새어들어오는 늦가을 맑은 햇빛 속에서 송영감은 기던 걸
음을 멈추었다. 자기가 찾던 것이 예 있다는 듯이. 거기에는 터져
나간 송영감 자신의 독 조각들이 흩어져있었다.

  송영감은 조용히 몸을 일으켜 단정히, 아주 단정히 무릎을 꿇고
앉았다. 이렇게 해서 그 자신이 터져나간 자기의 독 대신이라도 하
려는 것처럼.

1944 가을

눈

　밤 들면서부터 눈이 내리기 시작했다. 처음에는 열어보는 문 밖
에 그저 흰 재같은 것이 희끗거리더니 어느덧 함박눈으로 변했다.
툇돌에 올라서며 신발을 털고 어깨를 털고 들어서는 마을꾼의 등뒤
에 함박눈이 펑펑 쏟아져 내린다.
　이날밤도 나는 아랫동네 육손이할아버지네 일간에 가있었다. 작
년 가을 고향에라고 돌아온 뒤에 나는 이태 겨울째 틈만 있으면 밤
에 이 육손이할아버지네 일간으로 마을가는 것이 한 일과처럼 돼있
었다.
　여기 모이는 전부가 내 어려서부터 익히 아는 사람들이었다.　단
지 얼마 전에 함경도 어디선가 이사해 왔다는 삼봉이아버지란 사람
을 제외하고는.
　모여 앉았댔자 별 신통한 이야기가 있을 리 없었다. 시기가 시기
니만큼 우리들의 얘기는 대개가 공출과 징용에 관한 얘기였다.　모
두 남의 걱정을 제 걱정처럼, 제 걱정을 남의 일처럼 얘기했다.
　스러져가는 질화로의 잿불을 돋우어가며 나는 이 고향사람들과의
이야기 속에서 아직 내 몸 속 어느 깊이에 그냥 남아있는 농사꾼으
로서의 할아버지와 반농사꾼으로서의 아버지의 호흡을 찾고, 그 속
에 고향사람들과 나자신의 생명을 바라보며 고개 숙이는 것이었다.
　밖은 여전히 함박눈이 내리고 있었다. 누가 문을 열었다 닫으면
서, 벌써 한 자는 실히 왔겠다는 말을 한다. 뒤이어 금년엔 오월달
에 비가 많이 왔으니 이렇게 눈이 일찌감치 온다는 둥, 작년 겨울

엔 강추위만 해서 밀보릴 얼궈놓더니 그래도 올해는 이렇게 눈이 덮여 밀보리 농사는 괜찮을 것같다는 둥, 이런저런 이야기 끝에 누군가가 삼봉이아버지더러, 참 그쪽에는 눈이 와두 굉장히 온대디요? 하고 묻는다. 삼봉이아버지는 그렇다고 하면서 함경도 사투리가 섞인 말투로 이야기를 꺼냈다.

아닌게아니라 삼수갑산 눈은 굉장하다. 겨울에는 집집마다 뒷간까지 밧줄을 매두고 눈이 쏟아져 쌓이게 되면 그걸 흔들어 굴을 만들어서 뒷간엘 가고온다든가, 누군가는 눈 위를 다니다 신발을 빠뜨렸는데 이듬해 봄에 나가 보니 그 짚세기가 자기네 집 뒤 소나뭇가지에 걸려 있더라든가 하는 얘기가 나올 정도로 예서는 상상조차 못 할 만큼 눈이 많이 오는 것만은 사실이다. 그리고 눈속에 한번 흠뻑 빠지면 이듬해 해동기까지 외부와의 교통이 일체 끊어지는 일이 있다는 것도.

한번은 어떤 외따른 산골 집에서 양식이 떨어져 남편되는 사람이 식량을 구하러 타처로 간 사이에 큰 눈이 내리기 시작했다. 그날 저녁 그곳을 지나던 나그네 하나가 눈에 막혀 그집에 들게 되었다. 주인여편네는 나무를 부엌 가득히 들이고 방안에까지 끌어들여 아랫목 삿자리 한 닢 깔이만 남겨놓고는 빽빽이 들이쌓았다. 그리고 밑바닥 뚫린 동이 하나를 들여다 자배기에 앉혀 받치어놓더니 거기에다 두어 말밖에 안 남은 콩 한 됫박을 쏟고 물을 붓는다. 콩나물을 기르자는 것이다. 며칠 계속한 눈에 왕래라곤 전연 할 수 없게 되었다. 주인여편네와 나그네는 콩나물 몇 오라기를 장물에 끓여 마시며 한해 겨울을 났다.

이듬해 봄 눈이 녹아 길이 난 뒤에야 나그네는 제 갈길을 떠난다. 그리고 가다가 날이 저물어 주막에를 들었다. 마침 거기에 눈 오기 전 양식을 구하러 떠났던 그집 남편도 들게 됐다. 이 남편되는 사람도 식량을 구하러 갔다가 역시 눈에 잡혀 지금에야 집으로 돌아오는 길인 것이다.

두 사람은 밤에 한방에 누워 이런 얘기 저런 얘기를 하는 동안, 남편은 이 나그네가 어느 곳 어떤 집에서 한겨울을 났다는 것이 바로 자기네 집이라는 걸 안다. 그래 남편은 그집 여인이 굶어죽지는 않았느냐고 묻는다. 나그네는 콩나물로 한해 겨울을 같이 난 이야기를 한다. 남편은, 그러냐고, 대단히 고맙다고, 그집이 바로 자기집이노라고 하며 치하까지 해 마지않는다. 이렇게 해, 이튿날 아침 둘이는 술까지 나눈 뒤 서로 몸조심하라는 간곡한 인사를 하고 헤어진다.

여전히 밖은 함박눈이 쏟아지고 있었다.

일간에 모인 사람들은 잠시 말을 끊고 묵묵히 앉아있었다. 보답되지 않는 내년 농사에나마 한가닥 희망의 줄을 이어보며 어떻게든 이 겨울을 무사히 나야 할 궁리에 잠긴 듯. 나는 또 다 스러져가는 질화로의 재를 몇번이고 돋우어올렸다.

1944 겨울

안과 밖의 변증법

김 현

　이것은 황순원론이 아니다. 그것을 쓰기 위해서는 그의 전작품을 조심스럽게 그리고 면밀하게 읽어야 할 것이다. 지금 나에게 주어진 것은 그의 초기 단편들에 대한 나의 느낌을 적어보라는 것이다. 아니 보다 더 정확히 말하자면, 그의 세번째 전집에 실리는 두 개의 단편집——『늪』과 『기러기』에 대한 느낌을 적는 것이다. 앞의 진술은 그의 세번째 전집에, 그 두 권의 단편집이 원형 그대로 실리지 않았다는 것을 의미하고 있다. 그는 자기의 작품에 계속적인 손질을 하기로 유명한 작가이다. 초교에서부터 책이 나온 뒤까지 그의 고침은 끝이 없다. 세번째 문학 전집을 내면서도 그는 계속 고치고 있다. 그 고침의 삼춰진 뜻을 찾아내야 하는 것이 문학 연구가의 일이겠는데, 그것은 여러 판본을 비교하는 힘들고 어려운 오랜 작업을 요구한다. 그래서 우선은 직관적으로 내 눈에 뜨인 것 두 개만을 지적해 보이고, 그의 고침이 단순한 차원이 아니라는 것을 보여 주고자 한다.

　1) 이때 긴재에 시집간 딸이 젖먹이를 업고 손에는 보따리 하나를 들고, 큰애의 손목을 잡은 남편과 함께 대문을 들어서면서……[「황노인」 : 삼중당 전집판]
　2) 이때 긴재에 시집간 딸이 잠든 젖먹이를 업고 손에는 보따리 하나를

들고, 사내애와 계집애의 손목을 잡은 남편과 함께 대문을 들어서면서…

전의 판본에 실린 문장과 지금의 판본에 실린 문장을 비교해 보면, 전의 문장에 비해 지금의 문장이 **훨씬** 자상해졌다는 것을 알 수 있게 된다. 시집간 딸이 젖먹이를 업고 손에는 보따리를 들고 큰애의 손목을 잡은 남편과 같이 친정집에 들어선다. 그 묘사는 딸이 남편과 손을 잡고 들어선다는 울림을 울릴 수가 있다. 한손에 보따리를 들었다면, 다른 손은 비록 업은 **젖먹이**를 보살핀다 해도 빈손은 빈손이며, 한손에 큰애의 손목을 잡았다면 다른 손 역시 빈손은 빈손이다. 빈손과 빈손은 서로 잡기 쉬운 것이므로 같이 잡고 들어선다라고 읽힐 수도 있다. 그런 오해를 피하기 위하여, 작가는 지금의 판본에서는 남편의 양손에 아이들을 맡겨 놓고 있다. 그뿐 아니라, 딸에게 업힌 젖먹이는 잠들어 있어, 황황한 느낌을 주지 않는다. 이런 대목은 고침이 자상함의 표현으로 드러난다.

   3) 그는 곁의 여행안내서를 집어 뒤적이면서 아내가 이제 먹고 싶어하던 것을 조금씩이라도 먹을 수 있게끔 건강해지면 어디고 여행을 하리라는 궁리를 하는 것이었다. 아무래도 온천이나 바다같은 데보다는 산밑 어느 조그마한 촌락같은 데가 좋으리라는 생각이었다. 아내와 서로 안 후 얼마 안되어 갔던 산밑이라도 좋았다. 〔「원정」: 삼중당 전집판〕
   4) ……아무래도 온천이나 바다같은 데보다는 어느 조용한 절간같은 데가 좋으리라는 생각이었다. 아내와 서로 안 후 얼마 안되어 갔던 절간이라도 좋았다.

그러나 이런 고침은 단순한 자상함의 표현으로서의 고침이 아니라, 삶을 보는 태도의 변화를 보여 주는 고침이다. 조용한 절간과 조그마한 산밑 촌락 사이에는 상당한 차이가 있다. 조용한 절간에서는, 종교적인 정일이 강조되어 있으나, 조그마한 산밑 촌락에서는, 비도시성이 더욱 강조되어 있다. 왜 이런 고침이 가능했을까 따위를 따지는 일은 사실 한번 해 보고 싶지만, 그것은 黃順元의 삶을 꼼꼼히 재조사해야 한다는 어려움이 따른다.
이것은 그러니까 황순원론도 아니고, 그의 초기 두 권의 단편집

에 대한 꼼꼼한 서지학적 분석도 아니다. 이것은 이미 고쳐진 그의
두 단편집에 대한 내 느낌의 점묘이다.

『늪』과 『기러기』는 표면상으로는 감각성/서정성의 대립이며, 이
면상으로는 쓴뒤에―곧―발표됨/쓴뒤에―곧―발표되지―못함의 대
립이다. 『늪』에 실린 단편들에는 그 뒤의 그의 소설에 잘 나타나지
아니하는 두 가지의 특징이 있다. 하나는 작품의 뒤에 제작 연월일
이 붙어 있지 않다는 점이며, 현재형으로 시종하는 단편들이 많다
는 점이다. 그 뒤에는 언제나 작품 말미에 제작 연월일을 밝히는
버릇을 보여 준 작가가 그때에는 그러지 않았다는 것은, 그가 그때
에는 자기가 사는 시대의 의미를 무의식적으로밖에 반성하지 못했
다는 것을 뜻한다. 발표할 길이 없는 단편들을 써 모으면서 그는
시대가 갖는 의미를 의식적으로 반성하게 되며, 그래서

「별」과 「그늘」만은 해방 전에 햇빛을 볼 수 있었습니다마는 그 밖의 전
작품이 그냥 어둠 속에서 해방을 맞이하였습니다. 지금 생각해봐도 밤에나
나오는 별과 빛을 등진 그늘이 먼저 햇빛을 보았다는 건 어떤 비꼬인 사실
이 아닐 수 없습니다.

라고, 그 단편들을 발표할 때에(1950) 적어 넣게 된다. 또 『늪』에
실린 단편들에 현재형으로 시종한 단편들이 많다는 것은, 그가 단
편까지를 시의 연장으로 본 것이 아닐까 하는 의심을 불러일으킨
다. 현재형은, 과거형이 갖고 있는 이야기보다는, 지금의 있음의
상태를 더 잘 나타낸다. 그래서 그의 『늪』에 실린 단편들에는, 순
간적인 감각적 묘사가 많이 나타난다. 그 감각적 묘사에는 이야기
가 없다. 거기에는 마음의 상태의 섬세한 움직임이 있을 따름이다.

1) 창문을 연다. 기왓장에 하얗게 내린 서리가 빛나며 녹는다. 지붕과
지붕 사이로 먼 하수도 구멍이 보인다. 하수도 구멍이 빛을 받고는 제법
생선처럼 번득이기도 한다.〔「거리의 부사」〕
2) 오르는 엘리베이터, 지하실로 내려가는 1층과 1층으로 내려가는 2
층과, 3층이 선다. 한 여인이 엘리베이터 안으로 빨리어든다.〔「배역들」〕

이런 묘사는 소설적 묘사라기보다는 시적 묘사에 가깝다. 왜냐하면 이런 묘사에는 마음의 울림이나 언어의 마술적 조작이 있을 뿐이지, 이야기가 없기 때문이다. 실제로 『늪』에 실린 단편들에는 마음의 순간적인 떨림에 대한 묘사가 많이 나온다. 그 떨림은 슬픔이 아니다. 슬픔에는 이야기가 있어도, 떨림에는 이야기가 없다. 그 떨림은 어떤 대상 앞에서의 순간적인 반응이다. 그 떨림은 육체적 연약함, 정신적 불건강의 표현이기도 하며, 새로운 문화 앞에서의 혼들림이기도 하다.

그러나 『기러기』에서부터는, 말이나 마음의 움직임에 섬세한 배려가 가해지면서도 『늪』에서는 보기 힘든 새로운 요소들이 나타나는데, 그것은 전통적인 것, 토속적인 것에 대한 강력한 애착이다. 노새 달구지, 재니, 독 짓는 늙은이, 주영구슬 따위의 전통적인 것에 대한 애착은, 토속적인 형태의 삶에 대한 함축된 경외와 앞뒤를 이룬다. 그것은 그가 발표될 수 없는 글들을 써 오면서, 과거에 새로운 문화로서 그 앞에서 전율을 느꼈던 것들, 예를 들어 달리기, 창던지기, 원반던지기, 레코드, 커피 따위의 것들이 사실에 있어서는 전통적인 것을 지워 버리려는 일본의 문화적 제국주의의 한 표현이라는 것을 의식하게 되었음을 뜻한다. 그때 건강한 새로운 것들 앞에서의 떨림은 전통적인 것을 잃어버린 것에 대한 슬픔으로 바뀐다.

1) 소녀가 등진 벽에는 이제 바로 스타트하려는 단거리 선수의 사진이 한 장 걸려있었다. 앞으로 쏠리는 몸과 땅을 차려는 발끝과의 아슬아슬한 균형, 그리고 한 초점을 강렬히 노리고 있는 눈, 이러한 런닝선수의 폼을 바라보면서 태섭은 소녀의 두꺼운 가슴이 테이프를 걸치고 골인하며 테이프 끝을 푸르르 날리는 장면을 머리에 그리고 저도모르게 여윈 몸을 한번 부르르 떨었다. 〔「늪」〕

2) 청년은 무심코 구슬을 주워주는 남도사내를 보고, 노형은 웃지두 않았는데 웬 눈물이요? 했다. 남도사내의 눈에도 어느새 물기가 어려있었다. 청년은 그늘 속에 희미하게 빛나는 온전한 구슬알들을 남도사내에게서 받아들고는 그냥 눈물 섞인 웃음을 웃곤웃곤 하였다. 〔「그늘」〕

앞의 예는, 여윈 청년의, 건강한 처녀의 몸에 대한 떨림으로 이해되어야 할 것이지만, 런닝선수, 테이프, 폼 등의 외래어들이 빚어내는 새로운 것에 대한 떨림으로 상징적으로 이해되어도 괜찮을 것이다. 더구나 그 건강한 처녀는 그 당시에 가장 새로운 것으로 알려졌던, 사랑을 위한 출분을 행할 처녀인 것이다. 뒤의 예는, 다같이 몰락 양반인 두 인물이 양반의 상징 중의 하나였던 주영구슬을 보고 슬퍼하는 장면이다. 그 슬픔은 새로운 것 앞에서의 떨림이 아니라, 사라져가고 있는 것에 대한 아쉬움, 탄식이다.

그 아쉬움과 탄식의 분위기가 빚어내는 것이 『기러기』에서부터 돋보이기 시작한 그의 서정성이다.

> 대낮에 성긴 소나기가 극서네 놓여난 소보다 앞서 먼저 마을로 들어갔다. 〔「허수아비」〕

따위의 감각적 묘사는, 인간적 삶의 구체적 파악에서 연유하는, 세계에 대한 서정적 묘사로 발전해 나간다. 감각적 아름다움은 언젠가 사라지는 것이지만, 슬픔·탄식·아쉬움의 분위기는 그것이 사람의 삶과 연계되어 있기 때문에 그리 쉽게 사라지지 않는다. 그의 문장이 『기러기』에서부터는 꼼꼼한 사실주의적 문장이 되어 가는데도, 건조하게 느껴지지 않는 것은 그 탄식·슬픔·아쉬움의 분위기 때문이며, 그것이 바로 그의 서정성이다.

그렇다고 『늪』에는 타기할 만한 새로운 것들만이 나타나 있으며, 『기러기』에는 우리가 되찾아야 할 좋은 것만이 나타나 있다고 생각해서는 안 된다. 그 당시에는 문화적 제국주의의 표현처럼 보인 것들의 거의 대부분은, 지금 우리의 삶의 자리에 범상한 것들로 자리잡았으며, 사라져 가던 것들 중의 상당수는 완전히 사라졌다. 달리기·레코드·커피·양식·살롱 등은 오늘날 우리의 일상 생활이 되었으며, 노새 달구지·재니·독 등은 사라지거나, 인간 문화재가 되거나, 대기업화했다. 그러니까 『늪』과 『기러기』의 주인공들의 떨림·슬픔은 80년대에 그것을 읽는 독자에게 놀람을 유발시킨다. 그런 것들이 그렇게까지 새로운 것으로 강조될 필요가 있을까, 혹은 그런 것들에게서 그만큼 슬픔을 느낄 수 있을까라는 놀람이 바로 그것이다. 그 놀람은 가르침 없는 놀람이 아니다. 그 놀람을 통해, 우리는 모든 인간적 현상은 그 시대적 제약에서 자유롭지 못하다는 것을 배운다. 가령,

> 황노인이 술병을 들고 일간으로 들어서니, 거기 술상에 마주앉았던 늙고 젊은 재니가 놀라듯이 일어서며 자리를 비킨다.
> "아니 그냥들 앉아있게,"
> 하면서도 자기가 앉아야 따라들앉을 성싶어 황노인이 먼저 술상 앞에 앉았다.
> 머뭇거리다 조심스럽게 꿇어앉는 두 재니에게,
> "아니 편안히들 앉으라구,"
> 하였으나……〔「황노인」〕

같은 문단을 읽으면서, 당시의 재니들과 토호와의 풍속을 놀라움을 갖고 이해하게 된다. 아, 그때는 재니들이 아무리 나이가 들어도 토호 앞에서는 무릎을 꿇어앉게 되어 있었구나 따위의 놀람은, 우리의 삶이 얼마나 대단한 변화를 겪었는가를 확인하는 일에 다름 아니다.

그러나 상투 짜르기, 독 짓기, 두부 장수의 나발 소리, 한국인에겐 집을 안 빌려 주려는 일본인들의 성향, 아내를 홀에 내보내고도 떳떳해하는 남편, 지네닭탕, 재니, 천정에서 줄치는 거미, 아이 내버리기 따위의 이제는 흔히 보기 힘든 것만이 그의 초기 소설에는 있는 것일까? 나는 그의 「산골아이」를 읽고서, 그의 소설의 비밀 중의 하나를 캐냈다. 그것은 그의 구성법의 비밀 중의 하나를 간결하게 보여 주고 있다. 그 단편은 두 개의 짧은 삽화로 구성되어 있는데, 그 삽화 중의 한 이야기를 단락지우면 다음과 같다.

   1) 깊은 산골에서는 한겨울에 도토리를 실에 꿰어 눈 속에 묻었다 먹으며, 할머니의 옛날 이야기를 듣는 게 재미다.
   2) 할머니의 이야기는 대개 여우고개 이야기이다. 그 이야기에 의하면,

ㄱ. 여우고개 건너편에 사는 총각아이는 여우고개를 넘어 서당에 다닌다.

ㄴ. 어느 날 총각은 여우고개에서 처녀를 만난다.

ㄷ. 그 처녀는 자기 입에 물었던 알록달록한 구슬을 총각 입에 넣어주었다가 다시 제 입으로 옮겨가는 짓을 여러 번 한다.

ㄹ. 총각은 갈수록 마른다.

ㅁ. 훈장이 그 총각 뒤를 밟고 그 사건을 본다.

ㅂ. 훈장은 총각에게 그 구슬을 먹으라고 충고한다.

ㅅ. 어느 날 총각은 그 구슬을 삼킨다.

ㅇ. 처녀는 여우의 본색을 드러내고 죽는다.

3) 이야기를 듣고 어린애는 도토리 꿰미를 들고 잠자리에 든다.

4) 꿈속에서 아이는 구슬을 삼키지 못한다.

5) 눈을 꽉 감고 삼켜버리려다가 잠을 깬다.

7) 입안에 도토리가 들어 있다.

위의 단락을 보면, 그 삽화의 핵심이 산골 풍경도 아니며, 옛날 이야기도 아니라는 것을 곧 알 수 있게 된다. 그것의 핵심은 차라리 그 둘의 융합에 있다. 그것의 핵심이 산골 풍경이라면, 옛날 이야기에 그만큼 큰 비중을 줄 필요가 없으며, 옛날 이야기가 그것의 핵심이라면, 산골 풍경이 미리 강조될 필요가 없다. 그것의 핵심은 그 둘의 융합에 있다. 그 삽화 속의 옛날 이야기는, 여우고개는 험한 고개다, 자랄 때에는 예쁜 여자를 조심해야 한다라는 의미를 갖고 있으며, 그 의미는 무의식중에 어린애의 마음에 스며들어 어린애의 행위를 지배하고 있다. 黃順元은 그 짤막한 삽화를 통해, 사람이란 현재와 과거의 복합체이며, 더 나아가서 현실과 꿈―전설의 복합체이며, 안과 밖이 밀접하게 관련되어 있는 유기체라는 것을 가르쳐 준다. 사람은 꿈―전설을 통해 심성을 교육하며, 사람의 밖은 사람의 안과 언제나 서로 교환될 수 있다. 사람의 존재론적인 구조에 대한 인식은 그의 소설 기법의 핵자가 된다. 그의 소설의 상당 부분은, 현실―과거 회상이나 현실―꿈, 현실―전설의 복합적 묘사로 이루어지고 있다. 예를 들어, 「그늘」에서 그 단편의 주인공인 청년은 현실 속의 남도사내와 회상 속의 죽은 할아버지의 복합적 인식에 의해, 자기의 위치를 재확인한다. 그것은 또한 작가의 자기 위치 확인과 구조적 동형이다. 왜냐하면, 작가는 자기의 현재와 과거, 미래를 복합적으로 인식함으로써, 그래서 거기에서 하나의 허구를 만들어냄으로써 그가 어디에 있는가를 재확인하기 때문이다.

과거와 현실, 안과 밖의 복합적 인식은 그의 소설을 조작적 구성의 소설로 만들고 있으며, 바로 거기에서 그의 소설의 구조적 단단함, 어느 한 부분을 떼어내면 소설 자체가 무너져 버리는 그런 단단함이 생겨난다. 동시에 바로 그 복합적 인식에서, 그의 소설의 중요한 특징 중의 하나인 심리주의가 생겨난다. 안이 밖을 지배할 때, 혹은 과거―꿈이 현실을 지배할 때, 나타나는 것은 시적 환상이며, 밖이 안을 지배할 때, 혹은 현실이 과거―꿈을 압도할 때, 나타나는 것은 기록적 사실의 나열이다. 黃順元은 그 중간에 있다. 그래서 시와 르포의 중간 지대에서 다시 말해 개인의 안과 밖에서 소설 공간을 조형해낸다. 그것을 나는 그의 심리주의라 부르고 싶다. 그 심리주의는 말의 넓은 의미에서, 환상을 포함한 현실, 현실을 포함한 환상을 뜻한다.

이것은 사족이지만, 글쓰기의 재미를 위해 한 마디만 덧붙이겠다. 그의 글에는 문장에 신경을 쓰는 작가들, 예를 들어 金東里·李文求·朴常隆·尹興吉 등이 그러하듯 생활 체험이 얕은 독자들은 잘 이해하기 힘든, 그러나 생활 체험이 깊은 독자들은 금세 알 수 있는 어휘들이 많이 나온다. 남새 같은 것은 그 한 예다. 나는 사전을 찾아보고서야 남새가 남우세 외에, 심어서 가꾸는 채소라는 뜻을 갖고 있다는 것을 알았다. 그러나,

매에게 들어뵈는 섭의 손을 지나가는 비가 차갑게 다음다음 때렸다.
〔「지나가는 비」〕

의 다음다음의 뜻은 끝내 알아내지 못했다. 부사로 쓰인, 다음의 다음이라는 뜻을 가진 다음다음이라는 명사가 여기서는 무슨 뜻을 띠고 있을까?

황순원 전집 ①
늪/기러기

초판 발행__1980년 12월 1일
 3쇄 발행__1986년 12월 30일
재판 발행__1992년 4월 1일
 4쇄 발행__2005년 6월 30일

지은이__황순원
펴낸이__채호기
펴낸곳__㈜**문학과지성사**
등록번호__제10-918호(1993. 12. 16)

서울 마포구 서교동 395-2(121-840)
편집__338)7224~5 FAX: 323)4180
영업__338)7222~3 FAX: 338)7221
홈페이지__www.moonji.com

ⓒ 황순원, 1992. Printed in Seoul, Korea

ISBN 89-320-0549-4
ISBN 89-320-0105-7(세트)